花顏策

卷十

西子情 著

目錄

第一百二十四章　太子妃有喜了！

蘇子斬聽聞花顏出事兒，來的太快，將小狐狸扔在了武威侯府公子院落。

小狐狸是個有靈性的小東西，在蘇子斬走了後，便也跟著出了院落，翻牆跨院，白色的身影與大雪融為了一體，很快也追來了東宮。

眾人正說著話，小狐狸闖了進來，跳進了花顏的懷裡。

天不絕看到小狐狸，眼睛一亮，說：「我怎麼就沒想起這個小東西？有它在，想必也不用子斬了。」

蘇子斬瞥了天不絕一眼，冷聲道：「有我在，不用它才是。你敢打它的主意！」

小狐狸在花顏的懷裡對天不絕呲了呲牙。

天不絕給了一人一狐一個惹不起的眼神，不再說話。

花顏順著小狐狸的毛，它身上染了些雪渣，摸著摸著她手裡帶了些許濕涼。雲遲察覺了，伸手將小狐狸撈進了他的懷裡，衣袖拂過，為它拂乾了皮毛，又重新塞給了花顏。

小狐狸「唔唔」地在花顏的懷裡蹭了蹭，爪子拍了拍她手臂，似在安慰她。

花顏心下一暖，微笑地想小狐狸通人性，她摸了摸它的腦袋，對雲遲道：「此事不宜聲張，今日你先別急著進宮了，明日給父皇請安時再順便問問好了。」

雲遲點頭，今日他從議事殿縱馬疾馳回東宮，各大府邸估計早已得到了東宮出事兒的消息，要想查個清楚明白，自然得先按捺下此事，不急於這一刻，免得洩露消息。

他想了想，對安書離道：「昔年，我母后除了與姨母姐妹情深外，還與安陽王妃是手帕交，你回府後，代本宮問問王妃昔年的事兒。」

安書離頷首：「好，今日我回府後，尋無人時，問問我娘昔年的事兒。」話落，他問，「那個人可審出結果了？」

雲遲點頭，也不瞞他，將蘇子斬審出的結果與他簡單說了。

安書離聽罷凝眉：「黑色衣袍的袖口纏著金絲袖扣，身上有沉香木的氣息？」

「怎麼？你有什麼要說？」蘇子斬看著安書離。

安書離問：「什麼樣的金絲袖扣？」

蘇子斬道：「滾金邊的金絲袖扣，難道你見過誰穿戴過？」

安書離點頭：「我似有些印象，但彷彿是很小的時候，我見過誰穿戴過，但時間太久遠，想不起來了，畢竟金絲袖扣很少見。」

蘇子斬豎起眉頭：「多小的時候？」

「大約是剛記事。」安書離回憶道，「似是女子。」

「那統領是男子。」花顏道。

「你確定？」雲遲問安書離。

安書離揉揉眉心，搖頭：「也不太確定，太久遠了。」

雲遲若有所思：「若是你剛記事時，也差不多是本宮記事時，本宮卻不記得記憶裡有誰佩戴過，還是位女子。」

「你是一歲還是兩三歲記事？」花顏問安書離。

安書離有些犯難：「兩三歲時吧？我也不太記得了。」

雲遲道：「你既有這個記憶，想必是真有這麼回事兒。你與本宮相差無幾，兩三歲時，也就是十七八年前。」他看向蘇子斬，「那也就是你剛出生時。」

蘇子斬沒好氣地道：「你不必提醒我你比我老。」

花顏忍不住失笑。

雲遲當沒聽見：「四十年前的龍檀香，二十年前的安息香，如今的沉香木。」話落，他看向花顏，「沉香木與金絲袖扣一同出現，若依據書離所說是十七八年前有印象金絲袖扣，那統領難道如今已中年？」

花顏搖頭：「不，那統領年輕的很，我與他打照面時雖隔的距離頗遠，但我敢肯定他很年輕。」

安書離道：「待我回府問問我娘，我那時年幼，我娘疼愛我，自幼不離身地帶著我，我若是見過，她應該也見過。」

雲遲點頭。

幾人又坐了片刻，見花顏似乎乏了，蘇子斬蹙眉問：「你怎麼這麼容易犯睏？」話落，看向天不絕，「她沒好好吃藥？」

天不絕想還吃個屁藥，哼了一聲，沒說話。

花顏也不隱瞞他：「我大約是有了喜，才容易犯睏。」

蘇子斬一怔。

安書離也訝異地看著花顏。

雲遲道：「還不能確認是喜脈，只是有這個症狀罷了，但天不絕推測可能是。」

蘇子斬冷聲道：「既有了喜脈，當小心才是，這麼大雪的天，你還跑去看什麼鳳凰木？吃飽了撐著嗎？再有下次，我的血倒了也不給你喝。」

花顏對他吐吐舌頭，不服氣地說：「我總不能天天關在屋子裡悶著，誰樂意喝你的破血。」話落，對他揮手，「你趕緊走，不想看見你了。」

蘇子斬站起身：「小東西，走不走？」

小狐狸「唔」地一聲，點頭，從花顏懷裡竄去了蘇子斬懷裡。

安書離也同時站起身：「有喜脈是好事兒，太子妃仔細養著吧！萬事小心！」

花顏點頭。

雲遲吩咐福管家：「福伯，代本宮送他們出府。」

福管家應是，立即跟上了蘇子斬和安書離。

二人離開後，安十六囑咐了安十七一番，收拾行囊，當即離開了京城。天不絕也出了鳳凰東苑。

方嬤嬤和采青退了下去，屋中只剩下了雲遲和花顏。

雲遲將花顏抱在懷裡，吻了吻她唇角，問：「看來讓你待在東宮都不甚安全，今日我便吩咐人，帶著天不絕將東宮上下查一遍。」

「誰能想到啊！」花顏摟著雲遲的脖子蹭了蹭，「這麼多年，你就沒去鳳凰木下嗎？想想都可怕得緊。」

雲遲溫聲道：「去過！母后薨了之後，我便被皇祖母接去了甯和宮，那時尚且年幼，姨母便接手了母后未幫我建完的東宮，時常帶著我過來看。那時，她喜歡在鳳凰木下乘涼，我便一邊讀書一邊陪著她，只不過我不曾去碰樹幹，未曾被它劃破皮而已。」
花顏點頭。
雲遲又道：「後來，我十歲後搬進東宮，姨母也常來看我。」話落，他拿過花顏的手，摩挲著她纖細的手骨，避開劃傷的指尖，「我的記憶裡，竟然也不記得母后和姨母是否被它傷過。」
花顏道：「方嬤嬤是一直跟著母后嗎？」
雲遲搖頭：「在我出生後，母后便將方嬤嬤給我了。跟隨母后的老人，在她薨了之後，都殉葬了。」
花顏歎了口氣，將雲遲的脖子摟緊。
雲遲也抱緊她：「那時，你豁出去性命救子斬，我憤怒吃味得緊，今日卻是靠了他救了你。你說有因有果，果然沒錯。」
花顏「唔」了一聲，軟軟地道，「不想說他。」
雲遲低頭看著她，見她瞇著眼睛，如貓兒一般，想笑：「又睏了嗎？」
花顏點點頭：「有點兒。」
雲遲抱著她起身，回了臥房。
花顏躺在床上與雲遲又說了兩句話，便耐不住睏意又睡著了。
雲遲倚在枕邊看著她，誰能想到那一株被人稱讚的鳳凰木有如此驚駭的毒性，這麼多年，若他是個上樹爬牆搗鳥蛋的貪玩性子，也許他早就沒命了。
福管家剛送走了安書離和蘇子斬，皇上近身侍候的小李子公公與周嬤嬤便一起來了東宮，皆因太子殿下當街縱馬回宮之事傳到了宮裡，皇帝和太后也想到是花顏出了事兒，擔心不已，連忙派了近身人來問。

福管家將人帶去了鳳凰東苑。

小忠子在外小聲請示雲遲：「殿下，小李子公公與周嬤嬤來了，問太子妃可否安好？您可見？」

雲遲慢慢地坐起身，想著他今日是情急了些，如今宮裡得到消息，顯然京城已經傳遍了。他道：「不見了，回話給父皇和皇祖母，就說一切安好。」

小忠子應了一聲是，給周嬤嬤和小李子公公回了話。

二人一路進來，見東宮上下平靜，人人各司其職，井然有序，不像是有大事兒發生，雖沒見到雲遲，但得了他的話，便回宮回話了。

皇帝和太后雖心中疑惑，但有了雲遲的話，放下心來。

這一日，雲遲進了東宮後，再未出東宮。

轉日，早朝，文武百官們見到太子殿下，都悄悄打量他，見他一如既往般寡淡威儀，想著看來東宮沒出什麼大事兒，估計太子妃崴了一下腳，以太子殿下待她之心，也會縱馬疾馳回去，便都紛紛放下了猜測。

雲遲下了早朝後，去了皇帝的帝正殿。

哪怕皇帝將朝事兒都全權交給了雲遲，他不必每日都去請安，但雲遲監國以來，只要沒有特殊情況，每日下了早朝後，都會去見皇帝一面，有時候說兩句話，有時候喝一盞茶，多年來，已養成習慣。

皇帝信任雲遲，將江山社稷早就在他監國之日起託付給了他，雲遲也敬重皇帝，除了偶爾提到皇后會刺皇帝兩句外，父子二人多數時候都是極其和善的。
所以，今日也如往常一樣，他進了帝正殿，給皇帝見了禮，坐在了一旁。
皇帝見他精神不錯，面色也沒看出什麼不快之色來，便問道：「昨日東宮出了何事兒？是顏丫頭？看你這副神色，看來不是十分要緊了。」
雲遲看了一眼緊閉的殿門，壓低聲音說：「有一件事情，兒臣要問父皇。」
皇帝感覺出他話語裡的凝重，坐直了身子：「什麼事兒？你問吧！」
雲遲輕聲道：「東宮的那株鳳凰木，當年是怎麼從南疆帶回京城，被母后移植在兒臣的東宮的？」
皇帝面色一鬆：「你問這個啊！這個是當年朕、你母后、你姨母、武威侯我們四人前往南疆，你母后和你姨母喜愛花木，南疆王本來擺在殿中，聽聞鳳凰木的木種，可以四季開花，都覺得很是稀奇，南疆王見她們喜歡，便送給了她們。」
雲遲眉目一沉：「是南疆王主動送的？」
皇帝打量他面色：「南疆王當時也很捨不得，只不過他雖解了你姨母的寒蟲蠱，但導致她落下了寒症，心裡有些過意不去。畢竟南疆等諸小國依附於南楚，南疆雖靠著蠱王和蠱毒之術支撐，但到底不能和我們南楚泱泱大國作對到底，結成死結，對誰都不利。所以，南疆王沒能根除寒症，為表歉意，便送了這一株稀世名品的鳳凰木，也是因為你母后和你姨母都喜歡，就收了。」
雲遲點頭：「據我所知，那株鳳凰木是母后懷著我時種在東宮的？那時她從南疆回來，與父皇您還沒大婚，在移植到東宮之前，那株鳳凰木養在哪裡？」
皇帝道：「養在梅府，你母后的院子裡，後來，她嫁給朕，懷了你，修建東宮，將那株鳳凰木就移到了東宮。」

雲遲頷首。

皇帝說了半天，才問：「怎麼說起了鳳凰木？」

雲遲面色清寒：「父皇可能不知，這一株鳳凰木是由南疆失傳百年的一種死蠱之血養成，才能四季開花，逆天地生長。」

「死蠱？」皇帝一驚，南楚皇室子孫，歷代為求收復西南境地，對南疆的蠱蟲雖瞭解不透，但死蠱他也知道。

「據天不絕說，死蠱養在活人體內，三日既亡，融於血液，查不出絲毫病症。養在花草樹木上，能使之四季長青，但若是人碰了花草樹木，有了傷口出了血，死蠱之氣便藉由血液進入到人的身體內，七七四十九日，必亡，絲毫查不出病症。」雲遲皇帝，「父皇，您想到了什麼嗎？」

皇帝雖不及雲遲聰明，但不傻，他臉色漸漸地白了，聲音有些輕顫：「你的意思是……」

「母后之死，姨母之死，不是查不出原因嗎？大約就在這株鳳凰木上。」雲遲道，「昨日，太子妃悶的慌，心血來潮去觀賞雪中的鳳凰木，不小心被它的乾裂樹皮傷了手，幸虧有天不絕在，才發現了鳳凰木的祕密。」

皇帝臉色一寸寸發白，最終，整個身子顫抖，好半晌，他才喃喃道：「怎麼會……」

已長了二十年的鳳凰木，怎麼會有這麼驚天的祕密？

「當年，南疆王只說蠱血養的鳳凰木，但沒說是什麼蠱血？失傳了百年的死蠱，自然誰都不會想到。」雲遲冷靜地道，「父皇，母后和姨母都不是猝死。」

皇帝身子一軟，癱在了椅背上：「朕一直以為你母后真是猝死……」話落，他忽然憤恨地瞬大了眼睛，咬牙切齒地說，「是南疆王，朕早該想到，他怎麼會那麼好心，當初朕還以為他看上了你姨母，留不住她在南疆，才割捨了那株你姨母喜愛的珍品鳳凰木送給她……」

雲遲有些許訝異：「南疆王喜歡我姨母？」

皇帝看了雲遲一眼，突聞死蠱致皇后於死的消息讓他一時間不能冷靜下來，點頭：「否則憑武威侯的傳家之寶，也不能請的動蠱王，自然是南疆王別有心思，看上了你姨母，才不顧南疆朝臣反對，請出了蠱王解寒蟲蠱。」

雲遲不曾聽聞此事，如今驟然聽聞，點點頭。

皇帝用了好一會兒平復了心情，忽然想起來花顏，盯著雲遲緊張地問：「顏丫頭可還好？」

雲遲道：「幸好有天不絕在，也幸好有蘇子斬在京，蘇子斬用了蠱王解寒症，身體萬蠱不侵，他的血可解死蠱。」

皇帝鬆了一口氣：「那就好，顏丫頭不能出事兒。」

他清楚地知道，花顏若出事兒，雲遲必跟著一起出事兒，雲家子孫出情種。

兩人談完了事，雲遲便從皇宮出來，去了議事殿。

安書離掐著點進了議事殿，見到雲遲，壓低聲音說：「昨日回府我問了我娘，我娘也說好像是有這麼回事兒，只不過時間太久，也不太記得當年是哪位夫人還是小姐佩戴過金絲袖扣了。」

雲遲看著他：「金絲袖扣既然少見，該印象深才是。」

安書離搖頭：「我也是這麼問的，我娘卻說，不是金絲袖扣少見，是二十年前，江南織造的一位老手藝人用祥紋血玉融了金絲，才做出一枚金絲滾水袖金邊的金絲血玉袖扣，她送給了一位恩人，之後不久，那老手藝人因病故去，這金絲袖扣的手藝就失傳了，所以，市面上才不見金絲袖扣，皆是隨衣配飾的普通袖扣。」

雲遲挑眉：「江南織造？」

「對。」安書離道，「不過當年也就是一晃眼而已，我娘也說是隱約有個印象，否則這樣珍貴的金絲血玉袖扣落在誰家，定然也是不輕易佩戴出來。」

雲遲頷首：「還有嗎？」

安書離道：「至於問皇后娘娘之事，我娘倒是說了不少，都是娘娘昔年之事，瑣碎的很，太子殿下要聽？」

雲遲點頭：「聽。」

於是，安書離將安陽王妃說與他聽的事關皇后當年瑣碎的事兒說了一大堆，期間也提到了鳳凰木，不過基本都是瑣事，沒發現什麼有用的消息。

安書離在議事殿坐了一個時辰，雲遲末了對他道：「你來查查江南織造，本宮想知道，當年那位老手藝人的恩人是何人？」

安書離頷首：「好。」

蘇子斬這一日去了梅府。本來他知道當年她娘真正喜歡的人是天不絕時，便想衝去梅府，奈何因雲遲大婚，他忙著戶部之事，同時暗查背後之人，又忙著與陸之凌一同布防京城。直到如今，雲遲大婚後，他才緩了一口氣。

他帶著小狐狸，在晌午之前，便驅車去了梅府。

梅府一眾人等聽聞他來了，很是驚訝，對比雲遲時常來梅府看看梅老爺子和老夫人外，蘇子斬雖五年前在梅府住了一段時間，但一年到頭，也不會輕易來一趟。

如今聽聞他來，梅老爺子愣了好半天，梅老夫人連連說：「快，趕緊請進來！」

無論是對於雲遲，還是對於蘇子斬，這兩個外孫子，梅老夫人都是極心疼的。

大夫人連忙帶著人迎了出去。

蘇子斬抱著小狐狸，進了梅府，見了大夫人，不等她開口問，便望著他母親的院落說：「今日想我娘了，特來看看她的院子。」

大夫人恍然。

蘇子斬道：「我先去我娘的院子，大舅母不必理會我，待我去我娘的院子看過後，再去見外祖父和外祖母。」

大夫人自然不攔他，連連點頭。

於是，蘇子斬去了他娘的院子。

梅老爺子聽了大夫人的稟告，道：「我說怎麼突然來了，原來是想他娘了。」

梅老夫人紅了眼圈：「我那可憐的兩個女兒，偏偏都早早去了，剩下兩個沒娘的孩子，可憐。」話落，吩咐大夫人，「快叫廚房準備些子斬愛吃的飯菜，他難得來一趟，中午一定留他在府中用膳。」

大夫人應是，立即去了。

若非刻意隱瞞，京城是瞞不住事情的，但有風吹草動，都能席捲京城市井巷弄。

尤其是蘇子斬、陸之凌、安書離這樣新入朝一步登天手握實權的朝中重臣。

過往蘇子斬很少去梅府，所以，出了武威侯府公子院落前往梅府，便引起了不少人的注意。

蘇子斬總要找個理由，否則，他這個不輕易來梅府的人，別說梅府對於他突然來到驚訝，各大府邸也會猜測。

他想娘了這個理由，很快就被梅府人傳開了。

話很快就傳到了柳芙香的耳朵裡，她紅著眼睛問身邊婢女：「侯爺呢？去了哪裡？」

婢女搖頭。

柳芙香喃喃道：「太子殿下大婚，花顏嫁了，子斬喜歡她，心裡怕是極其難過的吧？所以，他想夫人了也是正常，若是夫人還活著……」

她說著，忽然又頓住，無聲了一會兒，道：「他又怎麼可能會喜歡花顏呢？他喜歡的是我，不會變的。」

婢女不接話，默不作聲地站在柳芙香身旁。

柳芙香望著鏡中說：「我美嗎？」

婢女小聲開口：「繼夫人您是美的。」

柳芙香笑起來，笑著笑著，眼裡又漸漸地有了淚，伸手一把拆掉了滿頭珠釵，頭髮瞬間披散，她嫌惡地看著自己：「我不美，沒有花顏美。」

婢女又不說話了，天下都知道太子妃美，太子妃的美早已經傳開了。

柳芙香伸手去拽頭髮，拽下來一根白髮，她抖著手說：「我竟然都有白髮了，我明明與子斬同歲啊！」話落，她扔了手中的青絲，捂住臉，低聲道，「恨當初不知心，待到知心已陌路。我沒路可走了。」

蘇子斬去他娘的院落，雖是為找個理由，但，他進了院子中，還是待了許久。

直到梅老夫人忍不住，親自來院子找他，看到他坐在他娘未出閣前的拔步床上，低頭不知道想著什麼，小狐狸在他懷裡呼嚕呼嚕地睡的正香。

梅老夫人的腳步聲驚動了他，他才抬起頭來，看向梅老夫人。

梅老夫人心疼地說：「這院子空的太久，夏天還好，冬天沒有燒地龍，待太久了會冷，你身子骨不好，不要久待了，跟外祖母去我的院子吧！」

蘇子斬看了梅老夫人一會兒，開口，嗓音沙啞：「外祖母，我想跟你在這裡說說話。」話落，他掃了一眼梅老夫人身邊伺候的丫鬟和婆子。

梅老夫人難得見他，但還是說：「去外祖母的院子說，那裡暖和。」

「我不覺得冷，若是外祖母覺得冷，派人搬個火盆來就是了。」蘇子斬道，「我想在我娘院子裡多待一會兒。」

梅老夫人點頭，吩咐：「去搬個火盆來，這裡不必你們伺候了，你們都出去，退出院子去。」

丫鬟婆子們齊齊應是，退了出去。

不多時，有人搬來火盆，關上房門。

屋內院子內沒了人，只剩下梅老夫人，她看著蘇子斬，畢竟活了一輩子，覺得今日他來梅府不單單是想他娘了，於是問：「子斬，你今日來，是有什麼要事兒要跟外祖母說？你說吧！」

蘇子斬盯著梅老夫人：「這裡是我娘生前未出嫁時住的地方，她死後，魂魄大約也會經常來。外祖母，我有一樁事關我娘的重要事情，還請您能如實告知，您若是說假話，我娘在天之靈看著呢。」

梅老夫人面色微動，素來慈愛的眼眸深深地看著蘇子斬，半晌道：「你問吧！」

蘇子斬抿唇：「我娘是怎麼同意嫁給我父親的？」

梅老夫人坐在矮凳上，烤著火盆，雖距離的近，聽到蘇子斬這話，還是覺得周身冷了冷，她沉默片刻問：「你知道她喜歡天不絕了？」

蘇子斬點頭。

梅老夫人歎了口氣：「當年，她說她有了喜歡的人，那個人是天不絕，我和你外祖父不同意，神醫谷雖醫術高絕，救了你姨母性命，但對比世家大族的梅府來說，到底是半個被朝廷收用的江湖門派，且天不絕是孤兒，年歲又大你母親太多，配不上她。」

蘇子斬靜靜聽著：「你們寵我母親，她性格執拗，既然喜歡一個人，定然不會輕易放棄，後來是用了什麼辦法，讓她放棄的？」

梅老夫人道：「你父親喜歡你母親，進宮請皇上下聖旨賜婚。聖旨下後，你父親親自送來了梅府給你母親，你父親曾為解你母親的寒症，將傳家之寶押給了南疆王，你母親也因此欠了他恩情，那傳家寶對他來說很重要，他愛你母親至極，鐵了心要娶她，你母親無以為報，梅府也無以為報，便答應了。」

蘇子斬挑眉：「我從不知什麼傳家之寶，外祖母可見過？」

梅老夫人搖頭：「未曾見過，不過各大世家府邸，都有自己的傳家寶，大多數是世家源起供奉的風水寶物，不足為外人道也，恐防外人窺視。你不知也不稀奇，因為武威侯府的傳家寶早就沒了。」

蘇子斬不說話。

梅老夫人又道：「況且，天不絕若是真對你母親有心思，早就會來京求娶了，他始終連門都沒登，據說那就是個一心癡迷醫術的，無心兒女情事兒，不是良緣。」

「依照外祖母的意思，我母親當年，在我父親拿了賜婚聖旨後，是看開了嫁給了我父親？」蘇子斬嗤笑一聲，「寧為玉碎不為瓦全。我母親那樣的人寧願來世報恩，也不會在不喜歡我父親的情況下嫁給他的，外祖母，你沒說實話。」

梅老夫人閉了閉眼睛：「你這孩子，太聰明。」話落她道，「當年，你母親在武威侯酒後失身給了他。」

蘇子斬心裡冷了冷，哪怕再堅持的女子，失身了也認命了，尤其是有恩有義的情況下。

梅老夫人看著他：「你母親都去了五年了，這些過去事兒，還提他做什麼？我知道你母親去世後，你怨你父親娶了柳芙香，當年，他跪在我面前，向我請罪，說酒後無德，把柳芙香當作了你母親，造成了孽事兒，對不住你母親，也對不住你，他讓我替你母親殺了他，這麼多年，他不讓柳芙香有一兒半女，恨她勾引下作。五年了，你也別怨他了，你們到底是父子，你母親死，他當年也是太難受了，你母親在天之靈，也不願你們一直如此不親不近，比仇人好不了多少。」

蘇子斬淡漠地說：「外祖母覺得我父親是怎樣的一個人？」

「你父親啊！有才華，可惜，也是太重情。哪怕你母親去了，逢年過節，都來侯府看我與你外祖父，這個女婿沒的挑，對你也極好，哪怕他有庶子庶女，但這麼多年，誰也越不過你去。」

蘇子斬冷笑：「外祖母覺得他對我母親，是真心喜歡？我看不見得，否則，真心喜歡一個人，哪裡來那麼多庶子庶女。」

梅老夫人一怔：「天下各大府邸都是這樣，一妻多妾，實屬尋常，那些妾室就是個玩意兒，否則哪裡能夠綿延子嗣？娶妾，不能說明你父親不愛你母親。」

蘇子斬又冷笑一聲：「喜歡是有，愛卻不夠。真正的愛，一生一世，容不得雜質，玩意兒也是雜質。」話落，對外面說，「外祖父既來了，進來吧！」

梅老夫人一怔，看向窗外。

院門口處，梅老爺子站在那裡，看著緊閉的房門，並沒有進院子，顯然來了有一會兒了，此時聽到蘇子斬的話，抬步進了院子。

梅老夫人站起身，對進屋的梅老爺子問：「你怎麼找來了？」

「過來看看。」梅老爺子看著蘇子斬：「人人都道你如今回京後與以前不同了，我看不然，還是這副冷冰冰不可一世的樣子。」話落，問，「這小狐狸，哪裡來的？」

「撿的。」蘇子斬應付了一句。

梅老爺子對梅老夫人擺擺手：「你先回去，我們祖孫倆聊聊。」

梅老夫人點頭，走時拍了拍蘇子斬肩膀：「午膳定要在府裡吃，我讓你大舅母吩咐廚房做了你愛吃的菜。」

蘇子斬點頭，沒推辭。

梅老夫人出去後，梅老爺子看著蘇子斬說：「你娘的死因，是不是查出來了？」

蘇子斬揚眉看著梅老爺子，對比梅老夫人常年居於內宅，梅老爺子對很多事情更通透得多，哪怕他今日到梅府，還不曾見過梅老爺子，不曾說上一句話，但他開口就問他娘的死因，足以說明其睿智。

蘇子斬不立即回答他，而是看著梅老爺子道：「外祖父，外祖母方才與我說了些當年之事，關於我娘的，我父親的，外祖母說我父親重情，您怎麼看？」

梅老爺子哼了一聲：「那是個揣著明白裝糊塗的，你外祖母眼花！」

蘇子斬勾了勾唇：「外祖父既看的明白，便與我說說我父親吧！」

梅老爺子擺手：「沒什麼可說的！當年，你父親拿出了傳家之寶，換南疆王給你母親解寒蟲蠱，後來回京，進宮請先皇賜婚，先皇詢問了我，因梅府欠了他恩情，我無法拒絕，你母親說若是讓她以身還債，不如死了算了，但是抵不過你父親用了心思，醉酒後，讓你母親失身於他，你母親才應了。你母親活著時，他待她很好，生下你後，便一心撲在了你身上，至於你母親忘沒忘了天不絕，也沒人再問她。」

蘇子斬盯著梅老爺子：「外祖父，梅家對於南楚江山，對於朝局，這麼多年，是個什麼看法？」

梅老爺子瞇起眼睛：「小子，你今日來梅府，看來是為太子殿下來打探來了？從小到大，你們互相看不順眼，如今怎麼轉了性子？這裡面，有什麼不能說的事兒？」

「外祖父不必管我與他如何，只回答我的問題就是。」蘇子斬摸著小狐狸，手下動作極輕。

梅老爺子目光落在他的手上：「哪裡來的小東西？」

「撿的。」蘇子斬依舊應付了一句。

「撿？哪裡有這麼便宜的小東西可撿？這白狐來歷不凡吧？」梅老爺子沒有梅老夫人好糊弄，

「你當我老了，隨口應付糊弄我是不是？」

蘇子斬揚了揚眉，對於梅老爺子的識貨不置可否。

梅老爺子也不與他計較：「梅府是忠於南楚江山，忠於南楚皇室的，想必太子殿下也知道，所以，才敢用延兒和毓兒。至於你來打探什麼，外祖父也不瞞你，我是知道些事情，但到底是不是你們要的，就不清楚了。」

蘇子斬看著他：「外祖父請說。」

梅老爺子道：「有三樁事兒，一樁是當年有人要殺你大姨母，用了南疆的寒蟲蠱，你母親為你大姨母擋了，後來，我查出，那個人是嶺南王妃，嶺南王妃是趙宰輔的妹妹；一樁是你母親前往南疆，南疆王看上了她，想把她留在南疆，是你父親用了傳家之寶，據說是塊能夠溫養人也能溫養蠱蟲的古玉換的，回來後，你父親被你祖父在祠堂罰跪七日；第三樁是當年你與太子殿下一起中毒，你大姨母將藥一分為二給了你們二人，背後那下毒之人，也是嶺南王妃。」

蘇子斬看著梅老爺子：「嶺南王妃？一個在嶺南王府默默無聞，被妾室騎在頭上的嶺南王妃？」

梅老爺子道：「正是她，她喜歡當今皇上。當年是皇上和梅府、武威侯府聯手查出來的消息。不過為了嶺南安平，又看在趙宰輔的面子上，趙宰輔斷絕了與妹妹的關係，皇上密摺給了嶺南王，所以，嶺南王才在府內變相圈禁了嶺南王妃。」

「她的寒蟲蠱哪裡來？」蘇子斬問，「還有當年害我和太子殿下的毒從哪裡來？」

「寒蟲蠱自然來自南疆，她的毒是來自南疆勵王，勵王當年出使進京，看上了她，她哄了勵王給了她害人的東西，就是為了要害你姨母。後來，沒害了你姨母，反而害了你母親。」梅老爺子道，「至於手裡的毒，也是一樣。」

「女人的嫉妒心？」蘇子斬挑眉，「怎麼沒殺了她？」

「皇上震怒，是想殺了她，但是你父親建議，死了痛快，就該讓她活著受罪。這麼多年，她在嶺南王府，是受了不少罪。」梅老爺子道。

蘇子斬不再說話。

梅老爺子看著他：「該知道的你都知道了，你如今該說你母親的死因了吧？既查了出來，就告訴我一聲。」

蘇子斬看著梅老爺子鬢角的白髮，兩個寵愛的女兒都早早死了，白髮人送黑髮人，他不見得比雲遲和他心裡好受，於是，他簡單地將鳳凰木是被死蠱之血滋養之事說了。

梅老爺子聽了，臉色漸漸地白了，半晌，才道：「原來如此，南疆蠱毒，害人不淺。」話落，又道，「南疆王這個該死的東西，太子殿下收復南疆時，怎麼就沒殺了他？」

「這事兒還有誰知道？」梅老爺子又問。

「太子殿下告知了皇上，我告知了外祖父。」蘇子斬道。

梅老爺子一怔：「沒告訴你父親？」

「他不需要知道！一個連他兒子都看不透的人，還是不知道的好。」蘇子斬不客氣地說。

梅老爺子聞言歎了口氣，蘇子斬防武威侯防到了這個分上，可見冰凍三尺非一日之寒。他道：「也罷，這天下，到底是你們小輩們來做主了。」

蘇子斬不置可否。

二人就此止住了話，梅老爺子站起身：「走吧！去吃飯。」

蘇子斬抱著小狐狸站起身，與梅老爺子一起，出了他娘的院子。

蘇子斬在梅府用過午膳，回到武威侯府公子院落時天色已不早，柳芙香站在公子院落門口，穿的單薄，披散著頭髮，身上已落滿了一層雪，她的臉凍的發白，顯然，已等了許久。

蘇子斬寒著臉，停住腳步看著她。

當時年少，喜歡是有，但未必有多愛，最讓他不能忍受的不是她嫁給別人，琵琶別抱，而是在他的娘屍骨未寒時，嫁給了他的父親。

他娘死後，他等於遭到了雙重背叛，少年時的蘇子斬，一瞬間天崩地裂。

至今，她站在他面前，他早已忘了當年那些相處和些許的喜歡是什麼模樣，記憶已空白，如今看到的，也只是厭惡而已，多看一眼，都汙了眼目。

他寒聲道：「牧禾，送繼夫人回去。」

柳芙香一直看著蘇子斬走來，清楚地看到那個少年如今已長成年輕男子，清寒如寒玉，風骨清流，他撐著一把青釉傘，眼中嫌惡不加掩飾，面龐面無表情。

她在大雪中站了一個時辰，尚沒覺得冷，但這一刻，她忽然冷入骨髓。

她張了張嘴，在牧禾走到近前請她時，她開口了：「子斬，不要怪我，若我當年不嫁侯爺，我只能拿一根繩上吊吊死，你是不是寧願我死，也不願意我嫁給侯爺活著？」

蘇子斬本要進院子，聞言腳步頓住，但並未回頭。

「是不是？」柳芙香執著地盯著他背影。

蘇子斬望著院門，冷清地往前走去，吐出一個字：「是。」

柳芙香慘然一笑：「我當年是捨不得死，原來是錯了！這五年，我也受夠了，今日，我便還你吧……」說完，她猛地拿出金簪，一瞬間，刺破了喉嚨，瞬間，鮮血如注，她身子軟軟地倒在了雪地上。

她身邊的婢女一驚，駭然地大喊：「繼夫人！」

牧禾也驚了，脫口喊：「繼夫人！」

蘇子斬猛地回身，便看到了倒在地上的柳芙香，脖子上插著金釵，面前雪地上點點鮮血，如落了地的片片紅梅花瓣。

她睜著眼睛，攥著金釵，抖著手，微仰著臉看著蘇子斬，嘴角抖動，想說什麼。

蘇子斬的眸色深了些。

柳芙香扔了金釵，對他費力地抬了抬手。

蘇子斬在原地頓了片刻，終究是走向了她，站在她面前，面無表情地說：「當年不死，現在何必死？」

若是柳芙香當年失身於醉酒後的武威侯自縊而死，死在蘇子斬和她最好的年華裡，也許，蘇子斬後來也會遇到花顏，但在他的心裡，到底會念著她的好。

少年的時光，最容易記住美好的事兒，當然不好的事兒，也更會加倍記得。

如今，蘇子斬看著她，他這五年來，見過的死人太多，挑了黑水寨那日起，自己親手殺死的，下命令讓人殺死的，不計其數。

所以，柳芙香這般自殺在他面前，他也難升起多少動容。

柳芙香張嘴想說什麼，但聲音囫圇，她費力地想伸手去觸碰蘇子斬，見蘇子斬面無表情，她落下淚來，臉色灰暗地放棄，閉了嘴。

此時她不是想到死的可怕，而是想與他再說一句話，想再看他一眼。

她不明白自己怎麼就糊裡糊塗的走到了這一步，哪怕他有寒症，她嫁給他，雖也許會很早就做寡婦，但再怎麼也不至於這般苦到如今，等到今日。

就在柳芙香要徹底閉上眼睛時，蘇子斬蹲下了身：「你要與我說什麼？說吧！」

柳芙香忽然又睜開了眼睛，眼裡是迴光返照增添的一抹光彩，她抖動嘴角，從漏風的喉嚨裡吐出了一句話，連聲音都沒發出來，囫圇得很，但蘇子斬還是聽清了。

柳芙香說完最後一句話，用力地去握蘇子斬的手，即便蘇子斬沒躲，她卻依舊沒碰到，手臂一軟，在半途中垂下。

「繼夫人！」婢女伏地大哭了起來。

蘇子斬蹲在地上，一動不動，面無表情的面上，難得的現出哀默。

柳芙香來這公子院落門口守株待兔太多次，牧禾也沒想到，今日這次與以往不同，竟然是為了死在公子面前。他震撼了許久，想著繼夫人這是何必，侯爺對她也不算不好，最起碼，武威侯府的後宅都是她做主，穿金戴銀，也未苛待，她既然嫁了侯爺，還想著公子做什麼？

總不能讓父子二人都成為她的入幕之賓吧？

他不明白這個女人。

蘇子斬在柳芙香面前大約蹲了兩三盞茶的時間，雪花將她身上蓋了一層，他才慢慢地站起身，對牧禾吩咐：「派人去請父親，他的女人，他來收屍。」

牧禾應是，立即吩咐人去了。

蘇子斬轉身，進了公子院落。

半個時辰後，武威侯匆匆被請回了府，他來到公子院落門口，便看到躺在地上的柳芙香，這麼久的時間，沒人動過她，她的屍身在大雪天裡已涼透，落在手邊的金簪被雪花蓋了一層，金燦燦地染著鮮紅的血跡。

她披散著的頭髮，落了一層白雪的霜，面容卻是安詳的，顯然，這樣走，已知足。

武威侯站在柳芙香面前一步遠看了她一會兒，臉上看不出什麼情緒，過了半晌，他開口：「我今日出府前，她還好好的，為何會突然尋死？」

婢女哭著搖頭。

「她今日都做了什麼？」武威侯問。

婢女便將柳芙香得知今日子斬公子去了梅府，傳回消息說子斬公子想娘了，她對著鏡子喃喃自語了半晌，發現竟然早生華髮後，便瘋了一般地哭了許久，後來，哭夠了，便來了公子院落門口等子斬公子，待子斬公子出現後，便在他面前自殺了之事複述了一遍。

武威侯聽罷，又是許久沒說話，之後，上前一步，彎身抱起了地上的柳芙香，吩附身後的管家：「搭建靈堂，將本侯給自己準備的那副棺木抬出來，厚葬繼夫人。」

管家抬頭看了武威侯一眼，眼底有濃濃的驚訝，卻只看到武威侯離開的背影，他連忙應是。

公子院落已從武威侯府另辟而出，武威侯府的諸事，公子院落都不與理會。

所以，柳芙香死了，武威侯府搭建了靈堂，內眷子嗣僕從們都披麻戴孝去了靈堂前，哭聲響徹武威侯府，一時間熱鬧的很。但蘇子斬進了房間後，沒動靜，沒表態，公子院落便也跟著平靜得很，沒有半絲動靜，十分安靜。

柳芙香身故的消息自是瞞不住，怎麼死的情況也傳出了武威侯府。

柳家的人聽聞噩耗，匆匆上門，柳大和柳三惱怒地想去找蘇子斬，被柳家老爺子攔住了，怒道：「還嫌不夠丟人嗎？是她自己要死，你們去找蘇子斬，也想陪著死在他面前嗎？」

柳大和柳三本就怕蘇子斬，聞言偃旗息鼓了。

武威侯對柳老爺子請罪：「是本侯的錯，本侯當年錯了，錯上加錯，如今亦沒照顧好她。」話落，又道，「以前子斬寒症在身，命不久矣，她尚能看得開，如今子斬寒症解了，她越發對當年悔恨起來，才導致了今日之果。」

柳老爺子年逾花甲，面對他的請罪，歎了口氣，擺擺手：「罷了，要怪你，當年就該怪了，如今人死了一了百了。」

京中最是藏不住事情，半日之間，柳芙香的死已傳遍京城。

東宮自然也得到了消息，花顏眉心緊蹙，對采青問：「子斬今日去了梅府？柳芙香是在聽聞他想娘時死在了他面前？」

采青打量花顏面色，謹慎地說：「武威侯繼夫人不知怎麼回事兒，總之在子斬公子從梅府回府後，等在他的院落門口，用金簪自殺在了他面前。」

「早不自殺，晚不自殺，偏偏是今日。」花顏揣測道，「是否可以說明，當年武威侯府夫人之死，柳芙香是知道些什麼內情的？如今五年已過，終於承受不住了，死在蘇子斬面前？」

采青小聲道：「難道柳芙香與南疆有什麼關係？或者說柳家與南疆有什麼緊密聯繫？」

花顏嫌棄地說：「能養出柳大和柳三那種貨色的柳家，的確難說。」話落，她看向窗外，「天快黑了，太子殿下怎麼還沒回來？」

采青試探地問：「奴婢派人去問問？」

花顏擺手：「罷了，天剛黑，他既然沒讓人送消息回來，想必一會兒就會回來了。」

采青點點頭。

果然，不多時，雲遲便回了東宮，徑直回了鳳凰東苑。

他踏進院門，便見屋中暖融融的光透過浣紗格子窗映出來，他面色稍暖，來到門口，抖了抖傘上的雪，將傘遞給小忠子，拂了拂衣袖，進了屋。

花顏站起身，笑著說：「今日回來得這麼晚，可是有什麼事情拖住了？」

「子斬派青魂與我說了去梅府從外祖父嘴裡聽到的些事情，我安排人去查了。」雲遲道，「當年姨母怎麼中的寒蟲蠱，我與子斬怎麼中的毒，每逢被人提起，諱莫如深，連我也只知曉一知半解，如今諸事堆在一起，方才覺得，當年之事怕是有蹊蹺得很，這一回，既然要翻到二十年前去查，那麼就仔仔細細地查個明白。」

雲遲說著，走到花顏面前坐下，伸手將她抱在了懷裡，在花顏的眼神詢問下，將蘇子斬今日前往梅府得了什麼訊息說了一遍。

花顏聽罷，擰眉：「嶺南王妃？」

「嗯。」雲遲點頭，見花顏表情有異，他問，「怎麼了？你識得？」

花顏點頭：「我不止識得嶺南王妃，還識得她的一雙兒女，都是教養極好的，那樣的女子，是會為了嫉妒而害人？我不大相信。」

雲遲看著她：「這麼說，果然是有內情了？」

花顏道：「既是趙宰輔的妹妹，不如查查趙宰輔？」

雲遲搖頭：「趙宰輔位高權重，自我監國起，就一直沒放鬆對趙府的盯查，他除了扶持程子笑，這些年收了些銀子外，手裡也算乾淨，如今的趙府，沒什麼可查了。」

花顏想了想：「畢竟是趙宰輔，能坐到這個位置，不是一般人。如今你若是信任他，不如就與他找個時機密談一番，也許，他對於當年之事，知道些什麼，也說不定。」

柳芙香雖年輕，死的也不甚光彩，但她畢竟頂著武威侯繼夫人的身分，所以，前往武威侯府弔唁的人不少。

武威侯抬出了給自己準備的棺木，因避諱太子殿下大婚期間，所以停靈七日，厚葬了柳芙香，但發喪之日並未大辦。

一晃七日而過，這一日，京城重新歸於平靜，天不絕估摸著日子來給花顏把脈。

雲遲這一日下了早朝，早早回府，陪著花顏。

天不絕給花顏把了脈，一張老臉難得地露出笑意：「是喜脈。」

雲遲雖覺得十有八九，但聽到天不絕確定，還是大喜，抱著花顏連說了三個賞字，又補充：「小忠子，傳本宮命令，東宮上下，全部有賞。」

小忠子高興地應是，歡喜地道喜：「恭喜殿下，恭喜太子妃！」

采青、方嬤嬤等人也一溜地道喜。

花顏心中也高興，對雲遲詢問：「要進宮報個喜嗎？」

雲遲想了想，問天不絕：「據說三個月內，不聲張為好是不是？有利於穩胎？」

天不絕笑了笑：「富貴人家的府邸，是有些講究，不過，太子殿下若是能護得住孩子，再加上有我老頭子在，聲張又有什麼大礙？」

雲遲點頭：「說的有理。」話落，問花顏，「你的意思呢？」

花顏笑著說：「不必大肆聲張，但進宮報個喜，讓父皇和皇祖母高興高興吧！他們盼兒媳婦和孫子太久了。」

雲遲微笑：「聽你的。」話落，吩咐小忠子，「進宮去給父皇和皇祖母報喜。」

小忠子歡喜地點頭，立即去了。

雲遲又吩咐：「福伯，派人去敬國公府報喜，順便再去武威侯府給蘇子斬報個喜。」

福管家歡喜地應下，也立即去了。

花顏問天不絕：「是男孩子還是女孩子？如今能把出來嗎？」

天不絕哼了一聲：「你真當我是大羅金仙了，把不出來，等兩個月吧！」

花顏也只是問問而已，點點頭，摸著小腹對雲遲說：「是什麼都好，都是我們的寶貝兒。」

雲遲笑著點頭：「嗯，都好。」話落，問天不絕，「是不是要來副安胎藥？」

天不絕頷首：「她有體虛之症，如今看著胎雖穩，但怕是後面幾個月吃力，還是吃些安胎藥妥當。」

「那就趕緊開。」雲遲道，「本宮信你。」

天不絕起身，琢磨著給花顏開了一副安胎藥，不過沒給旁人，自己將藥方子收了：「從今以後，入口的食物藥材都要謹慎，這安胎藥還是我親自來煎熬吧！」

雲遲點頭同意：「本宮將東宮的人再仔細的篩查一遍。」話落，問，「東宮如今一應事物，除了鳳凰木，你可查遍了，可有不妥的東西？」

「都查遍了，沒再發現。」天不絕搖頭，「不過，懷胎十月，最是嬌氣，必須謹慎，以後我每兩日把一次脈。」

雲遲贊同：「辛苦了。」

天不絕道：「生下來讓他隨我學醫，就抵了我這份辛苦了。太子殿下可同意？」

雲遲挑眉，沒料到天不絕趁機提這個，他看向花顏。

「行啊！」花顏答應的痛快，「保命的本事不嫌多。」

雲遲笑了笑，自然也沒意見。

小忠子進了皇宮，先去了帝正殿見皇帝，皇帝聽聞花顏有喜了，愣了半晌：「這才大婚幾日，怎麼……」

小忠子嘿嘿地笑：「殿下和太子妃早就盼著小殿下了。」

意思是早就圓房備孕了，如今雖然這麼快就有了，但也不稀奇。

皇帝恍然，大喜笑著說：「好好好，小李子快，把朕的好東西都拿出來，賞給太子妃。」

小李子連忙應是。

皇帝又高興地說：「也要賞小忠子！」

小忠子連忙笑嘻嘻地叩謝皇帝的賞。

皇帝心情激動，對小忠子好一番詢問了如今花顏的情況，才放了他去給太后報喜。

太后聽聞後，激動的騰地站了起來，一把抓住小忠子：「當真？太子妃真有……喜了？」

小忠子連連點頭：「天不絕確診的，是真的。」

太后喜極而泣：「好啊！好啊！哀家等了這麼多年，真要抱上重孫子了。」話落，吩咐周嬤嬤，「快，把哀家早就備下的那套飾物拿出來。」

周嬤嬤歡喜的提醒：「太后，那一套是給出生後的小殿下的，你如今該賞太子妃。」

「都有賞，把哀家留著的好東西都拿出來，一起送去東宮。」太后笑著說，「這是大喜，哀家等的就是這一日，待重孫子出生，還有賞。」話落，又吩咐重賞小忠子。

周嬤嬤連連點頭。

太后又對小忠子說：「你告訴太子妃，好好養著，哀家明日就去東宮看她。」

小忠子辦著這一趟差事兒得了兩份重賞，高興地點頭，回了東宮。

他前腳進東宮，後腳皇上太后的賞賜就流水般地送到了東宮。

雲遲微笑對花顏說：「你說的對，父皇和皇祖母高興壞了。」

花顏看著轉眼間就堆滿了畫堂的賞賜，咋舌片刻，突然有些後悔這麼早告訴皇上和太后了，她對雲遲問：「從明日開始，父皇和皇祖母不會每日都盯著我吧？」

雲遲好笑：「有我盯著就夠了，我會幫你擋著些的。」

花顏微微鬆了一口氣。

敬國公府，敬國公夫人在聽聞報喜後，也高興地備了大批的禮物，陸之凌坐不住了，親自送去了東宮。

蘇子斬得到消息後，不出意外地揚了揚嘴角，吩咐牧禾將藥庫裡的藥材補品挑選了兩車，送去了東宮。

陸之凌進東宮時，天已經徹底黑了，正是晚膳時候。

雲遲吩咐廚房多做幾個菜，留陸之凌一起用膳。

陸之凌瞧著花顏的肚子：「看著不像啊？肚子扁扁的，真有我外甥了？」

花顏抽著嘴角笑：「還不足月，哪裡能顯懷？」

「也是。」陸之淩拍拍腦袋，搓著手說，「什麼時候能生出來？」

「明年九月末。」花顏道。

陸之淩「唔」了一聲，「那還早的很。」話落，對雲遲說，「你準備讓我什麼時候啟程回西南境地？還是打算將我留在京城？」

「過幾日，你就啟程吧！我想你再去西南境地，給本宮好好查查南疆。」雲遲道。

「怎麼？」陸之淩看著他，「南疆又怎麼了？」

那一日花顏發現鳳凰木祕密之事，陸之淩不知，雲遲簡略地與他說了說，道：「南疆皇室，近幾十年的事兒，都查。」

陸之淩也被鳳凰木的祕密驚了個夠嗆，知道此事事重，點頭：「好，我過幾日就啟程，那京中的兵馬，交給誰？」

「把梅疏毓調回來，若是南疆之事交給他，他怕是查不出來，只能你去。」雲遲道，「你去了南疆後，讓他立刻啟程回京，先鎮守京城兵馬，頂一陣子，我會安排程子笑進戶部，儘快熟悉戶部，然後，將子斬從戶部替換下來，接任京城兵馬，你到了西南境地後，也不可疏忽操練西南境地兵馬，本宮覺得那統領早晚有一日會興兵謀逆作亂。」

陸之凌頷首：「好。」

第一百二十五章 半壁山賞梅

花顏有喜的消息並未刻意隱瞞，所以，自去宮裡、敬國公府相繼報喜後，消息在小範圍裡漸漸地傳開了。

大婚後這麼快查出喜脈，有人歡喜有人驚異，但總而言之沖淡了武威侯繼夫人給京城留下的晦氣的痕跡。

兩日後，朝臣有人上奏，太子殿下監國已久，皇上身體孱弱，常年將養，如今太子殿下已大婚，皇上合該退位安心頤養天年，由太子殿下登基真正親政。

此奏摺一出，朝臣們紛紛附和。

雲遲在早朝上便壓下了此奏摺，言剛大婚，諸事太多，登基之事壓後，此事不急，早已定論，是皇帝的意思，也是他的意思。朝臣們本來以為雲遲大婚後登基是順水推舟之事，沒想到太子殿下沒這個打算，便紛紛作罷，猜測雲遲接下來怎樣著手朝局。

雲遲沒讓朝臣們猜測太久。

三日後，陸之凌啟程前往西南境地，程子笑在北地立了大功，破格提拔入戶部，官任戶部侍郎，京城三司兵馬便暫且落了個空缺。無數人都在猜測雲遲會讓誰接替陸之凌掌管京城兵馬時，梅疏毓在七日後回到了京城。

梅疏毓在收到雲遲密信時，便派人前往南疆王的圈禁之地查了，這才發現南疆王失蹤了。他大驚，立即著手徹查，同時飛鷹傳書給雲遲，說了南疆王失蹤之事。

他飛鷹傳書剛送出去不久，便又收到了雲遲的傳信，調令他收到傳書之日起，安排好兵馬大營諸事，即刻啟程回京，陸之凌已在去南疆的路上。

梅疏毓沒想到雲遲竟然讓他回京，他也想念京城了，於是，當即安排好了西南境地兵馬大營諸事，立刻啟程，快馬加鞭，趕回京城。

在半途中，與正趕往西南境地的陸之凌相遇。

梅疏毓瞭解了雲遲讓他回京做什麼，又向陸之凌討教了些經驗，心裡有了底，二人分開後，他便一路披星戴月，只用了七日，便回到了京城。

梅疏毓是擦著黑進京的，進京後，他連梅府都沒回，直接去了東宮。

他一路風塵僕僕，敲了東宮的大門後，守門人打著罩燈睜大眼睛瞅了他半天，依舊沒認出這個渾身如土堆裡爬出來的人。

梅疏毓掏出帕子，抹了一把臉上的灰，說：「我是梅疏毓。」

「毓二公子？」守門人一驚，連忙說，「您稍等。」話落，匆匆去稟告了。

梅疏毓無奈地瞅著又關上的大門，想著東宮還是如以前一樣森嚴。

雲遲剛從議事殿回來不久，正陪著花顏說話等著廚房端晚膳，便聽聞守門人稟告，他笑著道：「回來的倒是快，將他請進來。」話落，補充，「就來東苑畫堂吧！」

守門人應是，立即去了。

福管家聽聞後，連忙跟去要迎接梅疏毓。

梅疏毓拍拍身上的土，隨著福管家進了東宮。

他以前來東宮的次數極少，自然不是熟門熟路，但僅有的印象裡記著東宮分外的冷清。雲遲是個不愛多說話的性子，東宮上下也隨了他，多數是悶嘴葫蘆，寧可少說一句，絕對不多說一句，整個東宮靜寂的像是沒住人。

但是如今，他踏進東宮的門，福管家便笑呵呵地與他說話。

他本是個愛說話的人，便與福管家一路聊著去了鳳凰東苑，心中隱隱地想著，果然有了花顏這女主人的東宮就是與以前不同了，處處都透著新機和人氣，雖人還是那些人，但比以前可顯得熱鬧多了。

來到東苑，福管家止住話，在門口稟告：「殿下，毓二公子來了。」

雲遲「嗯」了一聲，「趕緊進來。」

小忠子挑開簾子，一見梅疏毓「哎呦」了一聲，「毓二公子，您這一身風塵僕僕的，要不要先沐浴梳洗一番，免得衝撞了我們小殿下。」

梅疏毓腳步一頓，抓住小忠子話中的重點：「小殿下？」

小忠子眨眨眼睛：「就是小殿下。」

花顏在裡面笑：「無礙的，快讓他進來，這麼快回來，可見一路馬不停蹄，辛苦的很，喘口氣，喝口水再沐浴也行。」

小忠子聞言讓開了門，想著毓二公子這副尊容，如今真是不忍直視。

梅疏毓邁進門，便看到了笑吟吟地坐在桌前的花顏與嘴角也含著笑意的雲遲，屋中燈光明亮，二人衣著華貴乾淨，他一下子也覺得自己這副樣子實在有汙二人尊目，便站在門口給二人行了個禮說：「我還是回府沐浴後再來吧！」

雲遲看著他，淡笑：「先喝一口水，就在東宮沐浴吧！讓小忠子稍後帶你去，天色晚了，你明日再回梅府，今日就在東宮歇下好了。」

梅疏毓眨眨眼睛，笑了：「多謝太子表兄。」

采青倒了一盞茶，遞給梅疏毓，梅疏毓一仰脖喝盡，便由小忠子帶著去沐浴了。

方嬤嬤請示雲遲：「殿下，是將晚膳給毓二公子送去院子裡，還是您和太子妃等他一起用晚膳？」

雲遲看向花顏：「餓嗎？」

花顏搖頭：「等他一起，催促他快些過來吃飯。」

方嬤嬤應是。

梅疏毓知道雲遲和花顏等著他一起用晚膳，也不磨蹭，很快就沐浴梳洗妥當，小忠子找了一件雲遲尋常沒穿過的嶄新的袍子，給了梅疏毓，梅疏毓換了一身新衣後，才感覺自己像是活了過來，通體舒暢地又去了東苑。

方嬤嬤帶著人端上飯菜，梅疏毓也餓了，顧不得了，大口地吃了起來。

花顏笑著說：「你慢點兒吃，我看著你吃飯，都怕你噎到。」

梅疏毓抬起頭苦兮兮地說：「表嫂，我為了早點兒趕回來，這一路上，只啃了幾個乾饅頭，連口湯都沒喝上。」

「喏，我這碗湯給你喝。」花顏將她面前的一碗湯品推給了他。

梅疏毓眉毛動了動，又給花顏推了回去，早先他沐浴時，問了小忠子，得知花顏有喜了，聰明地說：「別以為我不知道，你這是孕婦喝的東西，我才不要。」

花顏大樂：「你風塵僕僕的，這才補身體。」

梅疏毓搖頭：「我只喜歡啃雞腿吃燒鵝。」話落，又埋頭吃了起來。

「不必管他，吃破了肚皮也是飽死鬼。」雲遲拿過花顏的湯碗，盛了湯餵花顏，「今日與昨日的湯不同，乖，喝了它。」

花顏無奈，每一頓飯都要喝一碗湯，雖然每頓的湯都不同，前幾天喝著也沒什麼，但這幾天喝了她就反胃想吐，怎麼也不想喝了，但她又怕雲遲緊張擔心，所以就忍著反胃沒告訴他。但堅持了幾天下來，她有些堅持不住了，索性放下筷子，抱著他手臂撒嬌：「好雲遲，我今天不想喝了，明天再喝，行不行？」

梅疏毓抬起頭，睜大了眼睛，這是因為不想喝湯在撒嬌？多大的人了！

雲遲看著她，慢慢地放下碗，溫聲問她：「是不是喝了這湯難受？」

花顏沒想到他發現了，苦著臉點頭：「有一點兒，喝完就想吐。」

「算了，明日我問問天不絕，什麼能代替補湯。」雲遲又氣又笑，「忍著做什麼？不想喝與我說就是了。」

花顏也無奈地笑，嗔了他一眼：「這些日子我見你處處小心謹慎，不是怕你又添心思擔心嗎？朝事兒本來就一大堆，再加上個我，我怕你吃不消。」

雲遲拍拍花顏的頭：「吃得消，放心。」

梅疏毓又埋下頭，他也想找個媳婦兒了。

花顏忽然看著梅疏毓問：「你可還喜歡趙府小姐？」

梅疏毓一愣，又抬起頭，看著花顏，臉有些紅：「表嫂問這個做什麼？」

花顏笑：「你若是還喜歡她，哪一日我幫你問問她。」

梅疏毓連忙搖頭，咳嗽地說：「不要。」
花顏挑眉：「當真不要？」
梅疏毓點點頭，難得地甕聲甕氣地說：「我以前是挺喜歡她的，後來覺得沒戲，就放棄了。如今……」他拍拍胸脯，「男子漢大丈夫，先立業，再成家。」
花顏失笑：「行，既然你如今再沒心思，我就不給你做這個紅娘了。」
梅疏毓低下頭，繼續埋頭吃飯。
用過飯後，梅疏毓將南疆王在圈禁之地失蹤之事說了：「看管的人說自從南疆王進了圈禁之地後，覺得一輩子完了，每日不是買醉就是大睡，將自己關在房裡睡上三五日也是常有的事兒。所以，我去時，看管的人還以為南疆王在宿醉大睡。」
雲遲頷首：「可查了？是怎麼失蹤的？」
梅疏毓搖頭：「沒有人知道是怎麼失蹤的，禁地裡，一個人都沒少，只少了南疆王。我本要徹查，便收到了表兄您的傳書讓我回京，便立即起程回來了。」
雲遲點頭，對他道：「去歇著吧！明日接替陸之凌，掌管京中兵馬。」
梅疏毓點點頭，確實也累了，吃飽喝足，去了給他安排好的院落裡休息了。
花顏琢磨道：「葉香茗和南疆王的暗人都被我們拔除了，如今突然失蹤，我猜測也許與背後之人有關。」
雲遲道：「不無這個可能。」
花顏敲著桌面琢磨道：「還有柳芙香的死，早不死，晚不死……」話落，對雲遲道，「查武威侯了嗎？」

雲遲點頭：「我自監國之日起，無論是趙宰輔，還是武威侯，亦或者安陽王、敬國公等一眾朝中重臣，我都極其關注。尤其是自北地出了事後，背地裡更都再查了遍，沒查出什麼。」

隔日，雲遲帶著梅疏毓一起上了早朝。

朝臣們乍然見到梅疏毓，都驚了驚，沒想到他從西南境地回來了。

看今日他被雲遲帶上了早朝，都隱隱地猜測，這位昔日跟著陸之凌混鬧的梅府毓二公子怕是以後要在朝堂上立有一席之地了。

畢竟太子殿下破格提拔人才之舉已不再新奇，朝臣們都已適應了。

果不其然，雲遲早朝上宣布梅疏毓接替陸之凌的位置，掌管京城兵馬。朝臣們看著梅疏毓年輕的臉，還是又駭了駭，想著後生可畏。

下了早朝後，梅疏毓湊到了蘇子斬身邊：「表兄，你幫幫我唄。」

蘇子斬瞥了他一眼，倒也給面子，指點道：「你先去接手，有哪裡不順當，派人告訴我。」

梅疏毓樂呵地點頭，拱手一揖到底：「多謝表兄了。」

蘇子斬轉身走了。

陸之凌在京城時，京中兵馬已讓他馴服，在西南境地時，梅疏毓也是磨礪出來的人，又跟著陸之凌掌管西南境地百萬兵馬一陣子，所以，接手也不是多難。偶有難題，他有了蘇子斬那句話，便派人告知了他，蘇子斬當然輕輕鬆鬆給處置了。

所以，在陸之凌離開，梅疏毓接手後，京城依舊十分安平，沒出什麼亂子。

這一日，天氣晴好，太后坐不住了，出宮看花顏。

花顏看著太后樂呵呵地拉著她的手，眼睛一眨不眨地盯著她肚子，滿臉慈愛笑的合不攏嘴的臉，心情也跟著極好。

太后詢問了花顏的身體，詢問了東宮的廚子，見她氣色挺好，放下心來，囑咐她安心養胎，逗留了大半日，才依依不捨地回了宮。

太后剛走，敬國公夫人便派人來傳話，說明日想來看花顏。

花顏想了想說：「明日我回府，讓義母在府中等著我吧！」

敬國公夫人收到回話，有些不贊同地說：「既然有孕了，就該在東宮養著吧！你再去告訴太子妃，還是明日我去看她吧！」

敬國公在一旁說：「你懷著那個臭小子時，不也時常出府？」

敬國公夫人想想也是，又想到花顏那個性子，若是這一年都在府中悶著，怕是憋得慌。如今想來敬國公府，估計也是想出東宮透透氣，便打消了讓人再去傳話的打算，吩咐廚房準備明日花顏愛吃的菜。

傍晚，雲遲回府時，花顏便說了明日去敬國公府之事，怕雲遲不同意，不等他開口，便道：「三朝回門，拖了這麼多天，大哥離京時，我也沒出府去送，如今我身體沒有不適，出去走走，也無礙的，總不能一直悶在東宮不是？」

雲遲微笑，倒沒有不同意：「明日我送你去敬國公府，晚上我再去接你。」

花顏見他答應，笑著點頭。

轉日，雲遲早朝前，陪著花顏先去了敬國公府。

敬國公夫人見了花顏，笑著上上下下將她打量了一遍，知道雲遲要去早朝，便道：「太子殿下，將人交給我，你就放心吧！」

「辛苦義母了。」雲遲道，便與要上早朝的敬國公一起去早朝了。

敬國公夫人拉著花顏的手往裡走，同太后一樣，對她好生地詢問了一番，二人說著話，一日的時間很快就過去了。

傍晚時分，雲遲來敬國公府接花顏，見她一臉笑意，對她笑道：「看來這些日子，還真是把你悶壞了，以後常讓你出來走走。」

花顏笑著點頭。

轉日，雲遲早朝，福管家拿了一摞拜帖來見花顏：「太子妃，以前東宮沒有女主人，女眷們鮮少給太子殿下下拜帖來做客，如今東宮有了女主人，自然與以前不同了。這都是各府女眷們的拜帖，您看看，可接？」

花顏接過拜帖，厚厚的一摞，翻了翻，京中各大府邸夫人的拜帖幾乎都齊了，按理說，太子殿下是朝堂的風向標，太子妃則是內宅的風向標，內宅與朝堂素來息息相關，她應該接這些帖子，擇選重臣的夫人們見見，受拜見一番。

但若是都接見，估計要兩個月不得閒了。她這兩日發現不止喝湯會反胃，就是連吃飯，也都有些反胃，胃口一日好一日壞，難說得很，見見太后，去敬國公府一趟，這都輕鬆，但這麼多夫人的帖子若是都接，她估計會吃不消。

於是，她也不急著回覆，對福管家說：「待晚上太子殿下回來，我問問他的意思。」

福管家點頭。

當日，雲遲回來，便看到了沒收起來的那些拜帖，對花顏說：「梅府的人見見，安陽王妃見見。其餘人都推了吧！你吃不消。」

花顏都依他：「好，聽你的。」

二人本來說好，但轉日花顏早飯剛吃完，便「哇」地一口都吐了出來，雲遲嚇壞了，立即讓小忠子去請天不絕，他抱著花顏，看著她一下子蒼白的臉，心都提到嗓子眼了。

天不絕自從隔兩日給花顏把脈，每日給花顏熬安胎藥，雲遲便吩咐他不必住原來的院子了，讓他也搬進了東苑的廂房，就近照看花顏，所以，天不絕很快就來了。

天不絕給花顏把了脈後，道：「是孕吐，這個沒辦法，只能忍著，喝什麼藥都制止不了，這才剛開始，看你這情形，少說也要吐兩個月！」

雲遲頓時皺眉：「你是神醫，就沒別的法子嗎？再想想？這般吐兩個月，怎麼受得住？」

天不絕搖頭：「不用太子殿下你說，有法子我自然會給她使，這孕吐是真的沒法子。大多數孕婦，都要受這一遭罪，除了天生體質好的人，才沒有孕吐反應，吃什麼都香，但那極少見，孕吐才是正常的，忍著吧！」

雲遲無奈，心疼地看著花顏。

花顏吐完了，好受了，對他笑：「沒事兒，既然大多數孕婦都這樣，別人能忍受，我也能忍受。」

雲遲點點頭，他不能代替她，但看著她難受，心裡也不好受，但也沒法子。

關於拜帖之事，自然給推了，無論是梅府的人，還是安陽王府的人，只能暫且不見了。

這一日之後，花顏的孕吐便開始了，一日總要吐幾次，但天不絕說了，為了孩子的健康，哪怕吐的厲害，也要吃，哪怕吃完再吐。

這般一連折騰了些日子，花顏明顯瘦了一圈，早先的氣色也沒了，每日都懨懨的。

雲遲心疼不已，乾脆將議事殿搬到了東宮，朝臣們也跟著出入東宮。

京中漸漸地傳開了，太子妃孕吐的厲害，宮裡也得到了消息，皇上和太后擔心不已，太后恨不得住來東宮，還是雲遲給擋住了，讓皇上和太后別擔心，有他在，會照顧好花顏。

蘇子斬這一日來找雲遲議事，特意地看了看花顏，皺眉：「怎麼折騰成了這副樣子？是不是東宮的廚子不行？將我府裡的廚子給你送來？」

花顏剛想說不是廚子的事兒，病急亂投醫的雲遲點頭：「送來吧！」

蘇子斬看了雲遲一眼，於是很快的，他就將自己院子裡的所有廚子送來了東宮。

每個廚子做一道菜，花顏吃了不吐的，留在東宮，吃了吐的，送回他府邸。

花顏沒力氣反駁二人的決定，於是，留了兩名蘇子斬的廚子，每一日都算著日子，想著挨過孕吐的兩個月她就好了。

雲遲見蘇子斬送的廚子管點兒用，對他問：「還有什麼能管用的？止吐的，你都送來。」

蘇子斬閑閑地看了他一眼，轉頭將春紅倌的人送了一批來東宮。

這一批人，花顏曾帶著七公主去春紅倌時都見過。

花顏一見這一批人，頓時就笑了。

雲遲臉黑成了炭，寒著一雙眸子看著蘇子斬：「你是找死嗎？」

蘇子斬慢條斯理地說：「你看，她不是不吐了嗎？笑的這麼開心，可見是個見色忘吐的。」

雲遲忍了忍，看向花顏：「這些人留下？」

花顏好笑，對他擺手，瞪了蘇子斬一眼：「胡鬧什麼？趕緊將人送回去，我雖喜歡美人，但這普天之下，誰有你美？當初為了退婚胡鬧罷了。」

於是，蘇子斬揮手又將人送了回去。

不知是這一鬧又起了點兒效用還是怎地，花顏孕吐稍好了些，待她有了點兒精神關注外面時，發現已經到了年底了。

快過年了，京城漸漸地湧起了年節的喜慶氣氛，沿街賣對聯的賣窗花的賣福字的，各大首飾鋪子，成衣鋪子，胭脂鋪子都換了新貨，甚至是春紅倌，都進了新人。

花顏有了精神後，就跟雲遲商量：「過了年，這個冬天就過去了，可我還沒有看今年的臘梅花開呢。」

「府中不是有兩株臘梅？」雲遲瞧著她，見她有了些精神，氣色好了，他也鬆了一口氣。他什麼事兒都能代替她做，唯獨這懷孕的事兒，卻是讓他心急如焚也沒法子，甚至看著她難受時，恨不得一度都不想要這個孩子了。但他知道不可能，也就是心疼極了一瞬間想想罷了，還不能被花顏知道，若是被她知道，估計一年都不想理他。

花顏嘟起嘴：「那兩株臘梅人工修剪的痕跡太重，況且就兩株，能看出什麼味道？我聽說半壁山有一片山都是梅花，每年的冬天時，冷梅香飄十里。」

雲遲摸摸她的頭，在心裡掙扎著，知道她本就是愛玩的性子，自從大婚懷孕，就被悶在了東宮，後來孕吐又折騰這麼久，一日一日的幾乎都關在房裡，或者沒精打采地趴在床上，但哪怕她難受極了，也沒對他發過脾氣，在他心疼極了時，甚至還寬慰他沒事，忍的辛苦，雖然半壁山距離京城三十里，但她好不容易有點兒精神氣了，他也不忍心拒絕她。

於是，他點頭：「好，明日我休沐，帶你去半壁山賞梅。」

花顏勾著他脖子笑：「好雲遲，你真好。」

雲遲低笑，低頭吻她，她這陣子幾乎吃什麼吐什麼，很少能有進食的東西，所以，整個人輕軟的不行。他將她抱在懷裡，手臂抱著她的動作都不敢重了。

轉日，雲遲休沐，安排妥當後，用狐裘披風將花顏裹了，坐車前往半壁山。

車上鋪了厚厚的錦繡被褥，擱了好幾個手爐，外面雖寒風獵獵，但車廂內暖意融融。

花顏靠在雲遲的懷裡，把玩他的手指，雲遲輕點她眉心，笑問：「今天不難受？」

「有一點點。」花顏心情好，覺得厚重簾幕外透進來的微薄涼氣都新鮮的讓她聞著舒服。

「但願你這孕吐過去了。」雲遲將她的手握在手裡。

花顏點頭：「我也希望。」話落，她低頭看著自己裹的厚厚的披風，依舊一片平坦的小腹，她笑著說，「估計如你所願，是個女兒。」

「何以見得？」雲遲挑眉。

花顏笑著說：「我是個鬧騰的性子，如今這孩子在我肚子裡就開始鬧騰折騰我。」

「那可不一定，也許是男孩，只不過性子隨你。」雲遲笑道。

花顏想想也覺得有理「唔」了一聲，「若是個皮小子，估計比我難管多了。」話落，她心血來潮地問，「將來你不會打他吧？」

雲遲看著她：「怎麼？還沒生出來，就開始擔心我揍你兒子了？」

花顏好笑，嗔了他一眼：「說的好像不是你兒子似的？問問罷了。」

雲遲抱著她輕拍：「若是像你，我就不打，因為下不去手。」

花顏笑咪咪的：「像你呢？就打得下去手？」
雲遲「唔」了一聲，「也許。」
花顏不滿：「為什麼？」
雲遲輕笑：「因為我小時候，與蘇子斬打架，父皇罰了我好幾回。先生啟蒙後，初到上書房上課時，也挨了多次先生的板子。若是像我，我小時候被打過，他還能逃得了？」
花顏驚訝地看著他：「你那麼乖，還被父皇罰？被先生打板子？都是因為蘇子斬嗎？他總是惹你？」
「也不全是因為他，我也有淘氣。」雲遲淺笑。
花顏瞧著他，怎麼也想不出來雲遲淘氣是什麼樣？如此一想，她更期待這胎是個男孩了，她想看看他小時候到底什麼模樣。
愛一個人，愛到了骨子裡，恨不得參與他整整一生。
雲遲笑著摸摸她的頭：「我性子變穩重時，是在母后薨了之後。」
花顏收了笑，想著皇后薨了之後，雲遲的童年大約也被掐斷了沒了，從那之後，皇上、太后寄予厚望下，朝臣勾心鬥角下，他才漸漸地養成了涼薄的性子。
誰天生就涼薄呢？
她伸手抱住他的腰，輕聲說：「雲遲，我許你天長地久，但求山河永固，你心永不涼寒。」
雲遲心下觸動，他不太會說情話，更不如那些紈褲風流的公子們會調情逗趣，他唯有一顆心，沒識得花顏時，是涼的，雖不如蘇子斬那般寒冬三尺，但也是從內到外都涼如山泉，他愛花顏，愛的癡迷，愛入骨子裡。

在南疆時，他彼時只求這一世拉著她拽著她哪怕她不愛他也足夠了，他不想獨孤到老，還是希望身邊陪著他的是他喜歡的女子，心慕五年，做不到拱手相讓，哪怕那個人是在他心裡隱約有幾分虧欠的表兄弟，無論如何也沒想到自己會對花顏如此用情至深，深到將他身上所有的血液都翻滾起來。

他低頭看著花顏，抱著她身子的手緊了緊，低聲說：「嗯，我有你，哪怕山河不永固，也足矣。」

江山是他的責任，但他心甘情願為她淪陷。

一個時辰後，來到三十里外的半壁山腳下。

小忠子在外請示雲遲：「殿下，有兩條上山的路，前山和後山……」

「走前山。」雲遲吩咐。

小忠子應是。

花顏想著前山的路去賞梅之地，遠了些，要繞過一座山頭，但馬車好走，後山的路距離賞梅雖近，但車馬難行顛簸。

她對雲遲小聲說：「走幾步路也行的，沒那麼嬌氣。」

雲遲眉眼裡全是寵溺，道：「你就是該嬌氣點兒，什麼都自己忍著，我還怎麼寵慣你？」

花顏輕笑：「我如今已經嬌氣的不行了，偏偏在你眼裡，這還不算什麼?!」話落，輕嗔眉目，「沒見這麼會寵慣著人的。」

雲遲摸摸她的臉，愛憐地說：「若非因我，你哪裡會受苦？我寵慣著也是應該的。」

他恨不得將天下至寶都堆在她面前，但偏偏，她兩世，什麼沒看過？什麼沒有？唯這一顆心，他能拿得出手罷了。

馬車上了山，進了山門，住持方丈等在門口，見了雲遲的馬車，雙手合十，道了聲「阿彌陀佛」，「太子殿下，太子妃，天色還早，先去禪房休息片刻，再去賞梅也不遲。」

雲遲點頭應下：「好，聽方丈住持的，去休息片刻。」話落，扶著花顏，小心翼翼地下了馬車。

住持方丈自然也聽聞了花顏有喜的消息，若非刻意隱藏，京城本就藏不住祕密，更何況雲遲和花顏本就沒有隱藏，這等大事兒，漸漸的，這一段時間，已傳的天下皆知。

雲遲握著花顏的手，二人隨住持方丈去了德遠大師的禪房。

花顏掃見山門口在他們來之前還停了一輛馬車，沒有標識，她隨口問：「那輛馬車是何人的？」

住持方丈看了一眼，道：「是武威侯府一位庶出公子的，今日正是七七四十九日，他來給武威侯繼夫人做齋戒。」

「哦？哪位庶出公子？」花顏感興趣地問，想著柳芙香那女人還有人緣？有庶子給她做超度齋戒？

「是武威侯府的庶出三公子。」方丈大師解釋道，「這位小公子似乎曾得繼夫人照拂過。」

「蘇玉竹？」花顏記得她只見過武威侯府的一位庶出公子，是曾經與五皇子和十一皇子一起時遇到的，似乎就是在侯府排行行三，她記得是這個名字，當時他介紹自己時，是個顯得很局促的少年。

「嗯，正是他。」住持方丈點頭。

花顏想著正好，她也正想抓個人問問柳芙香在武威侯府中的事兒，就他了。

一路說著話，住持方丈將雲遲和花顏請到了德遠大師的禪房。

剛進了院子，德遠大師便迎了出來，他身後跟著一個少年，正是武威侯府庶出三公子蘇玉竹，與十一皇子差不多大的少年，少年似比花顏第一次見長高了些，看著挺俊秀。

德遠大師打了個佛偈，給雲遲和花顏見了禮，蘇玉竹則是跪在地上，行了個大禮。他是庶出公子，因為身分的原因，自然不比蘇子斬，見到太子，自然要下跪。

雲遲看了他一眼，溫聲說了句：「起來吧！」

蘇玉竹站起身，不敢抬頭。

花顏笑著說：「上次見你，雖也有些拘謹，但比今日卻強些，怎麼今日連頭都不抬了？」

蘇玉竹慢慢地抬頭，瞅了雲遲和花顏一眼，臉微微地紅了，攥著袖子，壓制著緊張地說：「上次是許久之前了，那時不懂規矩……」

「行了，逗你呢。」花顏笑著擺手，「你進來，今日趕巧了，我有話問你。」

蘇玉竹打住了話，終於又抬頭看著花顏，似疑惑她要問什麼，但還是應了聲：「是。」

一行人進了屋，坐下身，花顏對蘇玉竹問：「我想瞭解些武威侯繼夫人在侯府中的事兒，你隨便說，大事兒小事兒，都可以。你既能來給她做齋戒，想必對她瞭解不少。」

蘇玉竹一愣，似沒想到花顏問他這個，他看向雲遲。

雲遲淡笑：「說吧！」

蘇玉竹似面對二人有些緊張，一時間似不知道該從哪裡說，直到花顏給他起了個頭，讓他說她怎麼照拂他，他似乎才有了話。

花顏聽著蘇玉竹說柳芙香，柳芙香這個女人，雖然在花顏看來，很蠢很笨，但她也不是沒有聰明的時候，大約蠢笨都用在對蘇子斬和他的事兒上了。

柳府和武威侯府是世交，柳芙香年少時，因她性子活潑，投武威侯夫人脾氣，武威侯夫人喜歡她，所以，常讓她來往侯府，所以，她對武威侯府一直以來都很熟悉，包括武威侯府的所有人。

先武威侯夫人在時，似乎不怎麼管內院，她一心都撲在蘇子斬的身上，想法子尋找名醫給他治寒症，武威侯的庶子庶女好幾個，側室小妾也有好幾人，主母不管內院，就導致內院的側室小妾明爭暗鬥。

柳芙香還沒嫁給武威侯時，曾有一次從一位側室的手裡救了蘇玉竹，所以，在武威侯夫人無緣無故死在東宮後不久，柳芙香嫁給了武威侯，那些等著扶正的側室和小妾都恨死柳芙香了，唯獨蘇玉竹的母親念著她昔年的幫助，處處照應幫襯柳芙香在繼夫人的位置上立穩腳跟。

所以，這些年，柳芙香雖名聲不好，外面各府的夫人小姐們都看不上她拋棄蘇子斬嫁給武威侯弄的人家父子不和關係崩裂，沒什麼人與她真交心，沒什麼人緣，但在侯府內院，蘇玉竹的娘卻是那個例外，對柳芙香不錯，柳芙香坐穩了繼夫人的位置後，對她們母子也不錯。

花顏聽了一堆蘇玉竹說的柳芙香在侯府的瑣事，武威侯對她不好不壞，對內院的女人也不好不壞，雖嘴上鮮少提蘇子斬的娘，但每年在她的忌日，都會在她昔日的院子裡待上整整一日，不吃不喝。

雖然花顏覺得深愛一個人，無論是男人和女人，都該眼裡揉不進沙子，就如雲遲與她，一生一世一雙人，但是也不能全盤否定武威侯對先夫人就是不愛，畢竟人與人的深愛不同，天下男子大多都三妻四妾。

蘇玉竹不明白花顏為何要聽侯府內院這些事兒，但還是撿想到的知道的都說了。

一個多小時後，花顏也聽的差不多了，對他淺笑：「難為你了，多謝。」

蘇玉竹搖搖頭，他雖還是個少年，但不傻，知道花顏不是沒有緣由的問這些侯府內院的瑣瑣碎碎的事兒。

雲遲見花顏打住話，看了一眼天色：「歇息夠了嗎？若是今日累，就在這裡休息一夜，明日再去賞梅？」

花顏搖頭，年關已至，雲遲的事情本來就多，今日已是抽出空閒來陪她一日，若是明日再耽擱一日，他怕是後面不知道要忙成什麼樣，她笑著搖頭：「一路都是坐車而來，如今又在這裡歇了一個多時辰，哪裡有什麼累？走吧！天色還早，我們去賞梅，賞完梅，就回東宮。」

雲遲見她精神不錯，還真沒看出來累的樣子，笑著點頭。

於是，二人出了清水寺。

在山寺門口與德遠大師告辭時，德遠大師對花顏道：「太子妃近來可曾為自己卜過卦？」

花顏歪著頭笑看著他：「怎麼？老和尚，你要給我卜一卦啊？」

德遠大師笑著雙手合十：「阿彌陀佛，老衲可不敢給你卜卦了。」

「我如今靈力盡失，還哪裡有力氣給自己卜卦？」花顏笑問，「你從面相看出了什麼，直說就是。」

德遠大師笑著看了雲遲一眼，雙手合十不鬆開，道：「桃花劫。」

花顏大樂。

雲遲臉微沉：「本宮每日盯著她，她如何還能有桃花劫？」

花顏挽著他手臂，笑吟吟地道：「也許說的就是你呢，每日盯著我看著我，不准我做這不准我做那，喝口茶涼了不行熱了也不行的，你可不就是我的桃花劫嗎？」

雲遲也忍不住笑了，但還是盯著德遠大師：「大師說的桃花劫，可否給本宮做個指引，提點一二。」

德遠大師道：「老衲觀看太子妃面相，印堂帶有桃花色，桃花有雲霧罩，故而稱作桃花劫。」話落，又道了聲「阿彌陀佛」，「老衲能卜天下人卦象，唯二人卜不出來，便是太子殿下與太子妃。」話音一轉，又道，「不過這桃花色稀薄，雲霧卻濃，雖有煞氣，卻不帶殺氣，當是無礙，忍不住提醒太子妃一二罷了。」

花顏偏頭想了想，轉頭問采青：「可帶有鏡子？」

采青點頭，立即從袖子裡拿出一面鏡子遞給花顏。

花顏拿著鏡子照自己，盯著鏡子中的自己看了一會兒，笑著將鏡子遞回給采青，對德遠大師撇嘴：「老和尚那半吊子的本事，糊弄逗人卻說的一板一眼，虧你還是個出家人。」話落，對他嗤笑，「我看你才面有桃花劫呢。」然後，不再理他，對雲遲笑，「別聽他的，我沒有這東西，走啦走啦，去賞梅。」

雲遲微笑著點頭，任由她拉著走了。

二人走遠，住持方丈將信將疑地問德遠大師：「師叔，您當真一本正經地在太子妃面前糊弄逗人？」

德遠大師笑：「嗯，太子妃記仇，老衲也記仇，一報還一報。」

住持方丈愕然，當初那「大凶」的姻緣籤之事都過去多久了？這仇也記的太久了吧？

雲影沒隨著雲遲離開，而是聽了二人的話，才從暗處離開追了上去。

半壁山後，有一大片山坡都種著梅樹，寒冬時節時，便會十里梅花開，是半壁山的一景，每逢冬日天氣晴好時，便有許多人前來賞梅，文人騷客，絡繹不絕。

如今因花顏懷有身孕，所以，雲遲為了顧及花顏身體，也為了避開人多處，便繞山寺多走了遠路，來到了人煙稀少的賞梅之地。

從山下賞梅與從山上賞梅風景自然不同，站在半山坡處，舉目下望，紅梅如錦，奪天地之色，雖今日天氣晴好，但早兩日下的雪還未化，整個半壁山一片白雪皚皚，白雪上植著一株株紅梅，爭相開放，如紅錦雲霞。

雲遲低笑，從身後擁著她：「怪不得你心念著來賞梅，果然值得一賞。」

花顏身子往後仰靠著他，任由他雙臂鎖著她在懷，目視著前方：「你從沒來賞過梅嗎？」

雲遲搖頭：「不曾有過。」

花顏心疼，手腕抬起，往後微微一摸，輕輕溫柔地拍了拍他的臉，軟聲軟語俏皮地說：「可憐的孩子，幸好你娶了我，否則一輩子多沒趣。」

雲遲低笑，扳過她身子，圈在懷裡，低頭吻她，話語輕輕地帶著暖風般的笑意：「嗯，幸好娶了你。」

花顏望著紅梅雲海，有些可惜地遺憾地歎了口氣。

「怎麼了？」雲遲低頭問她，「方才還好好的，怎麼忽然就歎氣了？」

花顏瞧著他，面前的這個男子，如玉身姿，如玉容色，哪怕她日夜已看了他許多次，但每看一次，還是讓她心口跟著發熱。

她伸手勾住他脖子，低聲跟他說了一句話。

雲遲聽完，耳根子驀地紅了，漸漸的，紅暈從耳根子爬上如玉臉龐，如畫的眉目也染了一層春水之色，這一霎那，就如玉蘭花開。

花顏睜大了眼睛，驚奇地看著雲遲，沒想到他竟然還能因為她的話綻放出如此色彩，她心中嘖嘖著，然後，歪著頭抱著雲遲的脖子笑：「雲遲啊！你是什麼寶貝？怎麼就好巧不巧地落在我手裡了呢？」

雲遲又因為花顏這一句話，臉上的霞色似更紅了些。

花顏笑的歡快，想著她這一世，見過無數人，青樓酒肆，畫舫歌坊，胭脂巷，美人街，她也是玩耍過來的人，看多聽多，但偏偏，沒多少能夠學以致用來調戲人，往往也就是低低喊一聲「雲遲我想你」，他便在燈影幢幢中，魂夢難歸。

她貼在他耳邊，面對無聲不語的他，又低聲說：「咱們回去吧？我如今身子無礙了，據說可……」

雲遲手臂微緊了緊，低頭看著她，一雙眸子瀲灩而低沉，聲音微啞：「當真可以嗎？」話落，眸中光色隱去，克制地說，「別胡鬧。」

「可以呢，你若不信，待回去後，我們問問天不絕。」花顏小聲說。

雲遲深吸一口氣，低啞地問：「不賞梅了？天色還早。」

「不賞了，這滿山梅花，也沒有你好看。」花顏搖頭。

雲遲的臉騰地又紅了，猛地握住她的手，寬大的衣袖掃過，蓋住她的臉，克制地壓低聲音警告：「不准勾引我。」

花顏低低地笑：「明年再來賞梅，我一定拉你進梅海深處，今日這筆帳，我先記著。」

雲遲忍了忍，也沒忍住，當即拿開袖子，攔腰將她抱起，向馬車走去。

花顏勾著雲遲的脖子，在他的懷裡笑。

二人賞梅，采青、小忠子等人都識趣，不敢跟的太緊，自然聽不到二人說了什麼，只看到太子殿下繃著一張臉，抱著太子妃上了馬車，之後，簾幕落下，傳出雲遲克制不辨喜怒的聲音：「回宮。」

小忠子和采青對看一眼，連忙應是。

馬車離開半壁山，折返回京城，如紅霞雲錦的紅梅被遠遠地抛開。

花顏上了車後，便窩在雲遲的懷裡，她是個興起了心思便忍不住鬧騰的性子，如今上了馬車，車廂簾幕緊閉，沒了人看著，她乾脆地扯開了雲遲披風的帶子，又動手解他衣扣。

雲遲按住了她的手，眸光湧動，但依舊克制：「乖，別動。」

花顏仰著臉看著他，看著他忍著的模樣，忽然心思發壞，臉色一變，控訴他：「雲遲，自從有了孩子，你就不愛我了。」

雲遲愕然，臉色紅暈微退：「胡說什麼！」

花顏心思越發地壞，一雙眸子控訴感更強：「你看看你，你還凶我。」

雲遲默了默。

花顏摸準了雲遲，眼睛泛出委屈之色，臉上也泛出委屈之色，眼眶忽然紅紅的，有些發濕：「是不是你後悔娶了我，本來覺得我是個美人，可是自從我孕吐折騰的不成人樣，跟個女鬼似的，你就越發看我不順眼了？外表哄著我，心裡卻恨不得離我要多遠有多遠，如今我不孕吐了，你也……」

雲遲似乎再也聽不下去了，卻又拿她無可奈何，乾脆將她臉扳正，按在他懷裡。二人賞梅時，身上沾染了梅香，此時清冽甘甜，沁人肺腑。

花顏心下滿意，反正回京要三十里地還早呢，反正馬車裡有暖爐手爐暖意融融，車廂內封閉的嚴實有錦繡被褥，反正面前的這個男子是她的男人，她想看他，何必忍著自己？

雲遲察覺了，按住花顏的手。

花顏手動不了，給氣著了，無可奈何之下，也不用裝了，眼睛真濕了，犯了淚花，淚眼濛濛的。

雲遲看清了，一下子嚇壞了，無措地喊她：「花顏，花顏……」

花顏氣的想給他一巴掌，卻又捨不得，明明如此聰明的一個人，怎麼如今就這麼笨呢，一點兒也察覺不了她的心思。她氣的瞪著他，瞪著瞪著，眼睛就迷濛了。

雲遲心有些慌：「你是不是不舒服？天不……」

他剛要喊天不絕，被花顏一手捂住了嘴，一手用袖子抹了一把眼睛，又氣又惱地說：「我想你了啊！笨蛋！」

雲遲面色微僵，身子也僵了。

花顏看著他的模樣，執著地瞪著他。

雲遲的臉慢慢地爬上紅暈，看著懷中的人兒，一張臉嬌豔如花，他呼吸窒了窒，想說這是在馬車上，但看著她執著的勁兒，閉了嘴，他從沒在馬車上不合規矩過，雖然祖宗的規矩被他打破了不少，但不包括這一樁。

花顏瞧著雲遲變幻的臉色，也懂了，暗暗地歎了口氣，那執著勁兒一下子就散了，又氣又笑，無奈地小聲說：「罷了罷了，你是我夫君，不難為你了。」

花顏鬆開了手，閉上了眼睛，心中想著她是孕婦啊！怎麼今日就又沒忍住發瘋了呢？雲遲不由著她鬧也是對的，若是由著她這般鬧法，是一時讓她快意了，但太子殿下威儀何在？他又不是不要面子的。

這麼一想，心裡也沒氣了，軟軟地伸手抱著他的腰，偎在他懷裡，安靜了。

她這般安靜了，卻讓雲遲不能平靜，雲遲伸手去拉她的手，默不作聲地讓她的手勾住他。

花顏睜開眼睛，眨了眨眼睛，看著雲遲，見他臉色微紅，微抿著唇，不發一言。

花顏瞧著他的模樣，這模樣是准許她胡鬧了，她卻鬧不下去了，「撲哧」一下子樂了，撤回手，輕輕拍拍他的玉顏，「太子殿下，乖啊！別胡鬧，這是馬車上！」

雲遲反而執著了，又扯過她的手。

花顏軟聲軟語對他道歉：「是我不對，是我胡鬧，別跟我一般見識好不好？都說孕婦一日三變，性情時晴時陰，琢磨不透，我想，我也是有孕後就傻了，不懂事兒了……唔……」

……

花顏想著她是把雲遲惹急了嗎？道歉也不管用了嗎？那她該怎麼辦？似乎她與雲遲相處以來，鮮少有拌嘴時，更遑論吵過架了？她也不曾哄過他，都是他哄她。

她素來也不是無理取鬧的人，他哄她大多也就限於哄她吃東西，哄她說話，哄著她分散因為孕吐的難受，如今這種情況，算是打架嗎？她拿不准。

大約是她眼睛睜的太大，瞪的太緊，眼珠子轉著想著心思，雲遲很快就發現了，微抬起頭，看著她，沙啞地低聲說：「不是想我了嗎？是我不對，不該……」

花顏無言地瞅著他，瞅著瞅著，忽然就樂了，輕柔地說：「別鬧了，是我剛剛混帳，馬車雖暖和，但也還是冷的，凍著了你，再沾染了我，若是染了風寒，不用天不絕罵我，我就自己先受不住。乖哦，你不能這麼縱容我，不縱容才是對的。」

雲遲沉默了片刻，低聲說：「不生氣了？」

「不生氣了，不生氣了。」花顏連連點頭，「就算要胡鬧，也要等生了孩子後，雖然難忍，但忍忍也就過去了。」

雲遲伸手抱住她，這個人兒，一顰一笑一嗔一惱，都牽動著他，他既捨不得不縱容她，又怕縱容的太過讓她難受後自己又後悔自責，但好在她雖胡鬧，但不是胡攪蠻纏不講理，哪怕發了脾氣，轉眼就想通了，乖的不能再乖的道歉來哄他。

她輕輕軟軟的聲音，將他的所有浮躁都壓了下去。

天下多少人都覺得花顏嫁了他是她的福氣，可是只有他知道，娶了她，才是他天大的福氣。上天入地，他都不能再找到第二個花顏，這樣讓他疼入心坎裡的可心人兒。

第一百二十六章　宮宴下的波譎雲詭

一路回到東宮後，雲遲下了馬車，抱著花顏進了鳳凰東苑。

花顏折騰這一日，也已累了，下車時，已迷迷糊糊了，當雲遲將她抱進屋，放在床上，解了她披風，她便翻了個身，睡著了。

雲遲給花顏蓋被子，便坐在床邊，揉著眉心，無奈地看著她笑。

她如今倒是睡下了，偏偏他難受得緊，卻只能忍耐著。以前清心寡慾多少年也不覺得，如今被她稍微一個眼神一句話便受不住。

他坐了好一會兒，想去洗個冷水浴，但是知道無論是福管家還是方嬤嬤，若是知道了一定不准，就是小忠子估計也會嚇死嚇活地嚎兩嗓子。

他又狠狠地揉了揉眉心，對外喊：「小忠子。」

「殿下。」小忠子小心翼翼應聲。

「去請天不絕來給太子妃把脈。」雲遲吩咐。

小忠子應是，立即去了。

雲遲看著花顏的睡顏，想著不管怎樣，是該問問天不絕能不能行房，若是不能，他乾脆打消了心思，也免得難受，若是能行，他自然也不想忍著了，輕一些。

天不絕就在東苑，很快就來了，進了屋，給雲遲見了禮，便給花顏把脈。

片刻後，天不絕道：「好好的，沒大礙。」話落，問，「今日可曾又吐了？」

「沒有，這一日她都沒吐。」雲遲搖頭。

天不絕捋著鬍鬚笑：「她就是個悶不住的性子，大約出去一趟，心情好，以後還是該讓她多出去走動走動，這樣悶在東宮關著不行。多走動，將來也利於生養。」

雲遲點頭，問：「她今日不吐了，是不是說明以後都不吐了？」

天不絕搖頭：「這也不好說，孕婦本就一日胃口好，一日胃口壞的，不過大約已過去了最厲害的一個月，後面哪怕再吐，想必也輕了。」

雲遲頷首。

天不絕打量雲遲面色，看著他似乎還有什麼話要問，便也沒急著走：「太子殿下還有什麼話要問，便問吧！」

雲遲掩唇低咳了一聲，但還是故作鎮定地道：「以她如今的身子，是否孩子出生前，都不能行房？」

天不絕挑眉，好笑地看了雲遲一眼，故意道：「這就忍不住了？」

雲遲又咳嗽了一聲，對上天不絕的目光，坦然地說：「本宮只是問問。」

天不絕雖對雲遲因為身分偶爾有恭敬，但卻不怕他，有時開幾句玩笑，以他的本事在，與花顏的交情在，所以，今日便又忍不住想逗他：「太子殿下若是忍不住，可以納兩名側妃進府，或者不納也行，收兩個丫頭在身邊暖床就是了。何必……」

雲遲板起臉，沉了眉目，涼涼地看著天不絕。

天不絕吸了一口氣，住了嘴，年紀輕輕的太子殿下，好說話時是極好說話的，真溫和時也是極溫和的，但若是冷了臉時，那真是拂袖一下，都能讓天地震三震，所謂雷霆，不聲不響發作時，才震天動地。

將當朝重臣推出午門外斬首，這事兒有過，從那之後，沒人敢忘記這事兒。

那時候天不絕聽著還嘖嘖兩聲，想著太子殿下雖年輕，但架不住厲害，如今他看著雲遲這目光，殺氣不顯，但他似乎已經死了，他哪怕知道沒事兒，他後背和脖子也寒了寒。

他摸了摸鼻子，改口換他咳嗽道：「哎，一把年紀了，有時候腦子不清楚，就喜歡胡言亂語，太子殿下恕罪。」

雲遲哼了一聲，依舊涼著目光：「你是欺負本宮呢？還是欺負她呢？」

天不絕笑著道：「不敢不敢，在東宮太閒了，才暈了頭說胡話。」話落，立即說，「按理說，懷孕三個月內，不太適合行房，但若是身子骨好，動作輕一些，也是可以的。」說完，又補充，「有我老頭子在，只要別太勤快了，就沒事兒。」

「勤快是幾日？」雲遲怕花顏胡鬧，覺得還是該瞭解清楚。

天不絕眨眨眼睛：「三五日吧！」

雲遲點頭，對他擺手：「本宮知道了，你去吧！」

天不絕轉身走了，這裡他一刻也不想待了，再待下去，雲遲的眼神就能凌遲他，他還想開心地多活幾年。

雲遲見花顏睡的熟，便去了書房，待他處理完事情回房，花顏還在睡。

小忠子悄聲在門外問：「殿下，您用膳嗎？」

雲遲想喊醒花顏，但又捨不得喊她，正猶豫間，花顏已醒來，迷迷糊糊地說：「用，我餓了。」

雲遲微笑，這麼小的聲音，小忠子自然聽不見，他吩咐：「擺膳，太子妃醒了。」

小忠子應了一聲，立即去了。

雲遲低頭看著花顏，見她還睏的睜不開眼睛，笑問：「餓醒了？」

花顏「唔」了一聲，伸手摟住雲遲的脖子，腦袋在他懷裡蹭，軟綿綿地說，「比起吃飯，我想吃你了。」

雲遲低笑，低頭順勢咬她耳朵，在她耳邊說：「吃完飯就讓你吃我，好不好？」

花顏倏地一下子睜開了眼睛，瞧著他，一下子醒了，腦子運轉了一下，問：「你問過天不絕了？他說行？」

「嗯，別太勤了，十日八日一次，沒什麼問題。」雲遲低聲道。

花顏摟著他笑：「所以，你是不是也想我了？」

「嗯。」雲遲點頭，「早就想你了。」

方嬤嬤帶著人端來飯菜，雲遲抱著花顏到桌前坐下，他捨不得將她放下，便抱著她在懷裡餵她吃。

花顏靠在他懷裡，小聲說：「小時候都沒這待遇，怎麼越活越回去了，被你慣的跟個小孩子似的。」

雲遲低笑：「不舒服嗎？」

花顏搖頭：「舒服的很。」

雲遲餵花顏一口，自己吃一口，便這樣，一頓飯吃了大半個時辰。

飯後，兩人開啟了暮雨朝雲的美好時光……

……

轉日，雲遲一早上朝，花顏昨日累了，沒醒來，睡的沉。雲遲悄悄起了，出了房門。

這一日，朝臣們都能感覺到太子殿下心情好，春風拂面。

花顏一覺睡到晌午，醒來後，也心情很好，但她的好心情也僅僅持續到吃過飯，剛吃完，便又吐了個昏天暗地。

采青和方嬤嬤嚇壞了，連忙喊來了天不絕。

天不絕給花顏把脈後，捋著鬍子道：「就是孕吐，沒事。」

花顏有氣無力的：「怎麼又開始了？」

天不絕翹子翹了翹：「有的人因為體質的原因，要從懷孕起吐到生，你這體質，大概就是這樣。」

花顏的臉一下子垮了下來：「不會吧？」

「說不準，忍著吧！」天不絕道。

花顏難受的摸著肚子：「這小混蛋，還沒出生，就開始折騰我，等生出來，一定不好管。」

天不絕呵呵地笑：「若是比你小時候還加個更字，那是比較難管。」

花顏無奈：「我還以為昨天一天沒吐，不再孕吐了呢。」

「懷孕就是這樣，好一天壞一天，忍著吧！十月懷胎，為母者哪能那麼容易？」天不絕道。

花顏點頭，仰倒在床上，歎氣，繼續忍受來自肚子裡那個小傢伙的甜蜜的折磨。

雲遲晚上回來，見花顏又沒了精神勁兒，在燈光下，小臉蒼白，他面色微變：「怎麼了？又難受了？可是我昨日太過分了？」

昨日還好好的，今天就這樣了，由不得他不多想。

花顏搖頭：「跟你沒關係，又孕吐了。」話落，將天不絕的話說了。

雲遲將她抱在懷裡，心疼不已：「如此辛苦，生了這個再不生了。」

花顏抿著嘴笑：「辛苦是有點兒，不過也沒那麼嚴重，用十個月換一個寶貝兒，還是值得的。你不能被嚇到，據說每一胎的反應都是不一樣的，也許再生就不會這樣了呢?!」

雲遲搖頭：「總之是很難受的，再不要了，那麼多兄弟，皇室子嗣也夠多了。」

花顏好笑，窩進他懷裡，若魂咒還未消失，她哪裡還有機會再生一個？

不過這話她是不會跟雲遲說的。

年關京城各大府邸開始來往送禮走動，因花顏孕吐，不能理事兒，東宮還依照往年慣例，由福管家打點。

福管家也知道太子妃每日孕吐難受，多數時候請示雲遲，儘量不拿東宮的事務煩花顏。

近來，京城一直平靜的很，過年的氣氛熱鬧，朝中諸事雖多，但忙而不亂。

轉眼，便到了除夕這一日。

這一日，雲遲和花顏自然是要進宮的，宮裡晌午有宮宴，晚上各大府邸自己設宴守歲。

大清早，皇帝便派人來問，擔心花顏孕吐的身體，問是否能夠進宮參加宮宴?若是不能進宮，也沒關係，便在東宮休養，不必進宮了。

雲遲看向花顏，見她今日氣色雖不太好，但也不太差，詢問她的意思。

花顏自從半壁山賞梅回來，又因為孕吐在屋中悶了十多日，今日也不十分難受，況且她身為雲遲的太子妃，大婚之後本該與各朝臣府邸家眷們多加走動來往，她因為孕吐都推了，今日宮宴，若是再不去，也未免讓人覺得太嬌氣了。便對雲遲道：「今日好多了，去吧！」

雲遲頷首，便吩咐小忠子去給皇帝回話，今日他攜太子妃入宮參加宮宴。

皇帝聽聞雲遲回話，花顏可以參加宮宴，大為高興，便下旨，朝中五品以上官員及家眷，皆可入宮赴宴。

太后聽聞花顏能入宮，也很高興，自從她上次去東宮探望了花顏一回，再沒見著花顏，雲遲攔著不讓，她只能無奈隔三差五命周嬤嬤前往東宮詢問花顏情況。

雲遲上面三個兄弟，都早已大婚，膝下已有子女，但無論是皇帝，還是太后，最盼望的卻是雲遲膝下有子，在他們的心裡，那才是他們真正想要的金孫，是南楚未來江山的繼承人。

所以，花顏大婚後便傳出有孕的喜事兒，花顏不是不育，是真的能生育，讓他們每一日都精神抖擻，派人盯著，生怕有個好歹。

朝臣以及家眷們有許多都還不曾見過太子妃，按理說，太子殿下大婚後，東宮有了女主人，便會與各大臣府邸來往走動，但太子妃很快就傳出有孕的喜脈，接著又孕吐的厲害，除了皇上太后外，也只去了敬國公府一趟，包括梅府的人在內，反而都沒見著花顏。

於是，大家藉此機會，都想見見自大婚後一直閉門在東宮養胎的太子妃。

這日，天上又飄起了雪，清晨起來，下到天亮，地面上已一層雪白。

方嬤嬤帶著人捧著太子妃正裝的衣物首飾，侍候著太子妃綰髮換衣，換了正裝的花顏，多了幾分精神和氣色。

雲遲立在一旁看著，蹙眉：「這衣裝未免太厚重了些，你可受得住？」

花顏動了動身子，笑著說：「受得住啊！穿的多暖和，偌大的宮殿，地龍燒的沒那麼暖，估計還會有些冷的，多穿些禦寒。」

雲遲微笑：「你身邊會放著暖爐，不會冷到你。」

「這是我大婚後第一次正兒八經見人的機會，總要莊重些，不能給你丟臉，忍一個宮宴而已，我哪那麼嬌氣忍不住？」花顏好笑地看著他，從首飾裡選了一株玉蘭花的玉步搖遞個他，「幫我插上。」

雲遲瞧了一眼，身穿太子妃正裝的花顏，因有孕，不敢多施脂粉，恐對胎兒不妥，但淡施脂粉，輕掃娥眉之下，雖依舊有幾分隱隱被孕吐折騰的清瘦蒼白，但絲毫不損她容色之盛。

他拿著玉蘭花的玉步搖對著她已綰好的髮髻打量了片刻，擇了一處，將玉步搖穩穩地插在了她髮間。他插好後放手，問：「如何？」

花顏照著鏡子點頭：「真好看。」

雲遲低笑，雙手放在她肩膀上，從後往前將她圈住：「玉步搖好看，不如本宮的太子妃更好看。」

花顏瞧著鏡子中兩人挨在一起的臉，笑吟吟地說：「太子妃好看，不及太子殿下更好看。」

雲遲笑出聲，伸手將她拉起來：「走吧！父皇和皇祖母估計脖子都伸長了。」

花顏順勢站起身，采青捧來披風，雲遲伸手接過，為花顏將披風繫好，又自己披了披風，出了鳳凰東苑。

天空飄著雪，雲遲撐著傘，握著花顏的手，低聲對她說：「走慢點兒，若是皇祖母看到你邁這麼大的步，心怕是會嚇的跳出來。」

花顏笑，目光看向傘外：「這雪估計又要下兩日。」

雲遲點頭：「今年多雪。」

花顏轉頭問他：「這一陣子你是不是都在忙各地雪災之事？朝廷人手夠用嗎？」

這麼些日子，她孕吐的厲害，今日才有閒心問他關於朝中事兒。

「嗯。」雲遲頷首，「新科學子們留京了幾人，其餘人多數都被下派去了京外述職，首要之事，便是賑災救民，保證今冬百姓們少有餓死凍死，收效比往年強些。畢竟今年多地大雪，沒造成大批災民，已是不錯。」

花顏頷首：「無論是朝中事兒，還是我的事兒，你近來都累瘦了。」

雲遲搖頭：「不累。」

花顏問：「都這麼久了，還沒收到十六的消息，大哥在西南境地，可查出南疆王是怎麼失蹤的了？可給你來信了？哥哥最近也沒來信，不知道他那邊可有什麼進展？」

雲遲伸手揉揉她腦袋：「別急，沉不住氣，就輸了，總會有消息的，也總會查出來的。」話落，對她道，「你如今就要少思少想，切忌多思多慮。」

花顏閉了嘴，笑著嘟囔：「好，你想讓我一心養胎，什麼事情也不告訴我，依你就是了。」

二人上了馬車，前往皇宮。

今日雖有雪，但因是除夕，所以，街道上依舊披紅掛彩，十分熱鬧，叫賣要喝聲不絕於耳。

花顏忍不住伸手挑開簾幕，向外看，瞧了一會兒，對雲遲笑：「臨安每年除夕夜，比京城要熱鬧得多，可玩的花樣也比京城多。」

「哦？」雲遲笑問，「都有什麼？」

花顏掰著手指頭道：「賽馬、賽舟、賽曲藝、雜耍、舞獅等等，多著呢！」

「那可真是有意思。」雲遲道，「京城過年，不比臨安，只有元宵夜的花燈會才會熱鬧些。」

花顏落下簾子，挽著他手道：「等元宵節花燈會，你陪我出來看花燈好不好？」

「好。」雲遲笑著點頭，花燈會雖人多，但他護著些，應該無礙。

二人一路說著話，來到了皇宮。

宮門口已停了無數馬車，有的車輛陸陸續續到來，見到了東宮的馬車，都紛紛避讓開，讓太子的馬車先行。

雲遲的馬車直接進了宮門，先去帝正殿見皇帝，然後再去甯和宮見太后。

皇帝的帝正殿內，有幾位朝中重臣在座，趙宰輔、安陽王、武威侯、敬國公等，小李子稟告太子殿下攜太子妃來了，皇帝連忙吩咐：「快讓他們進來。」

雲遲握著花顏的手進了帝正殿，便見到了皇帝和幾位朝中重臣，雲遲和花顏給皇帝見禮，眾人給太子殿下和太子妃見禮。

皇帝打量花顏，一身正裝的她，端莊豔華，皇帝不住地點頭，吩咐賜座。

花顏挨著雲遲坐下，見皇帝精神頭極好，嶄新的龍袍，面色喜慶，趙宰輔、安陽王、武威侯、敬國公等人也一臉和善喜慶。武威侯看不出來沉痛於柳芙香的死，面上也帶著笑。

皇帝道：「顏丫頭，你這有孕近兩個月了吧？半斤肉竟然都沒看著長呢？」

花顏笑：「長了一點兒，今日穿的厚重，不顯而已。」

皇帝顯然不信，看向雲遲：「你說。」

雲遲點頭：「是比以前稍微重了一斤二兩。」

「哎呦，這可不行，兩個月才長一斤二兩，那十個月後，能長多少？」皇帝皺眉，「是不是東宮的廚子做的飯不合胃口？朕將皇宮的廚子撥幾個去東宮？」

花顏立即擺手：「子斬送了兩個廚子，再加上東宮本來的廚子，哥哥又從臨安送了兩個廚子來。如今東宮廚子都人滿為患了。父皇還是自己留著吧！不是廚子的事兒，因我體質的原因，天不絕說孕吐是正常的。」

皇帝作罷：「你這也太折騰了些，想吃什麼，只管提，別委屈自己。」

花顏笑著點頭：「父皇放心，我不委屈自己的。」

「朕前兩日跟你說，專門辟出個驛站通路，快馬運南方的果蔬，這事兒你著手了沒？太后說多吃果蔬對胎兒好，你別因為朝事繁忙不當回事兒。」皇帝又看向雲遲。

雲遲笑道：「父皇交代的，兒臣自然照辦，如今年關，年後就辟出來。」

皇帝滿意：「嗯，你記著這事兒就好。」話落，對花顏道，「太后聽說你今日能進宮，一早等著見你呢，去甯和宮吧！」

花顏點頭，站起身。

雲遲也跟著站起身，握了花顏的手，出了帝正殿。

二人踏出帝正殿後，安陽王道：「皇上眼看著就要抱孫子了，真是可喜可賀。」

皇帝心下高興：「是啊！朕就等著了。」

武威侯歎了口氣：「臣真是羡慕皇上，臣那兒子，臣當年一時糊塗，做了錯事兒，而今臣……真怕他終身不娶。」

皇帝收了笑，道：「姻緣全在命裡有，人都沒了，你也別自責了，看開些吧！蘇子斬那小子聰明，早晚會看的開的。一輩子長的很，哪能終身不娶？」

武威侯點頭：「但願如皇上所言。」

雲遲和花顏沒走多遠，二人皆耳聰目明，花顏感知更強後，更是將這兩句話聽的清楚，她挽著雲遲手臂低聲說：「這話倒不錯，一輩子長的很，總會看開的。」

雲遲「嗯」了一聲。

二人來到甯和宮，周嬤嬤已在門口等候，見到二人，連忙說太后已等了多時，就等著見太子妃呢，不必通報，讓二人來了趕緊進去。

花顏挽著雲遲的手，笑著進了甯和宮。

一大早，朝中的命婦們已至甯和宮拜見太后，安陽王府、敬國公夫人、梅府大少奶奶等，如今甯和宮已坐了滿滿一殿人，命婦們也穿著帶有自己品級的命婦服，人人面上都帶著喜慶的笑容。

雲遲和花顏邁進門，眾人紛紛起身，給太子殿下太子妃見禮。

雲遲掃了一眼眾人，含笑擺手。

花顏剛要給太后見禮，太后已從主坐位上走下來，三兩步便到了她面前，慈愛的說：「快別見禮了，讓哀家看看你，哀家盼著見你都盼出心花來了。」

花顏索性直著身子立在太后面前，任太后打量。

太后上上下下將花顏瞧了一遍，連連點頭：「太子將你照顧的很好，就是依舊瘦了些，看著像是沒長肉。」

花顏笑著道：「長了一斤二兩。」

「哎呦，才長這麼些，怎麼行？」太后握著她的手，「哪怕吐的厲害，也要吃，否則胎兒沒營養。」

花顏點頭：「別人一日三餐，我都一日六餐了，您就放心吧！」

太后慈愛地笑：「別說六餐，就是八餐，也不要嫌麻煩。」話落，對雲遲擺手，「你該做什麼就去做什麼，時間還早，就讓她在哀家這裡歇著，哀家幫你看著她。」

雲遲看著一殿的女人們，沒說話。

花顏偏頭對他笑：「有采青在呢，你去吧！」這樣的年節，以他的身分，自然不能寸步不離陪著她。況且滿殿的女人，他若是陪在這裡，各府的夫人小姐們怕是也不自在，就算她們自在，她也不想讓人含羞帶怯地盯著雲遲看。

雲遲確實有事兒，見花顏目光也是讓他走的意思，他笑著點頭：「那就拜託皇祖母幫孫兒看著她了。」

太后笑著擺手：「快去吧！快去吧！哀家一定給你盯著她，不讓她出去玩。」

雲遲頷首，又對采青吩咐：「看好太子妃，本宮將雲影留下，有什麼事情吩咐雲影，讓他喊本宮。」

「是。」采青應聲。

雲遲轉身出了甯和宮。

他一走，安陽王妃笑著道：「瞧著太子殿下緊張太子妃的模樣，我便後悔當年嫁了個不知冷暖的東西。」

安陽王妃素來強硬慣了，說話也乾脆不顧忌，她厲害是出了名的，沒人敢惹，安陽王風流多情，她心寒了半生，如今含笑罵安陽王，也是罵的乾脆。

敬國公夫人接過話笑道：「我家國公爺更什麼都不懂，只識得那些刀槍劍戟斧鉞勾叉，跟太子殿下一比自然差得遠了！」

眾人聞言都笑了起來，紛紛說自家的那口子也比不得，說太子妃好福氣云云。

花顏淺笑聽著眾人說笑，在座的夫人小姐們，有嫡出也有庶出，無論是嫁人的，還是待字閨中的，無論是家裡的父親，還是兄弟，拿出哪個，也的確比不上太子雲遲。最起碼情深這一點，就及不上。

可惜太子殿下的情深只對太子妃花顏一人，任你才貌雙全溫婉端莊千嬌百媚環肥燕瘦，都不管用，早已被他自己絕了讓其他女子入東宮的念想。

這半年來，雲遲和花顏真正定下婚事兒後，以前夠了年齡沒許婚事兒等著被選秀入東宮的女兒家們，都斷了心思，家裡紛紛張羅婚事兒。

如今眾人看著花顏，她一張容色極清麗盛華，言笑晏晏地坐在太后身邊，一身太子妃正裝，讓她穿出十分的端莊淑正來，人人暗地裡想著，換了任何一個女子，哪怕趙清溪，也穿不出來她的明豔端淑做派。

這等時候，任誰見了，也得承認她是這甯和宮在座眾人中最奪目的那顆明珠，將旁人都襯得黯然失色。

太后更是高興，心裡暗暗想著她真是眼光不如雲遲，如今看著那些年輕貌美的女子，越發地覺得花顏最合心意。

太子殿下的眼光委實太好，

眾人說說笑笑坐了一會兒後，花顏忽然捂住嘴，站起身，向門外走。

太后一把拉住她：「是要吐嗎？外面冷，別出去，快，來人，給太子妃拿痰盂來。」

有一名宮女動作快，伶俐，連忙拿來了痰盂。

采青立即接過，扶著花顏，緊張地說：「太子妃，您吐這裡。」

花顏本來不想在這麼多人面前吐個昏天暗地，但被太后拉住，著實也忍不住，便「哇」地一口吐到了痰盂裡，然後，便是一陣又一陣地嘔吐，足足有半盞茶，她吐的臉色發白，全身虛力，將早上吃下去的東西都吐了個乾淨。

眾人都看著她，早先有人還暗暗地想著太子妃也太過嬌氣了，大婚後一直在東宮閉門謝客，如今看著她吐的眼帶淚花，臉色煞白的模樣，頓時都打消了心思。

孕吐的這般厲害，的確是嚇人了些。

太后瞧著花顏，有憂又急，見她好不容易止吐了，連忙吩咐：「快，拿水來給她漱口。」

周嬤嬤早已端了水，遞給花顏。

花顏連接水的力氣都沒有，采青自然明白，連忙接過水，扶著花顏漱口。

花顏漱完口，采青拿出帕子幫花顏擦了擦眼角的淚花和額頭的虛汗，她才虛弱地靠在椅子上開口：「讓大家見笑了。」

敬國公夫人和安陽王妃以及梅府的大少奶奶早已在花顏吐的昏天暗地時到了她面前，此時聽她開口，敬國公夫人心疼地說：「吐的這般厲害，我看著都心疼，誰又會笑話你?!」

「就是，你怎麼孕吐這般厲害呢?我懷離兒時，也孕吐的厲害，但也沒你這樣。」安陽王妃道，「看你這虛力的模樣，還是趕緊歇歇吧！」

太后立即說：「快，周嬤嬤，扶著太子妃去內殿歇著。」

「無礙的，吐完就好了。」花顏笑著搖頭。

太后板起臉：「聽話，快去，你懷著身子難受，這裡不用你陪著。」

梅大少奶奶也催促：「快去吧！」

眾人也都開口勸說。

花顏抱歉地看了一眼眾人，過意不去地點了點頭，由采青和周嬤嬤扶著，去了內殿。

進了內殿的暖閣，周嬤嬤將花顏扶到了榻上，對她詢問：「距離晌午宮宴還有些時候，奴婢吩咐御膳房給您做些吃的，您想吃什麼？只管和奴婢說。」

花顏想了想，道：「做兩樣清淡的清粥小菜，小菜要開胃一些的！」

周嬤嬤應是，立即去了。

采青看著花顏：「太子妃，您要喝水嗎？」

花顏搖頭：「我躺一會兒，緩緩氣就好。」

采青點頭，陪在花顏身邊，說：「您閉著眼睛小憩一會兒，否則奴婢怕您宮宴吃不消。」

花顏歎了口氣：「這個孩子也太折騰人了。」

「小殿下一定很活潑聰明。」采青脆生生地道。

花顏笑著閉上了眼睛。

御膳房雖在準備宮宴所用，但聽聞太子妃孕吐的厲害想吃些清粥小菜，自然不敢耽擱，連忙擱下手中的活計，趕緊給花顏先做了出來。

小半個時辰，御膳房的人送來了清粥小菜。

花顏雖說要兩樣清粥小菜，但周嬤嬤怕真做兩樣萬一不合胃口餓著太子妃，便吩咐御膳房做幾樣不同口味的，於是，清粥小菜送來時，足足有十幾樣，擺了滿滿一桌子。

花顏看得咋舌了片刻，坐去了桌前，每一樣都嘗著吃著。

皇上和太后疼愛雲遲，東宮的廚子甚至勝於皇宮，花顏近來被養的嘴叼，每一樣都嘗過後，便挑挑揀揀地吃著。

太后擔心花顏，各府邸的夫人小姐們沒在甯和宮久待，陸陸續續地告辭出了甯和宮，去別的地方待著了。太后脫身，趕忙來看花顏。

見花顏在用膳，頓時問：「怎樣？合不合胃口？」

「合胃口。」花顏笑著說，「讓皇祖母操心了。」

「說的哪裡話？」太后坐在她面前，看著她的肚子，「能吃就多吃些，哀家懷皇上時，孕吐也厲害，到後來，更是吐的吃不下東西，再加上宮裡出了不乾淨的東西，哀家勞心勞力，沒養好身子，才導致早產，皇上身子骨自打出生起就孱弱，一年有大半年用藥。」話落，又補充，「太子對你緊張，也是怕與哀家當年一般，你多體諒他。」

花顏點頭：「皇祖母放心，他比我辛苦，我曉得的。」

太后慈愛地笑了：「嗯，妻子懷孕，丈夫也一樣跟著受苦的，你明白就好。」

花顏在太后慈愛的目光下吃了不少，飯後，懶洋洋地又躺回了床榻上。

太后問她可睡一會兒？花顏搖頭，太后便也歪坐在榻上，與她說話，二人說的自然是花顏如今懷孕該注意的事兒，以及將來養孩子的事兒。

花顏自然也很喜歡聊這樣的話題，對太后笑著說：「我從懷孕後，每日都吐的厲害，提不起勁兒來，否則真想親手做兩件小衣服。」

太后笑著說：「不急，你這還不到兩個月，也許後面吐的就不這麼厲害了。哀家雖也不想你累著，但是親娘做的衣服自然與別個不同，能有最好，哀家當年懷孕時，給皇上做的小衣服如今還在，皇后給太子做的小衣服，如今也還留著。」

花顏笑起來：「還能穿嗎？」

「能啊！」太后笑道，「哀家讓人好好地收著呢，等小傢伙出生，也給他拿出來穿穿。」

花顏點頭：「據說吃百家飯，穿百家衣，最好養活。」

太后笑道：「哀家今兒就告訴各府的夫人們，把府上的布條送些來，讓御衣坊拼做幾件百家衣。」

花顏頷首：「這個好，有勞皇祖母了。」

太后笑著拍了拍她：「說什麼有勞不有勞的，只要你平安的生下孩子，哀家抱抱重孫子，就知足了，別的什麼都不求。」

花顏笑道：「您放心，會的。」

二人又說了一會兒話，太后對花顏道：「閉上眼睛休息一會兒吧！宮宴累人。」

花顏點點頭，閉上了眼睛。

雲遲聽聞花顏在甯和宮又吐了個昏天暗地，到底不放心，在宮宴前親自來接花顏。

太后見他步履匆匆，好笑地說：「你呀，急什麼？你媳婦兒在哀家這裡，還真能出什麼事兒不成？放心吧！她雖吐的厲害，但也吃了些東西，好好的呢！」

雲遲見花顏睡著，呼吸平穩，的確人好好的，鬆了一口氣，笑著說：「孫兒自然相信皇祖母，只不過快宮宴了，過來接她。」

太后笑道：「人人都說顏丫頭有福氣，哀家覺得說的真對，哀家從小看你到大，如今這般疼媳婦兒，比先皇強，也比皇上強，太祖爺沒娶皇后，否則啊！與你大約差不多。」

雲遲微笑，不想提太祖爺，便不接話，伸手輕輕拍花顏：「顏兒，醒醒。」

他喊了兩聲，花顏才「唔」了一聲，迷迷糊糊醒來，眼睛沒睜，便伸手抱住雲遲脖子，軟綿綿地說，「你回來了？」

雲遲失笑：「快宮宴了，你在皇祖母這裡睡的可真沉，是不是忘了來宮裡幹嘛了？」

花顏似迷迷糊糊地呆了一會兒，才醒過神，慢慢地睜開眼睛，看著雲遲，餘光掃見太后樂呵呵地看著他們，她臉一紅，有些不好意思地鬆開雲遲的脖子，坐起身：「我睡糊塗了。」

太后畢竟是長輩，花顏雖臉皮厚，但是也不好意思在人前與雲遲撒嬌。

雲遲低笑，伸手抱住她：「你都睡出了汗，醒一會兒，咱們去宮宴。」

花顏點點頭，很乖的樣子。

太后瞧著直樂：「孕婦容易疲憊嗜睡，很正常。能在哀家宮裡睡的這麼踏實，哀家心裡高興，在哀家面前不必顧忌，該怎樣就怎樣。」

花顏笑著點頭，自從太后想開，真是處處關照她對她好的不得了，人也可愛了。

雲遲陪著花顏在甯和宮待了一會兒，待花顏身上的汗乾了，為她穿戴妥當，裹了個嚴實，才陪著她出了甯和宮。

太后也與二人一起，怎麼看二人怎麼般配，臉上的笑從掛上就沒散過。

天空飄著雪，不大不小，寒氣卻極盛。

宮宴擺在重雲殿內，皇上和文武大臣家眷已到齊，皇子公主們也已到席，後宮有品級的妃嬪們也打扮的衣著光鮮，偌大的大殿內，足足有上千人。

「太后駕到！太子殿下駕到！太子妃駕到！」

伴隨著一聲聲唱喏，太后、雲遲、花顏進了大殿。

花顏掃了一眼，烏泱泱一整殿人，依照品級，一席一席就座，她看到了以趙宰輔、安陽王、武威侯、敬國公為首的朝中重臣，也看到了蘇子斬、安書離、梅疏毓為首的大權在握的朝中新貴，以及沒與她打過照面的朝臣和家眷們。

人人衣著光鮮，齊聚殿堂。

眾人一番拜見後，目光都落在了花顏的身上。

花顏自今日在甯和宮孕吐過後，臉色便不如早上來時好了，但她容色傾城，雖減兩分氣色，依舊不損美貌，尤其是陪在雲遲身邊，舉手投足間端莊淑雅，與雲遲般配至極，令人暗暗驚訝的同時，又覺得不太意外，花顏就該是這樣，太子殿下選的太子妃就該是這樣，將來南楚未來的國母也該是這樣。

三人落坐後，皇上與太后、雲遲、花顏說了些話，便笑著吩咐開宴。太監宮女們將一盤盤山珍海味搬上席面，在飯菜飄香中，舞姬魚貫而出，霎時絲竹管弦聲聲。

有大臣們上前敬酒，說著新春的恭賀詞，皇上身體弱，不能多飲酒，雲遲要照顧花顏，自然也不敢多飲，便適當地喝了兩杯，然後將五皇子推上前代替他喝。

五皇子瞅瞅雲遲，又瞅瞅花顏，只能認命地接了這個活。

花顏抿著嘴笑，對雲遲說：「其實，我能喝一點兒的。」

「不行。」雲遲搖頭。

花顏又小聲說：「你喝多點兒也沒關係的。」

「不行。」雲遲依舊搖頭。

花顏住了嘴。

朝臣家眷們開始放不開，隨著蘇子斬、安書離、梅疏毓三人來者不拒地接了大家的敬酒，便漸漸地熱鬧了起來。

酒過三巡，菜過五味，雲遲問花顏：「可受得住？」

花顏看的津津有味：「受得住，挺好的，沒有不舒服。」

雲遲知道她是個愛熱鬧的性子，便笑著不再說話。

花顏沒受不住，皇上先受不住了，說頭暈，讓大家盡情喝，提前退了席。

太后雖年紀大了，倒很精神，囑咐了小李子好好照顧皇上，便依舊坐在宮宴上。

皇上剛走不久，眾人正熱鬧時，一名小太監匆匆白著臉跑來：「殿下，皇上走到半途，突然暈過去了，小李子公公命奴才來找殿下。」

他聲音一出，眾人的鬧聲霎時一停，幾位朝中大臣騰地都站了起來。

雲遲也立即站起身，問：「怎麼回事兒？傳太醫！」

那小太監快哭了：「不知道，皇上口吐白沫，小李子公公已傳了太醫。」

雲遲抬步要走，想起花顏，伸手握住了她的手：「走，去看父皇。」

花顏跟著雲遲走出了重雲殿，見他為了顧及她，雖心急，不敢走太快，對他道：「你先走，快去看看，我……」她剛要說我隨後，怕雲遲不放心，餘光掃見已出了重雲殿的蘇子斬，對他說，

「子斬陪我隨後過去。」

將她交給別人不放心，蘇子斬他該放心才是。

雲遲也看到了蘇子斬，見他已走來，對他道：「你陪著她，務必小心照看，別出差錯。」

蘇子斬點頭：「你快去吧！」

雲遲鬆開花顏的手，快步向帝正殿走去，小忠子連忙跟上雲遲。

采青陪在花顏身邊，看著太后、朝臣們都匆匆向帝正殿走，對花顏小聲說：「太子妃，您小心些，慢一點兒走。」

花顏點頭，邊走邊吩咐：「你別跟著我了，這裡有子斬在，你去找天不絕，父皇突然暈厥，口吐白沫，實在不尋常，太醫們怕是不靠譜，讓天不絕來看。」

采青猶豫，看了一眼蘇子斬：「奴婢照顧太子妃，殿下早就吩咐，寸步不離，讓暗衛去請吧！」

花顏恍然，如今在宮裡是要避嫌，雲遲將她交給蘇子斬，她身邊不能沒有人，免得傳出不好的話來，點頭，對暗中道：「十七，你去，快些。」

安十七一直在暗中保護花顏，看了一眼蘇子斬，應是，轉身去了。

花顏往前走著，對蘇子斬說：「今日這事，你怎麼看？難道背後之人對付不了雲遲和我，改對皇上下手了？今夜是除夕夜，真會挑時候。」

蘇子斬哼了一聲。

花顏心中打著思量，揣測今日之事，但沒見到皇上什麼樣，她也想不出個所以然來，便作罷，又走了一截路，她忽然覺得不對勁，猛地停住腳步，心底驀地一涼，寒氣直從腳下湧到心口。

就在她停止腳步的同時，身邊的蘇子斬一聲冷笑：「發現了？可惜，晚了。」

花顏從來沒想過，有一天，在她面前的蘇子斬不是蘇子斬的後果。能瞞得過宮宴所有人，能瞞得過雲遲的眼睛，瞞得過她的眼睛，讓她走了這麼一段路才發現這個人不是蘇子斬，可見他易容功力之深。

世上怎麼會有人這麼像蘇子斬？

這是花顏眼前一黑，昏過去之前，唯一的想法。

她沒有識破這個人不是蘇子斬，而是忽然想著想著就想到了，若是蘇子斬，在這樣的日子口，也是會帶小狐狸進宮的，小狐狸喜歡吃，蘇子斬寵著它，他參加宮宴一定不會不帶它來。

可是這個人，今日沒帶小狐狸！

不止如此，這個人，她與他說話，那冷笑的語氣，雖與蘇子斬一般無二，但若是蘇子斬，這時候，決計不會只冷笑一聲就完事兒。

今日，背後之人不是謀算著皇上來的，也不是謀算雲遲而來的，而是針對她來的。而且以這種方式，以她和雲遲最不防備的人的方式。

如此像蘇子斬，防不勝防。

花顏沒有武功，自然擋不住這人劈暈她的一擊之力，采青連驚呼聲都沒發出來，便也悄無聲息地倒下了。

無數人都湧去了帝正殿看皇上，雲遲將花顏交給蘇子斬，也沒想到是這個後果，他匆匆到了帝正殿，便看到了口吐白沫昏迷不醒的皇上，太醫們圍在床前，也診不出來皇上的症狀，正著急中，安十七請來了天不絕。

天不絕給皇上把脈許久，皺眉說：「這像是南疆的一種蠱毒，噬心蠱，依皇上這般時候發作，這蠱毒顯然很早以前便植在了皇上的身體內，如今被操控，突然發作出來罷了。」

雲遲面色一變：「你確定？」

天不絕琢磨道：「十有八九是確定的，噬心蠱發作，就是這般模樣。」

「可有辦法？」雲遲問。

天不絕立即說：「簡單，把蘇子斬叫來，喝他點兒血就行。」

雲遲鬆了一口氣，吩咐：「小忠子，去看看蘇子斬和太子妃怎麼還沒來？趕緊讓他來。」

小忠子應是，立即去了。

小忠子前腳走，雲遲忽然從腳底升起寒意湧到心口，他驀地心慌的厲害，對焦急地等在一旁的太后道：「皇祖母，您照顧父皇，孫兒去看看顏兒。」

太后見他臉都白了，她在宮裡生活了大半輩子，見慣了太多事兒，如今皇上一早被人種了蠱毒，花顏懷著孩子，遲遲沒來，按理說天不絕都從東宮進宮了，花顏也該從重雲殿來這裡了，再慢也該到了，可是人還沒到，保不准出了什麼事兒。

她立即點頭擺手：「你快去吧！這裡有哀家在。」

雲遲快步出了帝正殿，沿著來路，飛奔地向重雲殿而去。

他很快就越過了匆匆前走找人的小忠子，一路找去重雲殿，小忠子看到雲遲的身影，愣了愣，喊了一聲：「殿下？」

雲遲焦急不已，無心應答。

小忠子連忙小跑著去追，可是轉眼雲遲就沒了影，他也跟著心慌起來。

不到片刻，雲遲便一路回了重雲殿，殿內依舊有不少人，只不過都不再吃喝，而是等著皇上安好的消息，雲遲掃了一眼，大殿內所有人一目了然，他沒看到花顏的身影，也沒看到蘇子斬的身影，只安書離與梅疏毓在。

二人見雲遲突然回到重雲殿，站在殿門口，看著殿內眾人，臉色十分蒼白難看，對看一眼，齊齊起身，走向雲遲。

安書離來到雲遲近前，對他詢問：「太子殿下，皇上可安好了？你這是……怎麼了？」

梅疏毓也問：「太子表兄，難道皇上……」

雲遲打斷梅疏毓的話，盯著二人問：「花顏呢？可看到她了？」

二人一愣，安書離搖頭：「太子妃不是與你一起走了嗎？」

雲遲心下一沉：「蘇子斬呢？可看到他了？」

梅疏毓納悶：「子斬表兄在你們出去後，說也跟去看看皇上，讓我們二人待在殿內，看著重雲殿。」

雲遲抿唇，猛地轉身，又向外走去。

安書離一把拽住他：「是太子妃和蘇子斬出了什麼事情了嗎？」

雲遲停住腳步，對安書離道：「本宮將顏兒交給了蘇子斬，可是卻忽略了一件事兒，今日來參加宮宴的那個人，怕不是蘇子斬。如今顏兒不見了，他也不知在哪裡?!」

安書離先是一愣，然後想到了什麼，面色一變。

梅疏毓震驚：「太子表兄，你什麼意思？」

「先找人。」雲遲自然沒時間跟梅疏毓解釋，邊走邊吩咐，「來人，傳本宮命令，封鎖京城方圓五百里，火速追查太子妃下落。」

他做最好的準備，做最壞的打算。

有人應是，立即領命去了。

梅疏毓追上雲遲：「太子表兄，那我呢？我能幫上什麼忙？」

雲遲頭也不回地道：「書離，你去武威侯府一趟，查真正的蘇子斬去了哪裡？」

「好。」安書離立即去了。

雲遲又道：「梅疏毓，你帶著禁衛軍、御林軍、五城兵馬，全城搜索。」

「好。」梅疏毓得了吩咐立即去了。

雲遲又吩咐：「雲影，傳東宮所有暗衛，以皇宮為中心，搜查京城方圓五百里，但有蛛絲馬跡，不得錯過。」

「是！」雲影領命立即去了。

雲遲一口氣下了幾道命令，但依舊心慌的厲害，他走路手腳都是哆嗦的，他是無論如何也沒有想到，平靜了這幾個月，今日有驚濤駭浪在等著他。利用了他父皇，又利用了蘇子斬，引開他，對花顏下手。

花顏沒有武功，靈力盡失，且懷有身孕，他不敢想像，會有什麼後果。

安十七在雲遲出了帝正殿飛奔找花顏時，也意識到了不對，雲遲一路尋找著前往重雲殿，他便將重雲殿周圍都找了一圈，沒見到花顏的影子，就連跟著她侍候的采青也不見了。

他臉色慘白地現身，對雲遲道：「太子殿下，少主怕是真遭遇了不測。」

雲遲聽不得這話，放在袖中的手都是抖的，死死地抿著嘴角，吐出一個字：「找。」

安十七點頭，這時候，他只能調動所有花家暗衛，查找花顏。

雲遲站在原地，強自控制著自己，讓自己鎮定冷靜下來，過了一會兒，他喊：「雲暗。」

無人應答。

以雲暗為首的太祖暗衛自從被花顏收服後，是一直暗中跟著花顏保護的，按理說，在皇宮，若是花顏出事兒，雲暗當該阻攔，若是阻攔不住，也該給他傳信才是，可是，他沒收到雲暗的消息，如今連雲暗也不見了。

天空依舊飄著雪，雪落下來，冰冰涼涼，雲遲望著天地間一片霜白，一時間，他的心如這降落的雪一般寒涼。

他恨自己，怎麼就忽視了今日蘇子斬沒有帶小白狐現身？那個小東西，以蘇子斬寵它的模樣，今日來參加宮宴，一定會帶上它。

可是，今日的蘇子斬，沒帶它赴宴。

他回憶著今日蘇子斬來參加宮宴，與安書離、梅疏毓坐在一起，眾人前來敬酒，蘇子斬坐著沒動，滿朝文武向他敬酒，他喝的爽快，來者不拒。

這個蘇子斬，與蘇子斬一般無二，唯一不對勁的，就是他沒有小狐狸。

世上竟然有人的易容術能瞞得過花顏和他的眼目，他與他在出重雲殿打照面將花顏交給他時，竟然沒發現，何等的厲害？不止容貌，還有言談舉止和性情，以及揣測人心，謀算得天衣無縫，料準了皇上出事兒，他和花顏信任蘇子斬，將花顏交給他照看。

他越想，心越是發顫地厲害。

小忠子一路追來，氣喘吁吁，見到雲遲，他心裡「咯噔」一聲，從來沒見過太子殿下這般模樣，跟丟了魂兒一般，渾身顫抖，容色白如紙，他試探地喊：「殿下？」

雲遲閉上眼睛，又睜開，眼神驀地冷冽：「回帝正殿。」

小忠子想問太子妃是出事兒了嗎？但看著雲遲的表情，不敢多問，連忙點頭。

雲遲回到帝正殿，朝中重臣們依舊守在帝正殿，天不絕見雲遲回來，他身後沒跟著花顏和蘇子斬，臉色猛地變了，料到怕是花顏出事兒了。

花顏懷有身孕，出事兒是什麼後果？天不絕不敢想像。

他看著雲遲的臉色，張了張嘴，到底沒說出一句話來，無論是朝中的文武百官，還是皇宮東宮的人，以及他們跟在花顏身邊的人，都知道花顏在雲遲心中的地位，她出事兒，最心慌駭然的莫過於雲遲。

雲遲掃了一眼眾人，走到了武威侯面前，一雙眸子暗沉地盯著武威侯，沉聲道：「侯爺，今日的蘇子斬，不是真正的蘇子斬，你可知道？」

武威侯一愣，不解地看著雲遲，震驚不已：「殿下的意思是？」

雲遲一字一句地說：「什麼樣的易容術才能天衣無縫？今日那個人，必出自武威侯府，且十分瞭解蘇子斬，才能模仿他模仿得彷如一人。本宮想知道，侯爺的武威侯府的水到底有多深？是不是深到連侯爺都不清楚？」

武威侯震驚地看著雲遲，似乎懵了半晌，才消化了雲遲說出的訊息，他試探地問：「殿下，您說今日的子斬不是子斬？是別人易容假扮的？這……不可能吧？」

雲遲目光冰涼：「侯爺確定不可能？」

武威侯搖頭：「不可能，今日的子斬若是別人易容假扮的，豈能宮宴這麼久，都不被拆穿？太子殿下，您別嚇老臣。」

雲遲盯著他，他眼中神色盡是震驚不敢置信和懷疑，再無別的情緒，他忽然笑了一聲：「侯爺讓本宮看不透。」

武威侯怔了怔，拱手：「太子殿下，出了什麼事兒？可否明白告知老臣？」

雲遲冷聲道：「本宮太子妃失蹤了，今日蘇子斬不是真正的蘇子斬，本宮如今找不到蘇子斬，也只能找侯爺了。」

武威侯驚駭：「太子妃失蹤，可是了不得的大事兒，殿下懷疑子斬？懷疑老臣？」

雲遲看著他：「本宮不懷疑蘇子斬，但今日出了此事，由不得本宮不懷疑武威侯府，連本宮都能蒙蔽過的易容術，尋常易容術，易形易不了神，今日之人，卻連蘇子斬的形神都能易容，可見十分瞭解蘇子斬。本宮信蘇子斬，但看不透侯爺。」話落，他沉聲道，「侯爺暫且去本宮的東宮做客吧！一日查不到蘇子斬的下落，查不到太子妃的下落，侯爺就一日留在東宮，輔助本宮查人。」

武威侯愣住：「殿下的意思是？」

「侯爺是聰明人，當該明白本宮的意思。」雲遲道。

武威侯聞言住了口，沉默片刻，拱手：「老臣謹遵殿下旨意。」

雲遲不再看他，對外吩咐：「來人，請侯爺去東宮。」

有人應是，立即現身，來請武威侯。

武威侯對眾人拱了拱手，不再多說一言，出了帝正殿，由人護送著前往東宮。

武威侯離開後，安陽王、敬國公、趙宰輔等人面面相覷，眾人對看一眼，都看著雲遲，見他面色森寒，比外面寒風飄雪還冷，這樣的太子殿下，從未見過。

他們見過雲遲發過最大的怒火就是斬了戶部尚書，但今日，似比那日更駭人。

不過從隻言片語中得知蘇子斬是假的蘇子斬，太子妃失蹤了，這讓他們也能體會雲遲此時的心情。天下誰人不知道太子殿下將太子妃視若珍寶，尤其是太子妃如今懷有身孕，若是出了不測，實在難以想像太子殿下會如何？

他們不敢想！如今皇上又中了蠱毒，昏迷不醒，似一下子就亂了。

在靜寂中，還是趙宰輔當先開口：「殿下，您說今日在宮宴的蘇子斬是假的？今日老臣等人與他坐得極近，實在沒看出他哪裡不妥，您怎麼認定他就是假的蘇子斬？這太匪夷所思了。」

雲遲涼聲道：「本宮來帝正殿之前，將太子妃交給了他照看，如今二人都失蹤了，本宮仔細回想，他不是真的蘇子斬，哪怕易容得再像，他也不是，是本宮疏忽了，根本不曾想到，宮宴之上，大庭廣眾之下，有人竟然真敢堂而皇之以假亂真。」

「那真正的蘇子斬呢？」敬國公焦急地問。

「已讓安書離去查了。」雲遲道，「既有人能堂而皇之假扮他，不是遭遇了不測，那就是被纏住了脫不開身。」

「太子殿下，如今怎麼辦？」安陽王看看躺在床上昏迷不醒的皇帝，看向天不絕。

雲遲也看向天不絕，對他詢問：「若是沒有蘇子斬，你能保父皇幾日性命？」

天不絕道：「七日。」

雲遲點頭：「好，這七日內，父皇就交給你了。」

天不絕頷首，心下焦急擔心花顏，但知道雲遲比他更心急如焚，便不再說什麼。

雲遲出了帝正殿，站在廊簷下，望著天空的雪，這麼片刻，已讓自己冷靜下來。

他想著他與花顏早已心意相通感同身受，曾經她性命垂危，他也心脈枯竭，如今他身體沒任何難受異狀，可見花顏性命無礙。

這一感知，讓他好受些，能夠冷靜地去想，該怎麼做，才能儘快找到她。

他已扣押了武威侯，若是能找到蘇子斬，那麼，也許能從他那裡知道發生了什麼事兒，但有人竟然能堂而皇之地假扮他，怕短時間內是找不到真正的蘇子斬了。

若是找不到真正的蘇子斬，下一步他是不是要拿下武威侯府所有人審問？

雖然他很快就發現不對勁，但從安十七去找天不絕，到天不絕進宮，這時間足夠易容蘇子斬的那人帶花顏出皇宮離開京城了。

他是帶著花顏躲在京城？還是會離開京城？

總之，查起來需要時間。

這半年來，自從北地出事兒，他一直暗查和提防背後之人，可是怎麼也沒想到，這人會從蘇子斬身上下手，且籌謀得分毫不差，善於把控人心，也善於利用人心。

雲遲立在廊下，等著安書離、梅疏毓、雲影等人傳回消息。

最先來回稟雲遲的是雲影，他單膝跪地請罪：「殿下，皇宮都查遍了，沒有發現太子妃的蹤跡，也沒有發現任何可疑之人，沒有出現過打鬥痕跡的地方，采青也不見了，沒有人看到殿下離開後，子斬公子送太子妃之後發生了什麼，當時只有采青跟著太子妃。」

雲遲緊抿嘴角：「沒有任何痕跡？連出宮的痕跡也沒有嗎？」

雲影搖頭：「沒有，宮宴期間，沒有任何一輛馬車出宮，也沒有任何一個人出宮。」

雲遲瞇起眼睛：「可查皇宮密道了？」

雲影一怔，抬頭看著雲遲，眼中現出驚異：「屬下未曾查皇宮密道，歷來皇宮密道只有皇上危急時，做離宮之用。南楚建朝四百年，代代相傳，唯有皇上知曉皇宮密道，卻從未使用過。」

「拿一根樹枝來。」雲遲聞言吩咐。

雲影微愣，立即起身，去不遠處一棵樹上折了一根樹枝，遞給了雲遲。

雲遲走出廊外，在雪地上用樹枝快速地繪製了一張皇宮密道圖，然後，對雲影吩咐：「看清楚了？你帶著人親自查，半絲痕跡不得放過。」

雲影仔細看了地上的圖案，垂手應是：「殿下放心，屬下這就去查。」

雲影扔了樹枝，輕輕揮手，一陣風拂過，地上的雪被風捲起，又輕飄飄落下雪花，剛剛他在雪面上畫的圖案已沒了痕跡。

他眼神發冷地想著，不是沒有痕跡，定然是如他這般，那人將痕跡撫平了。

除夕這樣的日子，他早已讓梅疏毓全城掌控，這一日京城都布防嚴密，雖陸之凌離開了京城，梅疏毓接手了京城兵馬，但他聰明，摸清並延續了陸之凌的路子，所以，但有動靜，都能查到。

如今查不到，那麼只有一條路，人不會憑空消失，只有皇宮密道了。

第一百二十七章　不知所終

雲影帶著人查皇宮密道，不敢放過絲毫的蛛絲馬跡。

雲遲便站在廊簷下等著消息，看著天色一點點從亮到暗，看著天幕一點點落下，攏上黑紗，他心也一寸寸沉了下去。

梅疏毓查了半日，匆匆進宮，對雲遲稟告：「太子表兄，我帶著禁衛軍、御林軍、五城兵馬，全城搜索過了，沒有太子妃表嫂的下落。」

雲遲「嗯」了一聲。

梅疏毓聽雲遲聲音沉暗，抬眼看他，見他身影立在屋簷下，籠罩在夜色中，一片沉寂冷寒，他張嘴想勸說太子妃吉人自有天相，一定會沒事兒的，但看著這樣的他，實在是勸不出口。

誰也不能保證花顏會沒事兒，畢竟在北地時，背後之人下狠手想殺了她。別說雲遲擔心，就是他們所有關心花顏的人，都擔心不已。

在皇宮京城天子腳下，出動了這麼多人，可她就跟憑空消失了一般，與她一起憑空消失的還有蘇子斬。無論是真的蘇子斬，還是假的蘇子斬，都無影無蹤。

梅疏毓試探地問：「太子表兄，接下來該如何做？」

雲遲沉默片刻：「繼續查。」

梅疏毓點頭，生怕這時候因為花顏失蹤雲遲心中一團亂麻亂了方寸想不周全，便又試探地建議：「子斬表兄身邊有一隻小狐狸，據說來歷非同一般，太子表兄可否有辦法通過那隻小狐狸找到子斬表兄？」

雲遲雖心亂如麻心急如焚但早已強迫自己冷靜下來，早已暗暗地調動自己本源傳承的雲族靈力，可惜，雲族皇室浸淫帝業江山四百年，被凡塵朝務牽累，他得到的傳承微乎其微……

他抿唇搖頭：「本宮做不到。不過本宮已給花灼傳信了顏兒失蹤一事。」

花灼的靈術傳承雖不及花顏，與他相比強的多，但願他能有辦法。

梅疏毓見雲遲沒失去理智，稍稍放下了心。

小忠子已陪著雲遲在這等了極久，風雪交加的天氣裡，廊簷下自然是極冷的，他既擔心太子妃，又怕殿下凍壞了，可是他勸了好幾回，雲遲理都不理，其餘人更不敢勸雲遲，如今梅疏毓來了，他趕緊趁機小聲說：「殿下，您已在這裡站了半日了，這麼風雪冷寒的天氣，別先沒找到太子妃，您先凍壞了，可怎生是好？」話落，他不停地給梅疏毓擠眼睛。

梅疏毓也是個聰明的，連忙跟著勸說：「太子表兄，小忠子公公說的對，別沒找到表嫂，您先垮了。您進殿裡等著消息，或者回東宮，您一直站在這裡，的確會凍壞身子。」

雲遲覺得這天地間的風雪能讓他焦灼的心冷靜下來，哪怕周身已冷的麻木，他沉默不言語。

太后這時從殿內出來，看著雲遲，一臉疲憊地勸道：「皇上昏迷不醒，太子妃失蹤，你若是再倒了，哀家一個老婆子，估計也撐不住了。遲兒，聽話，你不能倒，至少在找到太子妃之前，你不能倒，否則，又怎麼有力氣早些找到她？另外，天不絕只能保你父皇七日性命，你父皇還等著你救呢！」

雲遲閉了閉眼睛，壓住心口的沉痛和翻湧，啞聲道：「孫兒知道。」

小忠子和梅疏毓鬆了一口氣。

太后也鬆了一口氣。

雲遲對梅疏毓擺擺手：「你去吧！看看安書離怎麼至今沒來回本宮消息？」

梅疏毓應是，想著他也去武威侯府看看，到底怎麼回事兒。

雲遲轉身進了殿內，太后也跟了進去。

天不絕正在為皇帝行針，見太后把雲遲請回了帝正殿內，他抬頭看了雲遲一眼，手頭的針也行的差不多了，便收了手，抹了抹額頭的汗，道：「這蠱毒種下的太久了，以老夫的本事，最多撐皇上七日性命。若是七日內找不到蘇子斬，皇上就沒救了。」

七日雖不短，但也不長，背後之人今日竟然有這番算計，怕是沒那麼容易找到蘇子斬。全力查找的同時，必須做好最壞的打算。

雲遲沉聲問：「若是七日沒找到蘇子斬，可還有別的辦法保父皇性命？」

天不絕琢磨著說：「雲族靈術，或可延續幾日，但老夫也不太確定是否可行。」

「雲族靈術千變，什麼術法能夠管用？」雲遲看著天不絕。

天不絕道：「只要能暫時凍住他體內血引，也就是蠱毒之引，讓蠱毒無法毒到心脈。老夫對雲族術法不懂，不知太子殿下可否知曉雲族術法能否做到這個地步？」

雲遲沉思，他的靈術雖淺薄，不足以追蹤掌控，但凍結蠱毒之引，或許可一試。片刻，道：「本宮試試。」

天不絕道：「太子殿下在找人時，順便琢磨七日，若是七日內還沒找到蘇子斬，殿下便試著動用靈力保皇上性命試試，行是最好，不行也盡力了。」

雲遲頷首。

太后看著躺在床上昏迷不醒的皇上，又看看雲遲，道：「南疆蠱毒真是害人不淺，沒想到南疆都滅國取消國號了，竟然還有蠱毒存世未清除殆盡。」

雲遲涼聲道：「背後之人籌謀不知多少載，早就將南疆蠱毒算了進來為禍，引線早埋得深，哪怕南疆滅國取消國號，該清除的蠱毒都清除了，但也難保有隱藏下的。」話落，他寒聲道，「但願蘇子斬不是真有了不測，否則，蠱毒為禍這世間，還奈何不了？」

「蠱畢竟是蟲，是物，靈術卻是氣，無形。若說這天下有什麼能奈何得了蠱蟲的，除了蠱王，非雲族靈術莫屬。靈術以形控物，也不是奈何不了，只不過需要深厚的靈力。」天不絕道。

雲遲看著天不絕，忽然問：「當初，解蘇子斬身上的寒症之毒，顏兒有深厚的靈力，你實話告訴本宮，難道真的非蠱王莫屬？」

天不絕點頭：「他身上的寒症是寒蟲蠱解了後自母體裡先天帶的，融入骨血，且從小到大十九年，就算顏丫頭靈術深厚，能一寸寸拔除他骨血內的寒症，怕是最終自己也會靈力盡失身體枯竭而死。對比來說，老夫自然不考慮，只能讓她去南疆奪蠱王了。」

雲遲不再多言。

太后這時開口：「皇宮既然在出事兒的第一時間封鎖了，朝臣家眷們如今怕是還在重雲殿內，你打算何時放人出宮？這麼將人都晾在重雲殿，也不是個事兒。」

雲遲看了一眼天色，他自然沒有忘了重雲殿的朝臣家眷們，但也在等著雲影查皇宮密道的消息，青天白日之下，失蹤幾個人，不可能沒有痕跡。沒查出原因，今日參加宮宴的人就暫且不能放出宮，要挨個查。

他沉聲道：「皇祖母稍安勿躁，等等再說。」

太后點點頭，心裡也揪心得緊，卻不敢提花顏一句，別說沒有懷孩子的花顏就能讓雲遲失去理智，如今懷了孩子的花顏，若是雲遲不控制自己，定然會急瘋了。奈何他必須坐鎮，指揮人去找，不能自己發瘋地去亂找人，必須冷靜以對。

半個時辰後，天徹底黑了時，安書離匆匆進了宮。

安書離進宮時，帶了一大疊供詞，見到雲遲，他也顧不得見禮，便拱手將手中的一大疊供詞遞給了雲遲：「殿下，我去查武威侯府，子斬不在，牧禾不在，十三星魂亦不在。子斬院落只幾個掃地的僕從，只說他今日來參加宮宴了，這兩日他一切如常，沒發現什麼不同，只在昨日，小狐狸似不見了。我覺得既然沒找到他，但那等易容以假亂真之人，想必十分瞭解他，不是出自武威侯府，也是出自他近身之人，我便挨個審問了武威侯府裡的人，這些都是侯府之人的供詞，或許殿下能從中發現什麼。」

雲遲頷首，他等的就是這個，接過那一疊供詞，翻看起來。

武威侯有內眷僕從數百人，所以，供詞也是數百份。

有識文斷字的，也有不識字的，識字的人自己寫的供詞，不識字的人找人寫的。

雲遲翻看的仔細，不想錯過任何可疑不妥之處，所以，一張張慢慢地翻著。

安書離累了半日，連口水也沒喝上，此時口渴的不行，見小忠子看著他，便低聲說：「煩勞公公，給我一盞茶。」

小忠子見安書離一臉疲憊，連忙應了一聲，給他倒了一盞茶來。

安書離一邊喝著茶，一邊等著雲遲看完。

安書離喝了三盞茶，過了半個時辰，雲遲才看完。

看完後，他沉著臉色眉目道：「從這些供詞看來，武威侯府沒有什麼不妥可疑。」話落，他問安書離，「這些人都是你親自審問的？你怎麼看？」

安書離放下茶盞道：「武威侯府一共有五百三十六人，自武威侯繼夫人故去後，她的貼身婢女大為傷心，哀痛欲絕，沒過多少時日，便染了風寒，沒挺過來，死了。如今不算失蹤的公子院落裡的人，這些供詞看著沒有任何不妥，也是我親自審問的，才耽擱了這大半日。所以，我覺得，這些人看著沒有不妥可疑之處，但那婢女的死，卻算得上是一件不妥的事兒。」

雲遲瞇起眼睛：「那婢女叫什麼名字？」

「綠翠。」安書離道，「據說繼夫人待她很好，那一日繼夫人自殺在蘇子斬面前，她哭得很厲害，後來武威侯厚葬繼夫人，繼夫人的喪事兒做完後，她就病了一場，沒挨過去，被草蓆捲著埋了。」

「埋去了哪裡？」雲遲問。

安書離搖頭：「據大管事兒說，她在繼夫人死後，病了沒撐過來，死的晦氣，草蓆捲著抬出了府，說是埋了，但其實是扔去了亂葬崗。這在京城各大府邸裡，死個丫鬟僕從，主家嫌晦氣的，大多都是這麼處理，不值一提。」

雲遲點頭：「距離繼夫人自殺在蘇子斬面前，已過去月餘了吧？」

安書離頷首：「還是太子殿下與太子妃大婚期間，近兩個月了。武威侯繼夫人這麼多年，偏偏如今自殺了，而她的貼身婢女也死了，這中間怕是有些什麼隱情。」

雲遲揉揉眉心：「太子妃在半壁山遇到蘇玉竹還曾問過柳芙香的事兒，是有些疑惑，本宮後來也曾問過蘇子斬，好奇柳芙香為何突然想通在他面前自殺。子斬當時臉色難看，倒也沒說什麼，不知與今日之事是否有干係。」

安書離也揉揉眉心：「背後之人對太子妃早有殺心，不知太子妃如今是否平安。」

雲遲沉聲道：「本宮與她感同身受，她如今尚沒有性命之憂。」

安書離聞言鬆了一口氣：「背後之人既然沒立即殺了太子妃，那太子妃短時間內應該不會有性命之險，殿下保重身體。」

雲遲點頭，這半日，他哪怕心急如焚，也知道，越是這時候，他越要鎮定。

安書離道：「背後之人的目的不難猜，通過北地之事，也能看出，是要禍亂南楚朝綱，越是如今，南楚朝綱越是要穩，不能疏忽。」

「本宮知道。」雲遲抿唇，握緊了手心，「只是本宮在想，以本宮待花顏之情深，背後之人又那麼想殺她，也一直在找機會，只要殺了她，讓本宮看到她的屍體，本宮也就不攻自破了，南楚江山也不攻自破了。背後之人顯然不是心慈手軟之輩，為何沒在得手後立即出手殺了花顏？」

安書離一怔，尋思片刻：「殿下說的是，這是為何？」

雲遲沉聲道：「本宮也不明白為何，難道是背後之人改了主意？不殺花顏了？不要南楚江山了？」

「有人利用皇上，利用蘇子斬，今日堂而皇之地參加宮宴，誰也料不到。我與他挨得近，舉杯飲酒，還言談了些話，都沒發現人不對，只隱隱覺得，他今日的酒喝的多了些。太子殿下智者千慮也有一失，也怪不得你。不過，只要殺了太子妃，就能輕而易舉成事兒，為何要周折呢？的確十分奇怪。」

「也許是覺得這樣做太輕易了，要折磨花顏，報北地之仇？也許是因為什麼而改了主意。」

雲遲不敢去想他會怎樣折磨花顏，一旦想，就控制不住的心焦想毀天滅地。

安書離感受到雲遲情緒波動忽變大，住口不再言語，想著太子妃若未懷有身孕，受些折磨也就罷了，但她懷有身孕，又是個自從懷孕就孕吐不止每日都受折磨的狀態，豈能再受得住折磨？

他也不敢去想哪怕找得到人，可還能保得住孩子？

天徹底昏暗下來，屋中再無光線，小忠子不敢作聲地點上宮燈，又悄悄退在一旁，心裡也是擔心死了。

雲遲忽然伸手捂住臉，許久一動不動。

安書離從來沒見過雲遲這般模樣，太子殿下哪怕是受傷時也從不脆弱。這一刻，哪怕是推他一下，他怕是立即就倒地不起。

自小長大的四個人裡，他與雲遲性情相仿，多數時候談得來，所以，交情比別人好一些。陸之凌與蘇子斬雖脾氣不大相同，但骨子裡都有反骨，交情也比別人好些。

他不忍再看雲遲，站起身向外走去。

雲遲忽然喊住他：「不必出去了，陪本宮一起等著吧！」

這個時候，他不喜歡靜，越靜，他心越沉越慌越難受，卻也無可奈何。

安書離停住腳步，見雲遲依舊沒放下捂著臉的手，但卻開口攔下了他，便作罷，又走了回來，坐了下來，對雲遲問：「殿下等什麼？」

「等雲影查皇宮密道的消息。」雲遲道。

安書離恍然，皇宮裡找不到人，人也沒有出宮出城的任何蛛絲馬跡，那麼，人不可能憑空消失，在皇宮裡，只能走皇宮密道了。

二人這一等，便等到了深夜，才等到了雲影。

雲影單膝跪在地上，對雲遲道：「殿下給的密道圖紙，與實際密道有些差別，皇宮密道似被人改動過，查起來有些困難，錯綜複雜，這才耽誤到現在。不過幸不辱命，是有人開啟過走動過的痕跡，雖被抹去了，但屬下等還是能看出來。」

雲遲沉聲問：「痕跡消失在哪裡？密道的出口在哪裡？」

雲影道：「密道的出口在半壁山後山的一處山崖，那一處山崖四面環山，荒蕪得很，積雪極厚。屬下帶著人查了，出口外無痕跡。」

「有積雪，如今大雪天氣，掩藏痕跡，反而簡單的很。」雲遲當即吩咐，「你立即帶著人再去半壁山查，京城方圓五百里，先查兩日，查不到，擴大到方圓千里。」

雲影應是，立即去了。

皇宮密道通向城外，能查得到從密道走出的痕跡，也就說明人已被帶出了城。

但也保不准是個障眼法，或者是故意聲東擊西，畢竟背後之人無論是本事還是謀算，都是一等一。所以，雲遲依舊不敢放鬆哪怕一絲一毫搜查皇宮、皇城的動作。

雲影離開後，雲遲站起身，對安書離道：「你與我一起去一趟春紅倌。」

安書離點頭，如今除了查武威侯府，自然還要查蘇子斬身邊的人，以及蘇子斬名下的產業和勢力。

二人出了皇宮，外面的雪一直下著，將夜幕下得一片銀白。

春紅倌內，鳳娘、春止對坐，冬知也在房內，卻沒有如二人一般安靜地坐著，而是在不斷來回踱步，一圈又一圈，十分急躁。

冬知來來回回地走，讓鳳娘頭疼不已：「冬知，行了，你安靜一會兒，走的我眼花。」

冬知停住腳步：「鳳娘，公子不是公子，太子妃失蹤了，你讓我怎麼安靜得下來？」

「安靜不下來也得安靜。」春止抬起頭，看著他，「這事情發生的突然，具體情況如何，我們都不知道，如今除了安靜等著，別無辦法。」

「等著誰？都一日了，公子還沒消息，太子殿下全城搜查，太子妃也不見蹤影。」冬知暴躁不已，「咱們的人難道不該出動去找公子嗎？」

鳳娘搖頭：「有人敢堂而皇之地易容成公子參加宮宴，這是何等可怕之事？試問，我們跟了公子多少年？也會些易容之術，可能做到以假亂真？我們都做不到，那麼什麼人能夠做到？是不是自小跟隨公子的人？」

冬知住了嘴，但又不甘心：「但是我們總不能什麼也不做吧？」

鳳娘看了一眼天色，沉默地猶豫了一會兒：「我們等天亮，太子殿下已請了侯爺入東宮，京城方圓五百里在搜查，咱們的人這時候出動，恐會打亂太子殿下的搜查計畫。太子殿下若是今夜不找來，我們明日再出動人，不過不是找人，而是大力徹查我們所有人。」

春止贊同，對冬知道：「聽鳳娘的，公子既然將所有人和事兒都交給她管，看中的就是她這份定力，這麼多年，她從沒出過岔子，越是這時候，越不能慌。」

冬知畢竟年少，自小是孤兒，對蘇子斬十分尊崇，對花顏也十分喜歡，少年心事兒就是在花顏那一次踏入春紅倌救他時種下的，但他知道，他這一輩子都沒有那個資格，不過也不妨礙讓他將心事兒放在心裡。

如今聽聞有人以假亂真易容成蘇子斬，帶走了花顏，而真正的蘇子斬不知所終，他自然急的不行，想出去找，但有鳳娘壓著，他自然不得不聽鳳娘的。

於是，他安靜了下來，盼著天亮。

春紅倌這一日燈火通明，但是並未營生，所以，十分安靜。

雲遲和安書離到來，邁進春紅倌，鳳娘吩咐等候雲遲來立即知會她的人見了雲遲，連忙跪地見禮：「太子殿下。」

雲遲擺手：「起，鳳娘呢？」

「鳳娘正在等太子殿下前來，太子殿下請。」那人連忙起身，前頭帶路。

來到樓上，鳳娘已帶著春止冬知等在門口，見了雲遲，同樣跪地行了大禮。

雲遲看了三人一眼，淡淡道：「起吧！」

三人站起身，鳳娘看著雲遲，請他與安書離入座，等著他開口。

雲遲坐下身，對鳳娘問：「你們最後一次見蘇子斬，是什麼時候？」

鳳娘立即道：「三日前，公子傍晚帶著小白狐去醉傾齋用飯。」

「當時你見了他，可說了什麼？」雲遲問。

鳳娘搖頭：「公子沒說什麼，只安靜地與小白狐吃了飯，便回府了。」

雲遲揚眉：「他一直幫本宮暗中徹查背後之人關注京城動向，見了你，連這個也沒說？」

鳳娘搖頭：「京中近來太平靜了，沒有什麼動向，公子是有吩咐，讓人繼續盯著京城各處，但屬下實在沒什麼可稟告的。」

「你常坐鎮春紅倌，那一日怎麼去了醉傾齋？」雲遲問。

鳳娘道：「我聽說公子突然去了醉傾齋用飯，得到消息，便過去看看。公子只與我說了兩句話，讓我一切照常。」

雲遲盯著鳳娘，鳳娘直面雲遲，面色坦然，雲遲點頭，又問：「自從武威侯繼夫人出事兒後，你一共見他幾面？」

鳳娘一怔。

「如實說。」雲遲看著她。

鳳娘想了想，道：「自武威侯繼夫人出事兒後，屬下一共見了公子三次。一次是在繼夫人出事兒當天，屬下擔心公子，便去了公子府邸。」話落，她回憶，「那一日公子神色平靜，說他沒事兒，便打發了屬下。第二次是陸世子離京，公子去送陸世子，從城外回來時，來春紅倌喝了一盞茶，也沒說什麼。」

雲遲看著她：「也就是說，這一段時間，他沒有什麼不對勁？」

鳳娘垂手道：「屬下沒發現公子不對勁，所以，今日突然聽聞宮中出事兒，有人易容公子帶走太子妃，屬下也很是驚然。」

雲遲頷首，這一段時間，他也沒發現蘇子斬不對勁，他見蘇子斬的次數比鳳娘多，每日早朝都能見到他，下了早朝，有時還在議事殿與他議事，自從因為花顏孕吐的厲害，他將議事殿挪去了東宮，他也時常出入東宮，比任何朝臣們出入東宮的次數都多。

他與蘇子斬自小到大，以前互相看不順眼，但也不是全然不瞭解，他也想不出有什麼人能熟悉蘇子斬至此，易容得天衣無縫。

若說蘇子斬遭遇了不測，但牧禾與十三星魂都與蘇子斬一起不見了，武威侯府公子院落十分安靜，沒弄出動靜。若說他去了哪裡，以他的脾性，應該安排妥當，不該讓人有可乘之機代替他堂而皇之參加宮宴才是。

除非，一切都是他的安排。

但理由呢？

他對花顏之心，當初既然收了，放棄了，在北地有多少機會，他都不曾做過，更遑論如今花顏已嫁給了他懷了他的孩子？有什麼原因，讓他改了主意？

他是無論如何也不相信是蘇子斬自己安排，花顏孕吐的厲害，他斷然捨不得折騰她。

鳳娘見雲遲不再開口，也不再說話。

安書離看著雲遲，他面色平靜，但眼眸深深，湧著無數神色，他便知道他如今怕是又在想各種可能。他此時也想到了一些可能，但又很快給否決了。

普天之下，連他都算著，除了雲遲外，對花顏最好的人，非蘇子斬莫屬。

冬知受不了這樣無聲的壓力和靜寂，他小心翼翼地試探地開口：「太子殿下，公子一定出了事情，必須儘快找到他。」

雲遲抬眼，看了冬知一眼，他對這個少年還是有印象的，他沉聲道，「本宮已派出人查找。」話落，對鳳娘道，「蘇子斬出了這等事兒，你是怎麼打算的？今日是專程在等本宮來？」

鳳娘垂首：「屬下知道太子殿下定然會來這裡，屬下正在等著殿下安排。公子曾經說過一句話，一旦有朝一日他寒症發作身亡，他名下所有產業與勢力，都悉數交給太子殿下。」

雲遲一愣，看著鳳娘：「這是他何時說過的話？」

鳳娘道：「一年前。」

雲遲沉默片刻，問：「後來他寒症得解，可有再說過這樣的話？」

鳳娘點頭：「公子解了寒症後，去了北地為殿下效力，從北地回來後，屬下詢問過公子對未來打算，公子說入朝。屬下便趁機問過公子一年前的話，公子說，他在一日，便護著太子妃一日，幫助殿下治理江山，若哪一日他不在，還如他當初說過的話。屬下又問若是殿下不收呢？或者殿下萬一也……」她頓了頓，抬起頭看了雲遲一眼，見雲遲聽著，面色不變，她繼續道，「公子說那就讓我找臨安花家公子花灼，一切聽他安排，他會給我們這些人做最好的安排。」

雲遲點頭，一年前，那時是他寒症發作的最凶的階段，他大約覺得命不久矣了。花顏那時還沒進京，她是杏花落的時候進京的，那時，蘇子斬每次見到他，都沒好臉色，卻沒想到有這番安排給他。

他站起身，對鳳娘道：「排查你手下的所有人，不得放過絲毫不妥之處，但有不妥，立即告訴本宮。」

鳳娘也正是這個意思，她等的就是雲遲這個安排，聞言單膝跪地：「是！」

雲遲出了春紅倌，鳳娘立即與春止冬知一起，排查手下所有人。

安書離跟著雲遲身後出來，看了一眼天色，大雪飄揚，夜色沉暗，他給雲遲建議：「殿下，不如去半壁山清水寺一趟，請德遠大師卜上一卦？問問吉凶。」

雲遲轉身望向半壁山方向，頷首，吩咐小忠子：「你進宮一趟，傳我命令，打開宮門，放各府朝臣家眷們出宮。」

「是。」小忠子應是，但沒立即走，「殿下，您把十二雲衛都派出去了，身邊沒人怎麼行，奴才……」

雲遲打斷他的話：「書離跟著本宮，你去吧！」

小忠子看向安書離。

安書離對他點頭，溫聲道：「你放心，有我陪著殿下，斷不會讓殿下出事兒。」

小忠子道謝：「多謝書離公子了，殿下就交給您了。」話落，他匆匆進了宮。

雲遲揮手喊來一人，又吩咐：「告訴梅疏毓，守好京城，本宮去半壁山一趟。」

有人應是。

有人牽來馬匹，雲遲與安書離上馬，出城前往半壁山。

路上，大雪寒風，在夜間，尤其寒冷。

雲遲縱馬疾馳，似感覺不到冷意，他想起了前一段時間，花顏想看半壁山漫山遍野的臘梅花開，他抽出一日時間陪著她去半壁山，那一日，德遠大師曾觀花顏印堂帶有桃花色，桃花有雲霧罩，故有桃花劫。不過桃花色稀薄，雲霧卻濃，雖有煞氣，卻不帶殺氣，當是無礙。那時花顏找采青要了鏡子，瞅了一眼，笑語輕鬆不以為意，他也覺得有他在身邊，大抵出不了什麼事兒，便作罷。

後來，他因為她的挑逗險些把持不住，她才說果然是桃花劫，應在了他身上。

如今回頭想來，難道德遠大師說的桃花劫，是出在今日的事情上？

雲遲的馬騎的快，似忘了身邊還有一個安書離，安書離催馬加速追，總是差雲遲幾步遠，出城一路到半壁山腳下，雲遲勒住馬韁繩，他才追上。

他抓著韁繩的手都凍麻了，但看著雲遲臉上凝重的神色，他歎了口氣。

大雪上山的路滑，又是黑夜，馬匹自然難以再攀爬上山，於是雲遲下了馬，與安書離一起，沿著山路向上走。

安書離覺得還是應該説些什麼來寬慰雲遲，便開口道：「這樣大雪路滑，就算背後之人劫走太子妃，哪怕出城，也不會走太遠。」

雲遲沉默不語。

安書離知道他心中難受，別人寬慰也聽不進去，他看起來有多冷靜，就有多心焦，只不過知道心急如焚也沒用，所以強迫自己鎮定冷靜不放過任何一處查找花顏罷了。

安書離不再説話，二人一路來到半壁山清水寺的山門前。

山門前有一名童子手裡提著罩燈在等候，見到雲遲和安書離，雙手合十見禮：「大師算準今夜太子殿下和書離公子會來，特命小童在這裡等著，太子殿下請，書離公子請。」

德遠大師不是虛名在外，他是真有些本事道行，雲遲和安書離都不意外，由著小童領著二人去見德遠大師。

德遠大師的禪院亮著燈，老和尚盤膝而坐，住持方丈聽到腳步聲，從禪房內走了出來，見到雲遲和安書離，雙手合十，道了聲「阿彌陀佛」，請二人入內。

禪房內十分溫暖，雖驅散了雲遲身上幾分清涼冷冽的寒氣，卻驅不散他心裡的寒氣。

德遠大師見到雲遲，站起身，對他道了聲「阿彌陀佛」。

雲遲拱了拱手，還了一禮，盯著德遠大師的眼睛，開門見山：「大師既然能算到本宮來，應該也能算出本宮來這裡的目的，還望大師告知。」

德遠大師不直接回答，而是指了指桌上的茶具：「太子殿下和書離公子冒著風雪行了三十里路來，先坐下喝一盞熱茶，稍事休息片刻，老衲再告訴殿下。」

雲遲頷首，坐下身。

安書離也隨之一起坐下。

德遠大師親自給二人倒了兩盞茶，放在二人面前。

雲遲沒心思喝茶，花顏出事兒後，他連一口水都沒喝，飯更是沒吃，他不知道渴，也不知道餓，找不到花顏，他覺得整個人都是冷的木的，身體無感都沒知覺。

不過對於德遠大師的好意，他還是要領的，於是，端起茶盞，喝了一口。

德遠大師又對住持方丈道：「太子殿下和書離公子忙了一日，怕是連飯菜也不曾用一口，你去看看廚房，讓他們做些素齋麵食來。」

住持方丈應是，立即去了。

雲遲放下茶盞：「煩勞大師費心了，本宮不餓。」

德遠大師看著他：「殿下愛惜自己，就是愛惜太子妃，愛惜天下子民。人無水不活，不吃飯更是受不住，不是鐵打的，哪怕殿下再急，也要先顧著自己，才有力氣。」

這話太后與雲遲說過，小忠子說過，安書離、梅疏毓雖然沒說，但也是這個意思。如今德遠大師再說，他也一樣能聽在耳裡，但到底沒胃口，不過也不好拂了德遠大師一番勸誡好意。

安書離見雲遲慢慢地喝著茶，顯然聽進了勸，也暗暗地鬆了一口氣。他建議來半壁山，讓他在這佛門清靜之地休息片刻，算是對了。

山寺清淨，禪房內茶香嫋嫋。

清水寺伙食堂的人早就得了德遠大師的吩咐，並沒睡下，而是早有準備，所以在住持方丈親自去了一趟後，不多時，就端了幾碟素菜，兩大碗熱氣騰騰的素麵來給雲遲與安書離。

雲遲見了麵，也不多說什麼，拿起了筷子。

兩大碗麵足夠分量，雲遲勉強吃了大半碗，安書離其實也沒什麼胃口，但還是將麵都吃了。

用過飯後，雲遲看著德遠大師，等著他開口。

德遠大師這才道：「那一日，老衲觀太子妃面相，看出她近日有桃花劫，不過桃花雖有煞氣，卻不見殺氣，太子妃自己就會觀面相，想必不曾在意。」

雲遲點頭：「她是不曾在意，不過算起來，自那日她前來賞梅，也有些時日了。真如大師說的桃花劫，未免顯現的太久了。」

德遠大師歎了口氣：「老衲今日要說的就是這個，畢竟那日觀面相時日太久，老衲今日聽聞太子妃失蹤，頗有些後悔當日沒有給太子妃卜一卦。今日卜卦，卻卜不出來了。」

雲遲眉心一皺，心一沉：「大師！這是何意？」

德遠大師知道雲遲是為花顏而來，心中如何憂急，他這個出家人感受得到。他道：「看面相與卜卦不同，面相看得淺，卜卦問天機，能夠知之深。若是尋常人的卦象，倒也能不見其人卜問一卦，但太子妃生來命理特殊，若是她站在老衲面前，老衲大約能卜問一二，如今卻是不能了。不過，老衲可以給太子殿下卜算一卦，您與太子妃伉儷情深，夫妻一體，想必也能卜問一二天機。」

雲遲本來心已沉，聽到德遠大師這樣說，立即道：「既然如此，煩請大師為本宮卜一卦。」

德遠大師頷首，倒也痛快：「太子殿下稍等，您身分尊貴，不可輕易卜問，待老衲沐浴焚香。」

雲遲點頭。

德遠大師出了禪房。

住持方丈這時開口：「太子殿下無須太憂急，太子妃命格尊貴，不會輕易遭遇不測。另外，她即便武功靈力盡失，但也不是真正能被人欺負的人。」

雲遲抬眼看了住持方丈一眼，想著昔日在南疆，南疆王派了暗人去使者行宮刺殺花顏，卻被花顏察覺，五百暗人盡數折在了花顏手中，有去無回，那時，她闖蠱王宮撿回一條性命身受重傷渾身無力，卻也替他斷了南疆王最凌厲的劍，的確不是個能被人欺負的人。

但她如今不止武功靈力盡失，還懷有身孕，他只能往好處想，不敢往壞處想。

他點點頭：「但願如方丈所言。」

不多時，德遠大師收拾妥當，焚上三炷香，盤膝而坐，讓雲遲同樣盤膝坐在他面前，他左手拿了一副卦牌，右手拿了三枚銅錢，看樣子要同時兩卦合一。

雲遲盤膝靜靜坐在德遠大師面前，看著他起卦。

「殿下閉眼，用心想太子妃所在何處？我們先試試藉您心神給太子妃卜算一卦。」德遠大師準備好後出聲。

雲遲閉上眼睛，他如今最想知道花顏落在何處，便拋去心急如焚的心思，一心想著她所在何處。

安書離坐在遠處，花顏曾經為他卜算過一卦，沒用卦牌，用的是三枚銅錢，他當時睜大眼睛看著花顏，並沒有被要求閉眼或者焚香沐浴這般鋪設，他能清楚地看到花顏周身籠罩的淡淡青霧，如今德遠大師卜卦，他看不到，只看到一副卦牌和三枚銅錢。

他想著雲族靈力博大厲害，窺得天機，她卜卦時看著輕鬆，可是卜完卦後，周身脫力，傷害極大。大約那般厲害能卜算人一生的卦象，也就花顏能做到了吧！

德遠大師是得道高僧，卻也做不到。

德遠大師起卦，只見他手中的卦牌與三枚銅錢同時出手，以極快的手法，不過片刻，驟然一停，「劈啪」脫手，散在面前。

雲遲聽到聲音，忽然睜開眼睛。

德遠大師一張臉上神色僵硬，看著面前散落的無序的卦牌和三枚銅錢，他靜了片刻，歎了口氣，對雲遲抱歉地道：「太子殿下，這一卦也如老衲在您來之前給太子妃卜算的卦象一樣，失敗了。問太子妃身在何處，委實卜算不出來。」

雲遲抿唇，看著面前散落無序的卦牌，問：「什麼能卜算出來？」

德遠大師道：「卜算您自己吧！能卜算出什麼，算什麼？但願能牽連太子妃一二。」

雲遲頷首，重新閉上眼睛：「本宮與太子妃夫妻一體，她任何事都與本宮息息相關。大師請吧！」

德遠大師再不多言，又重新拾起卦牌和三枚銅錢，卜算雲遲。

這一回，卦牌和三枚銅錢並沒有半途而廢散落，卻也久久旋轉，似不得果。

一盞茶過去，德遠大師額頭冒了汗，雲遲靜靜盤膝而坐閉眼等著。

住持方丈看的擔心，站起身，開口道：「師叔，老衲以功力祝您？」

「好。」德遠大師點頭。

住持方丈連忙走到德遠大師身後，盤膝而坐，雙手放在了德遠大師後背心。

安書離想著雲遲的身分雖不如花顏命理特殊，但他是南楚太子，龍子鳳孫，身分特殊，輕易不能被人窺得天機，更何況還是卜問與花顏相關之事，德遠大師不知道能不能卜算出來。

大約又過了兩盞茶，就在他也提著心時，卦牌忽然有序排開在雲遲面前，三枚銅錢忽然蹦碎，散出了一片金星，落在了卦牌上。

德遠大師似受不住氣血翻湧，忽然一口血噴了出來，噴在了雲遲面前的衣袍上。

雲遲猛地睜開了眼睛。

德遠大師身子晃了晃，就要倒下。

「大師！」雲遲伸手一把撐住了他。

「師叔！」住持方丈也從後面扶住了德遠大師。

安書離騰地起身，來到了三人面前，他為了躲避安陽王妃給他安排的相親茶會，時常來半壁山清水寺躲清靜，看過數次德遠大師為人卜卦，可是從來沒有一次是這般內傷吐血。

德遠大師被雲遲和住持方丈一前一後扶住，才勉強坐穩身子，他喘息片刻，臉色蒼白地睜開眼睛，看著雲遲道：「果然帝王卦輕易卜算不得，太子殿下的龍氣太盛，老衲這一回卜算這一卦，怕是要臥床三月不起了。」

雲遲扶住德遠大師的手緊了緊，抿唇：「是本宮強求了，對不住大師。」

德遠大師想擺擺手，但是似乎沒力氣，只能搖搖頭：「幸好這一卦有一二收獲，老衲就算臥床三月也值得。」

雲遲盯緊德遠大師。

德遠大師道：「老衲雖沒卜算出太子殿下近況，實在是雲纏霧繞，老衲道行淺薄，卜算不出來，但老衲問卜帝星運道，算出兩年後太子殿下登基。」

雲遲目光倏地一亮：「可還有別的？」

德遠大師搖搖頭，氣虛力乏地道：「就這一點，險些要了老衲的命，更多的也卜算不出來了。

不過以老衲對太子殿下的瞭解，您能在太子妃命在旦夕時與她感同身受，想必若是太子妃真出事兒，您也不能善存，所以，老衲覺得，既然老衲能卜算出您兩年後登基，想必太子妃是在您身邊平安無恙的。」

「兩年……」雲遲手指蜷了蜷，「卦象的意思是，本宮要兩年才能找到太子妃？」

德遠大師搖頭：「話不能這麼說，老衲只是卜算不出這期間發生了什麼事兒，也算不出太子殿下牽扯太子妃的絲毫，無奈之下，改求算帝星運道，才卜算出兩年後殿下登基。太子妃什麼時候找回來，老衲算不出，但一定能在這期間找回。」

雲遲頷首，面色總算好了些，他也知道德遠大師不比花顏能用靈術問卜生平，以大師的道行能算出這個已是甘願頂著如此重傷求得的結果，著實不易，他溫聲道：「多謝大師了，本宮離開後，會派人找天不絕拿些治療內傷的藥來給大師。」

德遠大師擺手：「妄圖卜算太子殿下運道，洩露天機，本就該罰，老衲著著實實被罰上三月就是了。但願太子殿下千萬保重身體，太子妃愛惜江山，愛民如子，一定不希望她出事兒後太子殿下棄江山於不顧。」

雲遲慢慢點頭：「本宮謹記大師之言。」

德遠大師鬆了一口氣。

雲遲站起身，親手扶起德遠大師，將他交給住持方丈照看，鄭而重之地對德遠大師一拜：「勞累大師了，既然如此，大師好好養傷吧！本宮告辭。」

德遠大師已沒力氣雙手合十，受了雲遲一拜，虛弱地道：「太子殿下慢走。」話落，轉向安書離，「書離公子慢走。」

安書離也對德遠大師拜了一拜，與雲遲出了德遠大師禪院。

早先迎二人進山門的小童領路，送二人出清水寺。

走出山門，雲遲站在山門口，任憑風雪吹打片刻，才抬步向山下走去。

安書離跟在雲遲身旁，想著來這一趟，總歸是有些收獲。不止德遠大師說的對，連他也覺得，若是花顏真有不測，雲遲也不會有登基那一日的。

他自小到大，沒對哪個女子動過情，自然理解不了二人的情深似海，生死相許。尤其是雲遲的太子身分，動情即致命。

下了山後，雲遲目光又掃了半壁山一圈，可以隱隱約約看到四處山頂有火把亮光，顯然是因他下命令在半壁山搜查的人。他看了一會兒，收回視線，對安書離道：「走吧！回京！」

安書離點頭，與雲遲一起翻身上馬，折返回京城。

二人進城時，隱約天方已見白，這一夜，南楚京城不平靜，梅疏毓一直帶著人全城搜查，百姓們的家裡都驚動了，人人都知道太子妃被冒充子斬公子的歹人劫走了，出了大事兒，都十分配合士兵搜查。

梅疏毓從昨日午時一直搜查到天方見白，早已一臉疲憊，他帶著人從一處胡同出來，正遇到雲遲與安書離進城。他揉揉眼睛，喊了一聲：「太子表兄？」

雲遲勒住馬韁繩，瞅了梅疏毓一眼：「可有消息？」

梅疏毓搖頭，有些洩氣：「沒有，我片刻沒敢鬆懈，一直帶著人查到現在，沒有什麼人不妥。」

雲遲擺擺手：「你去歇著吧！」話落，又轉頭對安書離道，「你也去歇著吧！今日休朝。」

梅疏毓點點頭，看向安書離，安書離也點點頭。

雲遲不再多言，打馬向東宮方向而去。

他離開後，梅疏毓看著安書離：「太子表兄去半壁山清水寺一趟可有收獲？」

安書離覺得德遠大師卜問帝星運道之事還是越少人知道越好，哪怕是梅疏毓，雲遲不說，他也不宜對外聲張，便模棱兩可地道：「不好說，算是有些收獲吧?!不過與如今情況對比，說來也是無用。」

梅疏毓不是個傻子，聽了這話便知道怕是隱祕之事，便不再問了，點點頭，憤恨地道：「真是邪門了，背後之人也真是本事，這是藏匿了多久，籌備了多久，才能如此密謀成事兒？」

安書離揉揉眉心：「已過了這麼久，不知太子妃如何了，但無論如何，一日沒找到太子妃，一日就不能放鬆，繼續查吧！」

梅疏毓跺了一下腳：「休息什麼?我繼續帶著人查去。」

雲遲回到東宮，來到宮門口，看著東宮的牌匾，他勒住馬韁繩，久久不下馬。

自從大婚後，每一日他上朝去，花顏有時在沉沉地睡，有時迷迷糊糊醒來與他說一句「上朝了?」的話，他吻吻她再出門，一日心情都很好。他在忙完事情回來，每次到宮門口，都匆匆進府，回到鳳凰東苑，東苑都亮著一盞暖燈，她坐在桌前，或捧著一卷書卷，或因為孕吐折騰的難受趴在桌子上，有氣無力地等著他。無論是她被孕吐折騰的難受，還是不難受，他總都能從她臉上看到笑意。

可是今日，他今日便這般把她丟了。

猶記得早上，她與他一起出門，他還記得他給她繫披風，給她塞手爐，握著她的手出門時她柔軟無骨的手心放在他手心裡的溫暖，他千防萬防，還是沒防住有人對她下手。

他閉上眼睛，渾身都在顫。

這東宮他住了十年，卻是第一次不想踏進去，不想去面對冷清沒有她的東宮。他怕他踏進去，進了鳳凰東苑，忍不住先拔劍殺了自己。

「殿下？」宮門從裡面打開，福管家一臉憔悴地走出來，詢問地看著雲遲，眼底含著希冀，不過在看到雲遲的面色後，那希冀散去，讓他連「太子妃沒找到嗎？」也問不出，只喊了一聲。

雲遲睜開眼睛，翻身下馬，扔了馬韁繩，對福管家啞聲詢問：「東宮一切可安好？」

福管家拱了拱手，恭敬地回道：「一切都安好，昨日武威侯被送進來，奴才不敢怠慢，將侯爺安置在了一處院落裡。」

雲遲看著福管家：「將他款待為座上賓了？」

福管家聽到雲遲這話，暗暗地驚了驚，垂首道：「布防了五百東宮守衛在那一處院落，只不過吃喝款待上，沒短了侯爺。」

雲遲點點頭，艱難地進了東宮。

福管家連忙跟上，小心翼翼試探地問：「殿下，您現在要宣侯爺來見嗎？」

「不見。」雲遲搖頭。

福管家頷首，又道：「殿下一身風塵，仔細身子，奴才這就吩咐人燒水給殿下沐浴？再吩咐廚房……」

「不必準備膳食，本宮在半壁山清水寺用過了。」雲遲擺手，「只吩咐燒水給本宮沐浴就行。」

福管家連連應是，連忙叫來一個人，快速地吩咐了下去，他自己則跟在雲遲身後往裡走。

花顏還沒嫁進來之前，自落成之日起，雲遲住進來十年，一直都十分安靜，雲遲以前習慣了這種安靜，他每次回宮，走在進府的路上，整個東宮靜悄悄的，侍候的人從不大聲喧嘩，各安本分地做著事情，他沒覺得有什麼不好。

但自從花顏嫁進東宮，嫁給他，她性子活潑，喜歡熱鬧，漸漸地，這麼長時間，東宮似乎也有了煙火氣和熱鬧勁兒，僕從們再不是以前靜悄悄的了，也能聽到些人聲和動靜，他每日踏進來，才有了一種叫做家的感覺。

可是如今，似乎一夜之間，東宮又恢復了以前的模樣，讓他走在路上，腳底板都往上冒寒氣，雖這天氣一直下著雪未停，他也不是懼冷的人，但就是感覺冷得很，周身入骨的那種冷。

他越走越慢，後來停下。

「殿下？」福管家見雲遲停住腳步，試探地又喊了一聲。

雲遲一動不動地站著，周身氣息沉的似乎拔不動腳，福管家瞧著，心疼的不行，老眼落下淚來：「殿下，太子妃一定會好好的，她那麼好，上天一定會厚愛她的，也會厚愛殿下的。」

雲遲點頭，一言不發地繼續往前走。

這短短一條路，花顏在時，他用不到一盞茶，就能進到鳳凰東苑，可是今日，他足足走了三盞茶還多。

福管家從來沒見過這樣的太子殿下，他掏出帕子捂住眼睛，暗暗祈禱，太子殿下受的苦夠多了，五歲時皇后娘娘薨了，十五歲時武威侯夫人死在東宮查無所因，太子妃在北地命在旦夕他感同身受心脈枯竭，如今好不容易盼到與太子妃大婚，剛過了幾天好日子？皇后娘娘在天之靈，保佑殿下，太子妃一定要好好的。

雲遲進了鳳凰東苑，方嬤嬤帶著人迎了出來，人人都紅著眼眶，尤其是方嬤嬤一雙眼睛腫的厲害，她看著雲遲，也張了張嘴，同福管家一樣，沒問出「太子妃找到沒有？」那句話來。

雲遲邁進門，屋中雖燒著地龍，但不見花顏的影子，他身子晃了晃，在珠簾晃蕩清脆的響聲中，用手扶住了門框。

過了一會兒，他邁步進屋，躺去了床上，便那樣和衣而躺，伸手拽了被子，蒙住了臉。

方嬤嬤跟進屋，看著雲遲的模樣，受不住，轉身落下淚來。

自小跟隨雲遲侍候的人都知道太子殿下有多剛強，除了皇后娘娘和武威侯夫人故去那一日，在夜深人靜時依稀能看到他臉上的脆弱外，尋常時候，他面色寡淡，看不出什麼情緒，泰山崩於前面不改色，也只有針對太子妃，才喜怒形於色，但也從沒有這般脆弱過。

偏偏，誰也安慰勸解不了他的這一份脆弱。

廚房的人燒了一桶水送來，到了門口，正遇到眼淚奪眶而出的方嬤嬤，福管家看了看方嬤嬤，又看了看那一桶水，試探地問：「殿下，您現在可要沐浴？」

雲遲不作聲。

方嬤嬤心裡難受的不行，哭著哽聲道：「殿下難受，讓殿下靜一靜吧！這水……先抬進去，放屋裡吧！」

福管家點頭擺手，有人抬著水進了屋，放去了屏風後，又悄無聲息退了出去。

方嬤嬤不再打擾雲遲，與福管家守在外面。

第一百二十八章 子斬的騙局？

小忠子進宮傳達了雲遲的命令後，想著雲遲一時半會兒不會從半壁山回來，便在皇宮裡陪著太后同時觀察動靜。

皇上一直昏迷不醒，天不絕在皇宮裡住了下來，太后雖年紀大了，但出了這樣的事兒，不敢不撐著，但也不敢死撐，怕她撐不住這時候給雲遲惹麻煩雪上加霜，便在帝正殿的外間留了下來，看著皇上，同時盯著皇宮諸事。

在天剛濛濛亮時，小忠子估摸著差不多了，皇宮十分安平，昨日的事情就如風過無痕一般，他待不住了，便匆匆出了皇宮，回到了東宮。

得知雲遲剛回來不久，他一溜煙地跑去了鳳凰東苑。

無論是方嬤嬤，還是福管家，卻不及小忠子跟在雲遲身邊近身侍候的多，二人見他回來，將他當作了救星，方嬤嬤立即說：「你怎麼才回來？殿下難受得很，你想個法子，勸勸吧！大慟傷身！」

小忠子拍拍身上的雪，聽聞花顏沒找到，眼眶也紅了，小聲說：「怎麼勸啊？解鈴還須繫鈴人，太子妃一日找不到，殿下能好嗎？」

福管家捂住他的嘴：「說什麼話呢！太子妃一定能找到，殿下不會有事的。」

小忠子扒拉開福管家的手，懨懨地走了進去，見雲遲躺在床上，臉上蓋著被子，一動不動，他怕雲遲憋住，連忙來到床上，去扯雲遲的被子。

雲遲抬手按住，聲音嘶啞：「你說本宮是不是無能？」

小忠子立即撤回手，果斷哽咽地說：「殿下才不是無能，誰能想到那人利用子斬公子害太子妃？若不是子斬公子，您也不會將人交給他……」

「是啊！蘇子斬，本宮太信得過他了，被人鑽了空子。自小，教導本宮的太傅便告訴本宮，學制衡術，習帝王謀，身負江山社稷，便不可有慾有求，心生軟肋，便是致命。用人，卻不可過於信人。但……」他話音一轉，聲音極低，「孤寡之人，才配執掌天下？本宮哪怕今日依舊不信此言，不怪本宮信蘇子斬，只怪本宮沒識破背後之人因他設的迷障罷了。」

雲遲話語中透出的不僅僅是自責，似乎深恨自己的疏忽和無能。

小忠子看著雲遲，再也找不出話來安慰太子殿下，只能哽咽地說：「太子妃一定會好好的……」

雲遲又沉默了下去。

屋中靜下來，小忠子站在床前，過了好一會兒，見雲遲依舊一動不動，沉浸在黑暗的情緒裡，他咬著牙開口：「殿下，水一會兒涼了，您沐浴後，好好睡一覺，待您醒來，也許頭腦清明，能想到這一夜疏忽的事情也說不定。」

雲遲聞言手動了動，掀開被子，坐起身，去了屏風後。

小忠子知道自己這句話奏了效，暗暗地鬆了一口氣，給雲遲準備換洗的衣物。

幸好時候不太長，屏風後的水溫正好，不冷不熱。

雲遲將自己沉浸在水裡，腦中卻想著那易容成蘇子斬的人會將花顏帶去哪裡？越想越紛亂，越想越慌，越想越害怕。

小忠子站在屏風後，守著時辰，待許久後，估摸著水冷了，怕雲遲染了風寒，才試探地開口：「殿下，水冷了，您快出來吧！」

雲遲強行打住腦中洶湧的揣測，從木桶裡出來，換了乾淨的衣物，回到房間，對小忠子擺手，啞聲道：「你去吧！告訴福伯與方嬤嬤，本宮歇一會兒。」

小忠子連連點頭：「殿下您歇著，有什麼事兒奴才盯著，但有太子妃的消息被查出來，奴才一定第一時間告訴您。」

雲遲「嗯」了一聲，重新躺回床上。他是該睡一覺，也許如小忠子所說，他如今頭腦一片混沌，也許睡醒一覺，就清明了，能想到被忽視的細節。

於是，他強迫自己閉上了眼睛。

小忠子見雲遲睡下，走出房間，悄悄地關上了房門，對門外的福管家和方嬤嬤交待了一聲，二人也是暗暗地鬆了一口氣，殿下能聽勸歇著就成，否則這樣熬累下去，鐵人也受不住。若是殿下垮了，誰來找太子妃？

福管家出了外屋畫堂，站在門口，看著天色已大亮，雪從昨日下著一直未停，他憂心忡忡地說：「這雪不知道還要下幾日，太子妃懷著小殿下，身子骨不知可否受得了？」

方嬤嬤壓低聲音說：「這話別說了，仔細讓殿下聽見，怕是痛徹心扉。」

福管家立即住了嘴，深深地歎了口氣：「願皇后娘娘在天之靈保佑，早些找到太子妃，讓太子妃少受些苦。」

雖然知道這話說出來，也只不過是寬慰一下罷了，被人劫走，既然是壞人，怎麼可能會好好待太子妃？但還是忍不住祈禱太子妃好好的，只要太子妃好好的，殿下就一定能好好的。

太后得到消息雲遲回東宮了，太子妃卻沒找到，也覺得心口疼的厲害。她這麼多年，除了盼著雲遲娶妃，就是盼著抱重孫子，可是盼來盼去，好不容易雙喜臨門了，卻出了這樣的事兒，讓她一把年紀也受不住。

已經半日一夜了，又這樣的大雪天氣，花顏又是那樣嬌弱的身子骨，她幾乎不敢奢求孩子是否還能保住，只敢奢求花顏一定不要出事兒，否則，她的孫子怕是也保不住了。

半日一夜間，皇上昏迷，太子妃被人劫走失蹤的消息不止傳遍了京城的市井巷弄，也傳出了京外。無數人紛紛揣測，到底是什麼人，有這樣大的膽子，公然易容成蘇子斬，堂而皇之地參加宮宴，在雲遲的眼皮子底下劫走太子妃？

還有，真正蘇子斬失蹤了，到底是遭遇了不測，還是去了哪裡？以及武威侯被太子殿下請去了東宮做客，說是做客，誰也不知道是審問還是如何？

總之，京城內外，至少方圓五百里，在緊鑼密鼓地搜查徹查中，百姓們雖然心中惶惶然，但十分配合，並未生亂。

安書離回到安陽王府，便被安陽王妃一把拉住：「書離，到底是什麼人劫走了太子妃？太子妃當真半絲音訊也無？」

安書離疲憊地點頭：「娘，至今沒查到是什麼人。」

安陽王妃雖想再多問幾句，見他一臉疲憊，便打住話，催促他說：「快去休息吧！從昨日晌午到今日，你都沒能歇著。」

安書離點點頭，也不再多言，去歇著了。

梅疏毓又咬著牙親自盯著查了大半日，依舊毫無結果，疲憊著一張臉，去了東宮。

福管家見他來了，連忙見禮，急聲問：「毓二公子，可有太子妃的消息？」

梅疏毓搖頭，懨懨地說：「沒有。」

福管家聞言見了他的精神氣頓時一散：「那您來找殿下……」

「就是來跟太子表兄說一聲。」梅疏毓問，「太子表兄呢？」

福管家道：「殿下小憩了一個時辰，如今在書房。」

梅疏毓點頭，擺手：「不必帶路了，我自己去見太子表兄。」

福管家頷首。

梅疏毓抬步向雲遲的書房走去。

雲遲睡了一個時辰，強迫自己入睡，但依然沒睡太實，鼻息間錦被裡全是花顏的味道，讓他哪怕睡著都心慌，忍了一個時辰，他再也躺不住了，便去了書房。

梅疏毓來時，他正收到了梅疏延從兆原縣送來的密信，走的是臨安花家的暗線，當初，他讓梅疏延查北地通往京城的必要關卡，可有什麼人通關？那一個月來，查到天冷風寒，沒多少人通關，就連鏢局在那一個月都沒有走鏢接活，從兆原縣通關的記錄寥寥無幾，與往年的通關密集之勢大有不同。

後來，他又吩咐雲影查往年從兆原縣的通關商隊，也沒查出個所以然來，後來，因諸事太多，他吩咐雲影撤回了人手不再查此事，卻沒讓梅疏延停止徹查。

今日，梅疏延便查出了一件事情，密信與他。

他查到，有一商隊，販走私鹽生意，摻雜在茶葉裡，雖每回走鏢的分量極小，但耐不住商隊大，算起來，也有不小的量。這商隊從南陵出發途經兆原縣周折到北地再換個商隊轉往南疆，繞了一個大圈子，才一直隱祕不被人查覺。

他查出似乎與南疆勵王府有牽扯，只不過因勵王已死，南疆勵王府不復存在了。所以，查到南疆，線索就斷了。

這個商隊，背後的東家，卻是嶺南王府。

他查到這個消息，不敢耽擱，也不敢再往下查了，立即送密信進京稟告雲遲。

當今皇上登基，也是經歷了一番血雨腥風的，畢竟當今皇上出生後，因早產，身子骨弱，一直用好藥精心地養著。他是當今太后嫡子，雖聰明，但奈何身體原因，便顯得弱了些。先皇有庶子雖不多，但有幾個厲害的，能文能武，且身子骨硬朗。

太后是個有些手腕的人，又有北地程家做靠山，加之當今皇上是嫡出，且宅心仁厚，繼位名正言順，所以，獲得了大部分朝臣的輔佐，將有異心的幾個皇室庶子發配的發配，廢除的廢除，最終只留了一人，便是這嶺南王。

嶺南王是一個宮女所生，那宮女生產後大出血，當今太后為了將來皇上登基有人扶持，便將嶺南王養在了身邊，只不過沒有記在她名下，只給了他一個庇護之所，這也是念著皇上身子骨弱，怕養熟了將來奪嫡，總之，嶺南王雖不是太后親生，卻是太后養大的。

俗話說，生恩大，但養恩更大。

嶺南王雖不是太后親生，卻勝似太后親生。在扶持皇上登基後，太后做主，賜婚了趙宰輔的妹妹嫁給了他。大婚後，嶺南王自動請纓鎮守嶺南，為皇上守一方國土，皇上封他做嶺南王。

皇上登基二十年來，嶺南一直很安平，嶺南王也很少進京，七八年前一次進京還是為太后祝壽。太后也常對雲遲說：「你王叔是個孝順的孩子。」

當初，查出趙宰輔妹妹嶺南王妃因嫉妒對梅府大小姐下寒蟲蠱，被梅府二小姐給擋了災，後又查出雲遲與蘇子斬遭人下毒，這也是因念著嶺南王和趙宰輔的輔助皇帝登基之功，皇上和太后壓下了此事，讓嶺南王自己處理嶺南王妃的原因。

所以，如今查出嶺南王府與南疆勵王有私鹽牽扯，那麼，可還有別的牽扯？

雲遲沒忘花顏曾說她不止識得嶺南王妃，還識得她的一雙兒女，都是教養極好。她不相信那樣的女子，是會為了嫉妒而害人的人，他暗想，他的父皇和皇祖母是否對嶺南王太放心了？背後之人，是否與他有關？劫走花顏之人，是否與他有關？

梅疏毓來到門口，看著緊閉的書房，在外自報了一聲。

雲遲打住思緒，放下密信，啞聲道：「進來。」

梅疏毓推開房門，進了雲遲的書房。

雲遲抬眼向他看去，不用問，只看他一臉疲憊喪氣懨懨的臉色，便知道全無收獲，他擺擺手：「坐吧！」

梅疏毓坐下身。

雲遲對他問：「可用飯了？」

梅疏毓搖頭，苦哈哈地說：「從昨日午時到現在，就喝了幾口水。」

雲遲也不多言，對外面喊：「福伯。」

福管家已來到門口，應了一聲：「老奴在。」

雲遲吩咐：「吩咐廚房，給他弄些吃的來。」

福管家應是，抬眼看了一眼天色，試探地問：「殿下，您也吃一些吧！晌午了。」

雲遲不抗拒地「嗯」了一聲。

福管家鬆了一口氣，立即去了。

雲遲親手給梅疏毓倒了一盞茶：「辛苦了。」

梅疏毓受寵若驚，連忙接過：「忙了一日夜，什麼也沒查到，白忙一場，當不得太子表兄一聲辛苦。」

雲遲抿唇，臉色平靜：「牽扯了蘇子斬，悄無聲息布置的天衣無縫，顯然不是一日半日的籌謀，論根基藏的深，怕是少說也得幾十年，也許更多。豈是一日半日就能查出來的？」

梅疏毓驚駭：「太子表兄，我們至今查無任何消息，接下來，再怎麼查？京中沒找到人，也查不出是誰動的手腳。我密切注意各府的動靜，各府連個走動的人都沒有，太平靜了。」

「若非如此，本宮也不會丟了太子妃，背後之人也不會這麼有本事劫走人。」雲遲睡了一會兒，腦子多少清明了些，此時是真正地冷靜，「你也累了，一會兒用過午膳，先別查了，歇上一日，明日帶著大批人馬，去半壁山，將整個半壁山給我翻一遍。」

梅疏毓睜大眼睛：「太子表兄的意思是半壁山有藏汙納垢？那可是佛門聖地啊！」

「佛門聖地是清水寺。」雲遲沉聲道。

梅疏毓試探地問：「那清水寺查嗎？」

雲遲抿唇，清水寺的住持方丈與花家有淵源，交情頗好，德遠大師是正派的得道高僧，但也難保清水寺沒有異心著，畢竟佛門之地，也益於藏匿。於是，他道：「查，清水寺也查，整個半壁山，不要放過一絲一毫，一山一石，一草一木，都給我掀開了查。」

梅疏毓頷首，鄭重地說：「太子表兄放心，就是掘地三尺，我也要將半壁山地毯式一寸寸給你挖開了。」

雲遲點頭，只雲影帶著十二雲衛與東宮暗衛，查方圓五百里，不能一寸寸將半壁山查個徹底，如今他只能讓梅疏毓來。

梅疏毓又問：「那看守京城……」

「本宮會交給小五。」雲遲道，「他前往北地跟隨太子妃歷練一番，也能堪大用了。」

梅疏毓曾聽聞五皇子跟著花顏前往北地走了一遭又前往臨安花家走了一遭，十分羨慕，那天他回京，遇到五皇子，還將他叫去了酒樓裡勾肩搭背喝了一場，順帶聽他說了說在北地驚心動魄的事兒，聽的他心潮澎湃，雲遲選五皇子，確實堪用。

他點點頭：「好，我稍後就與他交接一番，他對京城熟悉的很，跟隨表嫂歷練了一番，好上手的很。」

雲遲點頭。

二人說話間，福管家已讓廚房做好了飯菜，帶著人送來了書房。

梅疏毓確實餓了，打住話頭，雲遲雖沒什麼胃口，也不覺得餓，但還是勉強自己吃了些飯菜。越是這時候，他越要冷靜愛惜自己，他若倒下，誰來找花顏？

哪怕他恨極了背後之人，恨不得將之千刀萬剮，但此時，也要穩住心神不能亂。

也許，背後之人帶走花顏，不殺了花顏，就是想看著他自己亂也說不定。

不管是什麼原因，一日找不到花顏，他一日就不能倒下，找到了，更不能倒下。

用過飯菜，雲遲派人喊了五皇子前來。

五皇子對於花顏的失蹤，也十分憂急，帶著十一皇子找遍了皇宮，後來怕太后受不住，便在宮裡陪著太后守著皇上。今日又是一日了，他擔心雲遲，本來打算晚上再來東宮，卻不想雲遲先一步派人找他，於是，他立即便來了東宮。

五皇子來到後，雲遲吩咐他接替梅疏毓看守京城。

梅疏毓吃飽喝足，有了些力氣，聽完雲遲的吩咐，見五皇子看來，便將手裡的令牌遞給了他。

五皇子知道雲遲讓他跟著花顏歷練，早晚有一日要得用他，他一直等著雲遲的安排，沒想到先等來了鎮守京城兵馬。他有些猶豫：「四哥，我雖有些文采，但武功著實差了些。」

他本來覺得自己入朝，能輔助雲遲從文政，卻沒想過接看守京城兵馬的兵權。他怕自己做不好。

雲遲道：「只是暫代，本宮讓敬國公協助你。」

如今朝中的一眾老臣，雲遲最相信的莫過於敬國公，而且敬國公是軍功出身。

五皇子聞言鬆了一口氣，立即接過了令牌兵符：「是，四哥。」

梅疏毓上前拍拍五皇子肩膀，一臉疲憊地說：「有敬國公在，簡單的很，他老人家往人面前一站，就自帶剛硬殺氣。你也是在北地腥風血雨裡滾了一遭的人，別怯陣。」

五皇子點頭：「四哥信我，大約我如今是最合適的人，一定不負四哥所望。」

雲遲頷首，對他擺擺手：「你自己去敬國公府找敬國公吧！」

五皇子應了一聲，見雲遲一臉平靜，本想勸他一句「四嫂一定會沒事兒的。」，但看他如今平靜神色，估計已聽了不少，倒不必說這話了，便拿了令牌，出了東宮。

五皇子離開後，梅疏毓也是累的很了，乾脆就在東宮歇下了，準備歇兩個時辰，養養精神，帶著大批人馬去半壁山掘地三尺。

安書離回了安陽王府後，也歇了一個時辰，如今皇上昏迷不醒，蘇子斬失蹤，花顏失蹤，雲遲將武威侯請到了東宮做客，朝臣們沒有多少人能讓雲遲信任，所以，他也不敢歇太久，養了幾分精神後，便起身，打算前往東宮，與雲遲商議接下來怎麼找花顏。

他覺得，既然一日夜找不到人，是不是該換個法子。

他一邊收拾，一邊想著什麼法子最是有效，這樣的大雪天氣，他不相信有誰能帶著人翻山越嶺在一日夜間出了京城五百里。所以，人從密道出了半壁山，也一定還在京城不遠處。

畢竟，花顏出事後，雲遲反應的也夠快，不過兩三盞茶的功夫，便命人全城戒嚴，封鎖了京城方圓五百里。

這樣快速的封鎖，只要不是插了翅膀，也飛不出京城五百里，即便飛出去，必有痕跡可查。

他正想著，安陽王妃匆匆來了。

安陽王妃似乎走的很急，連婢女都跟不上她的腳步，這樣大雪的天氣，她連把傘也沒撐，身上也沒披披風，似乎有什麼事情趕的很急，一定要儘快過來。

安書離納悶，走了兩步，迎到門口，安陽王妃氣喘吁吁地推開門挑簾衝了進來，見到安書離，立即一把拽住他：「離兒，娘想起來了！」

安書離一怔，看著安陽王妃：「娘慢慢說，您想起什麼來了？」

安陽王妃喘了一口氣，又深吸了一口氣，握緊安書離的胳膊說：「娘想起昔年那位佩戴金絲袖扣的人是誰了。」

安書離聞言盯緊安陽王妃：「娘，是誰？」

安陽王妃對外面喝了一聲：「都出去，躲遠點兒，不准任何人闖進來。」

「是，王妃。」有人應是，立即退了出去，躲去了老遠。

安陽王妃見沒人了，對安書離壓低聲音說：「是武威侯夫人，昔年她佩戴過。因她故去了五年，時間有些長，娘自從聽你提起這事兒後，一直想著是活著的人，卻沒想過死去的人，才一時沒想起是她。」

安書離有些吃驚：「娘，您確定是武威侯夫人？」

安陽王妃肯定的說：「娘確定，就是她戴過，只不過只戴了一次，被我晃了一眼，你不是也見過嗎？你也仔細想想，是不是她？有沒有些許印象？今日，我一直想著怎麼有人冒充子斬劫走太子妃呢？想子斬想的多，突然就想起了他娘和這事兒。」

安書離仔細想了想，似乎隱隱約約記憶裡那身影還真是武威侯夫人，他立即說：「娘，這事兒您誰也不要說，兒子這就去東宮告知太子殿下。」

安陽王妃擺擺手：「快去吧！」

安書離覺得這件事情十分重要，片刻也不耽擱，連披風絲帶都沒來得及繫，只伸手拿了披風，一邊走一邊往身上披，出了他的院落後，吩咐人備馬，快步來到門口，拿了馬韁繩，翻身上馬，縱馬向東宮疾馳而去。

很快就來到了東宮門口，守門人見是他，連忙請了他去雲遲書房。

雲遲在五皇子他們離開後，又拿起梅疏延那封密信，仔細地看了一遍，腦中想著應對之法。

福管家稟報安書離來了，雲遲放下了密信，吩咐：「請書離進來。」

安書離一路趕來的急，卻因為有武功內力在，不見冒汗，他推開書房的門，見雲遲雖面色不太好，但神色與以前一樣，恢復了十分的鎮定態勢，他深吸了一口氣，給雲遲見了禮。

雲遲抬眼看著他，問：「什麼事情這麼急？有什麼消息？」

他不敢祈盼是花顏的消息。

安書離關上書房的門，對雲遲道：「我娘方才想起來一件事兒，我覺得該第一時間來告訴你。我娘說昔年曾見過武威侯夫人佩戴過金絲袖扣，因她故去了五年，時間有點長，她一直想著是活著的人，卻沒想過死去的人，自聽聞有人以假亂真蘇子斬劫走太子妃，她才想得多了些，想起了武威侯夫人。」

雲遲一怔，如安書離乍然聽到此事時一般表情，盯著安書離：「此事當真？」

安書離立即道：「我娘斷然不會撒謊，也不是胡言亂語的人，我曾說我見過，卻想不起來是誰讓我有這個記憶，今日聽我娘提起武威侯夫人，讓我也仔細想想，我才恍惚地想起，似乎我印象中的那個人正是武威侯夫人。因是我很小時的記憶，又故去了五年，我是沒想起來，我娘說她只見過她佩戴過一次，大約是那金絲袖扣特別，才讓她至今十幾年了都有這個印象。」

雲遲聽罷，搜尋自己的記憶，在自己的記憶裡，似乎沒見到過，但安陽王妃性子爽快爽直，的確不是個愛胡言亂語的人，尤其這件事情至關重要，她也不會隨意瞎說。安書離雖印象薄弱，但他自幼聰明，記性不差，既然他們二人見過姨母佩戴過這個袖扣，那麼，十有八九就是了。

那統領佩戴金絲袖扣，怕就是武威侯夫人那一枚袖扣。

普天之下，就只有這一枚了。

「姨母……」雲遲思索著，吐出這個稱呼在舌尖打轉了半晌，才道，「若是王妃早想起幾日就好了。」

安書離想著他這一路趕來東宮時，想的也是這句話，若是娘能早想起幾日就好了。當年江南織造的那位老手工藝人將當世獨一無二的金絲袖扣送給了一位恩人，想來就是武威侯夫人了。

當日他想起此事時，太子殿下讓他查江南織造，那位老手藝人的恩人是何人？因那人已死，時間太久遠，而他追查的時間又短，所以還沒查出來。

若是娘能早幾日想起，若是他能早查出來，也許，目光就先盯上武威侯府，也不至於因蘇子斬出身武威侯府，且在武威侯府公子院落與武威侯府一牆之隔，就對那一片地方過於放心。

只要早幾日知道這件事兒，就能提前查武威侯夫人的金絲袖扣為何被那統領佩戴在身上？也能提前詢問武威侯或者蘇子斬，也不至於全無防備地任由人以假亂真冒充蘇子斬劫走太子妃……

他想到這裡，繼續往下深想，忽然對雲遲道：「會不會那人就是蘇子斬？」

雲遲本也在尋思，此時抬眼看著安書離。

「是不是根本就沒有人易容假扮，那人就是蘇子斬？他其實就是想劫走太子妃？若是武威侯夫人佩戴過金絲袖扣，我都有印象，他沒道理沒印象？另外，那一日我帶回的那名梅花印衛是他審問的，至於真正審問出什麼，他也許隱瞞了，或者說，暗中之事，都是他？畢竟，也只有他不會殺太子妃。若那背後之人另有其人，恨太子妃恨的牙癢癢，太子妃若是真落入他手，以那人的狠辣手段，一定會殺了太子妃。」

雲遲目光深邃，靜靜地聽安書離說完，對他道：「在北地，那統領與花顏交手，用地下城要埋了花顏，而花顏動用靈力本源救北安城百姓時，蘇子斬在京城。昨日你也聽見了，他將這些年名下產業勢力早就交代好，若是他一旦有事兒，都交給本宮。你覺得，這些事情，真都是蘇子斬的謀算？」

安書離聞言又猶豫了：「去年北地發生動亂，我在川河谷治理水患，不是十分清楚。若如殿下這樣說，那不是蘇子斬，會是武威侯府的何人呢？那麼名貴的金絲袖扣，武威侯夫人給了誰？左右不會輕易送出去。」

「本宮也沒印象姨母曾佩戴過金絲袖扣，不過也相信王妃和你一定見到過姨母佩戴過。子斬自小與本宮一起長大，他的性情雖多年來一變再變，但忠於南楚，忠於社稷之事，斷然不會變。若沒有花顏，他斷然不會入朝，但絕對不會害本宮，也只是跟本宮不對付罷了。」雲遲沉聲道：「至於金絲袖扣，本宮這就去問問侯爺。」

安書離這才想起武威侯來東宮做客了，他點點頭：「是該問問侯爺。」

雲遲站起身：「你與本宮一起。」

安書離頷首。

二人一起出了書房，去了安置武威侯的院落。

武威侯自在宮裡皇上出事兒花顏出事兒後，被雲遲請來東宮，也沒吵沒鬧，安靜地聽從了雲遲的安排。

雖是做客，但其實是軟禁，吃喝沒少了他。

武威侯正在想著雲遲什麼時候見他，是一兩日還是三五日，他想著以對雲遲這麼多年的瞭解，大抵會三五日或者更多，但沒想到不過一日，雲遲便來見他了。

他站起身，對雲遲見禮，面色平靜：「太子殿下。」話落，又對雲遲身後的人拱手，「安大人。」

安書離拱了拱手：「侯爺。」

雲遲也不落坐，盯著面前的武威侯，將他面上寸寸汗毛都盯的不留縫隙，也沒說話。

武威侯坦然地任雲遲盯著，開口詢問：「不知殿下可找到了子斬和太子妃？」

雲遲依舊不語，依舊看著他，看的最多的，是他的眼睛。

一個人要騙另一人，他的眼神最騙不了人。但這話其實不是絕對的，真正會騙人的人，連眼神也是會騙人的。

這麼坦蕩的眼神，不代表就不騙人。

雲遲一直覺得武威侯心思深，讓人看不透，哪怕這一刻，他就站在他面前，任他看個徹底，他也依舊覺得。但他處處又表露出忠心和坦然，這麼多年，除了他侯府內院娶柳芙香弄出了那一齣不光彩的事兒外，跟著朝臣們偶爾裝糊塗外，沒幹什麼危害江山社稷的事兒。

他的記憶裡，他對姨母確實很好，對蘇子斬也確實很好，從沒放棄為他找神醫天不絕，哪怕天不絕是他昔日的情敵，是姨母心裡念著的人，但為了兒子，他也做了。對於南楚皇權，他也十分擁護，從父皇是太子時，他就一直輔助他。

皇上每次提起武威侯，也只說他明明是個聰明人，但有些事兒辦的有些糊塗，不過人沒有十全十美，寧願要個糊塗的臣子，也不要太聰明過了頭的，不好掌控。

如今，他看著武威侯，盯了他許久，想著好一個聰明又會糊塗的人。

他負手而立，聲音平靜溫涼，寡淡一如往昔，帶著絲漫不經心的冷寒：「姨母有一枚金絲袖扣，侯爺可知道去了哪裡？」

武威侯一怔。

雲遲就在他這一怔中，從他坦坦蕩蕩的眼睛裡，看出了些許情緒，不過也就那麼一瞬，他眼底布滿了疑惑：「太子殿下這話是從何說起？本侯不記得夫人有什麼金絲袖扣。」

「哦？侯爺不記得嗎？」雲遲淡笑，笑意不達眼底，「那侯爺可真是貴人多忘事。姨母有一枚金絲袖扣，不是市面上那種常見的袖扣，二十年前，江南織造的一位老手藝人用祥紋血玉融了金絲，做了一枚金絲滾水袖金邊的金絲血玉袖扣，普天之下，只有這一枚，送給了姨母。這麼珍貴的金絲袖扣，侯爺在姨母生前，素來待姨母心細，處處對姨母都好極了，能不記得她曾經佩戴過這枚物件？」

武威侯垂下頭，請罪道：「老臣實在不知此事，老臣雖待夫人情深，但做得也有不好之處，若殿下說的確有此事，老臣還真想不起來，畢竟時間太久遠了。」

雲遲瞇起眼睛：「侯爺可真是本事啊！藏的可真深，你抵死不承認，是打定了本宮奈何不得你嗎？」

武威侯抬起頭，坦然地看著雲遲：「殿下，老臣不明白你說的是什麼。欲加之罪何患無辭？老臣不知就是不知。老臣一直以來效忠皇上效忠南楚，雖於家事上糊塗，但對朝事從來兢兢業業，不敢懈怠，雖有人易容成子斬劫走了太子妃，老臣也不明白怎麼回事兒。望太子殿下明察。」

雲遲冷笑：「本宮明察了之後才來問侯爺，可惜侯爺是不見棺材不掉淚，不到黃河不死心。」

武威侯拱手：「殿下要定老臣的罪，請殿下拿出證據，不能因為有人冒充子斬劫走太子妃，殿下便因此懷疑老臣冤枉老臣。」

「證據不急，本宮會給侯爺的。」雲遲看著武威侯，想著他還是低估了他，他一句全然不知道，便推卸的一乾二淨。若是真不知道，他眼裡也不會一瞬間在聽說此事時閃過情緒，也不會連想都不想，就說沒見過了。

無論是安陽王妃，還是安書離，哪怕是他，還有當初聽安書離說有印象的蘇子斬，都毫不掩飾地想了許久，才想不起在哪裡見過還是沒見過。

而武威侯，一口咬定沒見過。

好一個沒見過！

他一直覺得武威侯其人頗深，讓人看不透，無論是前往西南境地平亂，還是前往北地肅清，以及治理川河谷水患，或者布局京城布防，他哪怕安排了趙宰輔，都會避開武威侯，哪怕他自動請纓，他用蘇子斬也不用他。

他不太相信武威侯，也是有這個原因。

如今可見，他不相信他是對的，不敢說他與背後之人是什麼關係，但恐怕一定有聯繫，或者說，是他本身，或者說是他擁護背後之人，或者說是一條繩上的，亦或者他是知情者。

總歸，他不可能乾淨。

昔年，他在南疆，為了救姨母，拿出了什麼傳家至寶與南疆王交換，讓南疆王同意用寒蟲蠱救姨母，而他到底知道不知道東宮那株鳳凰木是用死蠱養的？

他看著武威侯，又寡淡地道：「那麼侯爺可知道死蠱？可知道我母后姨母就是死於死蠱？」

武威侯坦然的眸中又閃過情緒，不過也只是一瞬，便溢滿驚愕，神色驚怔：「太子殿下，你說什麼？」

雲遲倏地一笑：「本宮很好奇，侯爺對我姨母，當年是抱有一顆什麼樣的心思追著她？明知在她心裡有傾慕之人的情況下，入宮請旨賜婚，更不惜借酒裝瘋玷汙了她的清白也要娶她？」

武威侯面色猛地一變，忽然震怒：「殿下，夫人已逝，生前對你昔年多有照拂喜愛，你就是這般侮辱她的嗎？」

雲遲盯著他震怒的臉，臉上布滿冷意，不答他的話，又扔出一句：「本宮想知道，侯爺為何想要亂了南楚江山？為何在父皇當年還是太子時，你們一起前往南疆時沒下手？反而藉南疆王之手，帶了一株鳳凰木回來，那時候，你可想過讓我姨母因此而死？」

武威侯氣血翻湧，看著雲遲咬牙道：「太子殿下，你句句懷疑老臣，是想老臣以死證己清白嗎？」

雲遲目光平靜：「侯爺怎麼能死？侯爺可是南楚的肱骨重臣，沒了侯爺，南楚的朝堂可就沒滋味了。」話落，他轉身，不再逗留，出了房門。

安書離一直看著二人來往，如今見雲遲離開了，武威侯依舊一臉怒氣，他深深地看了武威侯一眼，跟著雲遲出了房門。

二人離開，武威侯目光一直相送，外面大雪紛飛，他不必走出去，也知道今日大年初一，皇上昏迷，太子妃失蹤，朝野上下滿京城怕是都沒半絲過年的喜慶。

他站在原地許久，直到雲遲身影消失，他才坐回椅子上，面上怒意褪去，一雙眸子平平靜靜，面色也平靜無波。

雲遲出了安置武威侯的院落門口，又走出幾步，停住了腳步。他沒撐傘，雪花落在他身上，頭上，短短時間，便將他青絲墨髮青袍上染了白霜。

安書離停在他身後半步，身上也落了雪花白霜，但雲遲的氣息更冰凍冷冽，讓他都有些不敢靠近。他道：「殿下愛惜身體，天寒地凍，仔細傷身。」

雲遲沉默片刻，抬步往前走，同時冷聲開口：「書離，旁觀者清，剛剛本宮與武威侯一番言詞交鋒，你能體會幾分實情。」
安書離道：「十有八九，侯爺怕是一直都藏的太好太深了。」
雲遲笑了一聲，冷得很：「如此沉得住氣，如此坦然面不改色地與本宮胡扯隱藏，若非本宮盯著他不錯眼睛，還真是會覺得他忠心不二，從來沒有不臣之心呢？」
安書離唏噓，雖然他也覺得武威侯有些深，至少比敬國公和他父親安陽王讓人覺得深不可測，但一直以來他偶爾有些糊塗事兒太讓人說道，所以，掩蓋了他本身，才讓人覺得，他與他們是一樣的，其實不然。
他揣測道：「難道子斬出事兒，與侯爺有關？侯爺若是真與背後之人牽扯，那子斬呢？到底是父子，難道一直以來他不曾察覺？還是察覺了，只不過隱瞞著，才造成了今日之禍？」
雲遲聞言不語，他對武威侯不太信任，蘇子斬似乎也不太信任武威侯，他與他雖不對付，但自從為了花顏，他入朝守護，便與他某些想法不謀而合。
他敢肯定，在從北地回京之前，他一定沒察覺武威侯如何，否則以他的脾氣，估計會直接站在武威侯面前，毫不客氣。至於回京後，至少他與花顏大婚後，因為花顏孕吐，他每日都抽出大半精力關注照顧她，加之京中一直太平，他與他議論朝事兒時，沒發現他異常隱瞞什麼，若是他隱瞞了，那麼……一定是十分不好說的事情，或者是不敢與他說的事情。
他沉聲道：「你覺得，接下來該如何查？」
安書離一直在想這個問題，雖雲遲、蘇子斬、陸之凌與他，他們四個人裡，他與雲遲走動的近些，但與蘇子斬，打的交道還真不太多，不及陸之凌，在西南境地平亂時，二人瞭解的深了些。
所以，也是基於這個，他才有所懷疑是不是蘇子斬為了花顏，謀定而後動，不在乎她懷有身孕奪了她，但被雲遲否定後，他也覺得雲遲瞭解蘇子斬，他說不可能，那就是不可能了。

打消了這個想法後，他便將武威侯與蘇子斬父子放在了對立面上考量，片刻後，對雲遲建議：「太子殿下既然認準侯爺有鬼，那麼，不如就查查武威侯府的發家史，也許有收獲也說不定。」

雲遲猛地停住腳步，看著安書離：「你的意思是？」

安書離道：「沒有無緣無故的亂社稷謀反，不管侯爺是否是背後之人，如今都脫不開與背後之人牽扯。既然梅花印衛被那統領掌用，由梅花印衛追溯到四百年前的後樑皇室，也就說明，後樑嫡系後裔存在。所以，查武威侯府的發家史，也許順帶的能查出些東西，只要查出些什麼，也許對找尋太子妃有力。」

雲遲點頭，沉聲道：「本宮的人都派出去了，此事就交給你來查吧！」

安書離頷首：「好。」

梅疏毓歇了一覺後，有了些精神，片刻不耽擱，出了東宮，帶著十萬兵馬，前往半壁山搜查，以半壁山山腳為起點，沿著半壁山山脈，三步一名士兵，不放過一塊土地。

大雪一直下著未停，頗有讓京城再來一場雪災的架勢。

一晃兩日，京城內外被搜查了個天翻地覆，花顏卻不知道，她昏迷了兩日。

這一日，她醒轉，還未睜開眼睛，便對四周有了感知，四周頗為寒冷，像是身在冰窖中，有一個人，待在她的不遠處，氣息似與寒冷融為了一體。

她感知那個人，氣息陌生又熟悉。

她想起了昏迷前的一幕，倏地睜開了眼睛。

眼前一片黑暗，是漆黑的那種黑暗，不見事物，她身子似躺在一塊硬邦邦的板子上，她動了動手指，渾身雖僵硬疲軟，但是卻能動，並未被束縛，她慢慢地坐起身，頭頂似又碰到了一塊硬硬的板子，發出了「咕咚」的一聲響聲。

這一聲響聲雖輕微，但卻在黑暗的靜寂中尤其清晰。

她動作一頓，伸手摸向頭頂，是板子沒錯，又摸向四周，一樣的板子，伸開腳，踢到了腳下的板子，又發出「咕咚」的一聲響聲。

這「咕咚」的聲響頗有些厚重，她心中一下子明瞭，原來自己躺在了棺材裡，而且還算得上一副上好的棺材。

而他感知到的那個人，在棺材外。

連續發出的聲音沒讓那人動彈過來，也沒說話，所以，她沒急著出去，先伸手放在了小腹上，兩個多月的小腹尚感覺不出來什麼，她伸手給自己把脈，半吊子的醫術能感覺出是滑脈，孩子安好，遂放下了心。

她這才伸手推了一下，沒推開棺材蓋，又用力，才讓頗為厚重沉重的棺材蓋挪動了絲縫隙，透進了些許光來。

光線雖昏暗，但還是能讓她清楚地看清了，果然自己躺在了一口棺材裡。棺材沒被釘死，她才能掀動棺材蓋，她不知自己昏迷了幾日，但到底目前她還活著，沒有被殺。

本來那一日她覺得會沒命，卻沒想到如今還能活著。

她又用力推了兩下，手骨綿軟無力，力氣太小，效用不大，她索性不推了，對外面開口：「喂，幫我掀開這板子，重死了，我沒力氣。」

她話語隨意，像是外面的人是她的要好的熟人。

她話一出口，外面傳來「呵」地一聲冷笑，便再沒聲音。

花顏聽著這熟悉不屑的冷笑，心裡又寒了寒，勉強壓制住心底的不舒服：「都到了如今，被我識破了，你又何必還學子斬的語氣做派？」

外面的人又冷笑了一聲，這次寒冽了些，依舊沒開口。

花顏知道人在屋簷下，她想弄清楚，除了她在這一口棺材裡，還在什麼地方，繼續與他說話：「你既沒殺了我，如今我醒了，何不放我出來？」

這一回，那人開口了，比蘇子斬的熟悉的聲音多了幾分陌生的寒霜，冷冽如劍刀子：「我親手給你打造了一口棺材，就差釘釘子的最後一步了，你以為我會放你出來？」

花顏聽著他聲音不像是說笑，心底又沉了沉，語氣卻隨意：「你得手後，乾脆殺了我豈不是省事兒？」

「殺了你，讓你死的痛快，豈不是便宜你了？」那人聲音森森，「就是想活活將你釘在棺材裡，一日一日，消磨至死。」

花顏不怒反笑：「就算你這般讓我死，也該讓我知道我死在哪裡吧？另外，人死之前，總該做個明白鬼，免得我去了閻王爺那，恨生前死的不明白，化成厲鬼來找你索命。」

「你想知道這裡是哪裡？可以猜猜！猜對了，我可以先放你出來瞭解明白再讓你死。」那人冷嗤了一聲，語氣依舊是寒到了骨子裡。

花顏聽他語氣雖森寒入骨，但話語卻給了她一個喘息的機會，也算得上好說話，她想著這人在北地與她打交道時，都是要她命的招數，如今這般好說話嗎？

她靜坐著又用感知去感受，這一片地方似乎有些空曠，但空氣不是十分流通，說冷，也不是外面那冰雪寒天的冷，只是透著一種冷到了骨子裡的涼。

說是冰窖，不太像，她沒感受到寒冰之氣，倒是感受到了幾分地下城的腐氣。

她猜測著，腦中驀地閃過一個荒謬的想法，不過還是被她第一時間就抓住了，她有些情緒莫名地開口：「若是我沒猜錯，這裡大約是墳墓裡。」

她語畢，那人冷笑：「果然是雲遲死活都要娶的太子妃，那你說說，這裡是哪個墳墓？」

花顏想著總不至於是南楚歷代皇室的墳墓，沉默片刻，輕聲說：「後樑皇室陵寢？」

她說完，心中莫名的情緒湧了湧，若是這個地方，那麼是四百年前她死活都想來的地方，可是，沒成。

「你倒是會猜！」那人早先似乎坐著，如今聽完花顏話語，倏地起身，來到了棺木前，抬手，一陣寒氣拂過「砰」地一聲，掀開了厚重沉重的棺材蓋。

花顏眼前的光線霎時一片清明，雖這一處地方，不及青天白日裡的明亮，有些許昏暗，但不妨礙她這個乍見光明的人看清立在棺材外的人。

一身寒氣，帶著煞氣，一雙眸子翻湧著殺氣，容貌卻是與蘇子斬一般無二，但是蘇子斬在她面前，從沒露過殺氣。哪怕昔日她闖進順方賭坊藉由他之手攪局對付雲遲，他也不過是冷得帶著狠辣和對她膽子的審視和觀察。

而這個人，一身氣息，就像是從地獄裡走出來的，帶著毀滅天地的黑暗。

眉眼無一處不像蘇子斬，身量也無一處不與他一般無二，哪怕頭髮絲也相同。

她目光盯著他的眼睛，除了這雙眼睛裡的情緒不同，還真是能以假亂真如一個人，也難怪她那一日看走了眼。

無一處易容之處，世界上又如何有這麼相像如一個人的人？要說沒關係，不可能。

花顏盯著他看了好一會兒，開口道：「原來武威侯夫人當年是生了一對雙胞胎，不知閣下是哥哥還是弟弟？」

那人冷煞地看著花顏，眼底的殺氣濃郁：「我沒那麼窩囊的弟弟。」

「原來是哥哥。」花顏笑了笑，「天下都傳武威侯只一個嫡子，姓蘇名子斬。武威侯夫人一心撲在蘇子斬身上，武威侯亦然，遍天下為其尋名醫找好藥。但既是雙胞胎兄弟，卻只一人長在侯府？據說武威侯十分愛夫人，生產時武威侯夫人難產，從鬼門關裡走了一遭，侯爺不顧血光之災，進了產房，守在身側。」

那人不語，冷冽地看著花顏。

花顏仰視著目前站著的人，也沒絲毫伏低的不適，話語淡淡：「有什麼人敢在侯爺的眼皮子底下對武威侯府的兩個嫡出公子動手？看來你是被侯爺私下安置了起來。」

「繼續。」那人吐出兩個冷冷的字，「瞭解明白了，你便可以死了。」

花顏卻住了口：「我餓了，沒力氣說了。」

那人瞇起眼睛，忽然俯下身，距離花顏的臉不到一手之隔：「不想死？」

花顏雖心裡翻湧，但的確是不想死，這個人殺氣如此明顯，輕輕抬手，就能扭斷她的脖子，簡單得很，她靈力盡失，武功盡失，根本反抗不了，這也是為什麼被他連喊叫一聲都來不及敲暈了弄來這裡的原因。

若是抽籤的話，她手中如今拿著的就是一張下下籤，且是「大凶」的下下籤。

她點頭，與他平視：「的確不想死，能活著，誰想死？」

那人倏地伸手掐住了她的脖子，滿眼的殺氣：「在北地時，你不是囂張得很，將我多年籌謀毀於一旦，那時候，有沒有想過，有一天落在我手裡，能讓我輕而易舉殺了你？」

花顏感覺脖子上落了一隻冰涼的手，這手涼的才像是從棺材裡爬出來的一般。她毫不懷疑，只要他稍微動動手指頭，她這腦袋就能飛出去。她笑了笑：「還真沒想到。」

那人手下用力，花顏頓時覺得呼吸困難，本就蒼白的臉色漸漸地漲紫了。

花顏前世今生感受了不止一次死亡，但這一次，不知是感知強了，還是怎樣，雖也感受到了死神降臨，雖清楚地看到了他眼中濃濃的殺意，但卻沒覺得他真會殺死她。

這種感覺是來自在皇宮宮宴那一日，他若是真想殺了她，當時她身邊沒什麼人，他得手輕而易舉，不至於將她弄到這裡再來殺。

不過也或許是她料錯了，也許是讓她自己清楚明白地知道死在了哪裡。畢竟，死在南楚皇宮與死在後樑皇室陵寢，還是不同的。

人為刀俎我為魚肉，這時候，花顏全然沒半絲反抗的力氣，索性也不反抗。

哪怕她腹中還有個孩子。

沒能力保護孩子，徒做反抗也只是讓他殺的心裡痛快罷了。

忽然感覺呼吸下一瞬要斷了時，閉上了眼睛。

似乎她這般順從的死，激起了下手之人叛逆的心理，殺的沒意思，太過手無縛雞之力，讓他驟然鬆了手。

花顏身子一軟，眼冒金星地又躺回了棺材裡，劇烈地咳嗽起來。

那人冷眼看著她，殺氣倏然退了：「想死？做夢。」

花顏咳嗽了一會兒，忽然又笑了起來：「這做夢二字，我常說。你叫什麼名字？不會連個名字也沒有吧？」

那人目光又森然，不答她的話反而問：「知道我為什麼不殺你嗎？」

花顏也想知道，於是，她恢復了些力氣後坐起身，對他問：「為什麼？」

因她這回鬼門關走了一遭，本就身子沒多少力氣，重新坐起來後動作不太利索，手腕上的鐲子磕到了棺材邊上，發出「噹」的一聲響聲，不十分清脆，但很悅耳。

那人目光落在了她的鐲子上，皓腕如雪，柔弱無骨，腕間佩戴著一只翠玉手鐲，手鐲的顏色如煙似雲，裡面又似流動著潺潺溪水。他移開目光，又看向她脖頸，被他剛剛掐的地方，落下了一片青紫色的印記。

他看著，眼中忽然朦朧，驀地抬起手，又摸向了花顏的脖頸。

這一次，不是掐，而是實打實地摸。

花顏驟然渾身打了個激靈，肌膚汗毛一下子立了起來，不知哪裡來的力氣，猛地抬手打開了他的手，陡然間憤怒起來：「還想再掐一回？掐人脖子掐上癮嗎？」

那人手被打，「啪」地一聲，花顏雖沒多少力氣，但還是打出了不少響動。

他眼中霎時湧上風暴，不過須臾，又俯下身，伸手捏住了花顏的下巴，重重地摩挲著，語氣意味不明，重新說：「知道我為什麼不殺你嗎？」

花顏再一次體驗到從腳底滋滋冒起的冷氣，這冷氣一下子透過她小腹竄到她心口，她雖年少好玩荒唐時捏過美人的下巴調戲，但從來沒有被人這般捏過，一時間，又是憤怒又是想殺人。

她覺得自己從沒這麼窩囊過！

受制於人的滋味她嘗過，卻沒嘗過這般彷彿是被輕薄的窩心窩火。

她正怒著，那人又俯下臉，湊近了她的臉，這一回不止是一掌之隔，更近了些，近到花顏能看清他瞳孔是冰色的，臉色有著常年不見光的白，她身子猛地後仰，卻奈何脫離不了他那隻用力的鉗制著她下巴的手，心下不由得一沉再沉。

那人忽然似笑非笑邪氣地說：「我不殺你，是想體驗一番雲遲的女人到底什麼滋味，體驗完了，再殺了你。」

第一百二十九章 殺不殺，難嗎？

花顏周身驟然冷得喘不過氣來，她氣著氣著，忽然氣笑了，知道若是他來真的，她也躲不過，以這個人的手段，她就算是想咬舌，估計也來不及，頂多會把自己咬成啞巴但死不了。

她忽然不躲了，倏地伸手握住了他手腕，他手涼，她手也不熱，像是兩塊冰塊貼在了一起。

她見他手明顯的一僵，卻不躲開，心裡有了些底，這人雖如惡鬼般的邪肆，卻未必不怕她反咬一口的碰觸。索性，她同樣似笑非笑地邪氣地說：「也行，只要你不嫌棄吃雲遲吃過的，我就奉陪你一遭，死前還能沾染點兒桃花色，倒也當得上牡丹花下死做鬼也風流。」

若是擱在上一輩子，花顏是端莊賢淑母儀天下的淑靜皇后，懷玉不碰她，她至死都是清白之身，若誰這般對她，怕是會羞憤欲死，恨不得咬舌自盡，三尺白綾以謝天下。

但是如今，活了兩世，她丟的東西太多，早把端莊賢淑給丟沒了。她在市井巷弄的臭水溝裡踏過，在紅粉樓裡胭脂巷裡偷聽過壁角，看過活春宮寫過戲摺子畫過小人書，從沒想過從塵埃裡爬出去再過那高貴的登明堂入宮闕的生活。若非雲遲，她也不會嫁入東宮，估計還是遊山玩水順帶拉著誰一起混日子。

那個被她拉著的人，能忍受得了她今生的肆意而活。

她選中的，是蘇子斬，與這個人有著一樣模樣的蘇子斬。

不過，姻緣天定，到如今，也無須多說。

她上輩子怕的，這輩子未必怕。

不過，她話音剛落，還是高估了這人，他倏地揮開了她的手，撤回了身子，又重新換上了滿眼殺氣：「你找死！」

花顏周身那不舒服的感覺驟然消散，心底凝著的團團憤怒火焰也散去，雖面前這人又換上了殺氣，不過她倒是輕鬆了不少，至少覺得這人還不是個葷素不忌的，當真吃雲遲剩下的。

於是，她也不再理他，揉揉手腕，又摸摸下巴和脖子，覺得嗓子火辣辣的疼，下巴也如火燒的疼，手腕也疼，果然是被養的嬌貴了。若是還跟以前滿天下的風吹日曬雨淋的跑，泥土裡打滾，皮糙肉厚的，估計不會這般沒用。

她揉了一會兒，感覺對面之人殺氣不散，她道：「我真的餓了，你要不殺我，就給我弄些東西吃，否則不用你親手殺，我就要餓死了，你倒是省得動手了。」

懷孕這段時間，她每日都一日好幾餐，雖吃了吐，吐了吃，但從沒讓自己餓著。如今不知是昏迷了多久才醒來，真是餓得前胸貼後背，胃裡空落落，若再不吃東西，她當真會活活餓死。

人被雲遲養的嬌氣了，她如今也沒辦法，雖這個人是敵人，在北地時與她鬥的你死我活，如今又落在了他的手裡，但既然不殺她，她還是得吃飽了。

那人看著她，滿眼殺氣中不見半絲光明，目光如九泉下爬出來的惡鬼，一時間，沒說話。

花顏怕他下一步就動手拎了棺材蓋將她直接壓死在棺材裡，見他不說話，索性自己扶著棺材邊慢慢地爬了出來，大約是躺的太久，腿腳虛軟，幾乎站不住，她又扶著棺材頓了好一會兒，才勉強站住。

那人沒阻止，眼底的殺氣也沒散。

花顏也懶得再去想他還殺不殺她，如今她只想吃東西，也沒心思打量這座後樑皇室陵寢，只覺得空闊的大，掃了一圈，有棺木，有牌位，有陪葬的事物，但就是不見能吃的東西。

花顏在掃了一圈真的沒見到能吃的東西時，也不顧臉面，只能求助面前的這個暫時不殺她的男人，一本正經地說：「你再不給我吃的，我真想吃人了。」

那人冷眼看著他，殺氣濃郁，但卻沒出聲，也沒動手。

花顏向前走了一步，忍著餓死的感覺，狠了狠心，咬了咬牙，去抓他的手，張嘴就去咬。

那人一把反手攥住了她手腕，寒氣森森地說：「敢咬一口，我就給你肚子裡那塊肉放淨了血。」

花顏倏地頓住，他不殺她，但能殺了她肚子裡的孩子，她還真不能有恃無恐。

花顏雖然不能有恃無恐，但卻是個能忍一時之氣討價還價得寸進尺的女人。

她拿出了自己在市井巷弄裡學的潑皮無賴的勁兒，對面前的人說：「我現在必須吃東西，否則，就這麼餓死了，你也沒成就感。」

那人冷冷地甩開她的手。

他的力氣不大，花顏卻是個嬌弱的身子，被他甩的一個踉蹌，心裡想罵娘，但忍了回去，勉強站穩身子，看著他：「到底給不給東西吃？不給就痛快殺了我！」

為了一口吃的，她也是夠豁得出去了！

這不能怪她，只能怪肚子裡的這個小東西，從懷孕後，對她吃進胃裡的東西挑剔的難以容忍，她吃什麼，都給他折騰的吐出一大半，但不吃吧？他還死命的鬧騰讓她餓，餓死人的那種。

如今，胃裡沒東西吐，就是餓死了想吃人。

她懷上這個小東西，簡直就是上天來討債的。

那人掏出帕子，用力的擦了擦手，似十分嫌棄地冷著眉眼看著花顏，吐出一句刻薄且令人冷入骨髓的話：「堂堂太子妃，就這麼點兒出息？」

花顏氣笑了：「太子妃也是人，是人就需要吃東西，我已不知昏迷幾天沒吃東西了，我又不是鬼，只有鬼只需要喝空氣！」

那人冷哼了一聲，吐出兩個字：「沒有。」

花顏瞪著他。

那人冷笑，語氣森然：「你醒來後知道自己躺在這後樑皇室陵寢裡，難道不是先想著給你對不起的人上三炷香叩一百個頭嗎？只想著吃，不如就讓你做個餓死鬼。」

花顏默了默，瞪著他的神色一瞬間收斂了，她轉身，看向那個牌位和那副棺木，盯著看了一會兒，面無表情地又收回視線：「我沒有對不起誰。」

那人陡然間又爆發出殺氣：「四百年前，你做的事情，到如今不知悔改？」

花顏轉回身，看著面前這人，他是如何知道她是四百年前的花靜？從何而知？

不管如何，知道她事情的人雖不多，倒也不少，哪怕她探究詢問他也不會說。

她看盡他眼底：「你是誰？若你不是懷玉，便沒有資格站在這裡問我。」

那人猛地向前走了一步，似乎又想要掐死她，那目光，看她如看一個死人。不過到底沒再出手，只這凜冽就夠殺死十個八個普通人。他一字一句森森地說：「不是懷玉帝，便沒有資格問你？那你說，若是他站在這裡，你當如何？」

花顏面色平靜：「不如何。」

那人又掐上她脖頸。

花顏盯著他的眼睛，一字一句地說：「要想殺，就痛快些，要不想殺，就別再對我動手。不說懷玉不可能站在這裡，就是可能，他也不會找我要一句對不起和叩一百個頭。」

那人似乎真恨不得掐死她，咬牙切齒：「真是大言不慚。」

花顏平靜地說：「你既知道我的事情，那麼就該讓你知道，懷玉先我一步飲毒酒而死，是棄我而去黃泉。我隨後陪他飲了毒酒，但造化弄人，我在混沌裡找瞎了眼也沒找到他，曾經，我是覺得愧疚，覺得對不起他，覺得他恨我，才不想讓我陪著他去死，但如今我明白了。」

「你明白了什麼？」那人雖掐著花顏脖頸，但卻沒用力，以至於花顏說話依舊順暢。

「明白江山更改，朝代更替，天道使然，後樑四百年前朝政弊端，江山傾覆是蛀蟲積累太多的腐朽必敗之果。他一人之力挑不起江山盛世，挽回不了日月乾坤，我除了幫他擺脫命運傾軋，別的也幫不了他。怨不得他，也怨不得我。我沉浸在舊事中有何用處？他大約早就投胎了幾世，忘了我是那根蔥那根蒜，一切有何意義？」

「所以，你就心甘情願嫁人，且還嫁給南楚太子雲遲？幫他鞏固南楚江山？」那人眼眸嗜血地看著花顏，似憤恨極了，恨不得殺她後快。

花顏不懼地看著他，他雖面色嚇人，殺氣也刀割著她每一寸毛孔，但掐著她脖子的力道卻沒加重，她不明白到底是因為什麼讓這個人恨極了她，早先在北地下手絲毫不留餘地，如今他反而將她劫持了卻忍著不下手殺了她？

不過不管是為了什麼，他不殺她，總歸是好的。

她仰著臉道：「他幾世輪迴，不定娶了多少妻妾，四百年前我陪他七年，到死他都沒碰我，如今我嫁人，就算嫁給南楚太子雲遲，他有何話說？」

那人似一怔，沒料到花顏說出這樣的話來：「他沒碰過你？」

花顏諷笑，盯著他：「是啊！重要嗎？你又不是他，只不過是與他流著相同的血脈而已。」頓了頓，她聲音發沉地說，「我倒不知道，後樑嫡出後裔的血脈，原來是隱匿在武威侯府。人都說大隱隱於世，武威侯府好一個大隱隱於世，都隱到了南楚的朝堂上，且四百年來，一直雄踞朝堂重臣之位，可是真真正正地扶持了南楚一代河山啊！」

那人聽花顏話中嘲諷意味濃，冷哼了一聲。

花顏推開他的手，他本就沒用多少力道，如今被她推開，輕而易舉，她揉了揉自己的脖子，沒好氣地說：「別再對我擺出我欠了後樑皇室罪過該殺的樣子，我四百年前殺了自己一次，死不了，又活到這世上，也怨不得我。」

那人陰狠森寒地說：「可你不該嫁給雲遲，相助雲遲，去北地毀了我後樑多年的籌劃，憑什麼後樑江山讓你拱手相讓？憑什麼南楚江山就讓你拿性命護著？」

花顏轉過臉：「你想要江山，儘管奪，還不允許別人護了？我說我為天下黎民百姓，無論是四百年前，還是如今，不管是後樑，還是南楚，我容不得百姓水深火熱。像你這般視人命如草芥的人大抵覺得是個笑話。」

那人冷笑：「果然是個笑話。」

花顏本就沒有多少力氣，此時已餓的頭昏眼花，她不想再跟這個想殺她又不殺她的人掰扯，既然他不殺她，她總要吃飯的，不能喝空氣等死。

於是，她轉身就走。

「你去哪裡？」那人森冷地盯住她，話語也令人毛骨悚然。

「你不給我吃的，我自然要動手找吃的。」花顏有氣無力地開口，想著既然是後樑皇室陵寢，他能進的來，就一定有出口。

「你出不去。」那人道。

她毫不懷疑她出不去，但要她坐下等死嗎？還是重新躺回棺材裡？哼！她當沒聽見，繼續往前走，找出口。

那人忽然一把攥住她手腕，將她猛地拽到了身邊，然後盯著她目光沉沉森森地看了一會兒，見她臉色蒼白，眼神無神，似乎下一刻真要餓死，才信了她的話，拽著她手腕，向一處走去。

花顏沒力氣掙脫，索性跟著他走。

他來到一處牆壁處，停住腳步，對外吩咐：「來人，送吃的來。」

花顏見遮面石壁光滑，無縫可見，也無機關可開，她清楚皇室陵寢就是這樣，從外面能開啟，放人進來，但人進來後，關上陵寢，就是一處墳墓，再出不去。自古王侯多要活人陪葬，所以，這也是除了那牌位棺木，還有無數骸骨的原因，都是活生生被餓死的人。

不過他把自己和她關在這裡，萬一外面的人反了他不聽命令，豈不是他也要活活餓死在這裡？

她這想法剛一冒出，外面有人應了一聲：「是，統領。」，話落，似乎啟動了機關，只聽「咯吱」一聲悶重的聲響，光滑的牆壁慢慢地開啟了一扇門，一名黑衣人站在門口，手裡拎了一個籃子，拱手送上。

不等統領伸手，花顏一把伸手接過，籃子挺重，不過沒聞到飯菜香味，她甩開他的手，掀開上面的遮布，便看到了冷菜冷飯，她頓時嫌棄地說：「都是冷的，既然能做飯送來，拿熱呼呼的來。」

統領森然地說：「不吃就等著餓死。」
花顏偏頭看著他，他頂著和蘇子斬相同的一副長相對她擺出這煞氣森然的神色，實在讓她胃裡倒騰的不行，但偏偏胃裡如今連空氣都不剩幾分，只能從下往上湧到心裡鬧騰。
雖然人在屋簷下，不得不低頭，但她今日醒來後與他你來我往舌戰了幾個回合，早已不怕他了。他既不殺她，那就別怪她得寸進尺。
於是，她不理他，將籃子索性又給門外那人塞了回去，固執地說：「就要吃熱呼呼的，快去弄來。」
那黑衣人似愣了愣，乾巴巴地接過塞回到他手裡的籃子，看向統領。
統領臉色森寒：「看來你還不餓，既然如此，不必吃了。」
花顏瞪著他：「我就是餓，餓死了，但這冷成冰渣的飯菜若是吃下去，還不如不吃，保准下肚後就能要了我的命。你確定要讓我這麼容易死了？」
那統領寒著臉，冷笑：「你倒是真嬌氣。」
花顏不想跟他再做口舌之爭，催促那黑衣人：「還不快去！動作快點兒，必須是熱呼呼的。」話落，又補充，「還有，我不吃桂圓，不吃薏米，不吃菠菜，不吃羊肝，不吃……」
「你夠了！」統領震怒，眼睛又嗜血地看著她。
花顏住了嘴，眼神卻直勾勾地盯著那黑衣人。
那黑衣人看看她，看看統領，見從不准許人挑釁的統領，此時卻沒拔出腰間的劍一劍殺了花顏給她一個透心涼，便意會統領這是不反對，對統領拱了拱手，立即下去了。
他走之前，還順手關上了機關的門。

花顏本想著能出去瞧一眼，後樑陵寢是哪個出口，可是顯然，不給瞧。

她想著雲遲大約一定想不到統領將她劫持來了後樑皇室陵寢，指不定如今在哪裡掘地三尺地找她呢，誰人能想到這人帶著他躲進墳墓裡？

若是她，也想不到。

「想出去？」統領森然地看著她。

花顏沒力氣再站著，索性蹲下身，有氣無力地說：「上一輩子，我就想嫁入後樑東宮，入了東宮後，又進了皇宮，無論是死前還是死後，就想進後樑皇室陵寢。沒想到時隔四百年，我卻輕而易舉進來了這裡，最想的卻是吃飽了出去？」話落，她與他閒話家常，似忘了兩人是敵人，「你說，是不是造化弄人？」

統領冷看著她：「南楚太祖想要復生你，才斷了你入後樑皇室陵寢，你就沒想過報復他？」

花顏笑了笑，地面太涼，哪怕她蹲著累，也不敢坐下，畢竟肚子裡還揣著一個，這也是她哪怕餓的前胸貼後背，也不敢將就著吃那冷掉渣的東西，她怕肚子裡的這個犯了脾氣，在她肚子裡鬧騰起來，再折騰的昏天暗地的吐，她如今沒力氣，受不住。

她挪動了一下腳，沒什麼情緒地說：「報復什麼？雲舒對我也是一片癡情不是？他做的事情雖然不討喜，但癡情沒錯，他也賠了自己的一生給我，到死沒立皇后沒納妃嬪，空置六宮，沒留下一個子嗣。哪怕是死了，也化成灰，裝在了匣子裡，擱在了我腳邊。恩恩怨怨，也就百年滄海桑田，過去也就過去了。」

那統領冷笑：「你倒是想得開。」

「不想的開能怎樣？我扭轉乾坤，倒轉輪迴，回到四百年前，殺了他？」花顏嗤了一聲，「人生一世，有什麼過不去的坎？我上輩子一根筋，飛蛾撲火，落得那個下場，這輩子，總也學乖了。」

那統領盯著她，見她面上雲淡風輕，明明一張蒼白的臉，須臾間就能倒地不起，但卻韌勁兒十足，他嘲諷：「你這一張嘴倒是伶牙俐齒，學乖了就是讓你乖乖嫁給雲遲？」

花顏抬眼看他，心念轉了轉，故意地笑著說：「你不知道嗎？我嫁給雲遲，是為了你弟弟蘇子斬。」

那統領冷哼一聲：「愚蠢。」

花顏問：「蘇子斬在哪裡？」

那統領一瞬間又嗜血，森冷了眉目，說：「死了。」

花顏盯著他的眼睛，搖頭：「我不信。」

那統領寒聲道：「你覺得我有必要騙你？」

花顏閉了嘴，她不相信蘇子斬死了，但也不覺得統領有必要騙她，只是想不透，他是怎麼得手當而皇之地以假亂真代替蘇子斬參加宮宴的？蘇子斬知不知道武威侯府是後樑後裔？若是知道，他會同意這個人抓了她？

大約過了小半個時辰，花顏蹲不住了，又站起身，對他說：「你的手下動作真慢。」

那統領像看死人一般地看著她，沒說話。

花顏其實不想跟他說話，但是這墳墓裡就她和他二個活人，不說話，冷的很，餓的很，說話還能多挨過那麼一刻半刻。

不過如今，她實在有些挨不住了，頗有些後悔自己嬌氣挑剔，都到什麼時候了？身在屋簷下，在這後樑皇室墳墓裡，她還挑剔個什麼？冷掉渣也是飯，有的吃總比沒的吃強。

她這時覺得，都怪雲遲，把她養嬌了，慣壞了，寵的沒邊了，如今後果來了！

不知道雲遲如今可還好？

她不敢想，雲遲那麼寵慣著她捨不得她，生怕他一錯眼她就出了事兒，如今真遭了謀算，他一定食不下嚥寢不安，怕是不吃不喝地在找她，估計都找瘋魔了。

她只期盼他與她感同身受能知道她沒被人殺了，能冷靜鎮定沒失了心智，身邊能有人能勸他，他能聽從，讓他多少吃些飯。

大約是想著雲遲，花顏撓心撓肺的餓又好了些，尚且又能再忍受了幾分。

但即便如此，她也沒了力氣，虛脫地一屁股坐在地上，冰涼的地面，讓她感覺周身都冷的不行。暗暗想著，若她能夠脫險，將來如果能順利生下來，但求這孩子可別落下寒症。

統領瞅著花顏，見她似乎真的難以支撐了，眼底黑了黑。

又過了片刻，就在花顏喘氣都覺得餓的疼時，外面終於傳來了動靜：「統領。」

「拿來。」統領冷聲開口。

那道門又重新打開，黑衣人恭敬地將籃子遞給統領。

統領伸手接了，沉沉地怒道：「怎麼這麼久？自去領罰。」

那黑衣人眼神微變，但還是恭敬地應是，也沒為自己辯解一句。

門重新關上，統領將籃子放在了花顏面前：「餓死了嗎？沒餓死，就起來吃。」

花顏自然還沒餓死，不過快了，如今飯菜來了，籃子還是早先那個籃子，但隱隱約約能聞到飯菜的香味，顯然，熱的飯菜才能散出香味，不過這麼久才拿來，顯然這一頓飯送來的不容易。

尤其他們待的地方特殊，她隱約地記得，後樑皇室陵寢座落在百里無人煙的地方。

她伸手挑開遮蓋的厚布，裡面放了好幾個食盒，兩個碗，兩雙筷子。
她不客氣地指使面前的人：「快些，把這些都擺出來，我沒力氣。」
統領寒著一張臉：「要我餵你嗎？」
花顏瞥了他一眼：「你若是有這麼好心，自然也行。」
統領冷笑了一聲，伸手將裡面的食盒都拿了出來，一一擺在面前。
花顏自然知道他沒那麼好心餵她，軟著手腕拿起筷子，什麼也顧不得了，大口大口地狼吞虎嚥地吃了起來。
統領似乎十分嫌棄她吃相不雅，冷冷地又看了她一眼，倒也沒說什麼。
花顏自然有了吃的懶的再看他，她早先交代的話那黑衣人倒是記在了心裡，於是，她一時間吃的暢快，熱呼呼的飯菜下肚，讓她整個人總算回暖了些。
但多日不曾吃飯，她也不敢一下子吃撐，所以，起先狼吞虎嚥了一陣墊了底後，便又蹲起身，慢悠悠地吃著，吃了個八分飽，便放下了筷子，取了籃子裡的熱茶，倒了半碗，喝了起來。
吃飽喝足了，她才惆悵地覺得，能吃一頓熱呼呼的飽飯，多麼幸福。
這時候，她倒覺得這統領雖心黑手黑不是人如惡魔，但還沒將良心喂了惡鬼，好歹管了她一頓熱呼呼的飯菜。對待階下囚，他也算是個有那麼丁點兒讓她感激一下的敵人。
不過吃飽喝足，她也有了些力氣，腦子開始滿打滿鬧地轉著心思，到底是什麼原因，讓她覺得本該見到她就恨不得殺了她的人，是怎麼個心思如今這樣對她尚且還算稱得上好的？
總不能因為蘇子斬是他弟弟，在北地，他可沒這麼手軟。
「怎麼？想著怎麼殺了我逃出去？」統領放下筷子，冷眼睨著花顏。

花顏聳聳肩：「可能嗎？」

統領冷笑：「知道不可能就別想。」

花顏「呵」了一聲，也斜眼瞅著他，知道不可能，想想都不讓？他控制著她，不殺她，還能管得住她想什麼？她瞧著他，「你還沒說，你叫什麼名字呢？」

她想著既然是一母同胞的兄弟，應該是與蘇子斬排著的。

統領冷著臉不答。

花顏看他的模樣，知道問不出來，便問別的：「我們要在這墓室裡待多久？」

統領冷冷地道：「待到你死。」

花顏對他翻了個白眼：「你不說我也知道，不管你因為什麼原因不殺我，這墓室也只不過是暫時躲避風頭的地方，不過，時間上不宜太久，否則，保不准雲遲找來。你若是不想讓他找到，那麼，勢必得儘快離開。」

統領冷笑：「他找來更好！豈不知我正等著他找來，就在這裡，殺了他。」

花顏像看沒腦子人一樣地看著他：「要想殺雲遲，殺我是最快的法子，我們夫妻一體，你如今卻不殺我？但又想殺他？這是什麼邏輯？有簡單的路不走，非走艱難路？我真懷疑，布出如此天衣無縫的陰謀，抓了我來到這裡的人是你嗎？腦子好像不夠用啊！」

統領霎時臉上又聚上了風暴，死氣沉沉地說：「我讓你看著我是怎麼殺死他！」

花顏笑著點頭，語氣輕鬆：「行啊！你若是能殺得了，那就殺唄，我看著。」話落，她站起身，向裡面走去。

統領轉過頭，正看到她走開，眸底寒風席捲。

花顏有了力氣，不知道是因為身處險境，她的心態有了變化，還是肚子裡的小東西也是個能屈能伸的，今日，吃了飯食倒沒鬧騰她。

她沿著這一處墓室走了一圈，最後，站在了懷玉的棺木牌位前。

棺木是上好的皇室御用棺木，四百年前的時光，塵封在這墓穴裡，木質也沒壞，鐵釘牢牢地釘著，安安穩穩地放著，一看就保存完好。

花顏立在棺木前看著，感覺那統領也走了過來，她輕聲說：「不孝子孫，不該開啟他的墓穴來打擾他。」

統領腳步停住：「我以為，讓你死在這裡，是他樂見的。」

花顏「呵」地又笑了一聲，「樂見什麼？四百年前，他既先喝毒酒扔下了我，便沒想過再見我，如今投胎了幾次，身邊指不定陪著誰，哪裡還記得我？」

統領寒聲道：「若非太祖雲舒，你是會住進來的，他興許後悔了，想見到你了呢？」

花顏轉過身，盯著他：「我很好奇，武威侯在你出生後，是打著什麼算盤將你偷偷藏起來養著的？又都給你灌輸了什麼東西？梁慕當初年幼，懷玉安置他時，後樑雖還未亡國，那時的他，知道大勢已去，定也不會要他復國的，定是囑咐說讓他做個普通人，忘了梁姓，過普通人的日子。但偏偏，以如今你們的勢力，倒像是籌謀了四百年，否則不會這般深，連花家都挖不出來查不出來，倒是讓人費解了。」

統領冷眼看著她，眼底翻湧著情緒，盯著花顏看了片刻，忽然轉身，向那處門走去。

花顏一愣，立即問：「你去哪裡？」

統領腳步不停，寒聲道：「你不是想知道為何我不殺你嗎？你就在這裡想吧！想明白，你就活著從這裡走出去，想不明白，你就死在這裡，不管是餓死，還是我殺了你。」

花顏腦中飛速地轉著，一時間，卻不得章法，她追著他走了兩步，一把拽住了他胳膊：「你說明白點兒，我想明白了，你是不是就放了我？」

「放了你？」統領冷笑，「只是放你出去這墓室而已。」

花顏死死地盯著他：「你就不怕雲遲找到這裡來？」

「昏迷三日，你便餓的要死要活，如今再給你三日，你想不出來，也就死在這裡了。雲遲別說三日找不來，就是再給他十日，他怕是也想不到你在這裡。」統領寒著的臉神色篤定，「太子雲遲，不過是個監國四年的花架子而已，他手裡的那點兒東西，還不夠看。」說完，他甩開花顏，走去了那扇門。

花顏被他甩開，琢磨著他的意思，沒追上去。

統領站在早先開啟的那扇門處說了一句：「開門。」

外面有人應是，機關開啟，統領走了出去，隨著他頭也不回地離開，那扇門重新合上，再次密封了個嚴嚴實實。

她透過那扇門，看到外面昏暗的天色，似到了傍晚。

墓室裡的牆壁上有幾小顆極小的夜明珠，但年代久遠，夜明珠也蒙了塵，不甚明亮，但好歹，是有些許昏暗的光的。

她鬼門關沒踏進去，輪迴門想走也沒走過，倒是不怕一個人待在這墓穴裡。

只是，她明白地知道，統領剛剛說的話，不管是早先打定的主意也好，還是臨時起意也罷，似不像說假，讓她想明白，想明白其中的關竅嗎？

他為何不殺她？想殺而不殺，什麼理由？

他在北地時，絲毫不心慈手軟，恨不得殺她後快，那狠辣黑心的手法，若是她當時躲不過，指不定已死了幾次。

如今不殺，也就說明，她從北地離開到如今這幾個月裡，發生了什麼？

一個籌謀亂國，不顧百姓死活，弄出白皰瘟疫的人；一個建設北安城地下城，只要禍害了南楚江山，哪怕是血流成河，也在所不惜，沒有半絲慈悲心腸的人，到底有什麼理由讓他強行地忍住不殺她？

花顏想不出。

她想不出他不殺她的理由，也想不出明明有最有效的法子，只要殺了她，就能讓雲遲跟著一起死，南楚江山跟著一起亂。皇帝孱弱，太后年邁，諸皇子哪怕被雲遲盯著教導，但也不是他的對手，可以說，南楚江山雖不見得唾手可得，但也容易得多。

但棄最容易的法子，反而劫了她不殺，而殺雲遲，走最難的路，為什麼？

關鍵是在她？

她有什麼讓他不殺的價值？

花顏站得累了，四周掃了一圈，除了早先爬出來的那副棺材，沒有能歇著的地方，於是，她又爬進了那副棺材裡，有個地方躺著，總比沒有強。

硬邦邦的棺材板，讓她周身都跟著冷硬，但沒受虐待，沒打掉她的孩子，總體來說，還算是個被優待的。

這麼一副空棺材，看來是真有心讓她死在這裡，不是說假的，否則，怎麼會有一副空棺材？

且這棺材還是新的，年限不久。

她不想死在這裡，那麼，唯有想個明白。

統領出了墓室後，立在墓室外，看著外面大雪紛飛的昏暗天色。

大雪一連下了三日，雖每日都不大，但也足足將地面下了三尺深。

南楚皇室陵寢，因四百年無人打理，方圓百里，荒蕪得很。

哪怕是冬日裡，一眼望去，漫山遍野的野草枯草，被白雪覆蓋，一片白茫茫的荒涼。

統領負手而立，臉色比冰雪還寒，眸色鋒利深沉。

黑衣人立在他身邊，在他出來時，大氣也不敢喘，過了好一會兒，才壓低聲音開口：「統領，閆軍師已準備好了，就等您下令了。」

「雲遲是什麼情況？」統領問。

黑衣人道：「派了無數人找太子妃，京城方圓五百里，封鎖的密不透風，梅疏毓帶著人搜查半壁山，有掘地三尺的架勢。」

統領冷笑，目光看向遠處的山巒：「他搜查半壁山也沒錯，但是等他搜查到這，也需個十日八日了。」話落，問，「侯爺呢？」

黑衣人道：「據說被雲遲請進了東宮，咱們的人不敢妄動救人。」

「救什麼？」統領眼中湧上看死物一般的眼神，「他早該死了，雲遲最好殺了他。」

黑衣人聞言心神一凜，呼吸都停了，垂手不敢看統領。

統領沉沉地道：「傳話給閆軍師，等三日。」

黑衣人抬眼看了統領一眼，應是。

統領抬步離開，同時吩咐：「守好這裡，一隻耗子也不准給我放進去。」

黑衣人看著統領背影，試探地問：「那飯菜……可按時送？」

統領腳步一頓，沒說話。

黑衣人等著答覆，不敢再出聲。

統領立了很久，就在黑衣人見他肩上落滿了雪，以為他不會答了時，他開口，沉沉地道：「不必。」

黑衣人再次應是。

統領抬步走了，不多時，大雪便掩蓋了他的身影不見了。

雲遲的確沒想到花顏會被人藏在南楚皇室墓室裡，陵寢荒了四百年，誰能想到還能開啟住進了人？況且，後樑皇室陵寢選址當初距離京城不近，遠在兩百里外的青臺山。皇室密道的盡頭在半壁山，沒有痕跡，所以，雲遲覺得，讓梅疏毓搜查半壁山，用的雖是最笨的法子，但一定會有收獲，只不過，這樣一步步掘地三尺的搜查，慢了些罷了。

他雖心急如焚，但三日已過，想急也急不來了。

梅疏毓的進展不快，一日夜才搜索了一個山頭，沒什麼發現，但依舊去稟告了雲遲進展，同時帶著人一邊啃著乾糧，一邊在大雪天裡繼續搜查。

天寒地凍，厚厚的大雪，延緩了進展。

雲遲收到消息，沒什麼表情。

一連三日不早朝，奏摺已堆滿了書房。

雲遲沒心思批閱奏摺，滿腦子想的都是花顏現在哪裡？在做什麼？雖沒性命之憂可是受了苦？他雖想的多，卻有些東西不敢想，如今更不敢想孩子是否安好，只想著只要花顏沒事兒就好。

京城裡不見過年的喜慶，連個鞭炮聲都沒有，家家也都安靜得很。

明明是最繁華的京城，卻像是一座死城一般，死氣沉沉的。

夏澤進翰林院的時間短，本來早先無論是雲遲還是花顏，都告訴他別著急，站穩腳跟慢慢查，可是沒想到，他聽話地站穩腳跟後，準備動手查時，花顏出了事兒。

如今他幫不上別的忙，就一頭扎在翰林院不出來，無所顧忌地查了起來。

都到了這時候，他哪裡還怕危險不危險？

京城到臨安的飛鷹傳書，最快也要兩日，所以，花灼收到花顏出事兒的消息，是在大年初二那日的中午。

每年的臨安，都是十分熱鬧的，一直熱鬧整個正月。

除夕到十五，是最熱鬧的日子。

花家人除了老一輩的長輩還有小一輩的孩童外，其餘人大多數常年都在外面，有的嫁出去，有的在外面定居，有的在外面遊歷，有的在外面掌管花家的產業營生，總之，多數人都過的自由，沒有必須在臨安老宅子給長輩們晨昏定省的規矩。

但每逢過年，能回來的人還是會回到臨安過年。

所以，花家一大家子過年，雖不比雲遲來臨安下聘禮時人回來的齊全，但也回來了大半，從進了臘月，臨安花家的宅院裡每日都熱熱鬧鬧歡聲笑語。

尤其是今年與往年不同，今年花顏大婚，雖讓花家人捨不得，但聽聞了她大婚後有孕的消息，還是高興的很。再加之花灼與夏緣的婚事兒定了下來，來年擇個日子大婚，可謂是雙喜臨門。

除夕那一日，夏緣飯菜吃到了一半，不知怎地，忽然就吐了。

眾人都愣了愣，太祖母笑呵呵地說：「快，灼兒，趕緊給緣丫頭把把脈，別不是她也懷上了吧？」

花灼見夏緣吐了，本有些緊張，抬手去扶她，手剛伸出去，便聽到了這句話，頓時頓住了，看向太祖母。

太祖母笑呵呵地：「你們早就同房也有兩三個月了，若是懷上，也不奇怪。」

花顏祖母也點頭。

花顏母親催促他：「你這孩子，傻了嗎？還愣著做什麼？快些給緣丫頭把脈啊！平時看著是個機靈聰明的，怎麼關鍵時刻這麼傻呆呆的呢？」

花灼這才重新伸出手去，先給夏緣倒了一杯水讓她漱口，然後也沒急著聽話地給她把脈，而是盯著她看。

夏緣本來臉有些白，如今聽到了太祖母的話臉又紅了，小聲說：「不……不是吧……」

太祖母樂呵呵地慈愛地說：「避子湯傷身，灼兒這小子怎麼會允許你用？不管是不是，先把了脈再說。若是就太好了，若不是，你們就儘快懷一個。」

夏緣的臉更紅了，扭頭看花灼。

夏桓自從住進花家，感受到了花家才是一個真正的大家，子孫品格都好，家裡一團和氣，沒有齷齪事兒，他要挪出去另居，太祖母說什麼也不讓，如今自然跟著一起過年。看著夏緣的模樣，也愣了好一會，見二人誰也不把脈，也跟著催促：「快啊！趕緊把脈！」

雖然未婚先孕不太合乎禮數，但臨安城是花家的地盤，臨安花家不講究這個。

花灼見眾人都催促，笑了笑，試探地伸手拿過夏緣的手腕，當他真的把出滑脈時，他手微顫，臉又是呆呆怔怔的。

他出生後就有怪病，他從沒想過，他病了這麼多年的身子能這麼快有孩子，哪怕天不絕也說，他身體雖好了，但比一般人弱，以後寒冷季節需多加注意，還有子嗣上，怕是來的慢。

所以，在夏緣淚眼朦朧時，他把持不住時，未等大婚就將人留在了他的榻上時，她要避子湯，他自然不准許，說了句「怕什麼？你是名正言順的少夫人，還用避子湯？」

那時，他也沒想過這麼短時間就有了，總想著，要孩子不易，慢慢來，大婚後總能讓她懷上。一年不行兩年，反正一輩子那麼長。

可是如今……

他看著夏緣，目光落在她小腹上，一時間，驚喜來的太大，他反而大腦一片空白。

夏緣對於花灼的脾氣，自然再瞭解不過了，見他如今這副模樣，她也驚了驚，試探地小聲問：「花灼，真……真是喜脈？」

她開口，花灼便呆呆地點了點頭，猶不相信自己地說：「你來給自己把脈。」

太祖母笑著說：「竟然真是喜脈，灼兒你的醫術這些年也不差的，你說是就是了。」

眾人聞言都歡喜起來，公子花灼，有多聰明，不消人說。他學什麼都很快，也很厲害，他說是，就一定是了，出不了差錯。也就是如今他大約突然喜當爹，有點兒不相信自己罷了。

夏緣卻乖乖地聽了花灼的話，拿開他的手，自己給自己把脈。

她的醫術只要碰觸到脈搏，就能知道是不是喜脈，但她也同花灼一樣，按在脈搏上，好半天，神色也是呆呆愣愣癡癡傻傻的。

太祖母有些看不過去，對夏桓說：「哎呦，你快看看這倆孩子，這是一個突然當爹，一個突然當娘，都傻了。」

夏桓歡喜，激動地問：「緣兒，可真是喜脈？」

夏緣抬起頭，看了花灼一眼，點點頭：「是……」

得到了她的肯定，眾人都歡呼了起來，紛紛道喜，有人說「恭喜太祖母」，有人說「恭喜祖母」，有人說「恭喜老爺夫人」，有人說「恭喜哥哥嫂子」，有人說「恭喜弟弟弟妹」，有人說「恭喜公子少夫人」，一時間熱鬧成一團。

花灼便在一片熱鬧聲中一把將夏緣打橫抱了起來，抬步就往花灼軒走。

夏緣臉騰地紅了：「花灼，你做什麼？」

花灼低頭看著她，目光璀璨明亮：「回去養胎。」

那一日除夕夜，臨安花家喜上加喜，包括太祖母在內，都熬了大半夜。

花灼抱了夏緣回到花灼軒後，夏緣還有些回不過神來，坐在床上，又給自己把了一遍脈，才喃喃地說：「真是喜脈呢，沒錯。」

花灼從宴席廳抱著夏緣回到花灼軒，這一路，冷風一吹，已清醒了，比夏緣早回過味，看著她依舊呆呆的模樣，揶揄地笑：「怎麼樣？我是不是很厲害？」

夏緣臉騰地紅了，伸手捶他，實在是誇不出一句你很厲害的話，只羞惱地說：「你羞不羞？」

花灼暢快地輕笑，捏捏夏緣的臉，又敲敲她眉骨，神色溫柔繾綣：「乖，從今以後，好好養胎。」

夏緣被他春風化雨般的溫柔撫慰了怦怦跳動的心，也歡喜地笑了，一把拽住他的手，將自己的臉放在他手心，歡歡喜喜地小聲說：「花灼，我沒在做夢吧？」

「傻丫頭，沒有。」花灼低頭瞧著她，眉眼也是掩飾不住的歡喜。

夏緣小聲說：「我真笨，這個月葵水晚了十多日，我怎麼就沒想起來呢？」

花灼「唔」了一聲，「我也沒想起來，不是你一個人笨。」

夏緣抬起頭，眨眨眼睛，這個從來只說她笨，不承認自己有笨的時候的人，如今竟然跟著她一起說自己笨，真是太陽打西邊出來了。

知道自己初為人父初為人母，無論是花灼，還是夏緣，都著實傻呵呵的歡喜了兩日。

初二這日，太祖母笑著對花灼說：「如今既然有了身子，這大婚之期就不能再拖了。你卜一卦，擇個日子，趁著緣丫頭還沒顯懷前，把大婚辦了吧！」

夏桓連連點頭：「太祖母說的對。」

花灼沒意見，拿出卦牌，在眾人面前，卜了一卦，卦象一出，他頓時蹙起了眉頭。

「怎麼了？」夏緣哪怕自小跟在花灼和花顏身邊，但也不會看卦象。

花灼盯著卦牌看，沒說話。

夏緣的心提了起來。

太祖母本來笑著，見他神色不對，也不由提起了心：「怎麼？近期沒有好日子？還是卦象顯示不妥？」

花灼收了卦牌，看了夏緣一眼，道：「不止近期沒有好日子，一年內沒有婚喜之氣。」

太祖母一怔，看向夏緣：「這怎麼會？怎麼回事兒？」

花家祖父這時開口：「你這卦象是不是算錯了？」

花灼凝眉道：「祖父覺得我會卜錯卦？」

花家祖父閉了嘴，以他對花灼的瞭解，自然是不可能的，但也忍不住懷疑，看看花灼，又看看夏緣：「那這是怎麼回事兒？你二人兩情相悅，我們與親家兩家也和睦沒意見，按理說，天作之合，擇個好日子就能完婚了。你說一年之內沒有婚喜之氣，這也忒奇怪。」

花灼沉思片刻，道：「我再卜一卦，是不是這一年會有什麼事情？」

「快卜。」太祖母催促。

花灼重新起卦，又卜了一卦，但這一卦，久久不落，一盞茶後，他臉色越來越差，最終，他抬手打落了卦牌，身子晃了晃，雖不如德遠大師吐了一口血傷了身，但也氣血紊亂，好半晌都胸口悶痛，如針扎一般。

夏緣嚇壞了，伸手扶住他：「花灼，怎麼回事兒？你受傷了？」

花灼暗暗調息片刻，伸手輕輕地拍了拍夏緣的手，以示安撫：「受了些許輕傷，不打緊，我及時打住了，若是強行卜算，也不是不能，但恐怕我會傷重臥床月餘。」

如今夏緣懷孕了，他自然不能臥床月餘讓她憂心照顧。

夏緣臉色發白：「是會發生什麼大事兒嗎？」

花灼道：「卜算不出來的卦象，除了命格特殊之人外，還有帝王天道運數。看來，今年是多事之秋，我們花家也摻和其中，所以，你我的婚期才無法擱在今年，無喜可辦！」

夏緣猜想道：「是不是事關太子殿下和太子妃？」

花灼點頭：「自然，自妹妹答應嫁給雲遲，我不准妹妹自逐家門，我們花家便脫不開這深水了。去年西南境地和北地輪番亂了一年，今年這禍亂，不知起在哪裡？總之，我們花家不會袖手旁觀。」

夏緣提起了心：「花顏已有兩個多月身孕，按理說，今年若是她順利誕下小殿下，我們也是要進京給她賀喜的。而我如今也有了身孕，算起來，比她晚上月餘，就算不進京給她道喜，我們花家自己也是有喜事兒的。但你卦象說一年無喜……」

花灼見她臉色難看，已起憂思，立即打住她的話說：「我卜算的是無婚喜，不是無喜，胡亂想什麼？不知道孕婦切忌多思多慮嗎？」

夏緣聞言鬆了一口氣：「只是無婚喜還好，也許是今年事情多，你根本就騰不出手來。」

「嗯。」花灼點頭，看一眼沙漏，對她道，「該午睡的時辰了，趕緊去歇著。」

「那你呢？」夏緣詢問花灼。

「我給太子殿下寫一封信，說說卦象的事兒，順便給妹妹報喜。」花灼拍拍她的頭，「今年不大婚也好，待孩子生下來，你抱著他穿嫁衣，也許他就等著生下來想看父母大婚呢！」

夏緣臉一紅。

太祖母笑呵呵地說：「咱們花家立世千年，朝代更替數代，大風大浪見過多少？任風雨飄搖，臨安從來就穩如磐石，更何況，如今太子殿下聰慧有大才，顏丫頭伶俐早慧，就算出了什麼大事兒，也不打緊，兵來將擋水來土掩就是了。你們二人的婚期拖一拖也沒什麼，反正在我們臨安花家，生了娃再大婚的，也不是沒有，倒也不必急。」

花灼頷首：「太祖母說的是。」

太祖母擺手：「緣丫頭去歇著吧！咱們家人多，用不著你操神，你只好好養胎就是了。」

夏緣不是不明事理，有了孩子，她歡喜之餘也是愛若至寶，她有多愛花灼，就有多愛這個孩子，再加上自己本身就學醫，知道多思多慮損傷胎氣，所以，點點頭：「嗯，我會照顧好自己的，太祖母放心。」話落，又對花灼說，「你該做什麼就做什麼，不必每日都陪著我午睡。」

花灼笑了笑，捏了捏她的臉：「乖，去吧！」

夏緣臉又紅了紅，當著長輩們的面，她沒有花灼臉皮厚，扭頭不好意思地回了花灼軒歇著了。

因夏緣懷孕，花灼選了一個嬤嬤進了花灼軒侍候，在他不在時時刻陪著夏緣，那嬤嬤細心謹慎，見夏緣出門，連忙陪著她一道走了。

第一百三十章　難以承受的事實

花灼在夏緣離開後，臉上的笑意漸漸地收了，清喊：「安一。」

「公子。」安一從外面走了進來。

花灼抿唇，吩咐：「去查查，京中近來出了何大事兒？」

安一應是，立即去了。

太祖母也收了笑意，看著花灼：「灼兒，你剛剛卜算出了什麼大事兒？」

花灼道：「沒卜算出什麼大事兒，只是剛剛起卦時，雖不落卦，不顯卦象，但隱隱覺得與妹妹有關。」

太祖母臉色凝重：「與顏丫頭有關？那可不太好，她如今是有雙身子的人，可禁不起折騰。」

花家祖父道：「你這卦未落卦，也做不得準，別自己嚇自己。那丫頭是個聰明有手段的，從來誰吃虧她也不吃虧，先別急著擔心，也許……」

他話音未落，安一去而又返：「公子，有太子殿下書信，暗線說這信送得急，只走了兩日，就從京城到臨安了。」

花灼面色一凝，京城到臨安，以花家暗線尋常信箋的腳程，至少要三日，如今這信足足提前了一日，可見是有十分重要的事情。

他立即接過信箋，打開了雲遲的書信，這一看，本就不好的面色大變。

「怎麼了？小遲說了什麼？南楚京城出大事兒了？」太祖母立即問。

花灼沉著臉說：「還真是大事兒。」頓了頓，他站起身，就要往外走。

太祖母坐的離他近，雖一把年紀了，但手腳俐落，一把就拽住了他：「事關顏丫頭？你別瞞著，太祖母雖年紀大了，但吃過的鹽比你走過的路都多，有什麼受不住的？竟然還讓你躲著不說了？」

花灼深吸一口氣，沉怒地說：「除夕之日，有人易容成蘇子斬，以假亂真，參加宮宴，劫持走了妹妹。」

他此言一出，花家眾人齊齊面色大變。

花顏靈力武功盡失，且懷有身孕，如今出了這等事情，後果可想而知。

花灼在看到信時，第一時間便想罵雲遲沒保護好花顏，但須臾想了想，又覺得有人既然利用蘇子斬以假亂真，想必是十分之像，才能謀劃成。

他是知道花顏有多信任蘇子斬的，不止花顏信任，雲遲也信任，花家與他也信任。

所以，他很快就想著難道是蘇子斬先出了什麼事情？才讓人有機可乘？

雲遲這封信很短，落筆卻很重，力透紙背，顯然，他心中也是怒極心急如焚。

另外，他想到，自從花顏懷孕，以雲遲愛護花顏之心，一定十分謹慎，他本來也不是不謹慎的人，可是還是在宮宴被人鑽了空子，那麼，可見，那鑽空子的人十分厲害。

普天之下，有什麼人如此厲害？

他首先想到的是在北地與花顏數次交手的統領。

那人在北地便想殺花顏，如今他實在不敢想像花顏落在他手裡會如何？

他重新拿出卦牌，如今已過去兩日，從哪個方向找？他沒頭緒，雲遲信中也未說，他決定給花顏卜一卦。

妹妹失蹤，如此大事兒，哪怕他拼個重傷，也要向天問個答案。

此時，他已經顧不得夏緣懷有身孕需要他照顧了。

太祖母見花灼拿起卦牌，知道他的意思，沒有說什麼。

花家祖父見此開口：「灼兒，你是臨安花家一家之主，卜卦一事，適可而止，若是實在卜不出來，不可強行。臨安花家還需你坐鎮，你妹妹還需你出手幫著太子殿下找人，你若臥床不起，家裡也一團亂的話，別說找人了。」

到底是睿智的老者，雖當年救人失去了一身靈力，但依舊聰透穩得住。

花灼手一頓，抬眼看了花家祖父一眼，沉默了一瞬，點了點頭：「聽祖父的。」

花灼本來想法是打定主意從卦象上問個明白，憑他自幼傳承的微薄靈力以及花顏後天幫他培養的靈力，雖不及花顏渾厚，但拼就一身靈力，總能問出個十之八九，但問明白後，他也廢了。

妹妹看重臨安花家，答應嫁給雲遲後，不惜自逐家門；前往蠱王宮闖進最底下一層時，甚至不帶任何一人，獨身前往；在她的心裡，是不願折了花家任何一人。若是他就這麼廢了，她哪怕被立即找到，以後知道，也一定會怒極了的。

祖父說的對，他臥床不起不要緊，但花家老的老少的少，便沒了主心骨，怕是一團亂麻。

妹妹讓他守好臨安花家，他便不能不顧忌。

他深吸一口氣，閉了閉眼，再睜開，目光清明地開始卜卦。

一日最多三卦，他今日卜的就是這第三卦。

花顏特殊命格之人，所以，她的卦象十分難卜，除非在特殊日子夜觀星象時，能查知一二。

不過他與花顏是一母同胞的兄妹，血緣牽扯，倒也比尋常卜卦人能占一二分先機。如今，他就藉用這一二分先機來問問。

卦牌飄在花灼面前，久久不落卦，花灼調動些許靈力，一寸寸感知卦象。一盞茶，兩盞茶，直到三盞茶後，花灼臉色發白地打落了卦牌。

眾人在這期間鴉雀無聲，沒人敢打擾花灼。

如今見他打落卦牌，便知道，這掛最後未成卦。

花灼娘擔心兒子，此時見他落卦，立即緊張地問：「灼兒，你可受傷了？」

「受些輕傷，一兩副藥就好，無礙。」花灼搖頭，對眾人道：「妹妹在哪裡沒卜問出來，但是好在卜問出了兩件事兒。」

太祖母一喜：「快說，顏丫頭可還安好？」

花灼點頭，肯定地道：「妹妹安好，沒有性命之憂，確實是身受困頓，受人掣肘。另外，她落身之處，似乎與前情之因有關。」

眾人齊齊鬆了一口氣，安好就好，沒有性命之憂就好。

「前情之因？」花灼娘見花灼沒受重傷，放下了心，立即追問，「什麼是前情之因？」

花灼搖頭：「因情而生因，因情而生果，既前情之因，所得之果。」頓了頓，他揉揉眉心，「我也不甚明白，卦象顯示罷了，讓我仔細思量思量，思量明白了，也就能知道妹妹在哪裡了，再派人去找，總好過冒然去找。」

太祖母頷首，對眾人道：「都別打擾灼兒，讓他想。」

花灼站起身，對眾人道：「我去書房。」

太祖母擺擺手：「你也別急，你妹妹如今已出事兒兩日，既然性命無礙，短時間內，便不會有礙，早晚能找到。」

花灼點頭，出了太祖母的院子。

太祖母見花灼離開，對眾人道：「顏丫頭的事兒，瞞著緣丫頭吧！她們二人自小一起長大，情分深厚，若是緣丫頭知道顏丫頭被人劫持了，這胎怕是養不好。」

眾人齊齊點頭，夏緣剛診出懷孕，這時候正是不能激動憂心時，自然要瞞著。

京城下雪，臨安卻飄著細雨。

花灼沒撐傘，花離拿了一把傘追上他，伸著胳膊給他撐著傘。

二人來到書房，花灼進了書房，花離也跟了進去，守在一旁等著他想明白。

書房安靜，沒有人聲，花灼這一想，就想了一夜。

在轉日的清晨，他想明白了，一拍桌子，沉沉地道：「後樑皇室陵寢！與妹妹有前因糾纏的人是後樑懷玉帝，他待的地方，可不就是後樑皇室陵寢嗎？」

花離大喜：「公子，快，派人前去。」

花灼叩著桌面道：「騎最快的馬，從臨安到後樑皇室陵寢所在地，日夜兼程，最快也要三日半。我們即便現在動身前去，也沒有飛鷹傳書兩日到京城，再由雲遲前去來的快。」話落，他抿唇，「我給太子殿下寫一封信，速速送去，交給他吧！」

花離雖心中恨不得去救十七姐姐，但也覺得花灼說的有道理，只能默默點頭。

花灼當即提筆寫了一封信，喊來安一，吩咐：「將此信以最快的飛鷹，送去京城。」

安一接過封好的信箋應是，立即去了。

花離在安一下去後，問：「公子，那我們做什麼？我們就什麼也不做了嗎？劫走十七姐姐那人實在可惡，不知太子殿下是否是他的對手？」

花灼揉揉眉心，對花離搖搖頭：「暫且什麼也不做，我想的累得很，腦中思緒很亂，容我歇歇理理再安排。」話落，又道，「太子殿下聰明，只不過根基淺而已，若是讓他得到消息，知道了妹妹所在之地，被他拿住那人，斷然會叫那人知道厲害，這倒無須擔心。」

花離點點頭，見花灼一臉疲憊，昨日三卦十分耗費力氣，再加之一夜未闔眼，他身子骨雖被天不絕治好了，但也較尋常人弱一分，立即說：「公子趕緊去歇著吧！」

花灼頷首，這才想起夏緣，問：「她是不是知道了？」

花離立即說：「太祖母讓人瞞著呢，只說有一處花家的產業出了些事情，公子急著想法子處理呢，少夫人雖也擔心，但聽了太祖母的話，沒敢來打擾公子。」

花灼點點頭，回了花灼軒。

自從二人有了肌膚之親，夏緣每日入睡和醒來都能看到花灼，昨夜乍然花灼不在身邊，再加上她初初懷孕，睡的不大安穩，想著太祖母輕描淡寫地說花家一處產業出了事兒，但她犯了聰明勁兒地覺得，一定不是小事兒，否則花灼不能在書房處理事情處理了一夜，從她的院子門口看，書房那棟閣樓一直亮著燈，顯然事情很嚴重。

不過她倒沒想到花顏出事兒，畢竟眾人神色如常，雖也偶爾露出些許憂心，卻似乎十分相信花灼能處理得了。

她對花灼更是相信，為著肚子裡的孩子，倒也沒真擔心。

花灼回來時，她剛起床，立即迎上前：「我聽說你昨日到今日都沒吃東西。事情可處理妥當了？」

花灼見她一臉關心，摸摸她的頭，溫聲笑了笑：「我想出了法子，交給人去做了。接下來盯著就是了。」

夏緣鬆了一口氣：「先吃點兒東西，趕緊歇著。」

花灼點頭：「好。」

最快的飛鷹，兩日到了京城，花灼的那封信，兩日後送到了雲遲的手中。

這幾日，除了東宮看守武威侯的府衛外，雲遲派出了所有的人查找，京城內外，方圓五百里，可是什麼也沒發現，梅疏毓那裡，也沒有什麼進展。

唯有安書離那裡和夏澤那裡，有了些消息，說武威侯府怕真是前朝後樑後裔，查四百年前的卷宗，隱隱有些眉目，只不過四百年的歲月長河，早被人抹平，時間又太長，不是一日兩日能查出來的，也只能隱約有個囫圇大概的猜測。

雲遲的心漸漸地又焦躁起來，整個人以肉眼可見的速度瘦了一大圈。

不止花顏找不到，蘇子斬也如憑空消失了一般，沒有蹤跡和痕跡。

雖然沒有證據，但如今雲遲十有八九能料定，武威侯府就是前朝後裔。

有了這個身分，哪怕再相信蘇子斬，雲遲都忍不住地想，是否他錯看了蘇子斬？當真是他做下的？根本就沒有人易容假扮以假亂真？參加宮宴那日的蘇子斬根本就是真的？

單憑一隻小狐狸，也許不能說明什麼，也許是他故意那日不帶小狐狸故意讓人猜測設下迷障呢？

人一旦心中焦急到了一定地步時，便忍不住懷疑自己，也懷疑自己的判斷。

雲遲這幾日，日夜受煎熬，每日也只不過用上一頓飯菜，闔上一兩個時辰的眼，他想，若是這一切都是蘇子斬謀劃的，他該怎麼辦？

蘇子斬不止算得上瞭解他最深的人，也是他十分信任重用的人。有很多事情，自他答應前往北地相助後，他都交代給了他，他在他身邊涉獵何其深？若是反過來給他一刀，他沒有防備，到如今，什麼也查不出來，也是自然。

但他又覺得，哪怕他知道自己是後樑皇室後裔，也不該拿花顏作伐才是。

花顏身子骨本就弱，有多弱，他是知道的，更何況如今懷有身孕，一直孕吐，禁不住折騰，他若是因身分對他動手，也就罷了，但總不至於牽累花顏？

或許，他的打算不是牽累？而是從他手中奪了花顏？

也許，花顏沒有如他想像一般的被人鉗制受苦？若是蘇子斬，一定捨不得讓她受苦。

他這般亂七八糟的想著，臉色越發地沉冷，只恨自己在宮宴那日不夠謹慎。

「殿下！」雲影在外喊了一聲，因連日來帶著東宮暗衛徹查，不曾歇著，他聲音也難得地帶了嘶啞。

「嗯，可有消息了？」雲遲沉聲問。

雲影搖頭：「沒有太子妃的消息，不過剛剛有人送來了花家公子的書信。」

「拿過來。」雲影聞言向門口走了兩步。

雲影進了屋，將書信呈遞給雲遲。

雲遲伸手接過，打開看了一眼，當即整個人如活了一般，立即下令：「把所有人，都給本宮招回來，半個時辰，隨本宮出發。」

雲影一怔，問雲遲：「殿下，去哪裡？」

雲遲碾碎了信箋，一字一句地說：「後樑皇室陵寢。」

雲影一驚。

「快去！」雲遲幾乎等不及了。

雲影立即應是，快速地退出了書房，將信號彈放了出去。

煙霧彈在東宮上空炸開，這是召集信號，在外的所有暗衛見了信號彈，立即回東宮。

雲遲平復了一下心中的激動，讓自己儘量冷靜下來，對小忠子吩咐：「去喊安書離立即來見我。」

小忠子應是，立即去了。

後樑皇室陵寢，雲遲眼底如一潭深水，他是真的沒有料到，花顏會被劫持在那裡。別說後樑已退出了歷史四百年，就是他哪怕知道花顏有著上輩子的記憶，與懷玉帝的牽扯，但也沒想過，早已荒蕪的後樑皇室陵寢會成為背後之人劫持花顏的窩點。

若是他沒記錯，後樑皇室陵寢方圓荒蕪百里，距離京城兩百里，是相連著半壁山的青臺山山脈。

原來，那人劫走花顏，從皇宮密道到半壁山出口，出了半壁山出口後，定然還有一處密道，是銜接著青臺山出口的，藉由半壁山去了青臺山，藉由青臺山去了後樑皇室陵寢。

藉由荒蕪得讓人想不起來的後樑皇室陵寢來躲避他鋪天蓋地的搜查。

誰能想到活人會被安置去了墳墓裡？而這個墳墓還是後樑皇室陵寢。

真是好籌謀！好算計！

若不是花灼卜卦，前思後想琢磨下，藉由卦象和他的聰明揪查出了花顏如今困在後樑皇室陵寢，那麼再給他十日，他怕是也難以想到。

他閉了閉眼，密道不是一日而就，他哪怕如今得到花顏的具體位置，也不能貿然前去，必要做到萬無一失地救出花顏。

於是，他冷靜下來，又清喊：「福伯。」

「殿下。」福管家連忙應聲。

雲遲吩咐：「你去藏書閣一趟，在第三排第九格裡，有一卷後樑皇陵的圖紙，取來給本宮。」

「是。」福管家立即去了。

不多時，安書離匆匆來到，推門進了書房，見雲遲負手而立站在窗前，此時外面天色已暗，昏暗的光線透進來，他幾乎與昏暗融為一體。這般從背影看著氣度沉穩，周身彌漫著寡淡涼薄氣息的雲遲，無一處不透著天下唯我獨一份的尊貴，讓他一怔。

他有多久沒看到雲遲身上這以前常看到的模樣了？

聽到動靜，雲遲回轉身，對安書離道：「太子妃有下落了，本宮即刻離京帶著所有東宮暗衛去救她，東宮和京城就交給你照拂。」

安書離回過神，立即走進來：「臣受命照拂京城理所應當，但照拂東宮？殿下此言何意？」

雲遲沉聲道：「東宮有武威侯，本宮的意思是，從今日起，本宮離開京城後，你坐鎮東宮，替本宮看著武威侯和京城。」

安書離恍然，他怎麼能忘了還有一個武威侯在東宮做客呢？自然不能讓他出事兒，也不能讓他跑了。他點頭，拱手：「臣會協助五皇子，看顧好京城，殿下放心。」

這個時候，雲遲將他叫來，將此事交給他，可見是十分信任他，他自然也不會辜負雲遲這份信任。

五皇子代替梅疏毓接管京中兵馬，他自然也該與五皇子通個氣。

雲遲伸手拍拍安書離肩膀：「本宮歷來信你，小五雖在北地歷練了一番，但到底還有不足，待本宮離開後，會讓梅疏毓終止徹查半壁山，將他調回京城，有他在，再加上小五，你從中盯著，京城可安。」

安書離拱手：「殿下既信我，我一定幫殿下守好京城，等殿下回來。」

雲遲撤回手，重新負手而立，看著安書離一本正經如立軍令狀的模樣，淡淡地笑了笑，嗓音溫涼地說：「書離，本宮此去，可能一兩日，也可能三五日，也有可能更多些時日，也有可能就回不來了。」

安書離面色一變，看著雲遲晦暗的臉色，脫口斷然道：「太子殿下切莫如此說，殿下一定會平安帶太子妃回京的。」

雲遲笑了笑：「本宮自然希望能回來！但世上有些事情，難說得很。若本宮救不回完好的太子妃，本宮便棄了這條命隨她而去，總之天上地下，本宮與她是誓死也不會分開的。」

安書離的臉一下子就白了。

雲遲目光寂寥：「若本宮回來，也就罷了，若本宮回不來，這南楚江山，就讓小五承繼。」

安書離聞言忽然單膝跪在了地上，一字一句地道：「殿下若是回不來，臣也不會留在朝中輔佐誰，若非是因為殿下和太子妃，臣也不會入朝。」

雲遲意外又不意外地看著安書離，沉默半晌，開口道：「因川河谷大水數萬人罹難，官官相護，世家聯手相瞞，讓本宮憎惡，天下世家大多掣肘著朝局，把持著南楚選才選能，但世家子弟多不才，朝堂日漸腐蝕荒敗，本宮自監國之日起，便因此打定主意，立志有朝一日，重新洗牌肅清天下各大世家，換南楚河山政績清明。安陽王府乃世家大族，樹大根深，枯枝敗葉不少，首當其衝。」

安書離抬起頭，看著雲遲，他與雲遲交情深，雖雲遲從未當他的面言說，但他早已看出來了，這也是曾經他不願入朝的一個原因。如今，有些意外又不意外地雲遲會當面說了出來。

雲遲一番話落，上前一步，伸手扶起了安書離，容色凜然：「若本宮回來，便當本宮今日什麼也沒說，若本宮回不來，本宮之志，但請書離你為著天下百姓，將之延續。本宮九泉之下，也多謝與你相交一場。」

安書離在雲遲的目光下，久久說不出話來，直到外面雲影的聲音響起，他才閉了閉眼，咬牙說了一個「好」字。

京城內外的東宮護衛，在半個時辰內，被召回了大半，查找得遠的，自然看不到信號彈，只能由雲影傳了消息出去，趕到兩百里外集合。

雲遲交代完安書離後，又派人給梅疏毓傳了一封信，然後便進了皇宮。

今日已是第六日，還有一日，找不到蘇子斬，皇上便有性命之憂。

明日之前，雲遲可以預見，是找不到人的，所以，他只能動用自己微薄的靈力，暫時凍住皇上體內蠱毒之引，讓蠱毒無法毒到心脈。保皇上一命。

他也不知道能不能成，但如今已是離京緊要關頭的時候，他只能盡力一試。

匆匆進了皇宮，來到帝正殿。

太后這些日子一直守在帝正殿，天不絕也不敢鬆懈，見雲遲來了，太后立即問：「遲兒，顏丫頭可有消息了？」

雲遲微微點頭：「嗯，有消息了。」

太后大喜：「在哪裡？」

雲遲抿唇：「兩百里地外，孫兒看過父皇後，馬上就出發。」話落，他對天不絕道，「本宮必須立即離京，等不到明日了，今日就試試你說的給父皇保命的法子吧！」

天不絕知道花顏有了消息，心中鬆了一口氣，點點頭：「既然如此，太子殿下這就試試吧！」

太后也知道那日天不絕與雲遲說的用雲族術法壓住蠱毒之引，此時看著雲遲，猶豫了一下，上前握住他的手道：「遲兒，救你父皇，還是盡力而為吧！別強行讓自己受傷，你保全自己，我們南楚江山才有希望，你就算不能救你父皇，你父皇也不會怪你的。」

雲遲頷首：「能保父皇，孫兒便保父皇，若是孫兒無能無力，父皇也是到了大限。」

太后點點頭，鬆開了他的手。

天不絕對太后以及殿內侍候的人道：「只老夫一人留在這裡就好，人多影響太子殿下，太后娘娘也請外面等候吧！」

太后看了一眼床上躺著昏迷不醒的皇上，擺擺手，由人扶著走了出去。

殿內靜了下來。

天不絕問雲遲：「殿下可會調用靈力凍結蠱毒之引？」

雲遲道：「本宮雖傳承的靈力微薄，但自古雲家傳下的術法古籍倒是研究過，有一種控靈術，大約可以一試。」

「好。」天不絕不再多言，「我在一旁給殿下護法，殿下嘗試吧！」話落，又囑咐，「太后娘娘說的對，殿下切莫強求。」

雲遲點頭，站在床前，掀開皇上的被子，撤掉他枕著的枕頭，將他平放，試著調動自己體內微薄的靈力。

天不絕拿著金針，守在一旁，心裡打著算盤，若是察覺雲遲狀況不好還在強行施救，他就出手打斷他。皇上能出事兒，太子殿下卻不能出事兒。

太后已多日不出帝正殿，如今出了帝正殿後，看著外面的天色道：「這雪總算是停了。」

周嬤嬤小聲說：「也找到太子妃了，是個好兆頭。」

太后憂心道：「不知道顏丫頭受了什麼苦？她腹中的孩子可還在？哀家可真怕不在了啊！」

周嬤嬤也憂心，但還是勸道：「一定在的。」

太后歎了口氣：「南楚江山四百年，每一代太子到帝王，雖也坎坷，卻都不如遲兒。這孩子生來就比別人命苦，皇后早薨，他年紀小時中毒險些要了命，一年遭遇好幾次刺殺，長大了後，監國為朝事忙，婚事兒多波折，如今好不容易大婚了，卻又出了這等事兒。幸好，顏丫頭有消息了，否則，哀家真怕他挺不住啊！」

周嬤嬤道：「太子妃找回來就好了，會好起來的。」

太后點頭：「哀家也盼著好，哀家老了，只盼著這天下太平，別那麼多鬼祟作亂。遲兒是一個好太子，將來一定是一位好皇帝。」

周嬤嬤肯定地點頭：「太子殿下一定是。」

二人說話間，過了一盞茶、兩盞茶、三盞茶……

周嬤嬤算著時間，聽著殿內的動靜，對太后道：「太子殿下怕是還要等一會兒，動用靈力凍結皇上體內的蠱毒之引沒那麼容易，太后您還是去旁邊的暖閣吧！外面冷寒，您身子骨受不住。」

太后搖頭：「一個是哀家的兒子，一個是哀家的孫子，哀家不放心，就在這裡等。」

周嬤嬤見太后不去，便吩咐身邊人：「再去取一件更厚實些的披風來。」

有宮女應是，立即去了。

不多時，宮女取來披風，剛給太后披上，裡面便傳來動靜。

太后立即拂開披風，轉身衝進了殿內，口中緊張地喊：「遲兒，你可還好？」

雲遲應了一聲，聲音暗啞：「回皇祖母，安好。」

太后鬆了一口氣，幾步奔到近前，見雲遲由天不絕扶著坐在了椅子上，臉色蒼白，氣息虛亂，她立即問：「可是受傷了？」

雲遲笑了笑：「受了些輕傷，無礙的。」

太后看向天不絕。

天不絕拱手：「老夫剛給殿下把脈了，的確是受了些輕傷，吃幾日藥就好。」

太后聞言徹底放下心，這才問皇上的安危：「蠱毒之引可壓制住了？」

雲遲頷首：「幸好成了，但孫兒靈力微薄，也只能將其壓制住，卻不能讓父皇醒來。孫兒離京去尋太子妃時，父皇就交由皇祖母照看了。」話落，又道，「孫兒將東宮和京城的安危交給了安書離，皇祖母但有事情，派人去東宮找他就是了。」

「安書離？」太后愣了愣，知道雲遲信任安書離，頷首，也不多問，「好，你萬事小心。」話落，看向天不絕，「皇上這裡應該不需要神醫隨時照看了吧？你帶上神醫吧！萬一顏丫頭有需要呢？」

天不絕也不放心花顏身體，拱手道：「老夫也是這個意思，皇上這裡用不到老夫了。太后每日命人給皇上餵些參湯就行，否則皇上長久昏迷，身體越來越虛，也是不妙。」

太后頷首：「哀家知道了，多謝神醫。」

雲遲點頭，他本來也是要帶著天不絕一起走的，歇了片刻，已有了些力氣，站起身，對太后道：「孫兒出京怕是沒那麼快回來，皇祖母多保重。」

太后知他心急：「你去吧！哀家雖老了，但還有些力氣，會守在這裡，等著你回來的。」

「皇祖母，您保重！」雲遲話落，便不再多言，轉身出了帝正殿。

天不絕跟在雲遲身後，也出了帝正殿，只不過出門時雲遲那一瞬的神色，讓他捕捉到了，他蹙了蹙眉，倒沒說什麼。

十一皇子聽聞雲遲進宮了，匆匆來到帝正殿，在門口，見到了出來的雲遲，立即喊了一聲：「四哥。」

雲遲腳步頓住，看了十一皇子一眼，伸手拍拍他的頭：「你年紀也不小了，別再只知道混玩，皇祖母年歲大了，多在身邊照應著，在翰林院多學習，少胡鬧，不准惹事兒，安生待著。」

十一皇子一愣：「四哥，我最近沒玩，除了每日在翰林院，其餘時間都陪著皇祖母來著。」話落，問，「四嫂有消息了嗎？」

「有了。」雲遲道，「我這就出京去找她。」

十一皇子一喜，懂事兒地說：「四哥現在就要離京嗎？那你小心些，早些把四嫂帶回來。」

「嗯。」雲遲點點頭，對他擺擺手，快步向宮外走去。

天不絕看了十一皇子一眼，跟上了雲遲。

十一皇子看著雲遲匆匆而去的背影，摸摸腦袋，轉身進了帝正殿。

雲遲出了皇宮後，翻身上馬，與天不絕一起，出了京城。

安十七帶著一批花家暗衛等在城外，見到雲遲，躬身見禮，一臉凝重：「殿下，花家在京城的所有暗衛，都齊了，聽候殿下差遣。」

雲遲勒住馬韁繩，點點頭：「好。」

安十七又道：「太祖暗衛不知都哪裡去了，屬下這些日子帶著人暗查，也沒有音訊，十分奇怪。按理說，當初在北地，少主因傷閉息，大家都以為沒氣了時，雲暗揮劍自刎，幸好被公子攔住，十分忠誠才是。如今無故失蹤，屬下懷疑，也許都被悄無聲息剷除了。能將太祖暗衛悉數剷除，怕是十分厲害，屬下已從別處調人來，殿下可否到了兩百里地外等等再動手？以確保萬無一失？」

雲遲抿唇：「先到了地方看看情況再說。」

安十七頷首，再不多言，翻身上馬，一行人縱馬疾馳，趕往兩百里地外。

自從統領離開後，花顏躺在棺材裡，琢磨著他走前的話，一日後，依舊沒琢磨出什麼來，該不明白的，還是不明白。

這一日，肚子裡的小東西沒鬧騰，但早先吃的東西早已經消化乾淨，她從棺材裡爬出來，走到那扇門前，對外面喊：「來人。」

外面沒有動靜。

她又喊了兩聲，外面依舊無人應答。

花顏盯著光滑的牆壁，想著把她關在這裡，外面不可能沒有人守著，如今不答，自然是得了命令不理會她。她換了一種方式：「讓你們統領來，我要見他。」

外面人這回開口了：「統領吩咐，三日內不見你。」

花顏心下一沉：「我一日不吃飯就會餓死，他不見我可以，但給我拿飯菜來，否則我活不過三日。」

那人木聲道：「統領吩咐，不必給你按時送飯菜。」

花顏抓住了這句話中的漏洞，立即說：「什麼叫做按時？按時是指一日三餐？我都一日沒吃飯了，你給我一頓，也不算違背他的命令。」

那人聞言沒了聲音。

花顏知道他在猶豫，怒道：「他還沒打算讓我死呢，若是我真餓死了，你擔得起此罪嗎？還不快去！」

那人終於不再猶豫，木聲道：「你等著。」

花顏摸摸肚子，應了一聲。

有吃的就好，有吃的，她就有力氣想，川河谷水患那一年，她被困住時，也不是沒挨過餓，但如今肚子裡揣了個小傢伙，真是受不住餓，能在有限的條件下不委屈自己，自然不能委屈了。

她靠著牆壁，目光落在這一座墓室裡，又細緻地將墓室看了一遍，除了兩副棺材，一副牌位，一堆枯骨外，再沒什麼東西，四處牆壁光滑，真是沒有能逃脫的法子。

她將統領的話前前後後又想了一遍，尤其是他臨走前的話。

若是她沒猜測錯，那個人是梁慕的話，由他而起源的武威侯府，隨著南楚江山四百年，若是真籌謀了四百年，連花家挖都挖不出來，為何早不復國？

四百年裡，她就不信沒有空子可鑽。

為何偏偏要等到這一代？

無論是先皇，還是當今皇上，可以說，都是政績平平，若是擱在雲遲沒出生前，或者是剛出生還是年少時，無論是西南境地早發生動亂十幾年，還是北地早動亂十幾年，都夠當今皇上慌亂了手腳，怕是江山早危矣。

這……也是她最想不明白的地方。

又為何不殺了她？

到底有什麼不殺她的理由？

她目光落在懷玉那副棺木上，這是懷玉的墓室，統領對她說若是想不明白，就讓她死在這裡，不管是餓死，還是殺了她。

跟懷玉有關？

她腦中有什麼靈光一閃，身子晃了晃，慢慢地瞇起了眼睛。

與上次等的一樣的時間，外面傳來聲音：「飯菜來了。」

花顏偏頭看向那道門開啟的位置。

須臾，那扇門緩緩開啟，外面有光亮透了進來，黑衣蒙面人站在門口，手裡拎了個籃子，花顏抬步挪過去，接過他手中的籃子，對他道：「喊你們統領來，就說我想明白了。」

黑衣人一怔。

花顏盯著他：「立即喊他來。」

黑衣人盯著花顏看了一眼，點點頭，關上了那扇門。

隨著門緩緩關上，花顏想著，她若非靈術武功全無，又懷著個孩子，別說外面守了幾百人，就是上千人，她也不懼。

她蹲下身子，將籃子裡的飯菜逐一擺開，飯菜冒著熱氣，香味撲鼻，她慢慢地吃著，掐著時間，等著統領來。

半日時辰，她吃飽喝足，放下筷子時，那扇門也正巧緩緩打開了。

統領一身黑衣，周身染著寒氣走進來。

花顏累了坐在地上，抬眼看著他，逆著光線，她明明才是在墳墓裡待著的那個人，偏偏在他身上卻比她看起來還暗氣沉沉如鬼魅。

統領停在花顏面前，語氣森森：「想明白了？」

花顏盯著他看了一會兒，默然地點頭，緩緩站起身，向那副棺木走去。

統領瞇起了眼睛，站著沒動。

花顏來到棺木前，手放在了棺木蓋上，鐵釘釘的結實，摸了摸，對他說：「你不就等著我想明白嗎？還不過來？怎麼，說話不作數了？」

統領抬步走了過來，站在了花顏身邊。

花顏對他道：「打開吧！」

統領眼底湧上一潭黑色的沉水，站著沒動。

花顏偏頭看著他，聲音忽然輕飄飄地說：「我早先一直想不明白，是因為從來不敢去想一種結果，如今總歸是身處在這裡，敢想了。」頓了頓，她勃然怒道，「打開啊！難道還等著我這個手無縛雞之力的人嗎？」

她鮮少發怒，這一聲怒意，從胸腹裡吼出，將四面墓室的牆壁都震出了回音。

統領似也一震，猛地盯住她的臉。

花顏與他平視，眼中怒意席捲，諷笑：「怎麼？我敢你不敢了？不敢打開這副棺木，做這個不孝子孫？那你怎麼敢打開這一處封閉的墓室，來做叨擾祖宗的不孝子孫呢？」

統領眼中也席捲上怒意，須臾，他移開眼睛，揮手猛地掀開了蓋著的棺木。

鐵釘四處而飛，棺木蓋「砰」地一聲砸在了地面上。

花顏低頭去看，果然如她猜測的一般，這一副棺木裡，空空如也。

她看著，一絲灰都不見，一根白骨都沒有，只是一副空空的棺木，釘著棺木的鐵釘早已經生鏽，泛著鏽紅的顏色，就如她的心，忽然裂開了一道口子，她似乎清楚地看到了裡面血流成河。

她以為，曾經，在蠱王宮被暗人之王暗算，一瞬間眼前看到的是閻王爺開啟的那扇門，便是血祭的旗幟；她以為，在北地，身受重傷，靈力枯竭，感受到了死神降臨，便是死魂在召喚她；她以為，在雲霧山，鳳凰樹下，她毀了長明燈，受冰河席捲，冰寒之氣一寸寸泯滅她的肌骨心脈，便是再無生機。

卻原來，都不過今日此時此刻，親眼所見，才是鈍刀子一寸寸凌遲她。

原來——

原來懷玉沒死！

原來，四百年前，她的死不過是個笑話！

原來，是她錯了，是她執著了。

原來，從始至終，錯的那個人是她，錯的離譜的那個人也是她。

她閉上眼睛，轉過身，背靠著棺木坐在地上，明明是剛吃飽了飯，這一刻，卻被抽乾了力氣。

她想，她才是活的失敗的那個人，上一世，看不透太多，何等失敗。

統領在掀開棺木後，便盯著花顏的臉，明明她沒哭，沒笑，甚至面無表情沒吭聲，只盯著空空的棺材裡看了許久，一言不發地閉著靠著棺木坐在了地上，但他還是從她的身上，感受到了濃濃的毀天滅地的絕望。

是絕望！

這絕望席捲著她，包圍著她，幾乎讓他看到了她身上骸骨成山，血流成河，寸草寸木，皆是焦土。

他看著這樣的她，哪怕冷血冷清冷心冷肺，自小摒除七情，絕殺六慾，將他訓練成了魔鬼，但依舊在這一刻，不由得動容。

什麼才是對一個人最殘忍？

也許就是將她最在意的東西，最在意的人，鮮血淋漓地撕開在她面前。

墓室寂寂，花顏靜得彷彿已不存在。

統領不知是忽然不忍看她，還是因為什麼不忍心，轉身走了出去。

墓室那扇門開啟又合上，花顏全無動靜。

統領出了墓室後，呼吸到了新鮮的空氣，似乎才感覺到自己活了過來，他狠狠地吐了一口氣，覺得見鬼了！剛剛有一瞬間，他覺得自己死了。

黑衣人見他出來，單膝跪地請罪：「屬下給她送了飯，統領恕罪。」

統領看了他一眼，冷聲道：「是她要的？」

「是。」黑衣人將花顏說的話重複了一遍。

統領寒聲道：「起來吧！恕你無罪。」

黑衣人站起身。

統領背手站了片刻，冷靜地吩咐：「傳信給閆軍師，不必等三日了，依照早先的計畫行事。」

「是。」黑衣人垂手。

統領回頭看了一眼，又吩咐：「即刻弄一輛馬車來，現在就起程。」

黑衣人一怔，抬頭試探地問：「統領是說馬車？目標太大，萬一……」

統領森然地瞥了他一眼：「沒有萬一。」

「是。」黑衣人立即垂下頭。

統領吩咐完，又回到了墓室內。

花顏依舊在原地坐著，整個墓室，都被她的絕望之氣籠罩。

統領看著花顏，任由她這樣下去，不用他殺，她就死了。他眼底晦暗翻湧片刻，走到她身邊，一把拽起了她。

花顏猛地被拽起，身子晃了晃，就要倒下。

統領又伸手扶住她，扯了她就向外走。

花顏腳步踉蹌地跟著他出了墓室。

她在墓室裡待的太久，乍一出來，有些不適應，蒙塵的夜明珠的光亮，怎能及天色的光亮？她眼睛被刺的生疼，但依舊睜著。

統領伸手蓋住了她的眼睛，卻一言未發。

花顏沒躲沒避，靜靜地站著。

這一日，天空依舊飄著雪花，雪的清新的空氣，竄入花顏的眼耳口鼻，她似乎十分的麻木，麻木到身體的每一寸鮮血都已凝固。

不知站了多久，有一輛馬車駛來，黑衣人拱手：「統領，可以起程了。」

統領點頭，扯著花顏走了一步，見她僵木的樣子，似連上馬車都沒力氣，他頓了頓，彎腰將她抱上了馬車。

黑衣人見此，猛地睜大了眼睛，須臾，又立即垂下了頭。

馬車十分普通簡陋，沒有花顏常用的錦繡被褥，更沒有暖手的暖爐，可以說，什麼也沒有，空空蕩蕩，唯獨車廂的簾幕厚實，十分擋寒風。

上了馬車，統領鬆開了花顏，花顏身子一軟，靠著車壁坐下。

她臉上依舊沒什麼表情，眼神空寂。

統領看了她一眼，吩咐道：「起程。」

黑衣人應是，試探地問：「那這裡？」

統領冷笑，森然地說：「給雲遲留著吧！讓他看看，他找了半天人，好不容易找到了這裡，卻已人去樓空的滋味，比留人在這裡殺了他的好。」

黑衣人應是，坐在了車前，馬車很快就離開了這一處。

花顏不知道去哪裡，沒有出聲，沒有反抗，甚至看起來像是連自己如何也不在意了，靜靜地坐著，若不是還會淺淺呼吸，幾乎讓人懷疑她還是個活人?!

人雖然活著，但看起來似乎還不如早就死了。

因大雪天寒，路十分不好走，時而顛簸，花顏卻坐著一動不動。

統領一直看著她，忽然對車外吩咐：「來人，找兩床棉被來，再找兩個手爐。」

「是。」外面有人應聲。

大約走了半個時辰後，有人送來了棉被和手爐，棉被是上好的錦繡緞面，鋪在車上，冷硬的車板頓時不再冰涼寒冷。

統領將一個手爐塞進被子裡，另一個塞進花顏手裡，對她冷聲說：「是我劈暈你，還是你自己睡一覺？」

花顏彷彿沒聽見。

統領乾脆果斷地抬手劈在了她脖頸上，花顏身子軟軟地倒在了車廂內。

統領盯著她看了一眼，將她塞進了棉被裡，將手爐依舊塞進了她手裡。

兩日後，雲遲帶著東宮的暗衛與安十七帶著花家的暗衛來到後樑皇室陵寢的地界時，這時，雪早已停了，在幾里地外，便看到了荒涼的雪地上深深的一道車轍印。

安十七早先還與雲遲說等等他多調動些花家暗衛來此，籌備完全，如今到了這個地方，他卻先等不了了，勒住馬韁繩，對雲遲道：「太子殿下，屬下等不及了，我先前去探路？」

雲遲沉聲道：「所有人，都隨本宮前去。」他也是一刻也等不及了。

安十七沒意見。

於是，雲遲帶著人從四面包抄圍住了後樑皇室陵寢。

可是那一片陵墓靜靜的，待人走近了，依舊十分之靜，雲遲升起了不好的預感，翻身下馬，衝上前。

東宮的護衛以及安十七帶著的花家暗衛緊隨其後。

安十七也感覺出不對勁，對雲遲道：「太子殿下，似乎無人的氣息？」

雲遲看了一眼車轍痕跡的地方，以及有人走動的腳步痕跡，他手中有後樑皇室陵寢的圖紙，他已看過一遍，知道那一處就是墓室門開啟的地方。

皇室陵寢封死，不是帝王駕崩，輕易不會開啟，南楚皇室陵寢，就是如此，不過對比後樑皇室陵寢的不同之處，就在於南楚皇室陵寢有守靈人，後樑皇室早已滅亡四百年，陵寢是封死了的，沒有守靈人。

不過說是封死，要開啟，雖然會費一番力氣，但也不是開不了。

顯然，這一處後樑皇室陵寢，是被人開啟過了的。

所以，雲遲手按在機關上，安十七上前：「太子殿下，以防裡面危險，讓我先進去吧！」

雲遲搖頭，手毫不猶豫地按了機關，那一扇門緩緩開啟。

雲遲抬步走了進去，安十七和雲影等人立即跟在了他身後保護。

墓室裡空空蕩蕩，兩副棺木，一副牌位，一堆骸骨，再無其它。

安十七睜大眼睛，快步走了一圈，臉色發白道：「太子殿下，少主不在此處，但公子卜算定然不會出錯，一定是有人帶著少主離開了。」

雲遲點頭，吩咐道：「雲影，你帶著人沿著車轍痕跡去查。」

雲影應是，看了安十七一眼，安十七也想去查，但雲遲吩咐了雲影，他若是帶著東宮的人走了，雲遲身邊可就沒人保護了。少主何其愛重太子殿下，自然不能她已出了事兒，太子殿下也跟著出事兒，雖這裡沒人，但依舊要小心謹慎，於是，他對雲影點點頭，雲影放心地去了。

雲遲沿著墓室走了一圈，沒發現再有什麼被改動的機關，如後樑皇室陵寢圖紙裡留的一樣，他走到了兩副棺木前，兩副棺木都是空的，只不過一副棺木看起來是新打的，年份不長，一副棺木卻是陳舊有了年代的，鐵釘上的鐵鏽暴露了年份，顯然，一直是擱在這墓室裡的。

可想而知，這陳舊有年代的棺木是誰的。

他先是站在那處新的棺木前看了一會兒，又走到那副陳舊的棺木前盯了好一會兒，然後，對安十七說：「有火把嗎？拿一根來。」

安十七點頭，吩咐了下去。

不多時，有人拿來了一根火把，遞給安十七，安十七遞給了雲遲。

雲遲接過火把，拿著火把照進了棺材裡，厚重的棺木裡本來一片昏暗的黑，如今火把一下子將之照亮了，十分之亮堂。

安十七本來疑惑這就是一副空棺木，太子殿下有什麼可看的？但當他探頭隨著雲遲的視線看去時，看到棺木裡面的一個角落裡細細地寫了一行字時，猛地睜大了眼睛。

只見，那行字寫的是：「雲遲，別找我了，乖。」

只這麼一句話，安十七幾乎跳起腳來，看著雲遲不敢置信地說：「太子殿下，這是少主留的話？她為什麼不讓您再找她？難道背後那人真的很厲害？他怕您吃虧？」

雲遲不語，盯著那行字，眼眸漆黑。

安十七見他不答，又懷疑地說：「不該啊！少主不是怕事兒的人，集東宮和花家之力，雖找起來也不大容易，但也吃不了多少虧吧？除非劫走少主那人不是人，逆天了，連您也不是他的對手？但是還有公子呢！這普天之下，您和公子聯手，誰是您二人的對手？」

雲遲依舊不語。

安十七又仔細地看那行字，分析道：「這行字是少主的筆跡，但好像不是用簪子寫的，簪子的頭太粗，也不像是金針寫的，金針又太細，不見得看得清，但這字雖細，卻看的清楚……」

「是用骨刺。」雲遲終於開口，聲音嘶啞。

安十七聽他這聲音嚇了一跳，以為雲遲哭了，他抬眼看，雲遲沒哭，只臉色蒼白，眼睛十分深不見底，但這聲音卻是能讓他體認到，心裡指不定如何血流成河。

他不由認真地猜測，少主為何不讓太子殿下找她了？那花家人可以找嗎？偏偏少主只給太子殿下留了這麼一句話，沒留別的話給他。

骨刺啊！原來少主用的是骨刺留的話。

安十七看向不遠處那一堆骸骨，顯然是陪葬的，他收回視線，又看向雲遲，試探地問：「少主不讓太子殿下您找她了，那您……」

雲遲閉了閉眼，將火把扔進了這副棺木裡，緩緩轉身，渾身似被抽乾了力氣，嘶啞地說：「本宮最是聽她的話，她不讓我找，那便不找了吧！」

雲遲將火把扔進了棺木裡，年代久遠的棺木遇火「劈啪」一下子著了起來。

安十七在火光中看著雲遲，他的容色在火光中半明半暗，十分平靜，唯一雙眼睛黑不見底，他張了張口，再也說不出旁的話來。

火把很快就燒著了棺木，燒沒了花顏留下的那句話，眼見火勢越來越大，安十七才開口：「殿下，先出去吧！這裡怕是會塌。」

雲遲點點頭，轉身出了墓室。

安十七掃了一眼已整個燃燒起來的棺木，也跟著雲遲出了墓室。

墓室外，大雪已停，日頭高掛，天朗氣清。

雲遲負手而立，看著這一片後樑皇室陵寢。

安十七立在雲遲身側，他素來覺得自己腦子還算好使，但如今也不太明白少主留的話是什麼意思？也猜不透太子殿下的想法，覺得若是公子在就好了，一定能明白。

天不絕一把年紀了，趕不上雲遲和安十七等人動作快，剛剛隨後來到，看了一眼從墓室裡冒出的濃煙，他嚇了一跳，立即問：「沒找到花顏？」

雲遲自然不答他的話。

安十七搖搖頭，將墓穴空空，花顏留了一句話的事兒與他說了，話落，他見天不絕蹙眉，拽著他走遠了點兒，小聲問：「你說少主這是什麼意思啊？」

「什麼意思？」天不絕翹了翹鬍子，看著遠處的雲遲道，「就是讓太子殿下別找了的意思唄。」

安十七翻了個白眼，惱怒：「我還不知道這個？我是問，少主為什麼這麼留話？」

天不絕哼了一聲：「誰知道呢！那小丫頭從小就有自己的想法。」

安十七氣的瞪眼，以為他年紀大，比他吃的鹽多，能說出個一二三來，如今見他一副不著調的言語，不再理他了。

不多久，這一處後樑懷玉帝的陵寢果然塌了，轟隆隆的聲音震得四面的山巒似都有迴響。

雲影帶著人回來，躬身回稟：「殿下，車轍的痕跡追出五十里地外的闞坪山，再無痕跡。」

雲遲閉了閉眼，開口道：「傳本宮命令，召回所有人，不必查了。」

雲影一怔，脫口問：「殿下，不找太子妃了？」

雲遲聲音聽不出情緒，輕聲說：「不找了。」

雲影不解，看向安十七，安十七無奈地搖搖頭，他得立即傳信問問公子該怎麼辦？

四百年前，太祖雲舒厚葬了懷玉帝，四百年後，雲遲一把火，便燒塌了懷玉帝陵寢。

轟塌聲歇止後，雲遲沉聲吩咐：「起程，回京。」

雲影應是，召回了東宮所有人，跟著雲遲折返回東宮。安十七也隨同著。

第一百三十一章　接二連三

兩百里的路程，不算短，雲遲進了京城時，天已經黑了，城門落了鎖。

守城人見了太子殿下回京，連忙打開了城門，雲遲縱馬穿街而過。

五皇子正帶著人巡城，見到風馳電掣穿街而過的人馬，愣了愣，問身邊人，喜道：「是四哥嗎？四哥這麼快就回京了？我莫不是眼花了？」

身邊人拱手：「回五皇子，屬下看著也像是太子殿下，您不是眼花。」

五皇子聞言立即做了決定：「你好好帶著人巡城，我去東宮看看。」

那人點頭。

五皇子縱馬向宮門追去。

雲遲一路縱馬未停歇，直接來到了東宮門口，扔了馬韁繩，宮門打開，守門人見到雲遲回來了，也十分驚訝，歡喜地說：「殿下，您回來啦？」

雲遲點點頭，抬步進了宮門。

東宮內，安書離正在等著雲遲傳回消息，他是祈盼雲遲將花顏救回來的，但又因為雲遲臨走前的交代而心裡掛著一份擔心，這擔心讓他素來沉穩的性子也有些坐不住，但卻又不能不守在東宮。

聽到宮門口的動靜，他立即吩咐：「去看看，發生了什麼事兒？」

福管家應了一聲，連忙去了。

福管家匆匆出了房門，還未走到大門口，便看到了雲遲回來，他睜大眼睛，立即上前：「殿下，是不是將太子妃找回來了？」

雲遲腳步一頓，看了福管家一眼，平靜地搖頭：「沒有。」

福管家打量雲遲神色，雖太子殿下看起來與尋常無異，但他的語氣還是讓他心裡咯噔一下，論瞭解雲遲，誰也不及雲遲的身邊人，福管家是東宮的大管家，更是敏感。

他試探地問：「那太子妃……」

雲遲擺擺手，不欲多說，向鳳凰東苑走去。

福管家不敢問了，本打算跟上去，但想著還是跟安書離報個信，有些話太子殿下不跟他說，但興許會跟書離公子說。於是，他先去找了安書離。

安書離聽聞是雲遲回來了，也愣了：「這麼快？那太子妃呢？可找回來了？」

福管家搖頭：「殿下說沒有。」話落，對安書離道，「殿下似乎不太對勁，老奴問不出來，殿下如今去東苑了，書離公子，您是否去看看？」

安書離自然是要去看看的，這左右不過一兩日的時間，雲遲這麼快就回來了，完全出乎他意料之外，他點頭，問：「太子殿下可受傷了？」

「沒有。」福管家搖頭，「東宮的暗衛也都跟著回來了，還有十七公子帶著的花家人，老奴也都見著了。」

安書離更是納悶，抬步向鳳凰東苑走去：「我這便過去看看。」

福管家點頭，連忙跟上了安書離，也向鳳凰東苑走去。

雲遲前腳邁進鳳凰東苑，後腳安書離和福管家便來了。

方嬤嬤等在東苑門口，見到二人，給安書離見了禮後，為難地說：「太子殿下剛剛吩咐了，誰也不見。」

安書離看向緊閉的院門，透過院門的縫隙，依稀能看到正屋的房門也緊閉著，他蹙眉：「殿下可還說了什麼？」

方嬤嬤搖頭：「再不曾說什麼。」

安書離又問：「他看起來可還好？」

方嬤嬤想了想，道：「殿下看起來很是平靜，老奴也說不好殿下是好還是不好。」

安書離想了想，道：「我還留在東宮，太子殿下什麼時候想見人了，知會我一聲，我再過來。」

方嬤嬤屈膝應是。

安書離又站了片刻，轉身走了。

福管家在安書離離開後，對方嬤嬤壓低聲音說：「你有沒有察覺出殿下不大對勁？」

「是有點兒不對勁，大約是沒找回太子妃，心裡難受吧！」方嬤嬤低聲說。

福管家猶豫道：「你說，我要不要去找十七公子打探一番？」

方嬤嬤也猶豫，主子不說的事兒，奴才本不該打聽，但是太子妃不在，殿下身邊只他們幾個貼心人，若是什麼也不知道，萬一殿下出個好歹，可怎麼辦？於是，她咬牙道：「你去問問也好，聽聽十七公子怎麼說。」

福管家點頭，立即去找安十七了。

安十七正在給花灼寫信，他寫的詳細，怕疏漏一點。

福管家來時，見安十七正在忙，便也不打擾他，候在一旁。

安十七足足寫了厚厚的一封，寫完後，喊來一人，交代了下去：「將這封信立即傳回臨安給公子，不得耽誤。」

有人應是，立即去了。

安十七這才轉過來看福管家，福管家連忙說明來意，安十七歎了口氣，想想也不是什麼不能說的事兒，更何況問的人又是福管家，忠心雲遲，便將隨雲遲離京進了空墓穴，花顏留的話之事簡略地說了一遍。

福管家聽完，垮下臉：「太子妃不讓殿下找，殿下怕是難過極了。」

安十七拍拍福管家肩膀，沒說什麼，他也說不出來什麼寬慰話。

福管家回到東苑，見了等候的方嬤嬤，壓低聲音將從安十七那裡打探的消息說了，方嬤嬤倒是比福管家鎮定：「太子妃一定有她的理由，殿下與太子妃情深到感同身受，想必殿下明白太子妃的意思，咱們別亂猜亂想了，還是好好侍候殿下吧！」

福管家頷首，深吸了一口氣：「你說的對。」

五皇子追著雲遲隨後進了東宮，聽聞雲遲誰也不見，他便去找了安書離。

安書離坐在東宮的會客廳，見五皇子一臉疑問，他也搖了搖頭，無可奉告。

五皇子納悶不已：「四哥連你也沒見？回來就直接將自己關進東苑了？可是出了什麼事情？難道是四嫂出了大事兒？遭遇了不測？」

他猜測著，說到最後，把自己也嚇的臉白了。

安書離搖頭：「若是太子妃遭遇了不測，太子殿下也回不來，大約是別的事情吧？」

五皇子想想也對，稍微寬下了心，又問安書離：「我聽聞四哥將東宮的人都召集回來了？這是不找四嫂了？」
安書離揉揉眉心：「等太子殿下願意見人時，再問吧！」
五皇子點頭。
梅疏毓聽聞雲遲這麼快回京，也很快就來了東宮，同樣碰了壁，雲遲依舊不見人，他抓著安書離問了又問，安書離什麼也不知道，他便跑去問福管家。
福管家搖搖頭，什麼也沒說。
梅疏毓在南疆時與安十七打的交道不少，便又跑去找安十七。他去時，撲了個空，安十七不在東宮，不知道去了哪裡。他無奈，也只能跟著安書離等著雲遲見人時。
這一等，便是一日，雲遲始終沒出鳳凰東苑。
到傍晚天黑時，梅疏毓坐不住了，乾脆跑去爬鳳凰東苑的牆頭，從南疆回來，他就不那麼怕雲遲了，所以，他翻上了東苑的牆頭，俐落地進了東苑。
他腳剛沾地，雲影便現身攔住他：「毓二公子，太子殿下吩咐，誰也不見。」
梅疏毓撇撇嘴，討好地看著雲影：「太子表兄一日不吃不喝了吧？這樣把自己關在屋子裡怎麼成？雲影啊！太子表兄是萬金之軀，若是出事兒，可怎麼辦？你讓我進去看一眼，只要他好好的，我就不打擾他，行不？」
雲影看著梅疏毓，有些猶豫，他也擔心雲遲出事兒，但還是要遵守雲遲命令，看著他討好的臉，沉默片刻，依舊搖了搖頭：「殿下命令不可違。」
梅疏毓洩氣，換了一種方式：「那我問你，太子表兄回來後，你可進屋看過他？」

雲影搖頭。

梅疏毓跺腳：「我不進去看可以，你怎麼能不進去看看呢？萬一太子表兄想不開呢？你見過他什麼時候什麼都不管地把自己關在屋子裡過？沒有吧？」

雲影想想還真沒有，哪怕當年武威侯夫人去世，也沒有過，他點頭：「屬下去看看。」

梅疏毓見他鬆動，鬆了一口氣：「快去！若是太子表兄好好的，我也好歇著去，否則這麼提著心等著他出來見人忒累得慌。」

雲影轉身去了。

梅疏毓搓著手等在外面，暗罵這天可真冷啊！明明都過了年打過春了，只是這春顯然是個冷春，冷的凍死個人，這一場雪下的，不止把東宮凍住了，把京城也給凍住了。

雲影進了房間，在外間畫堂喊了一聲：「殿下。」

雲遲沒應聲。

雲影心裡一緊，推開了裡屋的門，挑開了簾子，走了進去，只見雲遲躺在床上，他快步走到床前，恭敬地喊了一聲：「殿下？」

雲遲依舊沒出聲。

雲影心想殿下即便睡著，從來不會睡的這般沉喊都喊不醒，他見雲遲臉色潮紅，心裡升起不妙的感覺，伸手試探地去碰觸雲遲的額頭，這一碰，溫度燙的幾乎灼燒了他的手，他面色頓時一變。

他白著臉快步往外走，來到門口，喊了一聲：「方嬤嬤。」

方嬤嬤從小廚房出來，見到雲影，立即歡喜地問：「是殿下睡醒了嗎？」

雲影立即說：「殿下發熱了，昏沉的很，喊都喊不醒。」

方嬤嬤面色一變，道了聲「糟了」，跺腳道，「都是老奴的錯，以為殿下累了需要歇著，從門縫偷偷看過殿下兩回，見他睡的熟，便沒打擾，殊不知殿下竟然是發熱了。」話落，她急道，「快，快去請神醫來。」

雲影點頭，立即去了。

方嬤嬤快步往裡屋裡走，梅疏毓本來就在院子內，聽聞雲遲發了高熱，也有些急了，跟著方嬤嬤一起進了裡屋。

裡屋的大床上，雲遲和衣躺著，臉色潮紅，身上的溫度如一座火山，燙的梅疏毓打了好幾個激靈。

梅疏毓撤回手，轉回身，對眾人怒道：「東宮的人都是怎麼侍候的？一個個的都不想要命了嗎？就這麼讓太子表兄發燒沒人理會？我若是不鬧著翻牆來看太子表兄，他有個好歹你們擔待的起嗎？」

鳳凰東苑侍候的人都驚動了，誰也沒想到太子殿下不聲不響地發了高熱，這麼多年，殿下鮮少生病，就算是有個頭疼腦熱，也很快就過去，從沒這麼熱過，齊齊臉色發白，十分惶恐。

方嬤嬤暗悔不已，只心急地等著天不絕來，此時說什麼都晚了。

天不絕聽聞雲遲發了高熱，提著藥箱來的很快，他邁進門檻，一眼便看到了躺在床上的雲遲，來到床前，伸手給他把脈，手腕的溫度燙的他哆嗦了一下，片刻後，他也怒道：「這熱毒來勢洶洶，顯然是已燒了幾個時辰了，怎麼不早喊我？」

方嬤嬤流著淚說：「是老奴的疏忽，老奴死罪……」

小忠子紅著眼眶說：「神醫，快，你有法子對不對？趕緊給殿下退熱吧！」

天不絕咬牙道：「太子殿下這熱毒太凶猛，必須要用一劑狠藥，可是這劑狠藥下去，他怕是會渾身無力幾日。」

「那也比丟了命強。」梅疏毓這時倒是鎮定，對天不絕說，「我就知道，有你在，一定有法子。」

天不絕抖著鬍子，大筆一揮，俐落的開了一副藥方，遞給方嬤嬤：「快！按照這方子熬藥，熬一大碗端來。」

方嬤嬤點頭，立即去了。

梅疏毓對小忠子說：「你去把書離喊來！太子表兄這副樣子，我見了都慌的很，讓他來，有他陪著我一起看著太子表兄，我心裡踏實。」

小忠子點點頭，立即去了。

天不絕打開藥箱，擺手：「閒雜人等都出去。」話落，又道，「湯藥見效的慢，我給他行兩針。」

梅疏毓擺擺手，侍候的人都退了下去，他守在天不絕旁邊，幫他遞針打下手。

安書離得知雲遲發了高熱，很快就來了，見到床上躺著昏迷不醒的雲遲，心裡也驚了驚，對梅疏毓問：「太子殿下怎麼突然燒的這般嚴重？」

梅疏毓搖搖頭，他也不知道，若不是他閒不住，想見雲遲，誤打誤撞纏了雲影，哪裡能發現他悶聲不響地發起了高熱，若是再晚些時候，這人燒死了怕都沒動靜。

天不絕給雲遲行完針，摸了摸額頭的汗，扶額：「我老頭子也是命苦，救了那個又治這個，真是一刻也不得閒。我欠了誰的？造孽。」

梅疏毓試探地問：「神醫，我太子表兄沒事兒吧？」

天不絕沒好氣地道：「凶險是凶險，不過有我在，死不了。」

梅疏毓鬆了一口氣，暗暗想著，等太子表兄醒來，一定讓他罰東宮的人，侍候的也太不盡心了。

安書離看著天不絕問：「神醫是跟著太子殿下出了皇宮的，可否告知，殿下這一趟都發生了什麼？」

天不絕瞅了安書離一眼，他對安書離印象不錯，便也不隱瞞，將雲遲這一趟的事兒簡略地說了。

梅疏毓聽完睜大了眼睛：「你的意思是，太子表兄撲了個空？表嫂留話讓他不必找她了？為何不找了？」

天不絕搖頭。

安書離若有所思：「你是說，那座後樑懷玉帝陵寢是空的？棺木也是空的？」

天不絕點頭：「我沒親眼所見，我到的時候，那墓穴已塌了，我是聽十七說的。」

安書離擰眉，看向雲遲，道：「難怪。」

「難怪什麼？」梅疏毓問。

安書離歎了口氣：「難怪太子殿下發起了高熱。」

很多事情梅疏毓都不知道，想的簡單，鬱鬱道：「折騰了這麼多日子，日夜找表嫂，如今好不容易有了眉目了，又撲了個空，太子表兄身體自然受不住，人又不是鐵打的，泄了勁兒，這一下子就病倒了。」

「病來如山倒，可不全是身體上的病，還有心病呢。」天不絕搖搖頭，轉身提著藥箱出去了。

梅疏毓和安書離聞言一時都沒了言語。
方嬤嬤煎好了藥，端了一大碗進屋。
梅疏毓見到滿滿的一大碗藥，立即捏著鼻子躲開了床前位置。
安書離倒沒躲，親手將雲遲扶起來，讓他靠在枕頭上，方便方嬤嬤喂藥。
方嬤嬤待藥溫涼了，舀了一勺往雲遲嘴裡灌，可是雲遲緊閉著嘴，藥說什麼也灌不進去，方嬤嬤試了幾次，著急的不行：「這可怎麼辦？殿下不喝這藥。」
安書離站在床前，也看的明白，雲遲燒的沒意識，但卻牙關緊咬，他試探地與他說話：「殿下，你發了高熱，這是神醫開的藥方，你這高熱來勢洶洶，若是不退熱，恐怕有性命之憂。」
他語畢，方嬤嬤試了試，還是不行。
安書離眸光動了動，轉了話音：「若是太子妃知道，一定也會怪殿下不喝藥。殿下身體若是出了什麼事兒，太子妃即便回來，也見不著殿下了。」
方嬤嬤又試了試，撬開了雲遲的嘴，頓時驚喜：「殿下喝藥了。」
安書離住了嘴，心裡的歎息更深，曾幾何時，太子雲遲，驚才豔豔，得天獨厚，似乎從出生起，他就適合做執掌江山的那顆帝星。奈何自從遇到了花顏，這顆帝星受七情六慾之苦，生生地將自己攪進了本不該他踏進的萬丈紅塵裡。
他沒愛過女子，沒嘗過情愛，卻看著雲遲這副模樣，著實唏噓不已。
不過他也清楚，花顏那樣的女子，擱在誰的身上，誰能躲得過？
梅疏毓坐在遠處的桌子前，看著方嬤嬤一勺一勺給雲遲喂藥，明明不省人事，但安書離的話卻被他聽進去了，他驚奇地嘖嘖出聲：「表嫂可真是太子表兄的劫數啊！」

安書離看了梅疏毓一眼，這話沒幾個人敢說，梅疏毓卻是那敢說的一個。

方嬤嬤順利地給雲遲喂下了一大碗藥，心裡鬆了一口氣，站起身，對梅疏毓和安書離道謝：「是老奴糊塗疏忽了，險些釀成大禍，多虧了書離公子和毓二公子。」

梅疏毓咳嗽了一聲，不自然地說：「也不怪嬤嬤，早先是我語氣太凶了，嬤嬤是看著太子表兄長大的，自然盡心。」

方嬤嬤慚愧地說：「老奴老了，趕明兒選幾個年輕機靈的侍候殿下，免得再出這等差錯。」

梅疏毓眼珠子轉了轉說：「嬤嬤可別選年輕機靈美貌的宮女，否則表嫂醋罈子怕是會打翻，一氣之下不回來了怎麼辦？要選就選小太監。」話落，他瞥了一眼小忠子，「這小子忒笨，不知道他怎麼在太子表兄身邊貼身侍候這麼多年的。」

小忠子紅著眼睛委委屈屈地看著梅疏毓，今日他也與方嬤嬤一樣，沒想到雲遲會發熱，以為殿下跟那日一樣，心裡難受，在床上躺著歇著，畢竟床上如今也許還留有太子妃的氣息，誰知道竟然發起了高熱？不過他也沒為自己辯駁，祈禱著殿下喝了藥趕緊散了熱。

天已經徹底黑了下來，方嬤嬤掌了燈，安書離和梅疏毓沒走，等著雲遲散了熱醒來。

雲遲服下藥大約半個時辰後，天不絕又進屋給雲遲試了試體溫，捋著鬍道：「這一劑猛藥下去，果然管用，這熱已散了些，不過他這高熱凶猛，估計前半夜散不完，後半夜才會散。」

方嬤嬤雙手合十做祈禱狀：「皇后娘娘保佑，太子殿下只要平安無事就好。」

這時，外面福管家匆匆跑了來，氣喘吁吁地來到門口，急聲問：「殿下醒了沒有？」

方嬤嬤迎了出去，見他臉色發白，搖頭：「殿下還沒醒，剛退了些熱，神醫說怕是後半夜這熱才能散去，怎麼了？你跑的這麼急，可是出了什麼事兒了？」

福管家點頭：「是出大事兒了。」

方嬤嬤立即想到了宮裡，試探地問：「難道是皇上？」

福管家搖頭。

安書離從裡面走出來，站在門口，對福管家問：「出了什麼大事兒？」

福管家對安書離拱了拱手：「是趙宰輔府，趙宰輔死了。」

安書離先是愣了一下，以為自己聽錯了，面色微變地問：「趙宰輔？怎麼死的？」

「就在剛剛，趙府的僕從過來請太子殿下過去，沒說死因。」福管家看著安書離，焦急地道，「趙宰輔好端端的，怎麼就死了？如今殿下正發著高熱，起都起不來，怎麼去趙府看情況？」

安書離沉著眉目道：「太子殿下自然沒法去，你隨我去一趟趙府吧！」話落，對梅疏毓道，「你在東宮坐鎮，守好東宮，除了看顧好太子殿下，還有武威侯。」

梅疏毓面色凝重，答應的痛快：「好，你去吧！」

福管家沒意見，雖然誰也不能代替太子殿下，但是太子殿下早先離京前將東宮和京城諸事都交給了書離公子，如今太子殿下起不來，他與書離公子代太子殿下去看看，也是代表了東宮。

安書離交代完梅疏毓，又對屋裡的天不絕道：「神醫，也請隨我走一趟趙府吧！趙宰輔雖然年歲大了，但一直以來身子骨硬朗，如今突然死了，怕是有緣故。」

天不絕不太樂意：「我老頭子不是跑腿打雜的，什麼事情都找我，我得累死。」

安書離拱手：「還煩勞神醫走這一趟，畢竟有些死因，仵作看不出來，太醫也難以論斷。這京城上下，除了神醫，別人無此能力。」

天不絕翹了翹鬍子，站起身，揮手，無奈地道：「你別給我老頭子戴高帽子，好了，隨你走一趟就是了。」

安書離又拱了拱手，於是，三人一起快步出了東宮。

梅疏毓看著三人離開，萬般不解，趙宰輔好端端的，這死的也太突然了。他也想去趙府看看，奈何，他得守著東宮，總感覺這事情不同尋常。

很快，安書離帶著福管家和天不絕便來到了趙府。

隔著趙府的厚厚的高門大院，便聽到了裡面哭聲一片，在夜裡，十分淒慘。

安書離叩了門，守門人紅著眼睛一見安書離三人，愣了愣，安書離說明來意，特意提了雲遲剛回京染了風寒身體不適命他與福管家、神醫天不絕前來看看。

守門人聞言連忙差遣一人向裡面稟告，一人請了安書離進府內。

走到半路，府中管家迎了出來，對安書離拱手，一邊抹淚一邊道：「小姐有請書離公子、福管家、神醫前往正院，宰輔……宰輔本來準備安寢，忽然就沒了氣息……」

安書離腳步不停，問：「小姐有請？」

管家哭著道：「夫人哭暈了過去，小姐在主事兒。」

安書離點點頭：「你說宰輔本來準備就寢，忽然就沒了氣息？多長時間了？」

管家哭道：「有半個時辰了，不止府中的大夫看診了，還請了太醫院的太醫前來，都說宰輔沒救了。」

安書離頷首，不再多問。

不多時，由管家帶領著，三人來到了正院。

趙清溪眼睛紅腫地從正屋出來，見到安書離，屈膝福了一禮，捏著帕子道：「書離公子，請進來吧！」

安書離點點頭，進了屋。

屋中掌著燈，外堂陳設了一張長條軟塌，趙夫人哭得暈死過去躺在那裡，有兩名婢女守著，進了裡屋，便看到趙宰輔無聲無息地躺在床上，有兩名太醫，一名府內的大夫待在屋中。

安書離來到床前，看了趙宰輔一眼，從臉色上看，真看不出什麼，人彷彿是睡著了。他伸手探了探鼻息，趙宰輔還真沒有了鼻息，他側開身，看向身後的天不絕：「請神醫過來看看。」

趙清溪是認識天不絕的，曾經她因為趙宰輔安排的齷齪事兒讓安書燁遭了殃，雲遲帶了天不絕來救了安書燁，否則安陽王妃無論如何也饒不了趙府。

天不絕點頭，上前看了趙宰輔一眼，給他把脈，死人已無脈，果然是死了。他撤回手，對安書離道：「人是死了，至於死因，若是老夫斷的沒錯，如當年的皇后娘娘，昔日的武威侯夫人一樣，死於南疆的死蠱。」

他此言一出，太醫院的兩名太醫和趙府的一名大夫齊齊驚異，同聲道：「我等查不出宰輔死因，神醫如何斷定？」

天不絕捋著鬍子道：「正是因為查不出死因，老夫才斷定是死蠱。」

趙清溪似乎從沒聽過南疆死蠱，聞言立即問：「敢問神醫，何為死蠱？」

天不絕沉聲道：「死蠱是南疆失傳百年的一種蠱，死蠱養在活人體內，三日既亡，融於血液，查不出絲毫病症。養在花草樹木上，能使之四季長青，但若是人碰了花草樹木，傷了血，死蠱之氣便藉由血液進入到人的身體內，七七四十九日，必亡。同樣是查不出絲毫病症。」

趙清溪臉色發白：「我爹……何時中了死蠱？既是失傳了百年，怎麼會……」

天不絕道：「死蠱雖也許真失傳了，但以死蠱滋養的花木，卻在這京城就有一株。那株花木，也是在兩個月前，太子妃初懷孕時，發現的，就是那株二十年前從南疆帶回來的鳳凰木。不過自從發現後，太子殿下雖未將之砍去，但已命人嚴加看守了起來。如今宰輔之死，難道是何時去碰了東宮的那株鳳凰木？這倒是蹊蹺了。」

趙清溪震驚地看著天不絕，一時聲音都發顫：「東宮……那株鳳凰木？我爹……近日不曾去東宮……」

安書離看著床上的趙宰輔道：「神醫說了，碰了花木傷了血，死蠱之氣便藉著血液進入到人的身體內，七七四十九日，必亡。宰輔雖近期沒去東宮，但四十九日之前，可否去過東宮？」

趙清溪搖頭，紅著眼睛道：「我不太清楚，四十九日之前，那時太子殿下將議事殿搬去了東宮，我爹是時常出入東宮的，但他……既然太子殿下早就兩個月前將鳳凰木保護起來，他怎麼會去碰鳳凰木？」

安書離也奇怪，鳳凰木是死蠱之血餵養之事他是知道的，那一日，是他跟著雲遲到了東宮，雲遲和花顏談論鳳凰木時，他也在，並未瞞他。這些日子，花顏懷孕，雲遲將東宮看的牢固無異於銅牆鐵壁，誰能碰鳳凰木？除非東宮自己人。

他一時間也不好下定論，便對趙清溪道：「太子殿下這些日子為了找太子妃，剛剛回京便病倒了，如今正在發熱，你先安置宰輔，待明日殿下醒來，請殿下定奪徹查。」

趙清溪只能點頭，用帕子擦著眼淚道：「多謝書離公子了。」

安書離看了她一眼，又補充了一句：「府中之人，都看好了，不可少一人，以便殿下明日查，尤其是宰輔的近身侍候之人。」

趙清溪頷首：「是。」

安書離又看了趙宰輔一眼，沒想到堂堂宰輔，竟然是以這樣的死因臨終，且這麼突然。他轉過身，對福管家和天不絕道：「走吧！」

二人點頭，三人出了正院。

趙府的管家送二人出府，一路直抹眼淚：「府中沒有男丁，夫人和小姐以後可怎麼辦……」

安書離勸了一句：「趙府的旁支族親照應一二吧！」

趙府管家更傷心了：「旁支族親都是指望不上的，孤女寡母怎會有好日子過？」話落，他試探地看著安書離道：「老奴雖身體低微，但自小看著小姐長大，斗膽求書離公子一句，以後請多多照應趙府些吧！」

安書離腳步一頓，淡淡冷聲道：「有太子殿下在，無論宰輔是被人所害，還是如何，總會徹查清楚的。趙小姐不是弱不禁風的女兒家，管家多慮了。」

趙府管家頓時息了聲，不敢再多言了。

安書離出了趙府，與福管家、天不絕一起回了東宮。

梅疏毓正在等著，見他們回來，立即問安書離：「怎麼樣？趙宰輔真死了？」

安書離點頭：「真死了。」

梅疏毓驚奇地問：「可查出是什麼死因嗎？這麼突然，不會是橫死吧？」

安書離瞅了天不絕一眼，坐下身道：「神醫說是死於死蠱之毒，與當年皇后娘娘，昔年武威侯夫人的死因一樣。」

梅疏毓駭然。

天不絕捋著鬍子道，這普天之下，查不出死因，就是死於死蠱了。若不是出在東宮這株鳳凰木身上，難道別處還有這樣的花木？難說的很。」

梅疏毓問安書離：「那怎麼辦？趙府怎麼說？」話落，他一拍腦門，「趙府沒個男丁，誰主事兒啊？」

安書離道：「趙夫人哭得暈死過去了，如今是趙府小姐主事兒。」

梅疏毓唏噓：「趙宰輔就這麼沒了，剩下個孤女寡母，川河谷治水，幾乎掏空了趙府的存項，以後趙府的日子怕是不好過。」

安書離瞅著梅疏毓，見他似替趙府發愁，他挑眉道：「心疼趙府小姐？」

梅疏毓咳嗽一聲。

安書離對他道：「既然有心，就別什麼也不做，你什麼也不做，她也不知道你心裡想對她好。」

梅疏毓又咳嗽起來，眼神不自然地看著安書離：「趙府看不上我啊！」

「以前是看不上，如今未必看不上。」安書離道，「自從你自西南境地回京，梅府的門檻都快被人踏破了。你想娶趙府小姐，也不是多難。不過，如今趙宰輔沒了，趙府小姐要守孝，怕是你要等著她過了熱孝期，才能提了。」

梅疏毓摸摸腦袋：「以前，趙宰輔目標瞄準的是太子表兄，太子表兄訂婚後，他瞄準的是子斬表兄和你，我有自知之明比你們差太多，雖仰慕她，但也自知配不上她，如今……你覺得我有戲？」

安書離笑了笑：「趙宰輔不是趙府小姐，趙府小姐與趙宰輔有些想法還是不同的，你若上心，可以試試。」

梅疏毓琢磨了琢磨，點頭：「行，趙宰輔如今出事兒，她哪裡還有心思？等以後若有機會，我就試試。」

安書離不再多言，他是不會娶趙府小姐的，否則當初也不會讓花顏給他改了姻緣了。不過到底是因他求花顏改了姻緣，無論趙宰輔如何，趙清溪是無辜的，今日趙府管家的一席話，他倒是聽進了幾分，他雖不能照顧她，但有人有心想要照顧，他便順手推舟，若是成全了梅疏毓，也是美事一樁。

趙宰輔突然夜晚死在家中，不止驚動了東宮，也驚動了京城各大府邸。

安陽王驚的好半天沒回過神來，問安陽王妃：「本王沒聽錯吧？好好的人，怎麼說沒就沒了？」

安陽王妃雖然對趙宰輔算計她兒子的陰私手段瞧不上，再沒了往來，但也十分震驚：「的確太突然了，今日天色太晚，不好去趙府，你總歸與趙宰輔同僚一場，明日你再過府去看看吧！」

安陽王點頭，他自然是要去看看的：「聽聞太子殿下回京後身體不適，是離兒帶著東宮的管家和神醫天不絕代替太子殿下去的趙府。」話落，詢問安陽王妃意見，「要不然派人去東宮問問離兒怎麼回事兒？先打聽一番？」

安陽王妃搖頭：「打聽什麼？兒子事情多，哪像你近來每日閒得慌，別打擾他了。」

安陽王住了嘴，默默歎氣，他在王妃心裡的地位，永遠不及二兒子，太子殿下自從秋試後，越發地看重新貴學子，多啟用新一輩的朝臣，如今老一輩的，越發不得重用。如今他兒子忙的不行，他確實是閒得發慌，就連宮裡，皇上昏迷不醒，他們這些朝臣們也見不到皇上，只每日處理些相對不重要的朝務。

敬國公是個硬漢糙漢子，不同於安陽王，乍聞趙宰輔出事兒，則是一個高跳了起來，大手一揮：「不能吧？那老小子奸滑的很，怎麼能突然悄無聲息乾脆的就這麼死了呢？是不是消息有誤？我現在就去趙府看看。」

敬國公夫人一把拽住他：「據說趙府哭成一片，都去東宮請了太子殿下了，一定不是假的。天色這般晚了，你若是想去，還是明日再去吧！萬一這裡有什麼陰謀，你這時候急巴巴趕過去，不太好。」

敬國公瞪眼：「老子行的正，坐的端，有什麼好怕的？」

趙夫人也對他瞪眼：「趙宰輔真死了，是大事兒，不是你正不正，端不端的事兒。有太子殿下在，你急什麼？你別忘了，咱們可算是太子妃半個娘家，如今太子妃失蹤，至今沒找到下落。」

提到花顏，敬國公頓時歇了心思：「行吧！聽你的！」

其他各府都觀望安陽王府和敬國公府的動向，見兩府沒人去，也就沒過去。

於是，這一夜，京城在趙府的一片哭聲中，挨到了天亮。

雲遲果然在後半夜時徹底退了燒。

天不絕又給雲遲換了一個藥方子，吩咐方嬤嬤煎藥給他灌下，他一把年紀，跟著折騰了這麼久，也受不住了，在囑咐完如何照看雲遲後，提著藥箱子回了安置的院子裡睡下了。

方嬤嬤依舊用提花顏的方式，讓雲遲在後半夜喝了藥。

安書離和梅疏毓便坐在外間畫堂裡等著雲遲醒來，這一等，便是一夜。

雲遲後半夜沒醒來，在第二日天明時方才醒來，睜開了眼睛。

小忠子見雲遲醒來，頓時歡喜，眼睛通紅地說：「殿下，您總算是醒了，嚇死奴才了。」話落，他又改口，「不，不止嚇死奴才了，您險些嚇死了一堆人。」

雲遲隱隱知道他是發了高熱，迷迷糊糊地聽到這院中來回走動的人聲和動靜，他動了動身子，發現渾身沒有力氣，虛弱得很，啞聲道：「扶我起來。」

小忠子連忙伸手扶雲遲起來，口中道：「昨日您回府後把自己關在房裡，不見人，也不准讓人打擾，卻不成想，發了高熱，這一場熱毒來勢洶洶，嚇人得緊，非一劑猛藥不可救，神醫便給您下了一劑猛藥，不過這猛藥也有後果，神醫說了，就是您醒來後會渾身沒力氣，需要躺個幾日。」

雲遲「嗯」了一聲。

小忠子偷眼看雲遲，見他渾身虛汗，臉色蒼白，面上看不出什麼情緒，他紅著眼睛道：「殿下，您以後可不能這麼嚇人了，若非昨日毓二公子非要鬧著見您，硬闖進來，還沒發現您發了高熱。方嬤嬤自責不已，若不是要照顧您，奴才看她怕是會拿一條白綾吊死自己。奴才也自責得很，毓二公子都怒了，說東宮的人懶散侍候不周，險些拿劍劈了奴才們。」

雲遲又「嗯」了一聲，語氣平平，似乎不是十分在意自己昨日的凶險。

小忠子又吸著鼻子絮絮叨叨地說：「書離公子和毓二公子在外間畫堂呢，守了您一夜。您是現在見他們？還是奴才命人抬來熱水沐浴，您收拾一番，再見他們？您從回來就未曾進食，書離公子和毓二公子昨日晚膳也沒吃多少。」

雲遲不答，問：「京中可是出了什麼事兒了？」

小忠子立即說：「是出了一樁大事兒，趙宰輔昨晚死了。」

雲遲神色一頓，偏頭盯著小忠子：「趙宰輔？怎麼死的？」

小忠子道：「昨日趙府派人來請您過去，但您發著高熱，昏迷不醒，書離公子帶了福伯和神醫代替您去的趙府。回來說趙宰輔的死因是跟皇后娘娘和武威侯夫人的死法一樣。神醫說普天之下，查不出死因的死法，十有八九，就是死於死蠱。」

雲遲臉色一沉：「現在將他們請進來。」

小忠子應了一聲是，立即去請安書離和梅疏毓了。

安書離和梅疏毓守了一夜，只靠著椅子歇了一覺，都有些疲憊，聽聞雲遲醒來要見他們，立即進了屋。

雲遲見二人皆是一臉疲憊，擺擺手，讓二人坐下，問：「趙宰輔是怎麼回事兒？」

安書離歎了口氣：「殿下離京這兩日，京中太平，昨日殿下回來，發了高熱，到晚間時，趙府有人來請殿下，說趙宰輔本要歇下時，忽然就氣絕了，殿下沒法去，我便代替殿下帶著天不絕去了趙府一趟。趙宰輔確實是死了，神醫說死於死蠱，我讓趙府小姐暫時守好趙府，等殿下醒來徹查定奪。」

雲遲抿唇：「你怎麼看？死因是鳳凰木？」

「不好說。」安書離搖頭，「殿下兩個月前已讓人將鳳凰木看顧起來了，若是趙宰輔因為鳳凰木的話，如今不過七七四十九日，不足兩月。其一除非東宮有內奸，其二，或許另外還有一株花木。」

雲遲靜靜聽著，待安書離頓住話後，他道：「還有其三，若是一早就備下鳳凰木的木枝，用木枝劃傷人的話，會如何？可會如期死人？」

安書離一愣：「這就要問神醫了。」

雲遲吩咐小忠子：「去請天不絕來。」

小忠子應了一聲，立即去了。

天不絕不多時便來了，聽聞雲遲的話，思索道：「殿下說的這個，老夫倒不曾想過，倒也不無可能。這普天之下，除了東宮這株鳳凰木四季常開外，還有哪裡可有聽聞花木四季常開？」

雲遲擰眉：「臨安？」

天不絕道：「對，臨安有許多花木，都四季常開，不過臨安溫暖怡人，氣候好，是有大關係。另外，花家多數花木都是靠我那寶貝徒弟用藥養著，這事兒回頭得讓花灼查查。」

雲遲看向安書離：「京城是不是除了東宮這株鳳凰木四季常開，再沒別的了？」

安書離想了想：「似乎不曾有。」

雲遲揉揉眉心：「用過飯後，本宮去一趟趙府。」

安書離點點頭。

梅疏毓看著雲遲，他想問問花顏，但見雲遲神色，又按壓下，與安書離一起出了內室。

小忠子命人抬來水，雲遲沐浴換衣後，來到了外間畫堂。

一場高熱來得太凶猛，似乎掏乾了雲遲所有力氣，他走路腳步發軟，偏偏不讓小忠子扶，不過從內室走到畫堂，又出了一身薄汗。

用過飯後，梅疏毓終於忍不住，問雲遲：「太子表兄，真不找表嫂了？」

雲遲搖搖頭。

梅疏毓還想再問不找怎麼辦，雲遲站起身：「書離，你留在東宮，幫本宮將東宮上下徹查一遍。」，話落，對梅疏毓道，「你跟本宮去趙府，徹查趙府。」

安書離點頭，梅疏毓吞下還要問的話，也點頭。

小忠子拿來厚厚的披風給雲遲披上，又命人抬來了一頂軟轎，雲遲出門便上了轎子，由人抬著出了東宮。

梅疏毓騎馬跟著，去了趙府。

趙府早已經搭建了靈堂，趙清溪吩咐人將趙宰輔抬進棺木裡，醒來的趙夫人哭著死活不讓，她不相信趙宰輔突然就死了，她只覺得他是睡著了。

所以，靈堂雖然建了，棺木也放在了靈堂裡，但趙宰輔的屍首還安置在正院。

雲遲轎子來到，趙府門口已停了不少馬車。

聽聞太子殿下來了，趙府管家陪著趙清溪迎了出來。

雲遲鮮少坐轎子，當趙清溪看到東宮的轎子時，想起了昨日安書離的話，太子殿下昨日染了風寒發了高熱，她屈膝見禮：「太子殿下。」，又給下馬的梅疏毓見禮，「毓二公子。」

雲遲挑開轎簾子，瞅了趙清溪一眼，道：「本宮過來看看趙宰輔。」

趙清溪看著雲遲蒼白的臉，點點頭：「殿下請。」

雲遲落下了轎簾。

趙清溪落後雲遲轎子一步，往裡走。

梅疏毓見趙清溪好好的女兒家，經此變故，如風中飄零的落葉，讓人看著好不揪心，但她雖憔悴，但眉眼堅強，想想趙府無男丁，趙夫人怕是已不能理事兒，難為她一個女兒家支撐偌大的趙府了。他輕聲道：「趙小姐節哀。」

趙清溪偏頭瞅了梅疏毓一眼，默默地點了點頭。

梅疏毓即便還想再寬慰什麼，但多餘的話也說不出來了，便作罷。

雲遲的轎子來到前院，趙清溪開口：「殿下，我娘不相信父親死了，說什麼也不准裝棺，如今父親還在正院，沒在靈堂。」

雲遲「嗯」了一聲，「那就去正院吧！」

趙清溪領著雲遲向正院而去。

敬國公、安陽王、等朝中一眾大臣們今日一早就來了大半，都圍在靈堂前，沒見到死去的趙宰輔，聽聞雲遲來了，齊齊轉過身，便見一頂轎子由趙清溪領著向正院去了。

眾人想著太子殿下既然來了，便再等等吧！趙夫人總不能守著趙宰輔的屍首一直不裝棺。

想想趙宰輔，無緣無故地死了，著實讓人驚悚唏噓。

老一輩的朝臣們是經歷過當年皇后娘娘和武威侯夫人的死的，如今趙宰輔同樣是不知死因，讓眾人不由得又回憶起了十五年前的皇后娘娘和五年前的武威侯夫人。

對了，武威侯還在東宮做客呢，自從被太子殿下請進去，再沒出來。

來到趙府正院門口，雲遲下了轎子，由趙清溪請著，慢慢進了屋。

屋中，趙夫人哭天搶地，十分淒慘。

聽聞雲遲來了，趙夫人如瘋魔般，哭著紅腫的眼睛問雲遲：「太子殿下，我家老爺只是睡著了是不是？您說是不是？他怎麼突然就丟下我們娘倆？他才不捨得的，您說是不是……」

雲遲站在屋中，看著躺在床上如睡著了一般的趙宰輔，目光平和地頷首：「夫人說得對，宰輔只是睡著了。」

趙夫人聽了雲遲的話，不哭了，大喜：「臣妾就知道老爺是睡著了……是睡著了……」她又跑到床前，抱住趙宰輔的身子搖晃，「老爺，你快醒醒，太子殿下來了，你快起來啊……臣妾就知道溪兒那死丫頭是騙我的，你怎麼可能死？」

趙清溪掏出帕子，似不忍看她娘，捂住了眼睛。

雲遲又看了兩眼趙宰輔，轉身出了正屋。

趙清溪跟出來，對雲遲道：「昨夜，神醫說我父親死於南疆死蠱，府中所有人，一個都不少，還請殿下徹查。」

雲遲頷首：「本宮已知道了，天不絕說趙宰輔是死於死蠱，十有八九不會出錯。關於趙府之人，本宮交給梅疏毓，你配合他來徹查趙府。」

趙清溪聞言看了梅疏毓一眼，點頭：「有勞毓二公子了，我一定會配合。」

梅疏毓對趙清溪拱了拱手。

雲遲又道：「如今天氣雖冷，但屍首也不能放太長時間，讓趙夫人接受宰輔之死，怕是會逼瘋她，趙小姐聰明，想個法子吧！若是你沒了父親，母親再出事兒，就成孤女了。」

趙清溪紅著眼睛點頭：「多謝太子殿下。」

雲遲又道：「待趙宰輔出靈之日，本宮再來送宰輔一程。」

趙清溪點頭，看著雲遲蒼白的臉，只道：「殿下也保重身體。」

雲遲頷首，抬步上了轎子，對梅疏毓道：「你留下吧！」

梅疏毓應了一聲。

雲遲的轎子離開了正院，來到前院靈堂，一眾官員們見了，齊齊上前來見禮。

雲遲挑開轎簾，掃了眾人一眼，溫聲道：「宰輔事出突然，與當年我母后和姨母死因頗為相同。本宮不知未來這京中還有多少凶險，諸位愛卿務必小心謹慎些。」

他此言一出，眾人心裡齊齊冒出了一股涼氣。

雲遲也不隱瞞，道：「兩個月前，本宮因太子妃受傷之故，查出東宮那株鳳凰木乃是南疆死蠱養成，人一旦被鳳凰木的木質割破身體流血，便會染上死蠱之氣，七七四十九日必亡。本宮命人看顧了那株鳳凰木，之後一直在徹查此事，不想，趙宰輔昨日便去了。」

眾人齊齊悚然。

雲遲寡淡地道：「趙宰輔之死到底是否與東宮那株鳳凰木有關，本宮會徹查清楚，今日告知眾位愛卿，也是想眾位愛卿近來不可大意，謹慎些。」

眾人齊齊駭然地點頭，從沒想過東宮那株聞名天下的鳳凰木，竟然能毒殺人。

雲遲落下簾幕，吩咐人起轎。

第一百三十二章　靈堂前互許終身

敬國公見雲遲要走，連忙追了上去，他雖也關心趙宰輔之死，但是更關心花顏。他跟著雲遲的轎子走了幾步，待無人時，他開口：「殿下且留步。」

雲遲吩咐人停轎，挑開簾子，看著敬國公，不待他開口，便問：「國公想問本宮的太子妃？」

敬國公拱手，點頭：「敢問殿下，太子妃可有下落了？」

雲遲搖頭，倚著轎子輕聲道：「本宮去了一趟後樑皇室陵寢，看到她給本宮留的話，讓本宮不必找了。」

敬國公一怔，見雲遲的臉色遮在轎子的陰影處，早先他沒發現，如今看著蒼白的很，在這青天白日裡，白的不正常，他立即問：「聽聞殿下染了風寒？請殿下多保重，太子妃不讓您找，興許，目前很好。」

敬國公是知道花顏的本事的，聽聞她不讓雲遲找了，覺得花顏定安然無事，自是有打算。

雲遲笑了笑，眸光有些虛無縹緲：「也許吧！」話落，落下了簾幕。

敬國公雖是個粗人，但也覺得雲遲不對勁，不過見他落了簾幕不欲多說，拱了拱手，問：「時值多事之春，殿下一定多加保重。」

雲遲「嗯」了一聲，吩咐人起轎，離開了趙府。

敬國公看著雲遲轎子走遠，深深地歎了口氣。

雲遲回到東宮，安書離正在挨個詢問東宮侍候的人，雲遲瞧了一眼，逕自去了書房。

小忠子屁股後面跟著雲遲進了書房，苦著臉小聲建議：「殿下，您身體不好，需臥床休息。」

雲遲搖搖頭：「去把安十七喊來。」

小忠子見勸不動雲遲，應了一聲，立即去了。

昨日，安十七跟隨雲遲回來後，想想不對勁，便去了山珍館找安十三商議。

安十三負責京城的山珍館經營以及京城一帶花家暗線傳遞消息，自從花顏在宮宴被人劫持後，安十七帶著人在京城內外尋找，他便坐鎮山珍館查收暗線回報的消息。

今日，安十七找來時，他的案桌上正放了無數攤開的消息，但無論多少消息，都不是他想要的。他見安十七回來，立即站起身問：「可找到少主了？」

安十七搖搖頭：「撲了個空。」

安十三面色一變：「既然如此，你怎麼沒繼續追查反而回來了？」

安十七將隨雲遲前去看到了花顏給雲遲留話的經過說了一遍，話落道：「少主不讓太子殿下找了，我一時也沒有了主意，想著派人先詢問公子，聽公子吩咐再做定奪。」

安十三聽罷，愣了愣說：「這麼說，太子殿下將人都撤回來了？」

安十七點頭。

安十三揣測道：「墓室是空的？兩副空棺木，一副新的，一副舊的，都是空的，這……會不會懷玉帝四百年前沒死？」

安十七抿唇道：「我也正是這麼想，但若是他沒死，難道也如少主一般？活在當世？」話落，他愁雲滿面地道，「若是這樣，少主可怎麼辦啊！」

他們都知道，懷玉帝是花顏的心結，從出生起，心結背負了十幾年，直到她在大婚前，親手打碎了長明燈，才放下了心結。這剛放下心結才多久？若是知道懷玉帝當年沒死，那她的死和魂咒就是一場笑話，她該如何面對自己那些付出？

安十三也難以想像是否懷玉帝與花顏一樣，如今換了一世，依舊在這世上。他沉默片刻，道：「這山珍館，還是當年懷玉帝幼年時所設，時常來此會見有志之士，臨終前，將山珍館託付了當年的花家家主，永代相傳。我花家將山珍館守了四百年，他若真如少主一般活在當世，為何直到今日，也不來取回山珍館？」

「不取回山珍館也就罷了，他也沒早些找上少主啊！」安十七愁眉道，「據說，懷玉帝的生母是雲族人，是太祖爺的堂姑姑。你說會不會當年，與他生母或著雲族有關？最終還是救了他？」

安十三道：「不好說，咱們如今不能僅憑一座空陵墓，一副空棺材就斷定懷玉帝當年沒死，有什麼因由如今轉了一世還活著。誠如你所說，既活著，為何不早找少主？」

安十七拍怕腦門子，搖頭：「我想不明白，所以才來找十三哥，我們一起合計合計，接下來該怎麼辦？我一頭霧水，想的頭疼，也不得其果。」

安十三歎道：「我也想不明白。」話落，問，「太子殿下怎麼說？可對你有什麼安排？」

安十七搖頭：「太子殿下召回了所有東宮暗衛，沒對我安排什麼。回到東宮後，就把自己關進了屋子裡。我見太子殿下十分不對勁，所以，才敢斗膽猜測，懷玉帝是否活著。」

安十三想了想道：「這樣吧！等公子書信，再做定奪。」

安十七見安十三也說不出個所以然來，頷首：「只能等著了。」

當日夜，安十七在山珍館待到半夜，聽聞趙宰輔死了，也驚了一跳，回到東宮，才知道雲遲發了高熱。

今日，小忠子來喊，知道雲遲找他，安十七麻溜地便去了雲遲的書房。

雲遲見到安十七，遞給他一封信：「你親自回花家一趟，將本宮這封親筆書信交給花灼。」

安十七愣愣地接過書信，問道：「殿下，很重要的事兒？一定要我親自送回？」

「嗯。」雲遲點頭：「如今走花家的暗線，本宮也不放心。」

安十七心神一凜，頓時察覺了事情的嚴重性，當即應是：「我一定隨身將這封信送回臨安，送到公子手中，殿下放心。」

安十七收好雲遲的書信，連安十三也沒敢告訴，當即帶著人離開了京城。

路上，他想著，是什麼原因讓殿下覺得連花家暗線也不敢相信了呢？從少主失蹤，太子殿下是察覺到了什麼還是猜測到了什麼？難道少主失蹤也有花家暗線的手筆？

他實在是不敢想像！

但他知道，太子殿下是信任他的，信任公子的，所以，他必須趕緊趕回臨安。

雲遲在安十七離開後，坐在桌前，看向窗外。

無雪無風的天氣，日色十分晴好，書房依舊燒著地龍，可惜他還是覺得冷。

小忠子勸不了雲遲，便去請了天不絕來。

天不絕二話不說，來了書房，對雲遲拱手：「老夫請太子殿下回房歇著，老夫再好的醫術，也救不了不拿自己當回事兒的人。太子殿下若是再這樣不在乎自己身體，老夫也懶得在這東宮待著了。」

雲遲從窗外收回視線，對天不絕淡淡地笑了笑：「神醫坐，陪本宮說說話，本宮便回去歇著。」

天不絕說了一番硬話見雲遲不惱不怒，也不好再說，聞言坐下了身。

小忠子連忙給二人倒了一盞茶，侍候在側。

天不絕端起茶喝了一口，對雲遲道：「殿下是有什麼話要問我老頭子嗎？只管說，老夫知無不言言無不盡。」

雲遲道：「武威侯住在東宮也有些時日了，你可去見過他？」

天不絕鬍子翹了翹，不屑地道：「老夫去見他做什麼？」

雲遲溫聲道：「本宮以為，神醫會去問問關於我姨母的事兒？別人問，侯爺是個悶嘴葫蘆，怕是不說，哪怕本宮，也撬不開他的嘴。但神醫去問，也許會不同，畢竟當年姨母一顆芳心全繫在你的身上。」

天不絕端著茶盞的手一頓，放下茶盞：「老夫一生鑽研醫術，對於兒女情長之事，短一根筋，否則當年也不會什麼也不做了。如今去問他，有什麼意思？說白了，就是有緣無分而已。」

雲遲看著他：「若是本宮想神醫去問上一問呢？」

天不絕煩悶地說：「老夫就知道，進了這東宮，就是跳進了坑裡，老夫這些日子可沒閒著，太子殿下這麼使喚老夫，老夫本來能多活十年，卻被你累的少活了，這筆帳怎麼算？」

雲遲道：「本宮給神醫養老。」

天不絕哼了一聲：「當年，小丫頭劫了我救花灼，也說給老夫養老，如今人都不知道哪裡去了。你們年紀輕輕的，不想著生，整日裡想著共死，老夫信你有鬼了。」

雲遲淡笑，語氣輕淺：「是嗎？本宮說話算數，就算本宮不在了，也安排好給神醫養老的人。」

天不絕「嘁」了一聲，擺手，「罷了，老夫可用不起太子殿下給老夫養老，老夫雖有一身醫術，但在太子殿下面前也不敢托大。老夫雖不樂意見那武威侯，但既然太子殿下讓我去見，稍後我便去見見那老東西吧！」

雲遲拿起茶壺，將他喝了一半的茶水親自滿上：「有勞神醫了。」

天不絕歎了口氣：「還有嗎？索性一次說了，老夫若是知道當年自此被小丫頭纏住再脫不開身，說什麼也直接抹脖子落個乾淨，如今倒好，日日操神辛勞。」

雲遲笑了笑：「倒是還有一樁，本宮想知道，神醫給蘇子斬解寒症時，可有發現他身體還有何異於常人之處？」

天不絕一怔：「這話怎麼說？」

雲遲看著他道：「神醫想想，就是本宮說的意思。」

天不絕皺眉：「你先與老夫說說，什麼叫做異於常人之處？就跟顏丫頭一般嗎？」

「可以這麼說。」雲遲道。

天不絕搖頭：「沒有，他身體有自小從母體帶的寒症，每日裡折磨的不成樣子，要說異於常人，那就是比尋常人心性堅韌，那份苦，不是誰都能受的。顏丫頭有天生的癔症，不過她的癔症因是心病，是雲族的魂咒，老夫對雲族靈術一竅不通，把脈也把不出來，若你的意思是蘇子斬也有的話，那老夫就不得而知了。」

雲遲聞言沉默。

天不絕納悶地說：「你是覺得蘇子斬也跟顏丫頭一樣？不能吧？你怎麼會有這個想法？我看那小子自從解了寒症後，性子越發變幻了，性情上放得開了，倒沒發現他不對勁兒。」

雲遲道：「本宮也沒發現，只是這兩日忽然有了這個想法。雲族的靈寵初見他便十分喜愛他，每日都黏著他，會不會有前因？再加上，他忽然就失蹤了，不得不讓本宮多想。」

天不絕聞言面色凝重了：「照你這麼說，老夫也不敢斷定了。」話落，他拍了拍腦袋，歎氣，「這都叫什麼事兒啊！」

雲遲見他大力拍自己腦袋，打住話：「神醫去吧！本宮這便回去歇著。」

天不絕聞言站起身，對他道：「我回去琢磨琢磨，再去找武威侯，據說這老東西精明得很，老夫儘量讓他多說些。」

雲遲頷首：「有勞了。」

天不絕轉身出了書房。

小忠子在一旁聽了一耳朵，關於蘇子斬的猜測讓他嚇的直哆嗦，見雲遲又看向窗外，小聲說：「殿下，子斬公子……不……不會一直以來都是裝的吧？」

雲遲站起身，輕聲說：「他若是裝的，本宮認了。」說完，出了書房。

小忠子咯噔一聲，不敢再多話，跟上了雲遲。

天不絕出了雲遲的書房後，一路琢磨著雲遲對他說的話，又想著曾經給蘇子斬治病把脈的經過，直到回到院子裡，也不能確定雲遲的猜測是否為真，蘇子斬有與花顏相同的異於常人之處。

他想不明白，索性放下，琢磨著去見武威侯，如何與他說話。心裡想著難為他一生癡迷醫術，到老了，反而摻和進了俗世俗務裡了。

京城因為趙宰輔的死，一時間人心惶惶。

朝臣們在趙府聽了雲遲一席話，驚悚駭然之下，個個也都十分惜命地回府請大夫的請大夫，徹查的徹查，十分熱鬧。

雲遲覺得京城太平靜了，是該這樣熱鬧，太過平靜，才不是好事兒。

他從書房出來後，吩咐雲影：「你帶著東宮的暗衛，將京中各大府邸也趁機查一遍，本宮覺得，趙宰輔就是個開頭而已，這事兒沒完。」

雲影應是，立即帶著人去了。

雲遲在書房門口立了片刻，便回了鳳凰東苑。

小忠子想著天不絕果然好用，能讓殿下聽話地去歇著。

趙府內，趙清溪最終還是命人敲暈了趙夫人，請太醫給她開了一副安神昏睡的藥，讓趙夫人睡去，又吩咐人將趙宰輔抬進了棺材裡，安置去了靈堂。

梅疏毓瞧著她乾脆的做派，在一旁說：「你打算給趙宰輔停靈幾日？打算讓趙夫人睡多久？總不能讓她睡到不送趙宰輔發喪吧！」

趙清溪道：「停靈七日，打算讓我娘睡七日。」

梅疏毓看著她：「七日後，趙夫人醒來，恰逢趙宰輔發喪，她怕是依舊受不住。」

趙清溪抿唇道：「若是七日後她還受不住，依舊讓她睡，既然她心裡覺得我爹沒死，那就不必給他送行了。等發喪完我爹，我請神醫開一副失憶的藥給她，誠如太子殿下所言，我總不能沒了爹又沒了娘。」

梅疏毓點頭：「倒是個法子，只是你以後……」

趙清溪搖頭：「還有什麼以後？待我爹過了百日，我打算帶著我娘回祖籍，離開京城。」

梅疏毓一怔：「你打算離開京城？」因消息太過震驚，他脫口道，「那我怎麼辦？」

趙清溪抬眼看他，似也愣了愣，不解：「與二公子有何干係？」

梅疏毓驚覺自己說了什麼，臉色倏地尷尬，不敢看趙清溪，撇開臉，咳嗽了兩聲，權衡之下，覺得如今時機不算好，但也是個機會，是死是活，就在今日了。

於是，他咬牙說：「你怕是不知道，當初聽聞趙宰輔為你選婿時，我曾找過我祖父，讓他來趙府提親。我祖父罵我癩蛤蟆想吃天鵝肉，覺得我上不了檯面，丟他的臉，怕趙宰輔將他攆出府，死活不來。」

趙清溪呆了呆，從沒想過，在這個時候，知道了梅疏毓對她的心思。她低下頭，沉默下來。

梅疏毓轉過頭，見趙清溪清瘦得很，似乎風一刮就倒，低著頭的模樣，看起來柔弱又無依。他抬手狠狠地拍了自己腦袋一下，暗罵自己不該這時候說這個，頗有乘人之危之嫌。

於是，他立即道：「我就是心慕你而已，你別有負擔，你若是不喜歡我，也沒關係，反正我也沒覺得你會喜歡上我。曾經太子妃表嫂說待我回京，幫我與你牽牽紅線，試試姻緣，可是我回京後，她孕吐的沒精神管我，如今表嫂下落不明，趙宰輔又出了事兒，我今日本不該提這話，你別放在心上，你撐著趙府本不易，該如何打算就如何打算，甭理會我，你就當我剛剛胡言亂語就是了，別放心上。」

趙清溪慢慢地抬起眼，似乎第一次認識梅疏毓，認認真真地看著他。

梅疏毓被她看的不好意思，摸摸鼻子，眼神不敢與她對上，暗罵自己沒出息。

趙清溪盯著梅疏毓看了一會兒，忽然說：「毓二公子去給我爹燒兩張紙吧！你來了，是不是還沒弔唁他？」

梅疏毓一怔，他來了趙府，就忙著徹查了，自然沒顧上弔唁趙宰輔。

趙清溪轉身向靈堂前走去。

梅疏毓在原地呆了片刻，實在不敢猜測趙清溪是什麼意思？但他本來就是個按捺不住凡事兒不問明白食不下嚥寢難安的性子，於是，他咬了咬牙，追上趙清溪，厚著臉皮問：「趙小姐，你……你這話什麼意思？我笨，你說明白點兒。」

趙清溪腳步一頓，聲音帶了絲情緒：「你是挺笨。」

梅疏毓懊惱，沒了話。

趙清溪也不給他解惑，繼續向前走去。

梅疏毓想了想，實在不敢多想，只能跟上她，來到了靈堂前。

因趙清溪將趙宰輔的屍首裝了棺，靈堂前放著紙錢火盆等物，這時朝臣們都走的差不多了。

趙清溪本該跪在靈堂前給弔唁的人還禮，但因趙夫人不頂事兒，她要打理府中一切事務，配合梅疏毓徹查府中人，所以，守在靈堂前的是趙府旁支族親的本家，或哭或弔唁。

趙清溪來到靈堂前，眾人都向她看來。

趙宰輔在時，只趙清溪一個女兒，旁支族親們想讓趙宰輔過繼個子嗣，趙宰輔死活不肯，說有個女兒就夠了。

京城人人都知道，川河谷治水，有八成拿的都是趙府的銀子，趙府早被掏空了。趙宰輔雖在其位，但其實府中早已空虛，連瘦死的馬都不如了。

如今趙宰輔又死了，孤女寡母的，眼看著這趙府是沒落了，旁支族親的人覺得如今的趙府也撈不到什麼，以後就更沒什麼讓人可撈的了。所以，就連幫襯著守靈弔唁什麼的都不甚盡心，頗有應付的意味。

趙清溪從昨日便冷眼瞧著，也不說什麼，總之自有她帶她娘離京的打算。

但今日不同了。

她來到靈堂前，看了眾人一眼，站在一側，伸手拿了燒紙，回身遞給梅疏毓。

梅疏毓看了趙清溪一眼，又瞅了瞅旁觀的趙府旁支族親，默默地接了，以他如今在朝中的官職身分，拿了燒紙扔進火盆裡，再對趙宰輔拜上三拜也就是了。但他琢磨了一下，覺得哪怕自己會錯了意，以小輩對長輩來說，跪一跪，祭拜一番，也沒什麼。

於是，他單膝跪在地上，將燒紙輕輕地放在火盆裡，鄭重地拜了三拜。

他三拜後，趙清溪輕聲說：「二公子可有什麼對我爹說的？」

梅疏毓心咚咚地跳了兩聲，抬眼看趙清溪。

趙清溪還是一副蒼白著臉看不出什麼表情的模樣，說出來的話，很是平靜。

梅疏毓心裡叫娘，想著趙小姐聰明，對比他就是個笨的，她這到底是什麼意思？說明白他也好知道怎麼做啊？如今她什麼也不說，到底是認可他同意他還是怎地？

若是他說出的話不著調，豈不是累了她的名聲嗎？這裡這麼多人看著呢。

他極力地想從趙清溪眼裡表情上看出點兒東西來，可是他盯著趙清溪看了半晌，啥也沒看出來。他洩氣地收回視線，心裡一團的亂。

趙清溪等了一會兒，輕聲說：「二公子沒有什麼要對我爹說的嗎？」

梅疏毓終於在一團紛亂中聽出了點兒情緒，他在這一瞬間福至心靈地開口：「有，有的。」

話落，猛地咬牙，對著趙宰輔的棺木牌位道，「在下梅疏毓，心儀趙小姐已久，本該早日來府提親，奈何回京後諸事耽擱，不成想宰輔您突然駕鶴西去，未能親自向您提親，著實是憾事兒，今日趁著您還未走遠，在下特意跟您提上一提，您若是答應，在下以後必定好好照顧趙小姐和夫人，天地為誓，不違此心。」

守在靈堂前的人見到這一幕聽到這一幕不由得都驚呆了，一個個睜大了眼睛。

梅疏毓是誰？梅府二公子！以前年少時少不更事兒但且不說，只說這一年來，他在西南境地立了大功，如今回京，更是身負兵權重職，是太子殿下器重的朝中新貴，前途不可限量。

以前從沒聽聞他與趙清溪有什麼牽扯啊？今日竟然跪在趙宰輔靈堂前提親？他們莫不是眼花了，耳鳴了，看錯了，聽錯了吧？

不少人都揉了揉眼睛，噢，沒看錯，梅疏毓還在跪著。

眾人都看向立在一旁的趙清溪，想著今兒這事兒可真是稀奇了。

趙清溪素來是閨中女子典範，在所有人的記憶裡，她的親事兒，那一定是父母之命媒妁之言，三媒六聘，正兒八經的由長輩們做主的，否則，便是不莊重。

在所有人的想法裡，滿京城的女子，誰不莊重，也不會是趙清溪。

今日，梅疏毓這般獨自一人，無父母作陪，跪在這靈堂前，說了這麼一番話，按理來說，做的就是荒唐事兒，擱在趙清溪身上，她應該讓趙府的人立馬將他轟打出去才是。

但趙清溪沒有，今日，他們似乎都看錯了。

只見梅疏毓說完後，趙清溪盯著梅疏毓看了一會兒，見梅疏毓一臉豁出去了的生無可戀，她「撲哧」一下子樂了，轉過身，拿了一疊燒紙，走了兩步，挨著梅疏毓身邊一起跪在了靈堂前，在梅疏毓目瞪口呆下，她將燒紙扔進了火盆裡，清聲問，「爹，您答應了嗎？」

梅疏毓眨了眨眼睛，有些懵懵怔怔，神魂不在。

趙清溪笑了笑說：「您不說話，女兒就當您默認答應了啊！」話落，她轉頭對梅疏毓認真地說，「我爹說他答應了，待我一年熱孝期後，你就前來提親吧！三年孝期後，我們就大婚！」

梅疏毓睜大了眼睛，心裡的不敢置信與心願達成的驚喜交織在一起，讓他不知是驚多還是喜多。他看著趙清溪，抖著嘴角，好半晌，才說：「你……你真的知道自己在做什麼嗎？」

「知道！」趙清溪隨手解下了自己身上佩戴的香囊，遞給他，「天地在上，我爹面前，不敢胡言亂語。」話落，挑眉，「你呢？你真的知道自己在做什麼嗎？」

「知道。」梅疏毓生怕她反悔，立即伸手接過她遞來的香囊，抖著手繫在自己腰間，費了老半天勁兒，才繫好，然後扯了自己腰間的玉佩，遞給她，「給你這個。」

趙清溪伸手接過，在手中摩挲了兩下，玉佩是暖玉，在這樣冷的天氣裡，讓她手都跟著暖和了幾分，誠如梅疏毓這個人，有一顆赤子之心，難能可貴。她低下頭，慢慢地將梅疏毓的玉佩繫在了自己腰間。

她心中最清楚不過自己在做什麼，她想著她今日若是錯過梅疏毓，一定後悔。

她素來聰明，不允許自己後悔。

梅疏毓看著她，心又跳了個不停，若不是在西南境地時磨練得還有點兒理智，他恨不得跳起來尖叫十數聲，他今日跟隨雲遲來趙府之前，怎麼也想不到事情會變成這樣。

他沒想乘人之危，但趙清溪卻給了他一個機會。

他看著趙宰輔的棺木，想著他自己做了自己的主張，在趙宰輔靈堂前拐了他的女兒，也是經過了他同意的，不算是私相授受了吧？

他如今是東宮的人，他祖父父母知道若是打罵他，還有太子表兄給他頂著呢。

趙府發生的事兒震驚了所有在趙宰輔靈堂的旁觀者，沒出一個時辰，京城就傳開了。皇宮、東宮、梅府等各大府邸都不約而同地得到了消息。

正值晌午，小忠子請示雲遲用午膳，便將他聽了一耳朵的消息說給雲遲聽，一邊說著一邊唏噓：「昨日書離公子與毓二公子說話，提到趙府小姐，書離公子知道毓二公子對趙府小姐有心，便提點了一二，但當時毓二公子也沒說今日就施行啊！今日來這一齣也太突然，動作也太快了！尤其更讓人意外的是趙府小姐，眾目睽睽之下，在趙宰輔的靈堂前，趙府小姐竟然答應了，與毓二公子交換了定情信物，還言明毓二公子一年後提親，三年後大婚。」

雲遲「哦？」了一聲，也頗為意外。

小忠子看著雲遲，問：「殿下，您說，這算是私定終身嗎？」

雖然趙宰輔死了，但趙夫人還在，梅府的一眾長輩們都還在，毓二公子這誰也沒知會，連親祖父祖母親爹娘估計這時候也是一臉懵。

雲遲雖有些意外，但想想，這樣的事兒，倒像是梅疏毓能做得出來的，他自小就不服管教，梅老爺子動家法他都敢跑，跑去了蘇子斬那裡避難不說，還跟著陸之凌去了西南境地。回京後，這麼長時間，也只回了梅府一趟，露了個面，其餘時候，不是在蘇子斬那裡，就是在他的東宮住著，倒是將這兩處當成他的家了。

而趙清溪，她是個聰明的女子，自小就知道自己要什麼，趙宰輔算計安書離，曾讓她受了一番打擊，如今趙宰輔突然死在府中，趙夫人與瘋了無異，她孤身一人要支撐著趙府，得知梅疏毓心儀她多時，又一片赤誠之心，她素來果斷，不是拖泥帶水的性子，抓得乾脆，倒也不奇怪。

小忠子見雲遲半晌不答，小聲詢問：「殿下？」
雲遲道：「在趙宰輔靈堂前，倒也不算私相授受。」
小忠子看著雲遲神色：「梅府會同意嗎？如今趙宰輔一死，趙府可就沒落了。」
雲遲淡淡地笑了笑：「趙宰輔生前清空私庫於川河谷賑災，實乃大功一件，這些年，趙宰輔對南楚江山，兢兢業業，克己奉公，忠心耿耿，如今他死了，剩下孤女寡母，本宮理當照應趙府一二。梅府若是不同意，本宮就給他們二人做這個主。」
小忠子心想，毓二公子估計就是覺得太子殿下這座靠山好使，才敢這麼大膽的折騰，總之有太子殿下給他頂著梅府那邊呢。
他正想著，外面有人報：「殿下，毓二公子回府了。」
小忠子聽了心想，瞧瞧，就連東宮的人見了毓二公子都不說毓二公子來了，而是說回府了，顯然他是在東宮待的讓東宮的人都習慣了。
雲遲「嗯」了一聲，對小忠子說，「去問問書離可忙完了？正巧梅疏毓回來了，本宮與他們一起吃午膳。」
小忠子應了一聲，立即去了。
不多時，梅疏毓與安書離一起來了。
梅疏毓一副傻頭傻腦懵懵怔怔的模樣，見到雲遲給他見禮後，挨著他坐下，猶在夢中喃喃地說：「太子表兄，我不是在做夢吧？你說趙小姐怎麼就答應了我呢？是不是我還沒睡醒？要不你給我一劍？」
雲遲失笑：「到底有沒有睡醒，你自己不清楚？我給你一劍，你九泉底下可就沒趙府小姐可娶了。」

梅疏毓拍拍腦袋：「我這一路上回來掐了自己好幾回，總覺得這事兒不像是真的似的。實在是……」

安書離笑著接過話：「實在是你自己都沒想到，是不是？」

「是啊！」梅疏毓看向他，「你跟我說到趙府小姐時，我是琢磨著等趙府這事兒過去，我再慢慢的找個機會，對趙小姐表明心跡。但萬沒想是今天啊！更沒想到她會答應我啊！」

安書離失笑：「趙府小姐本就是聰明的，你堂堂毓二公子，統領京城兵馬，是少有的少年才俊，趙府小姐只要眼睛沒瞎，就會答應你，也沒什麼奇怪。」

梅疏毓瞪著他：「話可不能這麼說，我一直以來，可沒覺得自己配得上趙小姐。而趙小姐，按理說，也不該這麼……這麼……」他想著形容詞，想到趙清溪今日的所作所為，實在是顛覆了他對她的認知，一時間形容不出來，總覺得與往日的大家閨秀做派不同。

安書離接過他的話：「按理說，趙府小姐不該這麼出格。」

梅疏毓一拍桌子：「是啊！今日之事不像是她能做出來的。」他說完，忽然一副驚恐的模樣，問雲遲：「太子表兄，你說她該不會是鬼附身了吧？」

雲遲難得被他逗笑了，溫聲道：「青天白日，哪來的鬼？」

安書離也被逗笑了，看著梅疏毓快癲狂的模樣有些可憐，笑著說：「你將今日的情形與我們說說，我與太子殿下幫你看看，是否青天白日她真被鬼附身了？」

梅疏毓聞言立即將今日在趙府的經過詳詳細細地說了一遍。

安書離聽著他說的詳細，連趙小姐如何收他給的玉佩時的眼神為何都說了，暗歎這傢伙實誠，難怪趙清溪那麼聰明的女子果斷做了這一樁出格的事兒，這麼個傻子若是不抓住，過了這個村可就沒那個店了，趙清溪聰明，不會做讓自己後悔的事兒。

於是，他笑著拍了拍他的肩膀，寬慰道：「你就將心放進肚子裡吧！依我看，趙府小姐沒被鬼附身，冷靜的很，知道自己在做什麼。」話落，又道，「你如今該想的是怎麼應付梅老爺子的家法。」

祖父母高堂在上，他就這麼撇開了他們定了終身，梅老爺子不氣歪鼻子才怪。

梅疏毓聞言扭頭問雲遲：「太子表兄會幫我的對吧？」

雲遲嫌棄地瞥了梅疏毓一眼。

梅疏毓頓時又驚嚇了，一把抱住雲遲的胳膊，驚駭道：「表兄，你這什麼表情？你該不會不管我吧？你不管我，我就完蛋了，我完蛋了是小事兒，對不起趙小姐啊！」

雲遲甩開他的手，氣笑，對安書離說：「這麼個傻子，幸好趙小姐聰明，否則換作別的女子，豈不是傻坐一堆？」

安書離大笑，誠然地覺得雲遲這話極對。

梅疏毓才不管雲遲說什麼嫌棄他的話，只可憐巴巴地看著他：「太子表兄？」

雲遲擺擺手：「行了，你給本宮好好盯著京城，不可懈怠，這件事兒本宮給你做主，不看在你的面子上，也要看在趙宰輔的面子上。趙宰輔死的突然，估計自己做夢都沒料到，他生前最是操心趙小姐婚事兒，如今趙小姐與你在他靈堂前定了終身，他在天之靈，想必也能走的安心。」

梅疏毓見雲遲答應，大鬆了一口氣，不管是因為什麼，雲遲管他就行。

方嬤嬤帶著人端了飯菜來，擺了滿滿的一桌子。

梅疏毓餓了，今日在趙府，他著實好生地費了一番心神，拿起筷子，狼吞虎嚥了一陣，才發現雲遲雖然慢慢地吃著，但總感覺拿筷子沒勁兒，帶著幾分食不下嚥的模樣。

他偏頭咳嗽了一聲，轉回頭來小聲問雲遲：「太子表兄，你……你還好吧？」

他如今倒是聰明的不敢提花顏的名字了。

雲遲「嗯」了一聲，神色淡淡，「吃你的飯。」

梅疏毓縮回脖子，不敢問了，生怕他聒噪惹了雲遲不管他了，於是，安靜地開始吃飯。

安書離抬眼看了一眼雲遲，心裡歎口氣，但也沒說什麼。這樣的事兒，誰又能說什麼？誰都不是花顏。

用過飯後，梅疏毓說他上午查了一上午，也沒在趙府查出什麼來，下午再去看看，於是，又去了趙府。

安書離在梅疏毓離開後，對雲遲道：「我將東宮也徹查了個遍，沒發現不對之處，想想也是，殿下東宮的人都是親手擇選的，不該出紕漏才是。趙宰輔之死，怕不是這兩個月從東宮那株鳳凰木染的死蠱。」

雲遲凝眉，思索片刻，沉聲道：「那就往前查，兩個月之前，一點點推著查。」

安書離點點頭。

那一日，花灼派人將書信已最快的飛鷹送去給雲遲後，歇了一覺，他身體即便病好了，也比常人弱，因卜算之後又費神思想，這一覺歇了兩日。

他醒來總覺得心下不太踏實，這種不踏實的感覺沒有來由，於是，他吃過飯後，又拿出了卦牌，在手中搓著。

夏緣坐在一旁看著他，見他鎖著眉，試探地問：「這一次出的事情十分棘手嗎？連你也處理不妥？」

花灼「嗯」了一聲。

夏緣問：「是有人故意對付花家？」

花灼偏頭瞅了夏緣一眼，伸手摸了摸她的頭：「別想太多，孕婦切忌多思多慮。」

夏緣無奈，小聲嘟囔：「什麼也不思不想，吃了睡，睡了吃，早晚變成豬。」

花灼失笑，想了想，建議道：「你若是閒不住，就做些繡活，趁著月份淺，可以親手做些小衣裳，到時候給孩子穿。」

夏緣眼睛一亮：「對啊！我怎麼沒想到，我這就去找東西。」說完，再不理會花灼，去找柔軟的布匹和針線去了。

花灼總算轉移了夏緣的注意力，捏著卦牌又揉搓一會兒，片刻後，歎了口氣。前兩日，他一日卜算了三卦，第三卦時，到底是受了輕傷，這麼短時間，是再不能動卦了。

問卜之事，也不是取之不盡用之不竭。

花灼扔了卦牌，起身下了床，站在床前，看著窗外。

外面煙雨霏霏，就跟下在人的心坎裡一樣，滿滿的悲愁。

花灼有了想進京的想法，但是臨安距離京城畢竟路途遠，他不確定自己是否有進京的必要。

若是雲遲依照他卜卦推測，找到了花顏，他進京一趟，能見到她，也不算白跑一趟，若他沒找到花顏呢？他進京能做什麼？京中一帶花家的勢力本來就弱。

他揉揉眉心，離開了窗前，拿了一把傘，撐著出了房門。

夏緣在庫房找東西，聽到腳步聲，探頭瞅了一眼，喊：「花灼！」

花灼停住腳步，順著聲音看去。

夏緣從庫房的門口裡探出頭來，對他問：「你要去哪裡？」

花灼溫聲道：「去找祖父商議一番，有些產業，若是不能救，就斷了好了，免得臨安花家尾大甩不掉。」

他說的認真，夏緣聞言也沒懷疑，對他擺手：「那你去吧！」

花灼對她囑咐：「小心些，讓婆婆幫著你，別磕碰了。」

「知道了，放心吧！」夏緣將身子縮了回去。

花灼撐著傘出了花灼軒，路過花顏苑，他腳步一轉，徑直進了花顏苑。

他與花顏自小就不喜歡人侍候，他因為身體原因，身邊多少有幾個不得不照顧他的人，但花顏從會走路，在遇到夏緣之前，身邊一個人也沒有。

她這處院子，一年最少有大半年時候空著，她不常在家，總是滿天下的跑，以給他找藥為名，雖然也的確是在給他找藥，但更多的，她喜歡那份在外面跑的肆意。

以前，小的時候，他不知道花顏有那些經歷和記憶癔症時，還曾想著這小丫頭上輩子是被關在籠子裡關久了？這輩子生下來就喜歡往外面跑？

後來，從他知道了她的那些事兒，便更多的是心疼。

她上一輩子，可不是被關了一輩子嗎？未出嫁前，被她祖父在家裡在雲山兩地輪番關著，出嫁後，因嫁的是太子，在東宮和皇宮關著，總之，都被拘著性情。

四百年前，她沒見識過幾日大千世界，這一世，他在知道後，便理解了。

花顏苑雖無主人居住，但隔三差五都會有人打掃，十分乾淨。

花灼一路進了院子，又進了屋，屋中的擺設依舊，花顏即便大婚嫁人，在家中所用的一應物事兒，什麼也沒帶走，就連最喜歡的一對風鈴，也沒帶走。

花家給她準備的嫁妝，都是從庫房裡挑選的物事兒。

花灼似乎還記得她出嫁前一日，夏緣問她：「要帶些什麼東西嗎？」

花顏說什麼來著？

她笑著說：「東宮什麼都有，帶什麼呀，我需要什麼，雲遲就給我什麼，沒什麼可帶的。」

夏緣便也作罷了。

如今，花灼站在花顏的房間，想著按理說消息到了雲遲手中，他一定會去後樑皇室陵寢救花顏，但今日他覺得十分不踏實，大約雲遲沒救成？還是花顏已經不在後樑皇室陵寢被轉移了？

他猜測不出來。

這麼長時間，他一直在查背後之人，可是調動花家所有暗線，竟然查不到。他曾經以為，除非花家不做，否則天下事兒沒有花家做不到的，調查一件事情也一樣，除非花家不查，一旦查，就沒有花家查不出來的。

可是如今，花家還真查不出來，不得不說，真是荒謬。

他正想著，外面有腳步聲匆匆傳來，緊接著，花離的聲音響起，有些急促：「公子，十六哥哥回來了。」

花灼聞言走出房門，站在廊簷下，看著匆匆而來的花離：「他在哪裡？」

安十六自從被雲遲和花顏派去找小金和阿婆，算起來有兩個多月了，便再也沒消息，也沒傳回消息。

「十六哥哥暈倒在了城門口，剛被抬進府裡，送去了他住的院子裡。」花離連忙道，「十六哥哥像是騎快馬回來，一直不曾停歇，他暈倒在城門口，他騎的那匹馬倒地而亡了。」

花灼撐起傘：「我去看看。」

花離點點頭。

花灼來到安十六的院落，安一也已來了，給花灼見禮後道：「公子，十六身上沒傷，也沒受內傷，只不過勞累過度，昏迷不醒，不知趕路趕了幾個日夜，竟然累成了這個樣子。」

花灼點頭，抬步邁進門檻，進了裡屋，看了安十六一眼，對安一道：「他這麼快趕回來，想必有要事兒，有什麼事情是不能飛鷹傳書說的？搜搜他的身，看看可隨身帶了什麼重要東西回來。」

安一應是，聽了花灼的話，上前將安十六渾身上下搜了個遍，除了他自己的令牌，還有點兒銀票碎銀子外，什麼也沒有，他不由納悶：「沒有啊！難道我搜的不夠仔細？」

花灼在一旁看著，知道安一已經搜的夠仔細了，他道：「算了，等他自己醒來吧！」

花離小聲說：「照十六哥哥這個睡法，估計要睡上三日。」

「不會，他若是心裡惦記著有重要的事兒，幾個時辰就會醒。」花灼吩咐花離，「去讓廚房熬一碗參湯，讓他喝下，他是身體損耗過度，參湯能讓他補回幾分。」

花離應了一聲，立即去了。

不多時，花離端來了一碗參湯，餵安十六喝下，安十六緊閉著嘴，花離連說了好幾遍「十六哥哥我是花離，這是參湯。」，安十六才張開嘴將參湯喝了。

花離餵完一碗參湯，鬆了一口氣，對花灼說：「十六哥哥和十七姐姐一樣，昏迷的時候，要撬開他的嘴餵東西難死了。」

花灼笑了笑：「十六和十七都是她自小帶出來的，自然與她一個德行。」

花離嘟嘟嘴，小聲羨慕地說：「十七姐姐寬和，跟著她又好玩，哪裡像公子您這麼嚴苛極了。」

花灼瞥了他一眼，揚眉：「對我不滿？」

花離退後一步，小可憐般的搖頭：「不敢。」

花灼輕哼了一聲：「你覺得她寬和，那是沒見過她嚴厲的時候，你覺得她好玩，那是沒見過她玩死人。」

花離還真沒見過，不說話了。

果然如花灼所說，半日後，安十六醒了。

他睜開眼睛，看到熟悉的環境，恍然已回到了花家，他騰地坐起身，剛要喊人，忽然看到窗前坐著的花灼，立即喊了一聲：「公子？」

花灼正在自己與自己對弈，見安十六醒來，他扔了手中的棋子，轉身看著他：「是什麼重要的事兒讓你不通過飛鷹傳書，跑死了馬匹，將自己累得昏迷不醒親自回來報信？」

安十六動了動嘴角，面色凝重地說：「公子，有兩件事兒，我不敢假他人之手，哪怕是花家暗線，我也覺得不放心。」

「哦？」花灼瞇起眼睛，「是什麼事兒讓你覺得對花家暗線都不放心？」

安十六走到花灼近前，壓低聲音說：「二十年前，武威侯為救夫人，以傳家之寶交換的事物，不是什麼暖玉寶貝，而是後樑玉璽。」

花灼一愣。

安十六又低聲道：「小金和阿婆失蹤了，我動用花家暗線徹查之下，發現花家暗線似乎不全受我們花家支配。」

花灼頓時犀利地盯住安十六：「你確定？」

安十六緩慢地沉重地點頭：「這樁事情屬下只是有所懷疑，所以才親自將這兩樁事情帶回來告訴公子。」

四百年前，太祖爺兵臨城下，後樑懷玉帝飲毒酒而死，後樑滅亡，後樑玉璽也隨著他一起陪葬了。

二十年前，武威侯用後樑玉璽作為交換救梅府二小姐的命，南疆王看在後樑玉璽上，答應了武威侯，南疆王雖是個軟弱窩囊的，但不是個傻的，後樑玉璽定然是真的。

後樑玉璽在二十年前，對於改朝換代了幾百年的南楚江山來說，早已無用，但對於後樑玉璽從武威侯手裡拿出來，背後代表的價值，用來與南疆王做交換條件，卻是比什麼寶貝都要值錢。

畢竟，西南境地番邦附屬小國一直想擺脫南楚朝廷鉗制，南疆王是西南境地最大的中心小國，更想擺脫鉗制，還有什麼比與後樑皇室後裔想復國推翻南楚，如此殊途同歸，更好的合作呢？

所以，也就是說，二十年前，武威侯藉由梅府二小姐，在當今皇上還是太子時便在他的眼皮子底下與南疆王達成了協定。

所以，去年西南境地大亂，背後有武威侯摻和的手筆？至於為何等了二十年才動手，也許是一直以來沒準備好？或者是因為什麼原因？

南疆王與武威侯去年打的主意怕是將雲遲引去西南境地，在南疆殺了他，但偏偏，因為花顏要救蘇子斬，去了南疆蠱王宮奪蠱王，接著又因為蘇子斬，答應與雲遲婚約，傾花家之力，幫著雲遲肅清掃平了西南境地。

南疆王被圈禁，各小國王上死的死貶的貶，廢黜的廢黜，短短幾個月，動作俐落，清的乾脆，收復了整個西南境地的土地，估計是南疆王和武威侯都沒有料到的。

於是，西南境地根基已毀後，武威侯暗中唆動北地動亂？

據說他曾請旨前往北地賑災徹查，但雲遲信不過他，擇選了他兒子蘇子斬，花顏怕蘇子斬一人應付不來，於是，暗中前往北地，蘇子斬在明，她在暗，將北地又清了個天翻地覆，肅清了北地。

所以，對於武威侯來說，北地的根基也毀了。

無論是西南境地，還是北地，想必籌謀極久，如此傷筋動骨，讓武威侯一時間不敢輕舉妄動，安靜了下來。所以，到如今，籌謀了個更大的，就是劫走花顏？

那蘇子斬呢？對於武威侯當年是拿著後樑玉璽去找的南疆王，他可否知道？

他在宮宴之前便失蹤了，音訊全無，以假亂真頂替他參加宮宴劫走花顏的人是誰？他可識得？對於武威侯府中事兒，以及武威侯暗中之事，他瞭解多少？又在其中扮演了什麼角色？

花灼聽了安十六的話後，一時間陷入了沉思，推測了許久，才又對安十六開口：「你是怎麼查出當年武威侯用後樑玉璽換南疆王拿出蠱王救其夫人的？」

安十六立即道：「屬下奉少主之命去找小金和阿婆，發現二人已不在家門，屋中已落了一層灰塵，似是離開多日。但屬下知道，小金和阿婆在那一處山林裡住了多年，不可能輕易離開，我要將她們接到臨安，小金和阿婆都在猶豫，說捨不得，於是，我就命人徹查二人到底去了哪裡，同時去兵營見了陸世子。」

花灼點頭。

安十六繼續道：「陸世子自去了西南境地後，也在徹查南疆王、公主葉香茗失蹤，以及二十年前的皇室祕辛舊事兒，主要在查死蠱和鳳凰木。陸世子帶的暗衛護衛雖也不少，但論徹查消息來說，不及我花家，他見我去了南疆，直說正好，讓我與他一起徹查。」

花灼又點頭，敬國公府一直素來以軍功立世，練兵打仗是好手，但是論徹查消息，哪怕陸之凌聰明，也是弱點，抓了安十六與他一起也不奇怪。

安十六又道：「太子殿下收復西南境地後，廢了南疆的國號，圈禁了南疆王，南疆王宮的人也早就遣散了。對於二十年前的事兒，顯然當年知道的人也甚少，所以，查起來十分不容易。我帶著人查了快兩個月，查到二十年前在南疆王身邊侍候的一位嬤嬤，這位嬤嬤是唯一一個知情人，卻是個啞巴，是被毒啞的。公子知道我懂唇語，這件事兒還是從她口中說出來的，若非我懂唇語，這事兒再查十年，怕是也難查出來。」

花灼頷首，毫不懷疑，二十年前武威侯拿後樑玉璽與南疆王交換之事何等隱祕，知情人裡還能活著一個啞巴嬤嬤，已是南疆王仁慈了，估計覺得是個啞巴，永遠不會說出祕密，誰成想安十六懂唇語。

安十六又道：「查到這件事兒後，我十分震驚，與陸世子說了，陸世子也震驚不已。我們二人商議下，這等事情，自然要儘快派人送信給太子殿下和少主。可是，就在當日我準備送信時，忽然發現我們花家暗線不對勁。」

「怎麼不對勁？」花灼問。

安十六抿了抿唇：「您還記得鄭二虎嗎？」

花灼挑眉：「就是幫妹妹翻牆逃跑，妹妹給他老子還了賭債，他跑去東宮送信，在東宮得了相思病，說想住牢房，被雲遲送去牢房，後來妹妹與雲遲毀約，命人進京城將他從牢房裡接了出來，後來不知道跑哪裡去了的那個鄭二虎？」

「正是他。」安十六道，「他在西南境地。」

「他怎麼了？」花灼問。

安十六道：「當初少主讓牛二去京城接的鄭二虎，牛二那些年在茶館裡待的悶了，完成了少主的差事兒，將鄭二虎接出來後，想四處走走，鄭二虎沒什麼去處，便一直跟著牛二。三個月前，牛二忽然收到了什麼命令，說有重要的事兒要去西南境地一趟，便扔下了鄭二虎。」

花灼瞇起了眼睛：「牛二是花家的人，三個月前，收到什麼命令？誰給的？」

安十六道：「聽鄭二虎描述，很重要很緊急的命令。他臨走前，與鄭二虎說好，若是他沒什麼事兒，就去南疆找他，等他辦完了事兒，他們一起去嶺南轉轉，於是，鄭二虎就慢悠悠地一個人在他走了之後去了西南境地。他到了西南境地，在與鄭二虎約定好的地方等了他兩個月，等到盤纏沒了，鄭二虎也沒音訊，他想到他算是少主的人，而陸世子是少主的結拜大哥，於是，就找上了將軍府，想讓陸世子給他安排點兒活幹，不白吃那種的。」

花灼「嗯」了一聲，「這鄭二虎有可取之處，否則當初妹妹就不會讓他送一支乾巴的杏花枝去東宮了。」

「陸世子也知道鄭二虎這號人物，當初他為了給太子殿下送杏花枝，當街攔了太子殿下馬車，被太子殿下帶進了東宮，得了相思病，又由福管家親自送去了京中牢房，這事兒陸世子那時覺得稀奇新鮮，還跑去牢房裡特地瞧了他。於是，見了他後，認出了他，便將他安排進了將軍府的護衛隊裡。」安十六道，「我去找陸世子時，沒與他打照面，就是那一日，正巧與他打了個照面，訝異他竟然在陸世子身邊當差，於是，便多問了幾句，沒想到，問出了這麼一樁事兒。」

安十六接著道：「就我所知，花家暗線只聽兩人命令，一人是公子，一人是少主。後來，子斬公子前往北地，公子將他當作自家人一般看待，給了他一塊令牌，可以調動花家暗線，但那也是北地的所有暗線，不是西南境地的。三個月前，我在少主身邊，未曾聽聞公子或少主調動花家暗線有急事兒趕赴西南境地，所以，十分奇怪。於是，我就暗中查了查花家暗線，這一查，發現確實不對勁，又想起，當初我離開小金和阿婆時，曾交代過人照應她們，可是，我去了南疆後，命暗線查，卻是一問三不知，什麼都查不出來，未免太奇怪了。」

花灼明白了：「若你不是意外碰到了鄭二虎，這件事兒，你是不是一直沒發現？」

安十六點頭，慚愧地道：「公子恕罪，屬下實在沒想到我們花家暗線竟然……」

花灼也沒想到，薄唇抿成一線，沉默了片刻，站起身：「我知道了，你先休息。」

第一百三十三章 廢暗主令，清叛徒

安十六實在是太累了，強迫自己醒來，將消息稟告給花灼後，花灼讓他歇著，他撐著的那口氣兒一散，便支撐不住了，又栽回了床上，疲憊地睡了過去。

花灼出了安十六的屋子，站在房檐下，抿著唇看著天空飄著的細細煙雨。

花離不知安十六醒來與花灼說了什麼，如今見公子神色冷凝，他站在一旁，小心翼翼試探地問：「公子，可是出了什麼大事兒了？是不是十七姐姐不太好？」

花灼轉過身，伸手拍了花離腦袋一下，不輕不重：「不是你十七姐姐。比她的事兒還嚴重。」

花離聞言嚇著了，還有什麼事兒比十七姐姐被人劫持失蹤的事兒更嚴重？他看著花灼，一雙眼睛睜的大大的。

花灼眉眼沾染了雨氣的涼，問花離：「你覺得我們花家好嗎？」

「好啊！」花離乾脆地說，「天下再沒有比花家更好的地方了。」

花灼笑了笑，又拍拍花離的頭，語氣溫和：「那你就別只顧著貪玩，給我守好了花家。」

花離今日被花灼摸了兩次腦袋，十分受寵若驚，往日裡公子都是嫌棄他嫌棄的不行，今日與他說話都是溫和的，他呆呆地點點頭，忽然問：「公子是要離家嗎？」

「嗯，也許。」花灼撤回手，負手而立，「你跟在我身邊這麼久了，也該學會知事兒了。我若有事情離家，你就給我頂起來，看顧好花家，看顧好所有人，聽到沒?!」

花離頓時覺得肩上陡然地壓了一副重擔，如高山那般重，他見花灼話語雖說的雲淡風輕，但是越這樣，他越覺得事情怕是不小，頂著壓力重重地點了點頭：「聽到了，公子。」

花灼撐起傘，抬步下了臺階，出了安十六的院子。

此時天色已不早，他去了花家祖父的院子裡。

花家祖父正在喂鳥，見花灼來了，瞅了他一眼，問：「灼兒，小丫頭可有消息了？」

花灼邁進門檻，收了傘，搖頭：「沒有，太子殿下還沒傳來消息。」

花家祖父歎了口氣，又問：「聽說十六那小子從外面回來跑死了馬，自己也累得暈死了過去？出了什麼事情？不是有花家暗線傳信嗎？讓暗線告知你一聲就行，怎麼自己急急地跑了回來？」

花灼拂了拂身上的寒氣，站在鳥籠子前，看著籠子裡的一對金雀，沒說話。

花家祖父納悶，偏頭瞅他：「怎麼了？出了什麼事兒？」

花灼盯著那一對鳥兒看了一會兒，對花家祖父問：「祖父，您可有什麼事情瞞著我與妹妹？或著說，我與妹妹接手花家時，有什麼東西沒全交給我們？」

花家祖父一怔，放下了喂鳥的米罐，正了神色，看著花灼：「怎麼這麼問？」

花灼看著他：「祖父只說有沒有？」

花家祖父搖頭：「沒有。」

花灼忽然一笑：「祖父，孫兒自小在您身邊長大，您雖一把年紀，吃的鹽比孫兒多，但您說謊還是沒說謊，孫兒能看出來。」

花家祖父一噎，沒了話。

花灼沉了眉目：「妹妹早就想自逐家門，是我非要攔住，如今，她失蹤下落不明，我身為花家這一代的掌事者，卻偏偏連我們花家背後到底藏著什麼都不知道，豈不是笑話？索性妹妹已經嫁人，雖姓花姓，但也不算是花家人了，不如乾脆我也自逐家門。」

「胡鬧！」花家祖父面色一變，頓時訓斥。

花灼沉著眼眸看著他：「我再問祖父一遍，如果您還搖頭說沒有，那麼這花家我便沒必要擔著了，還給祖父。」話落，一字一句地道，「您想清楚了。」

花家祖父看著花灼，許久沒說話。

花灼等了一盞茶功夫，面無表情地轉身，拿起剛剛放下的傘，轉身向外走去。

「站住！」花家祖父喝了一聲。

花灼彷彿沒聽見，腳步不停，邁出門檻。

「有！」花家祖父終於改口，咬牙無奈地道，「你回來，我……我告訴你。」

花灼停住腳步，轉回身，臉色難看：「祖父早些痛快地說不就得了？何必呢？非要孫兒自逐家門，您才改口，這倒是讓孫兒好奇了，背後該是有何等驚天的祕辛，讓祖父如此隱瞞？」

花家祖父深吸一口氣：「你跟我來。」

花灼扔了傘，跟上花家祖父。

花家祖父從畫堂穿過，進了內室，來到屏風後，摘掉了牆上掛著的一幅仙鶴圖，在掛著仙鶴圖的牆面上摸了一會兒，只聽輕輕的「喀嚓」的一聲響，觸動了一個機關，牆壁裂開，從中露出一扇門，僅容一人進入。

花家祖父不看花灼，走了進去。

花灼瞧了一眼，瞇了瞇眼睛，他與花顏從小到大，多在太祖母處，很少來祖父母處，更是幾乎不曾進過祖父母內室，竟不知道祖父的內室裡另有乾坤，怪不得瞞的嚴實。

這一處暗室很小，裡面擺放了一張供案，供案上放著兩個牌位，下面擺放著一個龍鳳呈祥的香爐。

牌位擺放的整整齊齊，香爐很大，裡面有滿滿的一爐香草灰。

牌位上的名字花灼認識，正因為認識，他一下子愣住了。

懷玉、花靜，沒有封號稱號，兩個簡單的名字，並排地擺在那裡。

花家祖父站在牌位前，看了一會兒，對著跟進來的花灼道：「這間密室，本該在你接手花家時，就該傳給你，讓你知道。但因你天生有怪病，身體不好，又因我四十年前靈力全失，導致你父親也受我影響，生下來身體孱弱，所以，在你妹妹年少時，早早就接過了我們手裡的事務，擔起了花家的重擔。」

花灼看著兩個並排的牌位不說話。

花家祖父也沒想著他開口，繼續道：「你妹妹天生帶有癔症，從小隔三差五便受一場折磨，正因如此，當初她接手花家時，我琢磨再三，還是將此事瞞了下來。她後來遇到天不絕，吃了他的藥，倒是不時常發作了，但她那副模樣，我也不敢告訴她。」

花灼依舊不說話，靜靜聽著。

花家祖父回頭看了一眼，看不出他在想什麼，又道：「你的怪病三年前才好，病好了後，你就外出遊歷了，去看你妹妹與你說的那些她遊玩過的地方，我便想著，你受苦多年，不急一時知道，是該過些清閒逍遙的日子。既然你們都好好的，這樁事兒，晚點兒告訴你們，應是也沒關係。」

花灼揚眉，終於開口：「不止如此吧？祖父瞞到今日，怕是沒這麼簡單。」

「臭小子。」花家祖父罵了一句，「什麼都瞞不過你。」話落，繼續道，「前兩年，有一部分原因確實因為你妹妹癔症和年少，以及你因為病症受了多年苦痛，我不想讓你們過早知道這件事兒。還有一部分原因，也是因為我聽聞武威侯府子斬公子自小帶有無解寒症，指不定哪一日就熬不住去了，心疼你妹妹，索性瞞著她，連你也一併瞞了。」

「與蘇子斬有何關係？」花灼眉峰豎起。

「與他自然有關係，不止有關係，還有大關係。」花家祖父深深地歎了口氣，道：「四百年前，懷玉帝飲毒酒而亡，花靜隨後也飲了毒酒，她雖自逐家門，當年的花家家主嘴上不說，心裡卻沒同意，所以，在後樑江山已再不能支撐時，花靜來信讓花家開啟城門，放太祖爺從臨安通關，花靜犧牲自己幸福，保住了臨安花家安穩，終於應了她自小便被花家家主算出的死劫。當年，身為她祖父的花家家主覺得是自己害了她，從小拘著她，讓她看世事觀人心太少，否則興許能豁達的躲過一劫，不至於死心眼一根筋飛蛾撲火。於是，他在後悔中做了一個決定。」

「什麼決定？」花灼覺得這個決定至關重要，大約是與這一對牌位有關。

花家祖父道：「在懷玉帝飲毒酒的消息傳來後，他帶著當年的花家族長一起上了京城，彼時，懷玉帝已被太祖爺厚葬在後樑皇室陵寢，而花靜卻沒被太祖爺與他一起安葬，而是用冰棺鎮住，安置在了溫泉宮裡，明面上是大肆招納天師道士作法，招她魂魄，復生她，實際上，天師道士哪有能讓人起死回生的本事？動用的無非是太祖爺一脈傳承的雲族靈術。」

花灼點頭，南楚皇室一脈雲族靈力傳承至今甚微，怕與四百年前復生花靜有關，靈力即便沒損耗殆盡，最終也所剩無幾的傳承了。

花家祖父道：「當年花家家主和族長想做的是復生二人，沒想到太祖雲舒要救花靜，所以，花家家主便直接去了後樑皇室陵寢救懷玉帝了。他與族長廢了半身靈力，果然救回了懷玉帝，將其安置在了懷玉帝生前常去的山珍館，卻沒成想，他們救了懷玉帝，而花靜那丫頭卻死心眼，哪裡知道這些？她又是個從小就在雲山禁地學雲族術法的人，對雲族術法學的精透，竟然有本事為了不復生讓太祖爺得逞，對自己下了魂咒。」話落，他長歎一聲，「天意弄人啊！最終，二人還是一死一活，天人永隔。」

花灼看著花家祖父：「這麼說，後來懷玉帝活了下來？」

花家祖父搖搖頭：「他其實是個通透之人，一早就知道花靜出身於花家，他獨自撐了後樑江山那麼多年，早已累了，花靜懂他，只不過他到底沒料到花靜對他深愛到至死不渝的地步。其實，這也不怪他，他自小生在帝王家，長在帝王家，皇家宗室多薄情寡性，天下女子，花靜在他眼裡雖不同，應該也沒到陪著他死的地步。他覺得他一直不碰她，將來他死，她便能再有自己的幸福。他覺得自己病懨懨的殘身破體，她還那麼年輕，少時被家裡關著沒見過外面世界，後來嫁給他，被關在東宮皇宮陪著他，他捨不得她陪著他一起死，才先飲了毒酒，知道太祖雲舒喜歡她，臨終將她託付給了太祖雲舒，讓雲舒不得強求她。她若是想走，就讓雲舒放她走。他自以為是給她安排了最好的路，也全了與她一世緣分，卻不成想，那丫頭死心眼的與他生死都不分開。說起來，也是天意弄人。」

花灼沉默地聽著。

花家祖父又道：「當年花家家主和族長救了懷玉帝後，便趕去了皇宮，費了好一番力氣和時候，才進了重兵把守的溫泉宮，但當他們進去時，已經晚了，花靜已對自己下了魂咒，骨消血散，屍體都化成了灰。太祖雲舒和他胞弟，也就是當今皇室一脈的雲家嫡出子孫，為救她都已靈力所剩無幾，花家祖父含恨回到山珍館，告訴了懷玉帝，懷玉帝慘笑的同時追悔莫及，詢問花家祖父，雲族靈術可否追及她魂蹤。」

花灼心裡發沉，沒想到這中間還有這些事兒。

花家祖父看了他一眼，繼續道：「雲族靈術有最厲害的禁術魂咒，也有一門極厲害的追魂術，花家家主也正有追她魂蹤的意思，於是，在族長的配合下，花家家主啟動了追魂術，以逆天之術，追蹤卜算到她雖有死劫，但因救了蒼生百姓免於戰火顛沛流離之苦，所以，上天給她留了一線生機，便是在四百年後。」

花灼聽著心下一沉再沉，在他話落，猜測著沉聲開口：「所以，為續姻緣，當年花家家主和族長一起合力，將懷玉帝的魂魄也送到了四百年後？是蘇子斬？」

花家祖父點頭：「是蘇子斬，只不過當年他們二人救他復生，已用了一半靈力，再啟用追魂術與送魂術，難免不出差錯，讓他生來便沒有記憶，以至於……」

他後面的話頓住，花灼卻明白了，以至於蘇子斬生來帶有寒症，且不知他的來歷，而祖父不是當年的花家家主和族長，他自小看著妹妹隔三差五深受其苦，所以，心疼地刻意瞞下了，以至於，這樁姻緣，費勁千波萬折，到底……毀了。

花灼看著花家祖父，如今到了這個地步，他不能說他做的對，也不能說他做的不對。

花顏生下來便受癔症折磨，小時候隔三差五便吐血暈倒，他記得，那時候小小的人兒，在犯了癔症時，張嘴就是一口血，然後人事不省。花家緊跟著就是幾日的兵荒馬亂。

因他天生帶有怪病，用藥吊著命，誰都不敢想他有朝一日能好，指不定他哪一日病症發作就去了，而妹妹，比他強些，只要她不碰觸那些她不能碰觸的東西，便不會犯癔症，在花家人看來，她的病是可以養好的。

所以，嫡系一脈，妹妹的分量便尤其顯得比他還要重幾分。

後來，隨著妹妹封了那間書房，將自己的心境塵封，帶著人利用了半年的時間找到了天不絕，迫著天不絕給他治病，他的怪病一日一日見好，她的癔症發作的次數也越來越少，似乎一切都向著好的方向走。

而反觀，武威侯昔年曾帶著夫人前往南疆解寒蟲蠱，可是沒徹底根解，落下了寒症，蘇子斬出生後，寒症便傳到了他身上，若是二十歲之前，寒症無解，他就會沒了性命。

祖父不想妹妹跟蘇子斬有牽扯，毀了上一世，再毀了這一世，也可理解。

可是誰又能想到，太子殿下選妃，選中了妹妹，而妹妹不喜嫁入東宮，藉由蘇子斬對抗雲遲，反而因著利用，對蘇子斬起了心思，為解他寒症，去南疆蠱王宮奪蠱王。

不惜搭了命，也要拿到蠱王救他，偏偏，雲遲救了她。

確實天意弄人。

「四百年前，先祖家主和族長啟動追魂術和送魂術的心血我也不想浪費，但在你妹妹出生時，我給你妹妹卜過一卦。」花家祖父的聲音在狹小的暗室內透著無奈，「卦象顯示你妹妹是鳳星之命，但她在十六歲這一年，註定有一劫。」

「又是卜算。」花灼哼笑一聲，「四百年前，就因為那位先祖家主身為花靜祖父，在她出生時給她卜了一卦，所以，她才一直被關在雲山禁地學東西，說是避劫，卻豈能避過天命劫數？過了四百年，您身為她祖父，卻也一樣重蹈四百年前覆轍，雖是為她好，可是真的為她好嗎？」

花家祖父面色變了變，轉過身，看著花灼道：「灼兒，祖父雖枉顧了四百年前那位先祖和族長的心血，沒能成全懷玉和花靜的這一世姻緣，但小丫頭與上一世不同，十六歲的劫數還是避過了。」

花灼看著花家祖父挑眉。

花家祖父道：「在她十六歲這一年，有兩劫，南疆蠱王宮和北地，她都撿了一命。四百年前，她對自己用了魂咒，上天給她一線生機，這是天意。可是花家那位先祖和族長對懷玉帝所為，卻是逆天之意。逆天改命本就帶有劫數，所以，蘇子斬生來帶有寒症，一直受寒毒折磨，若是無解，活不過二十。」

花灼聽著。

花家祖父又道：「那位先祖和族長成全他們這一世情緣，也是因為花靜太癡情，她上天入地生死都要追著人家，他們如此作為，是想成全她沒錯。但怎能料到，這一世，她身為花顏，她出生時起，姻緣早就由天意所定，自帶鳳星之命？試想，我在她出生之日，又看到鳳凰來棲，大驚之下，焉能不給她卜算？當卜算出來，知道她的劫數來自蘇子斬，而能化解她劫數的人才是她的天命姻緣，我焉能早早告知她去找蘇子斬？」

花灼不再吭聲。

花家祖父道：「南楚太平盛世四百年，她若是鳳星之命，自然是嫁入皇家，可武威侯府不是皇家，難道因她再改朝換代再亂南楚天下？黎民百姓何辜？祖父也許隱瞞不對，是做錯了，對小丫頭不公平，對蘇子斬也不公平。但祖父不敢拿你妹妹的性命再去逆天施為，我早已靈力盡失，你父親受我影響也無甚靈力，而你身體又有天生怪病，我們花家受不起這個損失。」

花灼聞言沉默了許久，道：「她為蘇子斬，闖蠱王宮，在暗人之王的死劫之下，雲遲救了她。在北地，也是因為後樑後裔謀亂，雖我推測是武威侯背後所為，應該也算得上與蘇子斬有干係，但在她性命瀕危之際，是雲遲喚醒了她，的確是如祖父所說，應了劫數。祖父雖做了自己認為對的，雖避過了她十六歲的劫數，沒讓她去歲在十六歲時丟命，但到底還是傷了她。若是她知道蘇子斬就是懷玉，她該是何等的難過？」

花家祖父一時間似蒼老了許多，他看著花灼，歎氣道：「灼兒啊！你最疼你妹妹，你告訴祖父，若你是祖父，你該怎麼做？你難道不會明知不可為而為之？你難道眼睜睜地看著她死在十六歲？她在闖南疆蠱王宮之前，若是那時知道蘇子斬就是懷玉，以她一根筋的性子，她會怎麼做？不說嫁給太子殿下，怕是在蠱王宮，她都不會讓他救她，她的結局，興許，就是與蘇子斬一起死，這輩子求個死能同棺。」

花灼抿唇，無法回答，祖父問的對，若是他，他不見得做出更好的選擇。

或許，他會帶著人闖進蠱王宮幫她奪蠱王，但那一定不是妹妹樂見的，她好不容易費了多少年心力讓他好好活著，更不想讓他因她而死，若他出事兒，她怕是一生也不得安心，不會快樂。

他轉身退出了這間暗室。

花家祖父見他出去了，看了一眼那擺在一起的一對牌位，也跟著退了出來，隨著密室合上，似也掩蓋了這一段四百年前的祕辛。

花灼心中煩悶的不行，即便出了密室，臉色依舊十分難看，負手立在窗前，看著窗外細密的雨簾，想著小丫頭怎麼命就這麼不好？無論是四百年前，還是當今世上，千千萬萬的女人，怎麼偏偏她就逃不開鳳星的命？

若她不是鳳星，無論是在四百年前，還是當今世上，憑著她出身花家，找個什麼樣的夫婿怎麼折騰不行？用得著與江山社稷黎民百姓有關？用得著一舉一動，不是天崩地裂就是山河動搖？

他揉揉眉心，鬱鬱的心情如天上的雨沒落在地上，都落在了他心裡。

花家祖父關好暗室後，看了花灼一眼，這個孫子因治病的經歷，比常人都堅韌，這麼多年，他有多疼花顏，他自是知道，當初花顏利用太后退婚，給他傳消息，他二話不說便派人幫她在東宮出手之前劫了太后的悔婚懿旨。對比太子雲遲，他更喜歡蘇子斬做他妹婿吧！否則，也不會將蘇子斬當作花家自己人，將花家在北地的暗線都給蘇子斬調派。

如今知道蘇子斬就是懷玉，他心裡煩悶怒意可想而知。

花家祖父坐下身，說的太多，口渴的很，他拿起茶壺，倒了兩盞茶，對花灼道：「你是怎麼知道我們花家還藏著祕密的？是十六那小子查出了什麼？」

花灼回轉身，坐在了桌前，端起茶盞喝了一口，又煩悶地放下，盯著花家祖父道：「花家暗線，祖父是否沒全交給我與妹妹？三個月前，有人調動花家暗線前往西南境地辦一樁重要的事情，正巧，三月前，彷彿是南疆王從圈禁之地失蹤時。」

花家祖父喝了半盞茶，放下茶盞，歎了口氣：「花家其實有兩枚暗主令，一枚在四百年前，交給了懷玉。那枚暗主令言明在四百年後生效，可調花家所有暗線。」

花灼面色一變。

花家祖父看著他道：「如今四百年已過，暗主令自然生效了。」

花灼騰地站起身：「當年花家那位先祖可想過，暗主令交給懷玉帝，他用來復國，江山動盪，社稷傾塌，也會致使花家再無安穩？」

花家祖父道：「懷玉帝最是愛民如子，暗主令在他手裡，不會的。當年花家那位先祖相信他，因為他是懷玉帝，驚才豔豔，寫出《輪社稷策》的懷玉帝。」

花灼默了默，咬牙道：「難道，就沒想過暗主令一代代傳下來，會傳不到他手裡？」

花家祖父搖頭：「不會傳不到他手裡，只有他親手拿著暗主令，花家暗線才認。」話落，他想到了什麼，臉色也微變道，「除非……」

「除非什麼？」花灼問。

花家祖父看著他，臉色也一下子變得蒼白：「除非，武威侯夫人當年生了雙胞胎，一模一樣的雙胞胎！其中一個，以假亂真頂替蘇子斬！」

花灼聞言冷笑：「怕是如今已經是這個情況莫屬了。」

自從得到花顏在宮宴上被人劫持失蹤的消息，花灼就在琢磨此事。如今幾乎更能斷定，也許當年武威侯夫人生的是雙胞胎，故意對外面隱瞞了其中一人。

畢竟，有什麼樣的易容術能以假亂真到堂而皇之地參加宮宴，在雲遲和花顏的眼皮子底下，滿朝文武中，與人打交道，而不被人發現？

只有雙胞胎。

無論是四百年前的懷玉，還是如今的蘇子斬，怕是都捨不得在花顏懷孕被孕吐折騰的昏天暗地時，出手劫持她。哪怕他在有了記憶後，心裡有多麼不甘心。

但與他長得一模一樣，自小躲在暗中，極瞭解他的人，就不同了。

那個人對花顏沒有感情，所以，動起手來，才沒有顧忌，傷她不留餘地。

他看著花家祖父，震怒半晌，才咬牙道：「四百年前的花家先祖和族長真是糊塗！我花家不參與世事紛爭，不摻和皇權社稷，花靜為了護花家，放太祖爺兵馬通關，做出莫大的犧牲。花家一代又一代人，守護臨安，嘔心瀝血，讓臨安世代安穩，他怎麼能將其中一枚暗主令給懷玉帝呢？

就沒想過四百年後有與蘇子斬一模一樣的人拿著花家的暗主令禍害天下？」

花家祖父白著臉呆坐許久，面對花灼的震怒，他只能歎息：「四百年前的花家先祖最是疼愛孫女花靜，愧疚將她的性情養成了一根筋飛蛾撲火的性子，帶著這份愧疚，所作所為，的確是有些失智。身為子孫，我也不知當年花家先祖復生懷玉帝又用追魂術送魂術幫他且還給他暗主令是何想法，也許是想讓他拿著暗主令與小丫頭相認，也許是……」

「也許是因為愧疚，真想讓他在四百年後復國，重建後樑，畢竟當年花家先祖覺得以臨安一地的安穩，換了後樑天下的傾覆，是花家對不起他。」花灼接過話，更大膽的猜測，「也許是當年那位先祖既能以靈術讓人起死回生，又能以靈術啟動追魂術送魂術，何其厲害，想必也能如祖父一般卜算到了四百年後妹妹拒絕嫁給太子殿下，而蘇子斬拿著暗主令，便能與太子對抗，既護了妹妹，也能復國，還能全了兩人兩世情義，何樂而不為？」

花家祖父驚得睜大了眼睛。

花灼冷笑：「祖父想想，有沒有這種可能？」

花家祖父一時沒了言語，臉色一變再變。

花灼又道：「當年那位先祖，最是明白花靜待懷玉之心，更也知道懷玉為了後樑江山何等嘔心瀝血，有驚天才華，不能施展，面對支離破碎的山河，空有一腔抱負，卻心有餘而力不足的無奈。想必先祖對懷玉十分讚賞，否則也不會同意花靜自逐家門嫁給他，愛屋及烏之下，難保不動了傾盡花家全力在四百年後相助他的心思，以花家的暗主令，幫他復國，還他一個江山。」

花家祖父聞言身子晃了晃，好半晌，才啞聲道：「祖父的確沒想到……」

花灼轉過身，又看向窗外，心中波濤洶湧，幾乎要淹沒他。

屋中一時靜了下來，靜的只能聽到花家祖父的喘氣聲，以及窗外的落雨聲，而花灼，震怒過後，反而是透著股死寂的平靜。

許久後，花家祖父啞聲開口，頗有些悔恨：「也許是我錯了，若是我早想到，也不至於……」

「四百年前，那位先祖，是站在孫女的立場做了自己的考量，如今祖父您也是站在孫女的立場做了自己的考量，無論對錯，都已鑄成。」花灼揉揉眉心，聲音是慣常的冷靜：「正因如此，也許才是天意。」

花家祖父住了口。

花灼轉過身：「當年，那位先祖可說過暗主令如何能收回？」

花家祖父搖頭：「想必當年送了暗主令，便沒想過要收回，不曾留話。」話落，又歎氣道，「當年那位先祖從京城回來後，因為耗盡心血，不多久就病逝了。」

花灼點頭：「既然如此，這一代花家的當家人是我，祖父既然將掌家權交給了我，您便不要再管了，安享晚年吧！接下來，花家如何，我說了算。」

「你要怎麼做？」花家祖父看著花灼，提起了心。

花灼攏了攏衣袖，嗓音淡淡：「我目前還沒想好，關鍵是找到妹妹，誠如祖父您所說，我最是疼妹妹，一切看她的意思。她想再續前緣，我花家就幫她覆了天下，她想撇開前緣，那麼，花家就幫她撇開。」

花家祖父沉默。

花灼笑了一聲，語氣莫名：「這天下人人都不難，包括我們花家，路也好選，既然早就摻和了，也不怕再多摻和，唯她最難。」說完，他轉身出了房門。

花家祖父看著花灼離開，臨走前還沒忘了拿起他早先扔在門口的油紙傘。他想，他老了，幸虧他身體好了，花家的一切，有人接手，且他這個孫子，能支撐起花家，他瞞了這麼多年，是好是壞，是對是錯，到如今，他瞞不住，也不該瞞了，自然都交給他吧！

花灼出了花家祖父的院子，天色已暗，他沒回自己的院子，而是去了太祖母的院落。

太祖母已吃過了飯，見到他來了，笑呵呵地擺手：「灼兒，你可吃過飯了？」

花灼搖頭：「沒有。」

太祖母「哎呦」了一聲，「都過了飯點，你怎麼還沒吃飯？是為了找你妹妹，忙的忘了？」話落，問他，「那你在我這裡吃？太祖母這就讓人給你再做。」

花灼坐下身，搖頭：「不必了，我一會兒回去吃，讓夏緣做。」

太祖母瞪著他：「緣丫頭有了身孕，你怎麼還讓她下廚？不興你這樣欺負人的。有了身孕，要仔細注意，不能出差錯。」

花灼笑了笑：「她躺不住，與妹妹一般好動，孕吐的反應不重，若是讓她閒著，她怕是會胡思亂想，不如給她找點兒事情做。太祖母您知道，她最是樂意幫我做事情，若是我什麼都不用她，她才是待的難受。放心，我怎麼能累著她？我有分寸。」

太祖母聞言呵呵地笑：「好好好，你的女人你的孩子，你說怎樣好就是怎樣好，有分寸就好。」

花灼被逗笑。

太祖母瞧著他，問：「這麼晚過來，找我有什麼事兒？顏丫頭有消息了？」

「沒有。」花灼搖頭，「是來問問太祖母，您覺得妹妹與前世的花靜，可有不同？」

太祖母一愣，瞧著他神色：「你這小子，怎麼突然來找太祖母問這個？是不是你妹妹出了什麼不好的事兒？」

花灼依舊搖頭：「沒有，只是暫時沒有消息罷了，孫兒就是問問，太祖母是咱們家的老壽星，活到您這個歲數，比我們所有人都通透。」

太祖母聞言又樂呵呵地笑：「和著聽你這話，是來找太祖母取經的？」

花灼含笑點頭：「算是。」

太祖母笑著道：「人啊！骨子裡的脾性，哪怕轉了幾輩子，也是改不了的。依我看啊！這小丫頭，與上輩子，骨子裡來說，沒什麼不同。」

花灼收了笑：「是嗎？」

「是啊！」太祖母點頭。

花灼沉默片刻：「可我覺得，還是有不同的。上輩子她不信命，拼了命的抗爭到底，這輩子，卻是信命的。她將四百年前她祖父交給她的卜算之術，學的爐火純青，這輩子，我的卜算之術還是她教的，她給自己卜算也是相信天意，沒死命去掙開，否則，也就不會答應嫁給雲遲了。」

太祖母笑呵呵地搖頭：「上輩子她是花靜，自然做花靜該做的事兒，這輩子是花顏，自然也就做花顏該做的事兒。小丫頭一直以來不糊塗，知道自己在做什麼，哪怕有些迷失了方向，也會撥開雲霧，從不讓自己後悔，看起來是不同，但所作所為，遵從本心，算起來也沒什麼不同。」

花灼又沉默片刻，轉了話題，問：「太祖母是喜歡太子殿下，還是蘇子斬？」

太祖母樂呵呵地說：「都是兩個好孩子，太祖母都喜歡。」

「那要說個最字呢？」花灼執著地問。

太祖母伸手拍拍他腦袋，笑呵呵地說：「灼兒尚年輕，才會這麼問。當你到了我這個年紀，就不會這麼問了。這天下，本就沒有那個最字，只有在你心裡劈開的兩道分水嶺，你劈開時，不管是因為心裡偏心，還是因為手抖，或者什麼原因，一邊多劈開了些，一邊少劈開了些，便是結果。」話落，她慈愛地說，「太祖母最喜歡你，因為你是我的重孫子。」

花灼無奈地笑了，站起身：「孫兒不打擾太祖母了，您歇著吧！孫兒回去用晚飯，確實有些餓了。」

太祖母笑呵呵地擺手：「去吧！去吧！」

花灼撐著傘出了太祖母的院落。

花灼從太祖母院落出來，回到花灼軒時，天色已徹底黑了。

花灼軒的正屋裡亮著燈，夏緣坐在桌前，雙手托腮等著，桌子上擺著幾個碟子碗筷，碟子上扣著碟子，顯然是怕飯菜涼了。

聽到外面的腳步動靜，夏緣立即站起身，喊了一聲：「花灼？」

「嗯。」花灼應了一聲，放下傘，抬步進了屋。

夏緣迎上前。

花灼抬手示意她停下，在距離她幾步遠時，他伸手拂了拂身上的寒氣，對她微笑：「我身上涼。」話落，看了一眼桌子上擺著的碗碟，問，「怎麼沒自己先吃？」

夏緣嘟起嘴：「我沒什麼胃口，你雖去了太祖母那裡，但到了晚飯時，卻沒打發人來告訴我在太祖母那裡用飯，所以，我想你一定回來吃，便等著你一起。」

花灼等著身上的涼氣散了，踱步走上前，伸手抱了抱她，握著她的手拉到桌前坐下：「嗯，我沒在太祖母那裡吃。」話落，伸手掀開扣著的碗碟，微笑，「還冒著熱氣呢，看來剛做好沒多久。」

夏緣點頭：「天快黑時做的。」

花灼拿了筷子遞給她，見她不接，他問：「我餵你？」

夏緣搖頭，端起面前的粥碗，用勺子攪拌：「我喝一碗粥就行。」

花灼見她似乎真沒什麼胃口的樣子，點點頭，將她那雙筷子放下，見她吞下了一口粥，夾了菜餵到她嘴邊。

夏緣頓了頓，臉紅：「不是要讓你餵，我是真的……」

「張嘴。」花灼看著她。

夏緣話說了一半，看著他的神色，還是乖乖地張開了嘴，吞下他夾的菜。

於是，這一頓飯便在花灼吃一口，見夏緣喝一口粥，餵她一口菜中結束。本來沒什麼胃口的夏緣，生生讓花灼逼著吃了個飽。

用過飯後，婆婆進來收拾了碗筷，花灼沏了一壺茶，給夏緣倒了一杯溫開水。

夏緣瞅著花灼，對他問：「是不是花顏出事兒了？」

花灼神色如常，偏頭瞅她，彈指彈了夏緣腦門一下，輕輕訓斥：「胡思亂想什麼？她好好的呢。」

夏緣「嘶」了一聲，對花灼瞪眼，「我覺得就是花顏出事兒了，你在騙我！」

花灼笑了一聲：「她若是出事兒，我還在家裡坐得住？」

夏緣認真地打量花灼，從他面上分毫看不出來，她本來猜測覺得是花顏出事兒了，雖然臨安花家一眾人等面上都沒心急異常，但她就是覺得不對勁，此時聽聞花灼這樣說，她又收起了幾分懷疑：「難道真不是？」

「不是，是花家暗線的事兒。」花灼收了笑，臉色帶了三分冷意，只要不是事關花顏，花家暗線的事兒不怕告訴她。

夏緣一怔，驚訝：「花家暗線出了什麼事兒？是被背後之人給挑了？」她知道背後之人有多厲害，在北地時，跟著花顏領教過，但花家也是累世積累了千年，怎麼就被人挑了？又問，「背後之人對付花家了？」

花灼點頭，模棱兩可地說：「算是吧！」

夏緣見他不具體說，也清楚他即便跟她說了，她也幫不上什麼忙，便伸手抱住他的腰，將頭靠在他懷裡，問：「是嚴重到危及臨安了嗎？」

「那倒沒有。」花灼搖頭，「無論出了什麼事情，我是不會讓人危及到臨安的。」話落，摸了摸她的腦袋，「別多想，有我在，安心養胎。」

夏緣知道不是花顏出事兒，心下到底沒那麼緊張，點點頭，「嗯」了一聲。

孕婦本就嗜睡，夏緣沒多時便睏了，花灼將她抱上床，見她很快就睡去，他卻沒什麼睏意，給她蓋好被子，出了房門，去了書房。

外面的雨依舊下著，夜晚比白日裡更是透人心的涼。

見花灼的書房亮起了燈，花離跟去了書房，見花灼拿出這一年來花家各地的線報，堆了滿滿一桌，花離嚇了一跳，問：「公子，您這是……」

花灼頭也不抬地說：「你來的正好，跟我一起看線報。」

花離看著這些線報，怕是三天也看不完，他不解地問：「公子，這些線報都是過去的線報，如今看來，有什麼用？」

花灼拿起一份線報：「自然有用，我看看，這一年裡，我到底疏漏了什麼？」

花離不解，看著厚厚的一摞線報：「那我如何幫公子看這些線報？」

花灼抬眼瞥了他一眼：「我若外出，將臨安交給你，你自然得快些上手，這些線報，你隨便看，也不需要特別幫我，只要看到京城的線報和北地的線報以及西南境地的線報，摘出來給我就行。」

花離點頭，打起精神，應了一聲：「好。」

花家安穩了太多太多年，十一歲時花顏從花家祖父和父親手裡接手了花家，便擔起了花家的擔子。過了兩年，花灼由天不絕治病日漸好轉，捨不得妹妹辛苦，便也跟著接手擔了些。

三年前，花灼病徹底好時，花顏終於心安理得地將身上的擔子全推給了花灼，花灼不想她太逍遙，一跑就沒影，自己先一步外出去遊歷了，反而將花顏困在了花家。

所以，三年來，兄妹二人還是共同擔著花家，但都是懶散的性子，沒想過花家會出什麼事兒，所以，天下線報，有很多都是安字輩的公子先過目，不重要的，乾脆不上報了，只收錄起來，重要的，再報給花灼和花顏知道，讓二人做主。

在過去一年來，發生了太多事情，因花顏的全副心力都用於悔婚，後來幫著雲遲收復西南境地，肅清北地，籌備大婚，所以，花灼結束了遊歷，回到了臨安坐鎮，將花家的擔子大部分都接手擔在了自己肩上。

誰能想到會有一枚暗主令在暗中調派花家暗線？一年的時間，利用花家暗線，能做很多事情。

書房的燈亮了大半夜，花離看的眼睛都花了時，花灼將手中的線報一扔，站起身：「回去睡吧！明日再過來。」

花離點點頭，站起身，見花灼臉色不好，試探地問：「公子，您查到疏漏了嗎？」

花灼「嗯」了一聲，「有一處。」

花離想追問，但看花灼沒有想跟他說的打算，便住了嘴。

二人出了書房，花灼回了屋中，夏緣一直沒醒，睡的沉，他脫了外衣，進了屏風後的溫泉池裡驅散了身上的寒氣，回到內室，躺去了床上。

夏緣翻了個身，小聲嘟囔了一句：「去了哪裡？」

「書房，睡吧！」花灼拍拍夏緣，將她的身子摟在了懷裡。

夏緣似乎掙扎了一會兒想與他說話，但實在耐不住睏意，又繼續睡了去。

轉日，用了早飯，夏緣在房中做小孩子的衣服，花灼又去了書房。

安十六已睡醒，來到了書房，見過花灼，看到案桌上堆成山的線報，這些線報一看就是過去的線報，本來都收錄了起來，卻被花灼拿出來重新翻看，他明白花灼是打算查原因了。

他給花灼見禮，詢問：「公子，可查出何人動了我們花家暗線？能動到我們花家暗線，是否說明是花家自己人？」

在他想來，唯有花家自己人，自己暗線內部出了問題，才能動花家暗線。

但他想不透是誰，花顏接手花家後，一眾安字輩的公子中，她最是重用安十七和他。他們二人這些年輔助花顏，花家暗線大部分消息都是由他們二人經手的。

他自然不會懷疑安十七，但是想不到花家誰會背叛？背叛花家有什麼好處？

花灼搖頭，將花家祖父隱瞞的四百年前之事簡略地說了。

安十六聽完，睜大了眼睛，他本就皮膚黝黑，唯一雙眼睛大而有神，如今用力地睜大，更像是兩個銅鈴，他不敢置信地看著花灼，整個身子狂抖著，白著臉抖著嘴角好半天：「竟……竟然有這事兒？」

四百年前，少主自下魂咒，懷玉帝卻沒死，由先祖家主和族長復生，又用追魂術追蹤到了少主魂魄下落，用送魂術將他送到四百年後，且給了他一枚暗主令？

這……若是少主知道，這是要了少主的命！

他第一時間也覺得花家祖父糊塗，為什麼不早早告訴少主，若是早告訴少主哪怕一年，那少主也不必……

不必的事情太多……

他身子抖了好一會兒，才白著臉問神色鎮定的花灼：「公子，那……怎麼辦？」

花灼鎮定地說：「廢暗主令，設臨安令，清洗花家暗線，不聽話者，逐出花家！」

花家暗主令沿襲千年歲月，自雲族分支離開雲山踏入塵世，便有了暗主令。

花灼在離開花家祖父的院落裡時，便想到了廢除暗主令，他前往太祖母的院子裡，想跟她老人家說說話，打算的便是想聽聽活了百歲的太祖母對事情的看法，也好讓他下定決心。

果然，太祖母通透，出了他的院子，他便下定了決心。

若想讓花家全部暗線不被人利用，不管那個人是懷玉的意識甦醒，心有不甘打算爭奪的蘇子斬，還是蘇子斬是否真有一個雙胞兄弟藉由蘇子斬而作亂，他只要廢除花家暗主令，那麼，誰都別想再利用。

當然，也包括手裡擁有一枚暗主副令的花顏。

暗主令傳了千年，廢暗主令，設臨安令，算是改了祖宗的祖令傳承，由別人自然做不來，但由他這個當世的花家當家人來做，卻是能的，因為有花家先祖在四百年前將暗主令送人的先例。

以後，只有臨安令，全天下花家暗線，聽他一人調派。

也就是說，花顏如今失蹤，哪怕她的副令落入人手，或者她自己想拿副令求救，或者做什麼事情，也都不行了。除了她，還有許多拿著各地暗主分令的人。

天下花家暗線，唯見臨安令，才能聽從調派差遣。

當然，廢暗主令不是他一句話的事兒，需花家嫡系一脈，族長一脈，旁系各脈最有話語權的人悉數同意。

千年來，臨安花家除嫡系一脈，族長一脈外，旁系有七脈，其中有兩脈在外地，派人去請的話，需要個七八日。

安十六到底不是沒見過世面的，這些年，陪著花顏，經歷了不少，除了最開始想到花顏若是知道這事兒全身都抖外，漸漸地看著花灼鎮定的臉，也慢慢地冷靜了下來。

他試探地問：「公子，一定要廢除暗主令嗎？那少主萬一需要……」

「在她心中，最重臨安花家的世代安穩，哪怕自己不要命，也不准臨安花家覆滅。在她心裡，臨安是她心中最靜的一塊淨土，不准許任何人打擾，否則不會連她在京城大婚，都不想我離開臨安，也不准親人前去觀禮了。如今，臨安花家暗線面臨被利用替代，我廢暗主令，設臨安令，若是她知道這件事兒，一定會想到是花家暗線出了大問題，才致使我不得不如此，她巴不得我以花家為重。至於她自己，我只盼著雲遲已將她從後樑皇室陵寢救回，若是沒救回……」

花灼頓了頓，聲音又低了幾分：「蘇子斬也一定不會讓她死。只要她沒有性命之憂，我就不會沒了妹妹，至於雲遲，我也管不了那麼多了。」

安十六點點頭，沉默半晌：「公子說得對。」

花灼對他道：「我就是等著你醒了，你即刻啟程，祕密行事，務必將那兩位旁支族親叔伯請來臨安，此事重大，無論途中遇到什麼事兒，都以此事為重，不得出錯。」

安十六知道這事兒有多重要，站起身，恭敬垂首：「是，公子放心，我一定將那兩位叔伯祕密順暢請回臨安。」

花灼伸手拍了拍他肩膀：「去吧！」

安十六轉身出了書房。

花灼在安十六離開後，對花離吩咐：「吩咐下去，今日起關閉臨安，只能進不能出。另外去將族長和各旁支掌事兒的叔伯請來。」

花離點點頭，立即放下手中的事情去辦了。

族長和五位旁支掌事兒的叔伯就在臨安，雖不是都住在花家，分散在東西南北城中，但也很是好請。

族長正在族學裡，族學距離花家最近，他聽聞花灼有請，連忙來了，到的最早，見到花灼的第一句話就問：「公子，可是少主找到了？」

花灼搖頭：「還在等太子殿下消息。」

族長頷首，坐下身，問：「公子喊我來，是有什麼事情要交代？」

「是有一樁事情，我一人做不得主，需要與您和旁支各位叔伯商量。」花灼道，「您先等一等，等人齊了，我一併說。」

族長看著花灼，不由得提起了心：「能讓公子找我等一起商量的事情，一定是極大的事情。」

自從當年花顏在十一歲接手了花家，請了一次所有人商議外，只去歲請族長一人代表臨安花家接應太子雲遲車駕前來臨安求親，花家所有人聽了詔令都回了臨安外，這是第三次。

若無大事兒，不會輕易請他們聚在一起商議。

花灼點頭：「族長猜對了。」

族長心裡猜想著，是不是關於花顏？但既然人沒到齊，他也不急著問，便坐在花灼書房等著其他人到來。

花家旁支各叔伯來的都很快，半個時辰，都聚在了花灼的書房。

花灼見除了安十六去請的外地那二人，都到齊了，便也不賣關子，將他要廢除暗主令，另設臨安令之事與眾人說了。

眾人聞言齊齊大驚。

族長更是騰地站起身，震驚地看著花灼，這可比當年花顏十一歲接手花家，比太子殿下親自前來臨安求親之事大多了。這是臨安花家動大筋骨的大事兒。

一時間，眾人在震驚中都大為不解，齊齊問花灼為什麼。

族長更是問出了所有人的疑問：「公子，為何突然要廢除暗主令，另設臨安令？您廢除暗主令，與要另設的臨安令有何不同？」

花灼道：「眾位叔伯可知臨安花家的暗主令有兩枚？」

有一人立即說：「不是您一枚暗主令，少主一枚暗主令嗎？」

花灼搖頭，沉聲道：「妹妹十一歲接手花家時，接的是暗主令沒錯，在三年前，我病好後，她將暗主令給了我，自己手裡拿了一枚拓印的暗主副令。」

「那另一枚暗主令呢？」眾人聞言驚訝。

花灼既請了人來，也不隱瞞，便將四百年前花家一位先祖家主和族長將暗主令交給了懷玉之事說了。當然，前因後果說的簡略。

眾人聽完，除了族長，都震驚不已，都是第一次聽聞竟然有這事兒。他們一直以為花灼拿的是暗主令，花顏拿的也是暗主令，每一代臨安花家嫡系，或兄弟執令，或兄妹執令，或夫妻執令。旁支族親也有分令，只不過代代相傳，花家的旁支族親都喜歡安樂安靜平和與世無爭的日子，不喜爭鬥算計猜測親族之人，樂於享受嫡系一脈的庇護，從不曾想爭權，所以，當真是不知道還有這樣的事兒。

四百年前那位先祖家主，大概只告知了族長一人。

眾人都看向族長一脈。

族長自然是知道這件事情的，他在一年前曾找過花家祖父，但花家祖父覺得還是瞞著，那時，太后已給花顏下了賜婚旨意，花顏很是不樂意，但一心覺得一定能退了太子殿下的婚事兒。所以，她與太子殿下明裡暗裡過招無數次，糾葛了一年，武威侯府那位子斬公子卻全無動靜，也未曾找上門，花家祖父當時說，花顏既然十六歲有劫數，而蘇子斬不止生來有寒症，若是不解，命不久矣不說，還全都忘了，指不定一輩子也想不起來。

他聽了花家祖父一番苦心後，也覺得有道理，便按下了此事再沒提起。

誰能想到，武威侯府或許隱藏了個與蘇子斬一模一樣的雙胞胎？或許有朝一日會拿暗主令為禍？如今出了這樣的事兒？連他也大驚失色。

族長對眾人點點頭，顯然，若是花灼猜測的不錯，三個月前南疆王從圈禁之地失蹤，正是有人動用了花家暗主令，而動用花家暗主令的那個人，不是蘇子斬，因三個月前，蘇子斬還不是懷玉帝。

這時，一人忽然問：「既然是雙胞胎，怎麼確定懷玉帝一定是蘇子斬？」

花灼也看向族長。

族長面對花灼道：「少主十一歲接手暗主令前，我與你祖父暗中進了一次京，見過蘇子斬，你祖父雖靈力盡失，但我身上有些傳承，我以你祖父的心頭血，對蘇子斬用了鎖魂術，他身上雖有寒症，但魂根深處也有我們花家送魂術的烙印。」

花灼哼了一聲。

族長歎息了一聲道：「就是五六年前，他一夜之間挑了黑水寨，我們正巧趕上，他當時只剩下一口氣，若非他身子弱，以我的靈力，也對他用不了鎖魂術查看。雖然對他用完鎖魂術後，我們給他喂了藥，保住了他性命，但你祖父覺得他殺孽太重，戾氣太重，雖殺的是作惡多端的山匪，但到底有失良善與四百年前愛民如子的懷玉帝相去甚遠，因此，才下決心瞞死。」

黑水寨作惡多端，無數百姓遭遇不平，朝廷早有發兵黑水寨的打算，當年恰逢蘇子斬遭遇大變，單槍匹馬，一人前去剿平了黑水寨。

彼時，黑水寨被剿滅，正合朝廷的意，但正因此，從當年這一樁事情開始，蘇子斬狠辣的名聲自此名揚天下，蓋過了他多年名門公子、知禮守禮、德修善養的名聲。

良善？花灼自然是知道蘇子斬當年一定是心灰意冷，天地轟塌，抱著赴死的心去的黑水寨，也許他根本就沒想過要活著回京城。

他甚至，當年都不知道在東宮找到他之前，有過花家祖父和族長找過他這麼一樁事兒吧？

他聽了族長的話，已經平靜了的心中又勃然生起怒意，他看著族長，怒道：「祖父覺得蘇子斬有失良善，可就怎麼沒想過被黑水寨害的多少無辜百姓？黑水寨被剷平，方圓百里百姓自此安穩了多少年？什麼是真良善，什麼是假良善，我們花家人代代傳承，是不是傳著傳著連這個也分不清了？偏安一隅久了，真越發地心狹窄了？凡事都有兩面性，他當年怎麼就不想想這個兩面性？如此武斷，對蘇子斬是否公平？」

族長一噎，面對花灼陡然而起的怒火，一時無言。

眾人都看著花灼，本來覺得花家祖父和族長當年決心隱瞞做得頗有些道理，如今被花灼這般質問，也都覺得公子說得也沒錯，一時也都無話可說了。

第一百三十四章　花顏的抉擇?!

花灼轉過身，面對窗外，打開了窗子，外面的雨早已經停了，一陣風吹來，風帶著絲絲潮濕的綿柔之氣，打在他的面上，是帶著幾分溫暖的，但是卻暖不了他面上的冷怒之氣。

自那日從花家祖父院子出來，他已將怒意壓去散去了，他本是覺得，事已至此，多說無用，但是沒想到，今日又從族長這裡聽了這樣一番話，他這怒意無論如何也忍不住了。

懷玉本來死了，自願而死，是花家先祖為了花靜要救活他，救活也就罷了，為了成全花靜癡心，追魂送魂，利用雲族得天地所厚愛的靈術，不惜以性命為代價，送他魂魄來四百年後，這也就罷了，還給了花家傳承的暗主令。

這些，本就是不妥之事，可是四百年後，花家祖父又以對花顏好的名義，自作主張隱瞞了當年之事，且還覺得瞞得多有道理?!

花家先祖和花家祖父，兩代家主啊！將花家推到了這個地步，也將花顏推到了這個地步！

他心中氣怒，但身為孫子又不能將祖父揪來劈頭蓋臉罵一頓。

他深吸一口氣，壓下心中的怒意，在寂靜中回答早先的話：「花家暗主令有兩枚，其餘的副令分令不計其數，如今有人妄動暗主令為禍，全天下的花家暗線一旦被大肆利用，不用我說，你們也能猜到後果。所以，我打算廢暗主令，另設臨安令，與暗主令不同，自設臨安令起，臨安令聽我一人調令，以臨安令來洗牌花家暗線，先將花家從泥沼裡撈出來再說，否則，花家悉數全賠進去，誰能賠得起？」

眾人聞言再度陷入沉默，琢磨衡量花灼的話。

片刻後，族長歎了口氣，當先開口：「我聽公子的，我們臨安累世安穩千年，多少人，多少根基，一旦起火自焚，誰也賠不起。」

有一人開頭，其餘人紛紛點頭。

「公子說的對，我們花家安穩的太久，如今出了這麼大的事兒，自然有當務之急該做的應對之法。」

「不錯，就算打破古制，也是沒法子的事兒，公子若是不廢除暗主令，怕是拿著暗主令為禍的那人，會惹出更大的禍端。」

「當今太子睿智果斷，文武雙全，施行的政策都是惠利百姓，天下傳頌的也盡是好名聲，無數人為南楚有這樣的好太子而感謝蒼天。這天下總體算是安泰的，可不能亂啊。最起碼，不能從我們花家亂國。」

「……」

族長和五位旁支叔伯無一人反對，言語間都是贊同。

花灼見在座之人都沒意見，都覺得他做的對，心頭的氣小了些，回轉身，對眾人道：「只設臨安令，唯我一人調派，但我既是花家的當家人，斷然不會害了花家。各位叔伯若是信我，就這樣辦吧！」

「自然是信公子。」族長點頭。

眾人也紛紛點頭：「我們都相信公子。」

花灼又道：「其餘兩位旁支叔伯，我已派人去請了，少則七八日，多則十日，便能到臨安，他們若是沒意見，便立即施行下去。」

族長看向五人：「想必他們二人也沒意見。」

五人齊齊點頭：「是為了我們花家好，應該不會有意見。」

族長琢磨了一下，建議說：「公子，七八日的時間，雖長也不長，但恐防夜長夢多，要不然這樣吧！我們既已決定，不如就快刀斬亂麻，自今日就廢了暗主令，另設臨安令。」

花灼看著族長：「越快施行自然越好，但那兩位叔伯……」

族長看了五人一眼，徵詢五人意見：「他們若是知道，由我們來擔著，你們說如何？如今是特殊時期，公子既然有了對策，不該磨蹭下去，萬一因這時間的拖延而生變，可就白費了功夫。」

五人聞言互相對看一眼，覺得族長說的有道理，如今是非常時候，多耽擱一日，多擔著一日的心，暗主令不是普通物事兒，一旦明目張膽的調用起來，實在難以預估後果。

於是，五人齊齊點頭：「族長說的有理，那兩位族兄應該也會與我們一般想法，事不宜遲，公子今日便施行下去最好，真若是拖延久了，萬一出了事兒，追悔莫及。」

花灼自然想越快越好，見族長先提出，五人同意，他自然不會說不，當即點頭：「既然各位叔伯想儘快廢除暗主令，另設臨安令，自是最好。」話落，他對外喊，「花離。」

「公子。」花離推開書房的門，走了進來。

花灼對她吩咐：「你去祠堂一趟，將供在祠堂裡的紫雪玉麒麟取來。」

花離應是，立即去了。

族長開口：「公子讓小花離去取紫雪玉麒麟是要……」

「用普天之下獨一無二的紫雪玉麒麟為臨安令。」花灼沉聲道，「但凡花家人，祭祖時，都見過紫雪玉麒麟，誰也錯認不了。」

族長點頭：「正是，如今關頭，自然要獨一無二的事物，紫雪玉麒麟在臨安供奉了千年，每一代子孫都識得，天下沒有第二個紫雪玉麒麟。」

其餘五人都齊齊點頭，覺得花灼請出紫雪玉麒麟做臨安令最好不過。

不多時，花離便捧來了紫雪玉麒麟，恭敬地遞給花灼。

花灼雙手接過，放在案桌上，雙膝跪地，拜了三拜，然後，單手攤開，托著紫雪玉麒麟，對安一吩咐：「將安字輩所有在臨安的人都叫來。」

「是。」安一應是，立即去了。

一盞茶後，安字輩的人除了安十三、安十六、安十七不在外，都聚在了花灼的書房外。

花灼走出書房，族長和其餘五位旁支叔伯跟在他身後，他站在廊簷下，一字一句地道：「自今日起，廢暗主令，另設臨安令，以紫雪玉麒麟為令，見此令，才可聽調遣，不見此令，任何臨安花家人不准妄動。將消息放出去，三日內，天下臨安暗線，悉數聽令。」

安字輩的人齊齊一驚，但卻沒有質疑，紛紛垂首應是：「遵公子命。」

花灼看著眾人，抖了抖衣袖，從中拿出三張折紙，喊：「小七、小九、十一。」

安七、安九、安十一應聲出列：「公子。」

花灼將三張折紙分別遞給三個人，人手一張後，他眉目淡而冷地吩咐：「你們三人拿著我交代之事，各自按照我的交代去辦，在三日後，有不遵從臨安令者，綁來臨安，綁不來的話，殺了，不可手軟。」

三人打開折紙，看到信中的內容時，臉上齊齊顯過驚色，不過須臾，齊齊恭敬應聲：「公子放心！」

當日，廢暗主令，以臨安花家供奉了千年的紫雪玉麒麟為令，設臨安令的消息，從臨安如雪花般地傳了出去。傳的不聲不響，傳的消無聲息，保證三日內，一城一縣一州一地都傳到，且傳到每一名花家暗線耳中。

消息一出，震驚了所有生活在天下各地的花家暗線。

消息傳出臨安的同時，安七、安九、安十一分別帶著人悄無聲息出了臨安城。

族長和五位叔伯生恐因廢暗主令設臨安令這個驚天雷砸在無數人耳朵裡出什麼大亂子，便乾脆住在了花家陪著花灼，想著萬一有事兒，他們也能幫襯公子一二。

花灼已看完了過去一年裡的線報，擇出了三處不妥之地，命了安七、安九、安十一前去處理，他心下倒是不怕，就算暗主令沒落在蘇子斬手中，落在了旁人手中，四百年後才起效用，如今也不過是過去了一年而已。

他就不信，一年而已，就算那人拿著暗主令，能全盤接手花家。

雖然，在那人的籌謀下，也許花家已有不少人上了賊船，他廢暗主令，另設臨安令，使得花家註定要因此折上一批人，也許會傷筋動骨，折上更多，但好過拱手送人。

如今臨安令出，能收回來的，他就收回來，收不回來的，便動手毀了，也不能讓其成為禍害。

當日，花灼沒回花灼軒，打發花離去給夏緣遞了個話，讓她逕自用飯先睡。

夏緣知道花灼為花家事兒繁忙，自然乖巧，用了飯菜，便早早睡了，她知道，只要她照顧好自己，便是不給花灼添麻煩幫了他了。

這一夜，花灼在書房坐鎮，書房的燈亮了一夜，族長和各位叔伯陪著，與他一起接收暗線傳回的消息。

廢暗主令，另設臨安令的消息層層傳出臨安後，最早收到消息的人，紛紛回覆，一隻隻信鴿飛進花家，大部分收到的都是「遵公子命，遵臨安令。」，讓族長和各位叔伯都微微鬆了一口氣，看著花灼冷靜平淡沉穩的眉眼，想著也只有這樣的公子才穩得住保得住花家。

到第二日天明時分，已收到了百分線報，只有少數幾份含有疑問的，但那幾份，均來自那兩位沒到臨安的叔伯旁支，花灼猜想，也許不等安十六請，他們怕是已經啟程在來臨安的路上了。

飛鴿傳書，日行千里，如今一夜間，也就說明，方圓千里的花家暗線，應該都是穩妥的。就算不穩妥，陽奉陰違，也沒關係，總之，暗主令不能用了，如今只有臨安令，以後若是但有不遵從臨安令的，有風吹草動，他也能察覺，再處置就是了。

花灼看著清晨第一縷陽光照進書房，他站起身，打開窗子，輕吐了一口濁氣，又呼吸了一口新鮮空氣，對身後六人道：「各位叔伯，勞累了一夜，去歇著吧！」

六人陪著花灼等了一夜，這一夜都無事兒，六人也稍稍放下了心，年紀大了，的確熬不住了，便也不推辭，點點頭，都去歇著了。

六人離開後，花灼也離開了書房。

回到花灼軒，夏緣已起來了，正在院中修剪花枝，見他回來了，她立即扔了剪子站起身：「一夜沒睡？在書房也沒小憩一會兒？」

花灼搖搖頭，伸手將她頭上沾的一片葉子拿掉，問：「昨晚睡的可好？」

夏緣點頭，立即問：「事情處理了嗎？」

花灼頷首：「處理了，後面便等著結果了。」

夏緣見他眉眼疲憊，也不再多問，立即說：「飯已經做好了，我本打算給你送去書房，既然你回來了，就先吃了，然後趕緊歇著，若是有事情，我喊你。」

花灼點點頭。

夏緣連忙去了廚房。

二人用過早飯，花灼去溫泉池裡沐浴片刻，便躺回了床上，不多時便睡了。

夏緣坐在床前看了他一會兒，想了想，出了房門，走出了院子，去了太祖母處。

太祖母見她來了，樂呵呵地問：「兩日沒見你了，肚子裡的小東西是否鬧騰你了？」

夏緣笑著搖頭，挨著太祖母坐下，挽著她手臂說：「沒有，這兩日我找了布料，打算做小衣服，不知是男孩還是女孩，我就每個尺寸都做幾套。」

太祖母笑呵呵地說：「小孩子長的快，不用你做那麼多，再說還有繡娘做呢，做多了穿不過來，你可別累著。」

「累不著，我月份淺的很，先給花顏做，她孕吐的厲害，一定連針線都拿不起來，我孕吐不厲害，是能做的，不會讓自己累著的，我先做了給她，她比我早兩個月。」夏緣笑著說。

太祖母點點頭，心裡想著花顏那小丫頭的肚子不知道能不能禁得起折騰。

夏緣一邊與太祖母說著花顏，一邊仔細地打量太祖母神色，在太祖母走神的那一瞬，她就明白了，立即白了臉，眼眶轉眼便紅了：「花灼果然騙我?!」

太祖母一怔，連忙「哎呦」了一聲，「緣丫頭，你這是怎麼了?灼兒那小子騙你什麼了?你告訴太祖母，太祖母揍他。」

夏緣咬著唇說：「太祖母，花顏出事兒了對不對?你們都瞞著我，不告訴我?!」

太祖母一噎，看著夏緣，眼看著就要哭出來，她連忙拽住她的手：「你這小丫頭，怎麼也這麼猴精似的？和著跑太祖母這裡下套子來了？顏丫頭是出了點兒事兒，不過，你放心，沒性命之憂，若非如此，你當灼兒還能在家裡待得住？早離開臨安了！放心了，沒事兒的，你別急，你一急，太祖母這一把年紀可受不住。」

夏緣聞言吸著鼻子將眼淚憋了出去，搖晃太祖母手臂：「太祖母，您告訴我好不好？花灼累的很，睡下了，我若是回去喊醒他，他大約也是糊弄我騙我胡亂應付我，他不相信我聽了花顏出事兒不急，估計怕我傷了孩子。我也不是小孩子了，懂得些事兒的，您告訴我，我保證不急，不傷了孩子。」

太祖母也不相信地看著她：「你這個小丫頭，自小與顏丫頭感情好，別說灼兒不相信你，連我也不相信你。」

夏緣舉起手：「您若是不相信我，我發個誓？」

太祖母拍掉她的手：「誓豈能隨便發？我告訴你就是了，你答應我不急的啊！若是你急，傷了腹中孩子，就是要了太祖母的命！」

夏緣立即點頭。

太祖母看著這小丫頭，臨安花家嫡出的重孫媳婦兒，如今花家出事兒，以後指不定更如何經歷風雨，她早晚得頂起這個身分，多擔著事兒，既然瞞不住，便也不瞞了。

於是，這樣一想，太祖母便將花顏在宮宴失蹤的事兒說給了夏緣聽，特意強調，太子殿下與花顏感同身受，太子殿下如今好好的，花顏也一定沒事兒。

夏緣聽完心裡雖也急，但到底顧忌孩子，她想了一會兒，立即站起身，對太祖母道：「我與花顏在外那些年，恐防被花灼抓回來，一旦出了什麼事兒，不敢動用花家暗線，便商定了一種特殊的聯絡法子，誰也不知道，只我們二人知道，我這就回去找花灼。」

太祖母一聽，眼睛頓時一亮：「竟有這事兒？」話落，也不多問，「那你快去。」說完，又怕她著急，囑咐，「還是慢點兒走，看著腳下，別摔著。」

夏緣點點頭，倒也沒急，辭別了太祖母，如尋常走路一般，回了花灼軒。

她回來時，見花灼已醒來了，自從跟隨花顏嫁去了京城許久不見的安十七竟然回來了，正在與花灼說著事情，花灼手裡拿了一封信，抿唇在看著。

夏緣見了安十七驚喜地問：「花顏找到了嗎？是不是花顏的信？」

花灼手一頓，抬眼問夏緣：「你怎麼知道？」

夏緣瞪了他一眼，冷哼了一聲，盯著安十七。

安十七縱馬疾馳而回，跑死了兩匹馬，京城到臨安比西南境地到臨安近，是以，馬死了，他卻沒如安十六一般暈倒，只不過一臉疲憊，渾身如土人一般地坐在花灼面前，正捧著水大口大口地喝，見夏緣盯著他，他放下水杯，站起身，恭敬地給夏緣見了個個禮，搖頭：「回少夫人，少主沒找到，這是太子殿下命我親自送回來給公子的信。」

夏緣聽聞花顏沒找到，面上露出失望之色，看向花灼手中的信。

花灼依舊問夏緣：「你是如何知道的？你從哪裡回來？去了太祖母的院子？她老人家告訴你的？」話落，又揣測，「你猜出來了，所以趁我睡著，去找了太祖母？」

夏緣又對他哼了一聲，不想搭理他，只問：「太子殿下信中說了什麼？」

花灼將信紙一折，看著她：「別鬧脾氣，還不是怕你著急才瞞著你的。你告訴我，我就給你看信。」

夏緣實在想知道花顏找沒找到，這時候雲遲派安十七親自回臨安送信在信中說了什麼，也顧不得跟花灼生氣，點頭承認：「我見你這幾日神態，雖藏的很好，但定然不止是因為花家的事兒，一定是跟花顏有關，我今日去太祖母那裡，故意說起花顏，才讓太祖母與我說了實話。」說完，她眼眶發紅，委屈地看著花灼，「你就算為我好，也不該瞞我，你怎麼就知道我有了身孕沒法子幫忙找花顏？」

花灼見她要哭的樣子，瞅了安十七一眼，伸手一把將她拽進了懷裡。

安十七眨了眨眼睛，知道公子這是要哄少夫人，識趣地先退出了屋外，還很懂事兒地關上了房門。

花灼將夏緣抱在懷裡，想著果然若是讓她知道就會哭鼻子。他雖然以前時常喜歡逗弄她哭鼻子，但她若是真哭起來，還得他哄，他除了怕她因為知道花顏出事兒心急憂急之下傷了腹中孩子，便是怕她哭了。

夏緣本來沒想哭，但被花灼這麼一抱，還真忍不住了，但她落了兩滴淚便想著如今不是哭的時候，也不等花灼哄，便推他：「說話算話，快給我看信，太子殿下在信中說了什麼？竟然讓十七親自送回來？一定是大事兒吧？」

花灼掏出帕子，也不著急，先給她擦了擦眼睛，才展開信箋給她看。

雲遲的這封信不長，若是飛鷹傳書也能送回來，但是信的內容卻的確寫了兩件驚天大事兒，怪不得讓安十七親自送回來。

一件事兒說的是，問他可否察覺蘇子斬有何異於常人之處？比如，如花顏一般？畢竟小狐狸第一次見著他與花灼，也未曾如第一次見到蘇子斬般如此親近。

另一件事兒說的是，他可否想過，臨安花家的暗線是否有問題？否則臨安花家幫著查背後之人這麼久了，憑臨安花家累世千年的根基，不可能連蛛絲馬跡都查不到。就算臨安花家在京城一帶沒有多少勢力暗樁，但在天下各處呢？

只這兩件事兒，再沒說別的。

夏緣看完，驚異地看著花灼：「太子殿下這信中是什麼意思？他懷疑子斬公子？懷疑花家？」

太祖母只告訴了她花顏失蹤之事，沒告訴她別的，她自然不知道關於四百年前先祖家主對懷玉帝復生追魂送魂且給了懷玉帝暗主令，讓其代代相傳至今落入他人之手之事兒。

她第一時間想到的是，子斬公子哪裡異於常人了？何時如花顏一般了？小白狐見了子斬公子很是親近嗎？花顏出嫁時，她沒跟著進京去觀禮，小白狐是跟了去的，她自然沒看到它如何親近蘇子斬的。

花灼沒想到雲遲如此敏銳，他若非這幾日已知道了祖父隱瞞四百年前之事，今日收到安十七送回的雲遲這封信箋，怕是也會先懵上一刻。如今他知道了那些事兒，再看這封信時，感慨地覺得，如今雲遲有了猜測，倒也好，總比被蒙在鼓裡強。

他看著夏緣一臉懵，拍拍她的手：「我還沒問過十七，你好好坐下，等我喊他進來，仔細問問他，再與你細說。」

夏緣點點頭，立即從花灼懷裡出來，坐在了一旁的椅子上。

「十七。」花灼對外喊了一聲。

安十七以為少夫人自小愛哭，公子要哄人，估計他有的等了，他在院中臺階上坐下，本想閉著眼睛先睡一覺，沒想到剛閉上眼睛不久，還沒睡著，便聽屋裡花灼喊他，他立即站起身，推開門進了屋。

夏緣瞅了安十七一眼，到底面皮子薄，有些臉紅。

安十七看了二人一眼，也不敢在花灼面前取笑人，還坐去了早先的椅子上。

花灼對他道：「將妹妹如何失蹤，太子殿下如何找人，以及你如何被打發回來送信，這些日子發生的事兒，都仔細說說。」

安十七正了神色，將花顏失蹤那日到他離開京城之事詳細地說了一遍。

當說到雲遲依照花灼飛鷹傳書的消息趕去後樑皇室陵寢，在空棺木裡，看到了花顏留話時，花灼皺起了眉頭。

夏緣捂住嘴，才沒讓自己驚呼出聲。

安十七說完，看著二人，對花灼道：「就是這樣了。我也不明白為何少主不讓殿下找了？之後殿下便派我回來給公子送信了。」

花灼點點頭，若非他早先已知道各種內情，如今怕是也要被後樑皇室陵寢裡空蕩蕩的棺木驚個夠嗆，一時沒說話。

夏緣看著花灼，試探地問：「你剛剛不是說問過十七，便與我細說嗎？你是不是知道什麼？」

安十七聞言也看著花灼，他早先不明白，這一路也想到了不敢想的那件事兒，是不是懷玉帝當年沒死？所以，那副空棺木在太子殿下找去後樑皇室陵寢在少主被關進陵寢之前就是空的？

若是這樣，對少主來說，實在不敢想像。

花灼點點頭，也不再隱瞞，對二人將從花家祖父那裡知道的事情，以及這兩日他做的事情簡略地說了。

他雖說的簡單，但夏緣和安十七聽的心驚肉跳，夏緣憋著氣，若非花灼拍她後背，她幾乎喘不上來。安十七自詡這些年跟著花顏見識了不少，但也沒料到會有這種事兒，一時間，他也跟著夏緣一樣，憋氣了半晌，幾乎憋死。

夏緣的手都是抖的，伸手抓住了花灼的手，抖著聲問他：「怎麼會這樣？花顏若是知道，該怎麼辦啊？」

花灼沒法回答夏緣，只輕輕拍著她後背，溫聲道：「別激動，對胎兒不好。」話落，補充，「你該這樣想，是蘇子斬，總比是別人強，至少，他不會害妹妹。」

夏緣失了聲。

安十七手也抖了一陣，除了夏緣，安字輩的公子裡，唯安十六和安十七最是和花顏情分深厚，如今乍然聽聞了這樣的事兒，他也難受的要死。

一方是自己飛蛾撲火愛了一輩的人，這輩子有些心思，打算擇選為婿，但因為其性命，為救他，放棄了，卻不想陰差陽錯，那人還是那人；一方是感於他的好，漸漸地愛上，愛的不惜為其江山名聲哪怕丟捨性命，為了他熔爐百煉天下的志向，而幫著他扛起肩上的責任，哪怕是自己，也不准許毀了他。

一個是後樑懷玉，也是蘇子斬，一個是雲遲，這南楚江山的太子。

前朝與今朝，前世與今生，當兩個人站在天平的兩端……

安十七不敢再往下想，哪怕不想，都覺得心口替花顏疼，疼的揪心扯肺。他看著花灼問：「公子，如今……可否告知太子殿下此事？」

花灼沉默，思忖片刻，忽然嗤笑，答非所問地說：「小丫頭是將堂堂太子殿下當孩子哄呢。」

安十七一怔，不解地看著花灼。

夏緣想到了剛剛安十七說花顏給雲遲留的那句話「雲遲，別找我了，乖。」這話聽著，可不就是哄人的話嗎？但花顏也常對她說乖，花灼也常對她說乖，花顏對太子殿下說乖，是個什麼神態？

花灼收了笑，整個人忽然三分散漫，七分玩味深意：「你今日歇一日，明日進京，自然要告知他，由你親口告知，我便不寫信給他了。說起來，雖然是花家先祖在四百年前惹出這麼多事兒，但若沒有這麼多年祖父瞞著，如今妹妹是死是活，估計沒他什麼事兒。他該感謝祖父。」

安十七默默地看了花灼一眼。

花灼又漫不經心地說：「我以前覺得，天下的好事兒，總不能讓他一個人全占了。娶我妹妹，便占了天下所有好事兒，大婚剛幾日，便診出喜脈。如今……」他頓了頓，哼笑，「上天果然是對誰都公平的。」一說完，又對安十七道，「你如實告訴他，花家已廢暗主令，另設臨安令，妹妹一日找不到，花家一日不會被誰所用，妹妹也不行。」

安十七下去後，夏緣看著花灼，只見他一改幾日來面上的嚴肅，頗有幾分昔日的懶散悠閒，她皺著眉瞧了他一會兒，不滿地瞪著他。

花灼又伸手將夏緣拽進懷裡，低頭瞅著她：「還跟我生氣呢？」

夏緣哼了一聲，隨著二人名分定下，關係一日比一日近後，她就漸漸地不怕他了，有時候，因花灼逗弄的太過，她對他發脾氣，還頗能占據點兒上風，尤其是如今懷孕，連她自己都覺得有點兒恃寵而驕了。

花灼伸手抓了她的手，捋著她一根根手指把玩，揶揄地笑：「小貓爪子又要開始撓人了？」

夏緣憤然道：「你不告訴我，你還有理了？」

「好，我沒理，我錯了，少夫人恕罪。」花灼笑看著她，聲音低低湊近她臉龐，「少夫人大人大量，原諒我一回，嗯？」

夏緣的臉騰地紅了，一把推開他湊近的臉，生氣地說：「你又逗弄我。」

花灼被她推開，看著她要炸毛的模樣，早知道她的脾氣，雖平時看著是個乖乖順順的，但若真是逗弄急了，渾身都帶刺，一準扎他個內外傷，他適合而止地收了笑：「好，不逗弄你了，我們說正事兒。」

夏緣一聽說正事兒，立即安靜下來，對他問：「你讓十七給太子殿下傳的話是什麼意思？什麼叫做連妹妹也不行，你是不管花顏了嗎？」

花灼「嗯」了一聲，「就是你聽到的意思，廢暗主令，設臨安令，重新洗牌花家，她如今就算拿著副令，想用也不管用了。」

夏緣方才已聽了花灼說的前因後果，也知道他這樣是為了花家好，她到底跟在花顏身邊多年，也知道花顏最在乎花家，花灼這樣做，若是花顏知道，一定大為贊許。但她還是擔心的不行，看著花灼道：「難道咱們也不找花顏了嗎？」

「她不讓找，就不找了唄。」花灼語氣輕鬆。

夏緣又瞪著他：「她只是留話說不讓太子殿下找。」

花灼伸手捏捏她的臉，笑著說了一句「笨丫頭」，散漫地道，「她既然在後樑皇室陵寢懷玉帝躺過的棺木裡給雲遲留話，顯然彼時知道懷玉帝沒死，不管腦子裡想什麼，但心裡總是個沒失智的，定然知道自己在做什麼。她雖然給太子殿下留了話，但也該知道這話自然也能傳回花家。她不讓太子殿下找，自然也沒打算讓花家找，否則花家找到，跟與太子找到，有什麼區別？」

夏緣懵懂地說：「自然有區別啊！太子殿下是太子殿下，花家是花家。」

花灼搖頭：「你因為知道了祖父隱瞞的事兒，才如此說。十六、十七和花家暗線隨意出入東宮，太子殿下雖在大婚之日從敬國公府接的妹妹，但天下誰人不知，他是從花家迎親接走的太子妃？這麼久了，從西南境地開始，花家暗線一直幫他，我也吩咐花家暗線查找背後之人，換句話說，東宮與花家，牽扯的太深，早已分不清。他找到人和花家找到人，按理來說，還真沒什麼區別。」

夏緣看著花灼：「這麼說，她不讓太子殿下找，也不讓花家找，那她想做什麼呢？」

「誰知道，小丫頭聰明，不是個傻子，從蛛絲馬跡，也可能窺見一斑。她做什麼，必有打算，就交由她自己定奪吧！這件事兒，誰也幫不了她。」花灼嗤了一聲，「枉我擔心她幾日，今日得了她留下的這話，便無須再擔心她了。」

「可是我還是擔心。」夏緣蹙眉，猶豫地說，「我與花顏在外那些年，恐防被你抓回來，一旦出了什麼事兒，不敢動用花家暗線，便商定了一種特殊的聯絡法子，誰也不知道，只我們二人知道……」

「嗯？」花灼抬眼瞧著她，「怪不得呢，你們那些年時常一失蹤就數月，我無論如何也找不到。」話落，她問夏緣，「是什麼法子？」

夏緣眼珠子轉了幾轉，閉緊了嘴，聰明地說：「聽你剛剛那話，就算我告訴你，你也不打算找她的，我還告訴你做什麼？」

花灼挑眉，瞅了夏緣一會兒，頓時笑了：「可以啊！都說女子懷孕後會變傻，我怎麼發現你變聰明了呢？」

夏緣扭過頭去，悶悶地說：「你一直覺得我是個傻的，天天被你糊弄，傻子也被你騙精明了。」

花灼大笑，將她抱起，向內室走去。

夏緣驚呼，伸手捶他：「不……不行……我有……」

「知道你有身孕呢，你胡亂在想什麼？」花灼來到床前，將她放下，看她警惕提防地看著他，他好笑，「我這些日子沒睡好，昨日又一夜沒睡，剛剛睡了片刻，便被十七吵醒了，你陪我睡一會兒。」

夏緣聞言臉紅地放下手，乖乖地給他讓開了地方，躺去了裡側。

花灼和衣躺下，將夏緣抱在懷裡，顯然他的確累得很了，也不逗弄夏緣了，閉上了眼睛，很快就安靜地睡了去。

夏緣偏頭瞅著他，見他眉目輕鬆，不再緊凝著，顯然雖然沒找到花顏，但因為得了她一句留話，他是放心了下來。花顏能留話不讓人找，顯然是沒有性命之憂，他自然不必擔心她了。

花灼雖然不擔心，但她還是比較擔心的，但又覺得，花灼的話有些道理，花顏不讓人找，那便不找了吧！她與她的祕密，也先留著吧！自然不能告訴花灼。萬一有一日他欺負她，她就離家出走，總不能什麼都告訴他，到時候讓他盯死了她。

安十七歇了一日，轉日起程前往京城。

在安十七從臨安出發時，雲遲在東宮已收到了雲影密報，知道了花灼廢暗主令，另設臨安令的消息。

以前，花家暗線在皇權下埋的嚴實，京中一帶的花家暗線更不會露頭，哪怕雲遲五年前在川河谷水患後費了好一番力氣追查到了花顏身上，但對花家暗線瞭解得也不多。自從，在西南境地，花顏答應嫁給他，以安十六和安十七打頭，調動了西南境地所有花家暗線幫助他收復西南境地，才讓花家暗線徹底地進入了他的視線。

尤其是在北地時，花顏和蘇子斬不敢將信件密摺走驛站，走的就是花家暗線，花家暗線便漸漸地時常出入東宮，隨著花顏嫁給他，京中一帶的花家暗線在他面前再無掩飾，他更是瞭解的清楚。

所以，如今花灼廢暗主令，另設臨安令的消息，自然瞞不住他。

他負手立在窗前，窗外夜色濃郁，窗子開著，清冷的風吹進來，桌上的燈燭被吹的明明滅滅，他一身青袍，包裹著頎長的身體，在光影下，透出幾分清寂。

雲影看著雲遲的背影，見他不說話，不吩咐，便立在他身後等著指示。

過了片刻，雲遲忽然笑了一聲：「臨安有花灼，哪怕天地風雲變動，也能再屹立百年了。」

雲影細聽之下，聽不出太子殿下的情緒，不像冷笑，說不出的意味，他這才開口：「不知花灼公子是何意思？」

雲遲轉過身，隨手關上了窗子，隔絕了窗外的冷風，淡淡道：「本宮果然猜測的沒錯，臨安花家暗線出了大問題，他這樣做，是將花家暗線從泥潭地撈出來。」

「撈出來之後呢？」雲影看著雲遲。

雲遲瞇了瞇眼睛，掐滅了桌子上的燈芯，室內頓時一片黑暗，他抬步向外走去。

雲影一愣，立即跟著雲遲出了書房，來到書房外。

雲遲站在廊簷下，濃郁的夜色一下子包裹了他，他整個人都融入到了夜色裡，今日，天上無星辰，夜尤其的黑，他在黑夜中站了一會兒，聲音伴著夜風，溫涼入骨，回答的卻是雲影早先說的話：「若是花顏不要本宮了，本宮都不在乎這南楚江山了，豈還會在乎花家如何？」

雲影聞言倒吸了一口冷氣，忍不住脫口喊：「殿下！」

雲遲對他擺擺手，抬步下了玉階，頭也不回地向鳳凰東苑走去。

雲影乃十二雲衛之首，自小刀槍劍戟血泊油鍋裡練出來的，早就隨著雲遲心性堅韌麻木了，但這一刻，他看著雲遲的身影，還是一下子紅了眼眶。

花顏自從那日被統領從後樑皇室陵寢裡帶上馬車，被他劈暈後，便沉沉地昏睡了過去，一連昏睡幾日不醒，無論是馬車走平路，還是走山坡低窪不平之地，她都依舊睡著。

即便冬天已過去，到了初春時節，但天氣不會一下子回暖，大地下了一場雪後還僵凍著，風刮著車廂簾幕，嗚嗚地吹，哪怕是厚厚的簾幕遮掩，冷氣依舊透進車廂。

花顏自從靈力武功盡失後，身子本就弱，再加之懷孕，這一路臉色都掛著霜白。

統領喊了幾次花顏，花顏都昏沉地睡著不醒，他喊人來給她把脈。

大夫給花顏把過脈後，謹慎小心地說：「太子妃傷了心肺……」

「什麼太子妃？」統領一個凌厲森然的眼神看過去，打斷了他的話，「這裡哪裡來的太子妃？」

大夫一驚，惶恐地連忙請罪改口：「夫……夫人心中鬱結重傷，這般睡下去，雖也無大礙，但因她體質太弱，若是睡得久了，恐怕有性命之憂。」
統領臉色難看，看著他問：「喊不醒她，當該如何？」
大夫琢磨片刻，小心翼翼地建議：「一般這種情況，是有不想面對之事，不願醒來，只能每日餵著參湯，養著身子骨，方能不敗了身子骨……」
統領冷聲喊：「來人。」
有人現身：「統領。」
「去弄參湯。」統領吩咐，同時補充，「上好的人參湯。」
那人應是，立即去了。
在行路中，弄參湯不容易，但手下人還是在一個多時辰後弄來了參湯，湯放在銅製的保暖壺裡，倒出來是溫熱的。
統領倒出參湯，盛在碗裡，用勺子攪拌著餵花顏。
花顏死活不張開嘴，即便統領用手指捏住她下巴硬灌，但她也牙關緊咬，就是不鬆開。
統領瞧著，冷聲冷氣地說：「你若是死了，一屍兩命，我雖不想你死，但不想整日裡侍候個半死人。這是參湯，你喝不喝？不喝就等著睡死！」
花顏沒什麼動靜，昏睡得沉，不知道聽進去沒有。
統領又將勺子放在她唇瓣，粗魯地用勺子戳了戳她有些乾的起皮的唇，等了一會兒，她似乎有了些意識，牙關鬆動，任由他將參湯通過勺子喂進了她嘴裡。
統領冷笑，聲音森然：「果然是個不想死的。」
一碗參湯喝下肚，不知是不是錯覺，花顏的臉色似乎好了些。

統領扔了勺子和碗，又摸了摸放在她身邊的暖爐，對外吩咐：「換熱的暖爐來。」

有人應是，不多時，拿了熱的暖爐遞進了車廂，換了已經涼了的暖爐。

就這樣，每走一段路，統領都會檢查花顏腳下懷裡擱著的暖爐，若是暖爐涼了，就吩咐人換掉，每日餵花顏三次參湯。

隨行的護衛默不作聲的跟著，藏下眼中的驚異，從來不覺得統領有人情味，似乎近日來，有了人情味，這般對待車中的女子，倒不像是恨不得她死，反而更像是怕她死了。

一連走了七日，這一日，來到了一處四面環山的農莊。

花顏昏迷了七日，依舊在昏睡著，因有參湯滋養，臉色雖說不上好，但也沒那麼蒼白難看。

有管家模樣的人站在門口，見馬車來到，恭敬地見禮：「統領。」

統領「嗯」了一聲，下了馬車，看了一眼面前的管家和隨他等候在門口迎接的幾個人，冷聲說，「閆軍師可到了？」

「閆軍師昨日剛到，說有十分重要的事兒與統領您面稟。」管家回話，「正在裡面等著您呢。」

統領點頭，抬步向裡面走，同時冷聲吩咐：「將馬車裡的女人找個屋子安置。」

管家應是，看了一眼馬車，對身後幾人擺手示意。

幾個人上前，一人剛要挑開車簾，統領忽然回轉身，冷聲打斷：「罷了，不用你們了，我自己來吧！」說完，他又轉回身，來到車前，挑開簾子，探進手去，將車廂內昏迷著的花顏連人帶被子一起抱下了馬車。

管家睜大了眼睛，這一刻，呼吸都停了。

統領向裡面走，冷著面色說：「帶路。」

管家回過神，連忙應是，不敢看統領，快步向裡面走，進了前院。

前院的前廳門口，一人立在房檐下的臺階上，正是閆軍師，閆軍師聽到動靜，顯然要迎出來，但當看到統領抱著一團錦被，錦被裡的那個女子，他腳步頓住，也驚異地看著。

統領自然看到了閆軍師，冷眼掃了一眼，對他說了一句：「等著。」

閆軍師連忙應了一聲：「是。」

統領見管家走慢了，不耐煩地催促：「快點兒！」

管家連走帶跑，不敢氣喘，進了院子裡，直奔正中一間主屋，對院中侍候的人說：「統領來了，快侍候著。」

這一處院中七八個人，從各處出來，見到統領，都齊齊跪在了地上。

管家打開了房門，躬身立在一側。

統領邁進門，徑直走進了裡屋，將花顏扔去了床上。

他手裡輕鬆後，看也不看花顏，對管家吩咐：「侍候著，她少了一根毛髮，唯你是問。」

「是！」管家大氣也不敢喘，也不敢多想，便招來人，「玉漱。」

「奴婢在。」外面有個女子應聲走了進來，她膝蓋上有塵土，是因為剛剛在院外跪的，還沒來得及拍掉。

管家指了指床上，吩咐：「從今日起，你就跟在這位……這位的身邊，仔細侍候，若是少了一根毛髮，你我都不用活了。聽到沒有？」

玉漱盯著花顏看了一會兒，點頭：「是。」

管家轉身走出去，到門口時，又轉回頭來說：「你一直負責這院子，稍後帶著人將這房間隔壁的房間儘快收拾出來，萬一……」他說著，看著花顏又住了口，頓了一會兒，又道，「你讓人收拾，我去前面看看統領和閆軍師可有吩咐。這處莊子雖閒置的太久，但如今主子來了，萬萬不可再懈怠了，否則我們都不用要小命了。」

玉漱點頭，面無表情：「是。」

管家轉身走了出去，又對院中侍候的人嚴厲地囑咐了幾句，快步出了院子。

玉漱在管家離開後，看著床上的花顏，將她仔仔細細打量了一遍後，轉身走了出去，對外面吩咐：「將隔壁的房間收拾乾淨了，務必纖塵不染，再燒了水擱在淨房裡，動作快點兒。」

外面的人應是，立即忙了起來。

玉漱又進了屋，扯開裹著花顏的被子，看了一眼她身量，拿了皮尺，將她從頭到腳丈量了一遍，記好了尺寸，又喊來一人吩咐了下去。

淨房的水準備好後，有人來報，她點點頭，扛起了花顏，去了淨房。

閆軍師一直站在門口等統領，一邊等一邊神色變幻地想著剛剛所見。

他沒等太久，統領便來到了前廳，看了他一眼，臉色一如既往的冷：「管家說你有重要的事情面稟我，什麼事情連信使都不用了？」

閆軍師拱了拱手，一邊請統領進屋，一邊說：「的確是有一樁極要緊的事情。」

「說。」統領進了屋，坐下身。

閆軍師揮手關上了房門，恭敬地站在他面前，給他倒了一盞茶：「花灼在三日前廢除了暗主令，另設臨安令，以臨安花家供奉了千年的紫雪玉麒麟為令，天下所有花家暗線，悉數聽令臨安令，但有不從者，逐出花家，重者殺無赦。」

統領騰地站了起來，面色森寒：「什麼？」

閆軍師深深垂下頭，又將話重複了一遍。

統領震了半晌，死死地盯住閆軍師的腦袋，聲音似乎從牙縫裡擠出，森冷帶著殺氣：「既然是三日前的消息，為何不早早稟告我？」

閆軍師搖頭：「是三日前的消息沒錯，但屬下也是昨日晚才得到的消息，因如今屬下不敢輕易動飛鷹傳信，也不敢輕易用信使，所以，便想著多不過一日您便到這裡與屬下會合了，與你面稟最好不過。」

統領殺氣不減：「好一個花灼，他倒是會壯士斷腕。」

閆軍師點頭：「沒想到花灼會這麼早發現我們動用了花家的暗主令，且如此乾脆地自損筋骨，一年的時間，半年用來籌謀，半年用來動手，還是太短了，若是再給我們些時間，即便花灼發現了，哪怕廢了暗主令，另設什麼臨安令，也不管用，那時花家已被我們收進囊中了。」

統領坐下身，寒氣森森地說：「蘇子斬呢？死了沒有？」

閆軍師看了統領一眼，搖頭：「二公子他在兩日前破了牽夢陣，我們的人不是對手，他帶著人不知所終了。」

統領冷笑，森然道：「既然破了牽夢陣，想必已有了記憶了，不必找他，花顏在我手裡，他會找來的。」

閆軍師點點頭：「二公子那裡倒不怕，但是花家暗線，還請統領示下。」

統領眯了眸子，寒光乍現：「我們這一年，至三日前，收了多少花家暗線？」

「不足十之二。」閆軍師道，「花家暗線十分不好收服，若非有暗主令，怕是十之二都收服不來。如今花灼此令一出，怕是這十之二也不保證，還須防範，畢竟花灼這一招實在是釜底抽薪，打亂了我們所有謀劃。」

統領冷笑：「十之二也夠了，趁著花灼廢暗主令，另設臨安令，花家暗線都震動中，讓我們收服的人立即撲向東宮，讓雲遲先扒下一層皮來。」

閆軍師立即笑道：「統領您的計謀妙，花家暗線與東宮近來牽扯的深，由花家暗線反噬東宮，最好不過。若是讓雲遲和花灼打起來，那就更好了。」

「打起來倒不至於，雲遲精明，花灼也不傻，我要的是雲遲的命，至於花灼，此回就給他點兒顏色看看。」統領擺手，「你現在就去傳信，即刻動手，我要花家暗線的這十之二折東宮五成人馬。」

「是。」閆軍師點頭，剛要抬步，又頓住，看著統領試探地問，「想要雲遲的命，其實十分簡單，只要殺了花顏……」

統領眸中瞬間蹦出利劍，盯緊閆軍師：「在皇宮，我既然沒殺她，便不會殺她，別給我打她的主意。」

閆軍師心底一寒，避開統領的眼眸，還是問：「統領既然不殺她，留著她該當如何處置？是將她給二公子？還是自己……」

統領拿起茶盞，隨手一扔，茶盞碎裂在閆軍師腳下，他森寒地說：「做好自己的事情，她不是你該過問的。」

閆軍師面色一變，看著腳下碎裂的茶盞和四濺的茶水，垂手應是：「是屬下逾越了，統領恕罪。」

統領寒聲道：「你記住我的話就好！」

閆軍師點頭應是，再不敢多言，出了前廳。

統領在閆軍師離開後，臉色寒氣席捲，如置身在冰窖中，管家本要詢問統領是否用膳，探頭瞅了一眼，嚇得腿頓時軟了，身子也縮了回去，躲在了門外。

閆軍師去往書房方向，回頭看了一眼，恭謹的眉目深深地皺起，眼底全然是隱憂。他駐足了片刻，轉了道，走到一處背靜處，喊了一聲：「晉安。」

「閆軍師。」一聲黑衣名叫晉安的男子出現在他身側。

閆軍師轉過身，對著他道：「你一路跟隨統領來此，途中可有什麼事情發生？」

晉安搖頭：「不曾有，一路十分順利。」

閆軍師點頭：「花顏與統領這一路上可發生過什麼？」

晉安搖頭，木然道：「不曾，她出了陵寢後，便一直昏迷著，已昏迷了七日。」

閆軍師皺眉：「你可知道為何統領不殺她？那一日，是你跟著統領進了宮，在宮裡，見到花顏時，發生了什麼？」

晉安搖頭：「不曾發生什麼，統領與她走了一段路後，她便發現統領不是二公子了。她發現時，統領也不再偽裝，之後不等她出手，便將她劈暈了，她那名婢女是屬下出的手。」

閆軍師看著他：「你是說，是統領那日臨時改的決定？本來在那之前統領還是要殺她的？」

晉安點頭：「應該是。」

「為什麼？」閆軍師問。

晉安搖頭：「屬下也不知。」

闓軍師又問：「那這一路上呢？她昏迷，統領在做什麼？今日我看他親自抱著那女人下了馬車，別告訴我統領何時懂得憐香惜玉了？他從生下來，我跟隨了他多年，就沒見過他對哪個女子憐香惜玉，換句話說，也沒見過他對哪個人有過好臉色。」

晉安看了闓軍師一眼，壓低聲音，說了兩句話。

闓軍師聽了這兩句話，臉色已十分凝重，每日親手餵她參湯，怕她冷，每隔一段時間換手爐，這兩件事情雖簡單，但是在路上，參湯本就不好弄，手爐換熱水也沒那麼簡單弄，可是卻堅持了一路，花顏這是什麼待遇？

在北地時，他是一直跟在統領身邊，統領想殺花顏之心，他分毫不懷疑，可是短短時間，他不在統領身邊，發生了什麼？

若非他多年來一直跟著統領，也清楚統領絕對不是二公子，否則此時真是懷疑他換了個人。他不但不殺花顏了，竟然還對她好？什麼道理！

他靜默片刻，深吸了一口氣，對他問：「你怎麼看？」

晉安搖頭：「統領必有道理，軍師您還是不要想著殺她了，一旦惹怒統領，後果不堪設想。」

闓軍師又沉默片刻，洩氣道：「我倒是想殺她，但統領這般，讓我如何殺？如今二公子破了牽夢陣，有了記憶，更不會殺她，若是找來，怕是會護死。殊不知，這女人根本就是禍水，留不得。」

晉安沉默不接話。

闓軍師又道：「兩位主子，一奶同胞，一脈傳承，我倒更該擔心他們以後。」話落，看著晉安，又跟著沉默片刻，擺手，「罷了，先做正事兒要緊，總之，如今花顏在統領手中，我們先對付東宮要緊。立刻依照統領的吩咐，即刻動手。」

晉安點頭。

統領在前廳坐了片刻，冷著臉出了前廳，回到了早先送花顏過去的院子。

此時，玉漱已動作俐落地給昏迷的花顏沐完浴，換了嶄新的衣裙，將她又安置回那張床上，蓋了被子。

統領進了院子，又跪了一地人，他擺擺手，進了屋，玉漱挑開珠簾，候在一側。他徑直走進屋，看了床上的花顏一眼，回身問玉漱：「你給她收拾的？」

玉漱垂首應是。

統領冷然地吐出一個字：「賞。」

玉漱跪地：「謝主子賞！」

花顏躺在床上，安安靜靜地睡著，似不管不顧一般，一直睡下去的模樣。

第一百三十五章 救命之恩?!或恨?!

統領站在床前看了花顏一會兒，揮手落下了帷幔，轉身去了淨房。

玉漱想了想，立即跟過去侍候。

她還沒邁進淨房的門檻，統領冷喝：「滾出去！」

玉漱腳步猛地頓住，不敢再前進一步，只站在門外白著臉說：「主子您的衣物放在第三個櫥櫃裡。」話落，試探地問，「你是去前院與閆軍師一起用膳，還是逕自在屋中用膳？」

「滾！」統領似十分不耐煩，暴怒地又喝了一聲。

玉漱安靜了片刻，再不敢待，轉身離開了門口，想了想，叫來一人，壓低聲音吩咐：「去看看飯菜好了沒有？若是好了，便將飯菜端來擺進……」她頓了頓，「外間畫堂吧！」

那人應是，立即去了廚房。

不多時，廚房的人送來了飯菜，擺進了外間畫堂裡。

統領沒沐浴多久，便從淨房裡出來了，他穿了一身黑色袍子，帶著幾分水氣，臉色冰冷，水氣都帶著冰霜。

玉漱垂手立在畫堂門口，挑開簾幕，不敢看統領。

統領抬步進了屋，看到外間畫堂裡擺著滿滿一桌子飯菜，色香味俱全，整個畫堂都飄著飯菜香味，他腳步一頓，忽然想起在後樑皇室陵寢裡，花顏餓極了，卻死活不吃冷硬的飯菜，非要嬌氣地吃熱呼呼的飯菜。

他抿了一下嘴角，想著她昏迷了七八日了，喊也喊不醒，是不是根本就沒什麼東西刺激她讓她醒來的原因？

於是，他寒聲吩咐：「將這些飯菜攞去屋子裡。」

玉漱恭敬地應了一聲是，連忙帶著人將飯菜挪去了裡屋。

統領隨後進了裡屋，只見這麼片刻的功夫，裡屋彌漫著飯菜香味，這飯菜顯然是廚房精心做的，熱氣騰騰，香味也散的快。

他對玉漱擺擺手，示意她下去，然後走到床前，隔著清一色的帷幔，看著裡面睡的沉的花顏，伸手挑開了帷幔，用兩旁的金鉤掛住，任飯菜的香味沒有任何阻隔地飄進床帳裡。

他盯著花顏的表情站了一會兒，發現無論飯菜香味有多誘人，花顏依舊沉沉睡著，無動於衷，他終於不滿，猛地伸手掐她的臉，惡聲惡氣地說：「醒醒！」

花顏的臉本就嬌嫩，肉眼可見地轉眼就被他掐出了個紅印子，十分醒目。

他見了，手鬆動了一下，緩緩拿開，沉沉地皺著眉盯著那個紅印子看了片刻，寒聲說：「你是想睡死是不是？」

花顏自然是睡著不答他。

統領臉色清寒瘆人：「別以為我每日餵你參湯不讓你睡死，你便覺得我有多心善不殺你了。你若是再這樣睡下去，我就弄一碗打胎藥，先殺了你肚子裡小東西。」

他說完，死死地盯著花顏，沒看到她面上神色變化，卻看到被子裡似乎動了動。於是，他猛地掀開被子，看到她的手放在了小腹上，呈護衛狀。

統領冷笑：「既然怕，就給我滾起來。」

花顏睡著不動。

統領對外面喊：「來人，端一碗打胎藥來！」

玉漱本就守在門外，自然聽到了統領的話，她心裡驚了個透心涼，但還是乾脆地應聲：「是。」

統領催促：「動作快點兒。」

玉漱又應了一聲，再不敢耽擱，立即去了。

這農莊本就有藥庫，也有大夫，玉漱找到大夫，說了主子的吩咐，大夫立即開了一副打胎藥的方子，玉漱拿著藥方子連忙去藥庫裡取藥。

閆軍師得了消息，心裡高興：「無論如何，她懷著的胎早就該給落了，本就不該留著。」話落，對晉安道，「這是好事兒。」

晉安卻沒有閆軍師這樣高興，冷木地說：「若是統領想落她的胎，但分動動手指頭，就落了，哪裡會用到打胎藥這麼費事兒？軍師你怕是高興的太早了。」

閆軍師一怔，面上的高興之色頓時沒了：「說得也是。」話落，揣測，「那統領如今是什麼意思？」

晉安搖搖頭。

閆軍師歎了口氣。

玉漱動作很快，將打胎藥熬了一會兒，覺得有了藥效，便立即端著進了屋。

統領依舊站在床前，似與床上昏睡著人多麼苦大仇深一般，杵在那裡，臉色嚇人，見玉漱端著藥來了，他伸手接過：「給我，你下去吧！」

玉漱垂著頭說：「主子，藥很熱，藥碗也很燙。」

統領奪過藥碗：「下去！」

玉漱立即走了下去。

統領端著藥碗，不管熱不熱，便一把拽起床上躺著的花顏，將藥往她嘴裡送，聲音森冷可怖：「我先將你肚子裡那塊肉打下去，再看著你流血而死，想必很有意思……」

他話落，花顏睫毛動了動，掙扎了片刻，終於睜開了眼睛，惱怒地瞪著面前的藥碗，攢著勁兒地揮手，將藥碗打了出去。

她本就身子軟，又昏睡了七日，沒多少力氣，藥碗很熱，她還被燙了一下，沒打多遠，碎在了統領腳下，濺的他鞋面都是黑烏烏的藥漬。

她這一下，用盡了全力，不由得有些氣喘，便抖著手和身子喘息。

統領看著她醒來的嬌弱模樣，他動動手，就能拍死她，他撤了手，冷笑：「終於捨得醒了？」

因他扶著花顏，如今他撤了手，花顏身子沒了支撐，跌回了床上，即便是鋪了厚實的褥子，花顏還是覺得摔的後背疼。

她「嘶」了一聲，氣的罵人，「姑奶奶醒不醒，與你有什麼干係？要你管我！」說完，她口不擇言，「你是哪根蔥？我樂意睡！」

統領不怒反笑，危險地瞇著眸子看著她，陰森森地說：「行啊！睡了一覺倒是本事了，敢罵我了，這般牙尖嘴利，我是不是該給你一口牙都拔了？」

花顏一噎，靜了靜，這才想起來面前這人是誰？可不是個能任由她發脾氣罵的人。

她捂著肚子喘了片刻，梗著脖子說：「我餓了。」

統領冷笑：「你還知道餓？昏睡七日，我以為你要一直睡死過去了，倒省得我殺你了。」

花顏知道他根本就不會殺她，不理他又慢慢地坐起身子，打量了一眼房間，自然看到了桌上擺著的飯菜，眼看飯菜都不冒熱氣，顯然是涼了，她說：「讓人熱熱飯菜，我不吃涼的東西。」

統領陰沉著臉盯著她，站在床前沒動。

花顏多少對這個人也有了些認知，便對外面喊：「來人。」

玉漱一直守在門外，自然也聽到了裡屋的動靜，驚異於花顏醒了，被一碗藥喊醒了？基於她是被統領抱進這個屋子的，雖然聽到不是統領喊她，但也不敢不應聲：「奴婢在。」

花顏吩咐：「把飯菜拿去廚房熱熱。」

「是。」玉漱應聲，對外一擺手，有兩個人跟著她一起進了屋。

統領立在床前，頭也不回，自然也沒阻擾。

於是，玉漱很快就帶著人將飯菜端了下去。

花顏活動了一下手腕，覺得軟綿綿的，感受了一下身體，身體比手腕還沒力氣，她鬱鬱地又抬眼看統領，對上他陰沉的眸光，問：「這裡是哪裡？」

「你覺得我會告訴你？」統領轉身走去了桌前。

花顏自然沒指望他能告訴她，但是昏迷期間，尚有感知，也隱約清楚似乎一直在馬車上走了很遠，更是清楚他每隔一段時間給她換手爐暖身體，一日餵三次參湯……

她看向地面，碎碗和黑烏烏的湯藥，皺了皺眉，沒再說話，支撐著身子，費力的下了床，穿上了鞋子，走到了桌前坐下。

統領冷眼瞅了她一眼，拿起茶壺，倒了一盞茶，他剛倒好，花顏便將那盞茶端到了自己面前，還說了句：「謝謝。」

統領手一頓，凌厲地瞅著她：「你倒是不怕我毒死你。」

花顏沒力氣端著茶盞，便半趴在桌子上，慢慢地喝茶，破罐子破摔，沒心沒肺地說：「毒死多麻煩，你伸伸手指頭，我就活不了了，多省事兒。」話落，又補充，「再說毒藥也需要銀子買，不便宜呢。」

統領「砰」地放下茶壺。

花顏以為他又要對自己震怒掐她脖子，便聽他對外面怒道：「熱個菜這麼慢，不想活了嗎？」

統領怒喝一聲後，玉漱身子一抖，連忙去催促廚房，幾乎片刻間，廚房的人就重新送來了熱好的飯菜，冒著騰騰熱氣。

回鍋菜的香味自然比早先差了許多，但熱氣騰騰的，讓人一看也很有食慾。

花顏掃了一眼，拿起筷子，夾起面前的菜吃了一口，蹙眉，對玉漱吩咐：「這個我不喜歡吃，給拿到他那邊去。」

玉漱瞅了統領一眼，見他面無表情，不像反對的樣子，她立即將菜從花顏面前撤走，猶豫了一會兒，才慢慢地放在了統領面前。

花顏頭也不抬地又繼續吃下一盤，似乎覺得這個好吃，連吃了兩口，又換下一個，吃了一口，果斷地說：「這個我不愛吃，也給他。」

玉漱又飛速地看了統領一眼，將那盤菜撤走，放去了統領面前。

花顏又換吃別的，她雖然七日沒進食，每日只喝參湯，卻沒因為餓屈服，嘴叼的很，被她挑挑揀揀，喜歡的自己留下，不喜歡的挪去給統領，拿不著的又讓玉漱端來她面前，愛吃的留下，不愛吃的又放回去。

如此一來，不出片刻，她面前放的都是她喜歡吃愛吃的飯菜。

玉漱心中已經不能用震驚來形容了，因為統領雖陰沉冷寒著一張臉，但始終沒說話，也沒反對，更沒掀桌子殺人。只冷眼瞅著花顏，見她挑剔了一圈後，吃的痛快，便拿起了筷子，吃著面前的菜。

他似乎不挑剔，沒因為花顏挑剩下不愛吃的都給他而發怒。

玉漱候在一旁，默默地記下花顏愛吃的菜和不愛吃的菜。

花顏知道自己多天沒吃東西，沒敢吃的太飽，只吃了個八分飽，便放下了筷子，瞅著一旁的三碗湯說：「都拿來，我嘗嘗哪個好喝。」

玉漱立即將三碗湯都端到了花顏的面前。

一碗是燕窩，一碗是雞湯，一碗是參湯。

花顏先喝了燕窩，放下，又端起雞湯，喝了一口又放下，最後端起參湯，品了品味，味覺很是熟悉，於是，她將一碗參湯慢慢地喝完了。

玉漱默默地又記下了，她愛喝參湯。

花顏喝完參湯後，見統領也放下了筷子，她放下碗，對他閒話家常：「吃完飯應該消消食吧？我能出屋走走吧？」

統領瞥了她一眼，冷笑：「你能走得動？」

花顏默了一下，對玉漱說：「你扶著我走。」

玉漱垂首應是。

花顏扶著桌子站起身，玉漱立即上前來扶她，花顏不再說話，步子很慢很虛軟無力地出了門。

隨著她走出去，珠簾一陣輕響。

統領坐在桌前，冷著臉色，過了片刻，站起身，也出了房門。他並沒有離開，而是站在屋簷下，看著由玉漱扶著在院中走動的花顏。

院外的空氣中飄著一陣陣梅花香，院中兩株梅樹，梅花開的極盛。

花顏穿的有些單薄，風還是有些冷，她對玉漱說：「你扶著我到樹下，然後去幫我拿件披風和拿個手爐來。」

玉漱立即說：「奴婢扶您過去，吩咐別人去拿。」

花顏笑：「我又跑不了，你緊張什麼？不用寸步不離跟著我吧？」話落，她努努嘴，「你家主子就站在那呢，有他看著，我能跑哪兒去？」

玉漱扶著花顏來到樹下，鬆開花顏，低聲說：「奴婢不是怕您跑了，是怕主子覺得奴婢侍候您侍候的不稱心，要了奴婢的命。」

花顏歪著頭打量她，撇撇嘴：「動不動就喊打喊殺的人，最討厭了。」

玉漱不敢接這話。

花顏靠在梅樹的樹幹，對她擺手：「快去！我就用你。」

玉漱應是，連忙去了。

花顏懶洋洋沒力氣地靠著樹幹看玉漱快速地跑到門口，見到統領時，稟了一句，那男人沒說話，她就立即進了屋去拿東西。

花顏隔著庭院的距離瞧著統領，心中想的卻是，這麼矛盾的一個人，她還真是第一次見。

她收回視線，伸手接了一片梅花瓣，放在鼻息間嗅了嗅，怎麼也嗅不出半壁山後山那一片梅花的味道，索性，手指一搓，梅花瓣碎在她手指間，鮮紅的汁液順著她指腹流下，像血。

她盯著指腹看了片刻，伸手去摸帕子，才想起衣服被人換了，也不心疼地乾脆用袖子擦手。

上等的織錦繡花百葉羅裙，袖子被她弄的一片血紅的汙漬，轉眼便毀了。

她瞧著被她弄的烏七八糟的袖子，皺眉，看了一會兒，覺得很糟糕，於是，又改了主意，伸手捋了梅花瓣，特意地碾碎成汁，便就著原先被她弄的烏七八糟的地方圖畫起來。

她反覆瞅了幾次梅花，弄了幾次汁液，堪堪將那些烏七八糟的地方給改了個樣。

上等的水袖，本只袖子的邊角勾了一圈金線圈邊，如今被她圖畫了點點落梅，霎時為這件衣服增彩不少，早先的汙漬半絲都看不出來了，哪怕是細看，也看不出這個她早先打算糟蹋了的那件衣裙。

她盯著點點落梅看了一會兒，滿意地收了手，這才發現面前站著一個人，抬眼，正是統領。

他筆直地站著，在梅樹下罩下一片陰影，這陰影也罩住了她。

不知他何時從門口過來的，花顏剛剛做事兒太認真，還真沒發現，也不知他看到了多少。

花顏正愁滿手多餘的汁液沒東西擦，粗魯地扯過了他的袖子，不客氣地用他的袖子一根根地擦著手指，很快就將自己的兩手給擦乾淨了。

相反，統領的袖子一片汙漬，雖他穿的是黑色的袍子，但在陽光下，還是看的清楚，且好好的袖子，被她揉搓的全是褶子。

玉潄捧著披風和手爐來到，看到的便是這樣的一幅場景，她心驚的直跳，只看一眼，便退遠了些，垂首不敢再看，大氣也不敢喘。

花顏擦乾淨自己的手，便不再理統領，對玉潄說：「把披風給我啊！」

玉漱偷看了一眼統領，他的臉隱在梅樹樹幹覆蓋的陰影處，看不出什麼情緒，但她依舊能感覺出他周身森寒的氣息能冰凍三尺。

她無聲地上前，但統領距離花顏太近，她來到近前，卻不敢再近一步。

花顏瞥了統領一眼，繞開他，走到玉漱面前，自己拿了手爐，玉漱連忙將厚厚的披風給她披在了身上。

這件披風很厚實，領子處是紅色絨毛，像火焰一樣。

玉漱給花顏繫好領帶子，看著她的模樣，心驚於她的美，紅色的火狐皮毛，更襯得她臉龐潔白無瑕，雖眉眼間依舊可見弱態，但難掩明媚之色。

傳言太子妃容色傾城，但百聞不如一見。

她垂下頭，不敢再想，低聲說：「您還繼續走嗎？」

「走啊！」花顏點頭。

玉漱上前扶著她，繼續在院中走動。

花顏走了幾步，對玉漱問：「這兩株梅樹，也不至於讓這院中有這麼濃郁的香氣吧？難道院外還種著很多梅樹？」

玉漱點頭：「院外有一片梅林。」

花顏恍然：「扶我去梅林走走。」

玉漱不敢自作主張，看向統領，見他還站在那株梅樹下，就跟早先杵在床前一樣，許久也不動一下，有些猶豫。

花顏好笑：「你有武功吧？且武功還不錯吧？這一處地方我雖不知道是哪裡，但想必前前後後，明裡暗裡，都是人吧？你怕什麼？」

玉潄深吸一口氣，扶著花顏向外走去。

二人來到門口，玉潄吩咐：「打開門。」

守門人立即打開了門，玉潄扶著花顏走了出去。

也許是因開門的動靜，統領轉過身來，看到了玉潄扶著花顏正走出去，他黑著眼眸，冷喝：「滾回來！」

玉潄腳步猛地一頓。

花顏皺眉轉身，看著樹下的人：「看看梅林而已，都不行嗎？」

統領寒著臉，森然道：「不行！」

花顏頗有脾氣地說：「我偏要看呢？」

統領冷冷地盯著她：「你可以試試不聽我話的後果。」

花顏抿唇，不聽他話的後果是什麼？殺她？自然是不會，給她墮胎？有可能！她可沒忘記那碗墮胎藥，她若是不醒來，一定會給她灌下去。她捧著手爐的手搓了搓，心有不甘地轉回了身。

他的底線在哪裡？目前看來是不能出這處院子！

既然不能出這處院子，花顏也不想轉悠了。

於是，她對玉潄說：「扶我回屋吧！這破院子真沒什麼可溜達的。」

玉潄點頭，扶著花顏回了屋。

統領沒隨著花顏進屋，看著花顏由玉潄扶著進屋後，出了院門，穿過梅林，去了書房。

閆軍師見他來了，連忙起身見禮，恭敬地道：「已經按照您的吩咐，交代了下去，因我們距離京城有些遠，大約要三日後才能動手。」

統領「嗯」了一聲，寒著的臉有些心不在焉，坐去了椅子上。

閆軍師注意到統領袖子上的髒汙，愣了一下，心想著統領愛潔，這般穿著髒汙的衣裳，按理說，他該是一刻都受不了，如今……

他猶豫了一下，特意提醒：「統領，您的袖子……」

統領的臉色寒了幾分，不答，冷聲道：「你今日只說了花灼廢除暗主令，另設臨安令的消息，可有雲遲的消息？」

閆軍師立即說：「有的，他帶著人去了後樑皇室陵寢，撲了個空，氣的一把火燒了陵寢，然後便召集回了四處搜查的東宮暗衛，似乎……」

「似乎什麼？」統領豎起寒眉。

閆軍師道：「似乎不再找太子妃下落了，不知為何？」

統領冷笑，沒說話。

閆軍師看著統領，揣測道：「也許他是看到空空的墓穴，棺木也空空如也，猜想出了什麼，受不了費盡心思奪到手的女人原來心裡一直放著另一個人，且那個人四百年前沒死，如今也許還如她一般換了個模樣活著。四百年前，懷玉帝與淑靜皇后，生死相隨，可歌可泣，任誰也拆散不了的情緣，以他驕傲的性子，不要這個女人了吧！所以，才乾脆不找了。」

統領更是冷笑：「你覺得會是這樣嗎？」

閆軍師不敢肯定，模棱兩可地說：「也許……可能吧！」

統領寒著臉道：「你未免小看雲遲了，他想要的人，就算化成灰到了別人手，他也是要奪回去的。」話落，他不屑冷嗤，「不過大體是猜出了我要對付京城，才將所有人都召集回去了，為了南楚的江山，待她之心，也莫過如此，虧她為了他收復西南境地，在北地不惜以死與我相抗。活了兩輩子，還是個沒腦子的蠢女人！」

閆軍師見統領罵花顏，心中舒坦，於是趁機問：「這麼說，如今京城防備極嚴了？若是讓我們收復的花家暗線十之二動手的話，怕是也討不到什麼好處。」

「好處？我只讓他折一半人就夠了！先讓京城亂起來，折他一半羽翼，然後……」統領隨手攤開面前的南楚山河圖，隨手指了幾處，「這裡，這裡，這裡，再都亂起來，我看雲遲拿什麼固守山河？他監國區區四年，多不過五年，連他出生都算上，二十年的根基，拿什麼比四百年的籌謀？」

閆軍師眼睛一亮：「您說的對。」話落，又擔心地說，「可是二公子那裡……萬一他向著雲遲呢？畢竟在北地，若不是他幫雲遲，不會毀了我們多年根基。」

統領眯起眼睛：「他有了記憶，還會向著雲遲？」話落，他冷冷地笑，「那我倒佩服他了！賠了江山，又賠了女人，還陪著幫著人家固守山河？」說完，嘲諷不屑地帶著殺氣說，「還如四百年前一般悲天憫人嗎？那就殺了他。」

閆軍師一驚，看著統領：「這……」

「怎麼？」統領盯緊閆軍師，「我不能殺了他？」

閆軍師連忙垂下頭：「您與二公子畢竟是一母同胞，骨肉相殘，有違天道。」

統領大笑，森寒的眸子不見半點兒笑意：「誰跟他是骨肉？他是他，我是我，他若是向著雲遲，我就殺了他。若他不向著雲遲，我就給他留一口氣。別以為他有了記憶，就是我祖宗了！做夢！」

閆軍師又道：「若是殺了二公子，屬下怕族親的幾位長者知道，會與您發怒。」

「我怕他們發怒？」統領寒著眸光，「那就都殺了。」

閆軍師垂下頭：「想必二公子有了記憶後，不至於再糊塗。」

「他最好不再愚蠢。」統領吩咐，「盯著幾位老頭子，別讓他們給我反戈，但有反戈，心向蘇子斬，阻止我的大業，都給我殺了。」

閆軍師頷首，此回乾脆：「是，誰也不能阻止主子的大業。」

花顏回了屋後，只見桌上的剩菜殘羹已被收拾乾淨，地上早先打碎的藥碗和藥漬也已收拾乾淨，甚至連床上她躺過的被褥也換了嶄新的。

她坐在桌前，瞅了一眼外面，統領已出了院門，她對玉漱道：「陪我說會兒話。」

玉漱垂下頭：「奴婢不敢。」

花顏瞧著她，樂了樂：「你跟在他身邊多久了？這麼怕。」

玉漱不說話，顯然這類問題都不會回答花顏。

花顏盯著她看了一會兒，也不拿人的性命為難人，擺擺手：「行吧！你下去吧！」

玉漱轉身走了下去，但沒離開，守在了門外。

花顏懶洋洋地靠在椅子上，摩挲著手裡的手爐，坐了一會兒，乾脆起身，躺去了床上。

她雖然昏睡了七日，但是被強制喊醒，渾身疲軟，閉上眼睛，很快就又睡了過去。

玉漱聽到裡屋的動靜，探頭看了一眼，見花顏自己上了床，很快就睡了過去，她撤回身子，躲離門口遠了些。

一個時辰後，天色將黑時，統領回到了院子。

玉漱站在門口，恭敬見禮，頭也不敢抬。

統領徑直穿過畫堂進了屋，屋中光線昏暗，未曾掌燈，但他還是一眼就看到了床上躺著的花顏，均勻的呼吸聲從帷幔內傳出。

他瞳孔縮了縮，寒聲吩咐：「掌燈。」

玉漱立即進了屋，掌了燈，屋中頓時亮了起來。

統領走到床前，伸手挑開帷幔，花顏大概是身上蓋的少，她很冷，眉頭皺著，縮成一團。他看了片刻，寒了眸光，冷怒：「怎麼侍候的?再拿一床被子來。」

玉漱看了一眼屋中燒著的地龍，想著那一床被子不薄，當此時也看到了床上花顏縮成一團，趕緊應是，立即去了。

他的聲音不大，但也不小，花顏眉頭似乎皺的更緊了，像是很不耐煩被吵到，伸手將被子往上一扯，蒙住了腦袋，繼續睡去。

統領冷眼瞧著，冷嗤了一聲。

玉漱很快抱來了一床被子，動作俐落地搭在了花顏身上。

統領轉身，坐去了桌前，吩咐：「給她將懷裡的手爐換掉。」

玉漱給花顏搭完被子，應是，立即將手爐換了新的。

不多時，花顏身子舒展開，蒙著被子的腦袋也扯開，露出了臉，眉目也舒展開了。

統領喝了一盞茶，在天色徹底黑了時，站起身，出了裡屋。

玉漱心領神會地低聲說：「主子，隔壁的房間一早就收拾出來了。」

統領眼底驟然盛滿寒光：「滾出去！」

玉漱不敢再多言，立即退了下去。

統領又轉身回了屋，動作太大，門口的珠簾發出劈里啪啦的響聲，他快步來到床前，伸手解了外衣，扔在了一旁的腳塌上。

花顏忽然醒了，騰地坐起身，抱著被子冷冷地說：「你敢上來，我就……」

統領眸光如利劍：「你就怎樣？殺了我？」他冷笑不屑，「你如今有幾斤幾兩？」話落，他驟然發狠，「你是乖乖躺在這裡睡？還是我把你扔去地牢睡，你選一個？」

花顏一噎，看著他陰狠森寒的眸子，似盛滿了盛怒，就如在後樑皇室陵寢那日要掐死她一樣，她毫不懷疑，若是她選去地牢，他雖不殺了她，今日大約有的苦頭吃。

她瘋了？有好好的屋子燒著地龍蓋著暖和的被子抱著手爐不睡，跑去睡地牢？

她手放在小腹上，雖受他威脅，但還是氣不順地梗著脖子說：「你想睡這張床，我把它讓給你就是了，偌大的院子，總有房間給我睡吧？」說著，她鬆開被子，就要下床。

「你敢！」統領手按在她肩上，惡狠狠地盯著她，「你敢動一下試試。」

花顏覺得有一把鐵鉗掐住了她，肩上頓時一疼，她暗恨自己這副弱不禁風的身體，惱怒地揮手打他的手臂：「拿掉，下手這麼重，疼死人了。」

她氣怒地瞪著他，心中的怒火騰騰地上湧。

統領冷笑地看著她：「不殺了你，已是便宜你了，別以為我縱容你一身臭毛病，你就真能騎到我頭上。」

花顏頓時洩氣，但還是不甘心，仰著脖子惱道：「誰臭毛病了？你跟個冰塊似的，我怕你不殺我，先凍死我。天下這麼大，院子裡房間好幾處，你非跟我過不去做什麼？」

統領捏著她肩的手陡然用力。

花顏疼的「嘶」了一聲，大怒，「放手。」

統領不鬆手，瞇著眸子，眼底風暴席捲，惡狠狠地說：「你說我非跟你過不去做什麼？」

花顏咬牙：「我哪裡知道？你先鬆手。」

統領冷笑，自然不鬆手。

花顏覺得肩膀上的骨頭都快被他捏碎了，她心裡冒火地盯著他的眼睛，看了一會兒，見他分毫不讓，她怒道：「你到底想怎樣？」

統領面色陰沉，一字一句地道：「那一日，在墓室，你說我若不嫌棄你……」

花顏身子陡然一僵。

舊事重提，她心裡發沉，她不是躺在棺材裡，而是躺在床上，在這樣的屋子裡，在床上，她再不如那日能再輕鬆應對他。

她盯著他的眼睛，四目相對。

兩世以來，她的人生就如濃霧一般，有一點點的光就橫衝直撞，上一輩子跌個粉身碎骨自殺而死，這一輩子呢？當真揣著雲遲的孩子也自殺？且死在他看不見的地方嗎？

不！

她陡然地泄了氣，木木地說：「鬆手，床這麼大，你愛睡就睡行了吧！」

統領盯著她，不鬆手，反而又加大了手勁兒。

花顏只覺鑽心的疼，透過肩胛骨傳遍整個身體，傳到了她小腹上，她眼裡水氣漸漸溢滿：「我都說了，這床你愛睡睡，還不行嗎？你有本事殺了我，我也認了，不殺我，你就鬆手。」

統領看著她，見她眼淚在眼圈處打轉，偏偏不落下來，他嗤笑了一聲，慢慢地鬆開了手：「殺你容易的很，要你……也容易的很，由不得你。」

花顏心底發冷，她沒靈力沒武功，且懷有身孕孱弱的不行，他說的對，他做什麼，都容易的很。

她伸手去揉肩胛骨，手剛碰到就疼的讓她吸涼氣，她將手按在肩胛骨上，大約是因了這鑽心的疼，她反而忽然冷靜了下來。

她靜寂了一會兒，忽然也嗤笑了一聲：「是都很容易，你們後樑皇室的人，輕易能得到女人心，後樑因為什麼亡國？政局積累弊端是其一，你知道什麼是其二嗎？」

統領瞇著眼睛沉沉地看著她，不接話。

花顏仰著臉，忽然對他笑了，一字一句地說：「是淫亂宮闈。除了懷玉，末代的幾代帝王，不被記入史冊最大的皇室祕辛，便是賢文帝其實不賢，亂淫親姐妹，永德帝其實不德，亂淫先帝后妃，惠良帝其實不良，強搶子侄弟媳……」話落，她冷冷地嘲笑，「身為後樑皇室後裔，怎麼？你要亂淫先祖母？」話落，她不客氣的補充，「那可真是出息大了。」

統領陡然暴怒，猛地伸手，掐住了她的脖子。

花顏看清了他眼底的盛怒，如暴風驟雨席捲，眸中的殺意她看過不止一次，但這一回，最是驚心，她被掐住脖子，不能說話，便這樣看著他。

統領瞳孔一寸寸收緊，手也隨之一寸寸收緊。

花顏呼吸被扼止，眼前已漸漸發黑，漸漸的，看不清事物。

統領忽然閉上眼睛，聲音寒徹骨：「本不想殺你，但你自找的。」話落，他手微抖著，卻一根根往裡收。

花顏覺得，他說的對，她真是找死，但他莫名地對她太好了，好到她害怕。參湯暖爐這一路，挑剔飯菜他也不惱，將他衣袖蹭髒他也不怒，如今若是讓他上了床，那麼，她對得起誰？

不說雲遲，便是她自己也對不起自己。

果然是桃花劫！

她也漸漸地閉上了眼睛。

屋中靜的落針可聞。

忽然，在寂靜中響起一串的馬蹄聲，緊接著，是呼喝聲，刀劍聲。

統領顯然也聽到了，手一頓，睜開了眼睛。

花顏也睜開了眼睛，眼前一片灰白，看不到一絲光，甚至看不到面前的人。

「統領！」外面有人匆匆跑來，在夜裡，聲音格外地清晰，帶著一絲慌張：「有人帶了大批的人闖進來了。」

統領聲音怒啞：「什麼人？」

那人氣喘吁吁：「閆軍師說……說是……二公子……」

統領倏地手又收緊，須臾，又鬆開，猛地撤了手。

花顏身子一軟，栽回到了床上，大口大口地喘氣，眼前黑黑白白好一會兒，才透出些許光亮。死裡逃生，莫過如此了！

這是既北地之後，她最接近死亡的一次。

統領嗜血的眸光又洶湧了片刻，對外面道：「就說我知道了，讓他闖，有本事闖進來的話，我倒要看看，如今的他，求什麼。」

外面人應是，立即又匆匆去了。

統領冷笑地看著花顏：「他倒是來的快。」

花顏不作聲，頭腦暈眩了一陣，才勉力不讓自己暈過去，想著他既是蘇子斬的雙胞兄長，如今說是二公子闖進來了，那麼，是蘇子斬來了吧？

他來了，就在這一刻，救了她。

統領忽然坐下身，伸手摸花顏的脖頸，不同於剛剛的掐，指腹十分輕柔。

花顏覺得脖子火辣辣的疼，早先在後樑皇室陵寢被他掐的傷，如今又添新傷，感受到他指腹碰觸，更是疼的寸寸如火燒。

統領來回在她脖頸摸了片刻，看著她蒼白的臉說：「你知道蘇子斬是誰嗎？」見花顏不語，他笑，邪肆森冷，「想知道四百年後你死去的事兒嗎？」見花顏還不語，他道，「你一定想知道，為什麼後樑皇室陵寢裡那副棺木是空的，不如我告訴你，懷玉帝哪裡去了。」

花顏閉上眼睛。

統領瞧著她，她身上的氣息在這一刻，又彌漫上了在後樑皇室陵寢打開那副棺木時一樣的氣息，他笑的邪惡：「四百年前，懷玉帝將你與江山一起給了太祖雲舒，你偏偏尾隨他飲毒酒而死，雲舒也是個癡情種，為了救你，將雲家嫡系一脈的所有子孫召集起來，對你用起死回生之術，而你祖父，更是可笑，跑去了後樑皇室陵寢，復生懷玉帝，雲家和花家，數千年前，本是一脈傳承，雖分支偏遠，血緣已經淡沒了，但各有的能耐卻都不小……」

花顏似想到了什麼，身子抖了起來。

統領一直盯著她，似被她這副模樣給取悅了：「你猜到了是不是？可惜，你猜的大約不具體，我就如實告訴你。」話落，手撫上她的眼睛，像把玩一件精美的瓷器，「你似乎不願復生，願隨懷玉帝奔赴九泉，迫不得已之下，寧可魂飛魄散，拼盡不能上窮碧落下黃泉，但也要生生世世記住他，對自己狠心地下了魂咒，且成功了。而他呢？自然沒有你的本事，很容易就被你祖父給復生了。」說著，他大笑起來，「他死，你隨死，他生，你不生，真是天大的笑話。」

花顏手指尖都抖了起來，整個人蒙上了一層灰暗。

統領欣賞著，又繼續說：「你想說與蘇子斬有什麼關係是不是？關係大了。你祖父復生他後，他得知你竟然對自己用了魂咒，身體已化成了灰，心下大悔，便也請你祖父將他化成灰，隨你而去。你祖父很是能耐，告訴他，你雖身體化成了灰，魂魄卻沒亡，上天對你有一線生機，追魂術可以找你魂魄，於是，他用追魂術，查到你魂魄將會降生在四百年後，而他，不止會追魂術，還會送魂術，為成全你們，將他的魂魄也送來了四百年後。」

花顏忽然暴怒：「別說了！」

她嗓子受傷，開口沙啞，沒發出多少聲音。

「不說？」統領冷笑著搖頭，「你是不敢面對吧？」話落，他語氣突然一狠，「你在後樑皇室陵寢打開棺木時早有猜測對不對？我偏讓你面對！我告訴你，蘇子斬就是懷玉帝！送魂術讓他沒了記憶，但是如今，他有記憶了。我倒想看看，他還將自己的女人拱手相讓不？！」

花顏睜開眼睛，惱恨地看著他，有些人的可恨之處不在於他殺了你，而是他非要將殘忍的東西掰開揉碎在你面前，看著你生不如死。

世界上最重的折磨，莫過於生不如死了。

花顏大腦嗡嗡地響，似有千萬刀劍刺來，刺的她從內到外都生疼的血流成河。這一回，她清楚地從他的眼眸裡看到了自己，蒼白著臉，如鬼一樣。

不，連鬼都不如。

她撇開臉，又閉上眼睛，放任心一寸寸撕裂開來。

統領的聲音還在繼續，他又說：「同是雙生，我生來就是被當作鋪路石的那個，憑什麼？」他冷笑，「地獄你待過沒有？我待過。我與梅花暗衛一起被當作死士訓練，待了十年地獄。」他頓了頓，聲音莫名，「天下有一處白骨山，你遊歷天下時去過吧？」話落，他騰地站起身，咬牙切齒地說，「花顏，你當年毀了白骨山，我見到你不殺你，你知道為什麼嗎？」說完，他森然地說，「就是等著讓你落在我手裡讓你生不如死。」

花顏又驀然地睜開了眼睛，轉過頭。

統領已不再看她，轉身出了房門，「砰」地一聲，門打開，他衝出了門外。

花顏看著飄蕩的珠簾，劈里啪啦地響，外面的冷風灌進屋，她一下子涼到了心肺裡，將體內的血流成河都凍的凝住。

她依稀的記起了多年前久遠的一幕，的確是她毀了白骨山……

她費力地抬起手腕，在室內燭光下，她手腕的翠綠手鐲流動著華光，當年有一個少年，渾身是血地躺在血泊裡，身上受了幾十處刀劍傷痕，在成山的白骨中，奄奄一息地抓著她的手，死死地盯著她手腕的鐲子說：「你等著，我若不死，必追你到天涯海角，要了你的命。」

她閉上眼睛，將手腕軟軟地搭在眼睛上。

這個鐲子，是她四百年前出生起，祖父給她戴在手上的雲族至寶，用來護佑她安平，在雲舒兵臨臨安時，她摘了下來，與那封信一起送回了臨安，這一世，她出生時，隔了四百年前，兩個祖父，雖已人不同，但還是又拿了出來，戴在了她手上。

若是如他所說，蘇子斬是懷玉，他與他一母雙生，武威侯當年藏起來他，就是要給將來恢復記憶的蘇子斬復國鋪路嗎？

他恨武威侯，恨蘇子斬，也恨她，恨命運讓他與蘇子斬一母同生？

更恨當年在白骨山！

在北地，他下狠手讓她死，那時，他大約只知道她是花顏，他自然是要讓花顏死的，但在宮宴上見了她，大體是看到了她手上戴的這只鐲子，認出了她就是當年在白骨山的死人堆裡，陰差陽錯，或許可以稱得上算是救了他一命的人，才一時沒下手立即殺她？

於是，改了主意，帶她去了後樑皇室陵寢，揭開了那副棺木，然後又帶了她來了這裡，告訴她真相？

真相這種東西，她一點兒也不想知道。

玉漱見統領怒氣沖天地推門而出，但並沒有離開，而是站在屋簷下，目光陰沉翻湧地看向前院，她不敢出聲，規矩地立在一旁。

這一處院落安靜，在夜晚，有絲絲冷風從房檐處遛過，前院的刀劍聲隱隱傳來，越發地清晰，似打的十分激烈。

統領在門口立了片刻，忽然轉身，又回了屋，冷寒地吩咐：「關門。」

玉漱不敢耽擱，立即關上了房門。

統領又回到房間，轉眼便來到了床前，看了花顏一眼，冷笑：「你說，他若是殺到了這裡，看到了你我睡在一張床上，會如何？」

花顏拿開擋在眼前的手，翠綠的手鐲隨著她手的動作晃了晃，她睜開眼睛，看著統領罩在床前的一片陰影，阻隔了燈光，床帳內似乎一下子就暗的伸手不見五指，她聲音木然地說：「還能如何？殺了你。」

統領嗤笑不屑，冷厲地說：「他能殺得了我？做夢！」

花顏聽著刀劍聲，似聞到了血腥味：「你埋伏在這裡多少人，準備殺了你的親弟弟？他生來何錯？」

「何錯？」統領勃然大怒，「他是懷玉，你沒聽見我剛剛說什麼嗎？」

「就算他是懷玉那又如何？這一輩子，我不認識懷玉，我只認識蘇子斬。」花顏淡聲道，「你恨上天不公，但上天對他又何公？你恨武威侯，恨命運，難道他就不恨？一母同胞，你讓他血濺三步在這裡，對你又有什麼好處？你確定你該殺的人是他？」

「那你告訴我，我該殺誰？」統領瞇起眼睛，「都到這般時候了，你竟然捨不得他死？你肚子裡懷著雲遲的孩子，卻捨不得身為蘇子斬的懷玉死？」

他像是聽到了什麼好笑的笑話，忽然大笑了起來。

花顏冷靜地看著他笑，目光近乎冷木麻木的平靜：「你該殺誰，我不知道。但我知道，懷玉沒錯，他若說唯一做錯的一件事情，便是四百年前生在後樑帝王家，是後樑太子，又娶了我，登基為帝。他死，沒錯，他活，也沒錯，他生在這一世，就算他魂繫蘇子斬身上，又有何錯？而蘇子斬，你也說了，他既不知，又何錯之有？」

「那錯的是誰？我嗎？」統領笑罷，陰狠地看著她。

花顏沉聲道：「你怨恨蒼天待你不公，對百姓不仁，就算你殺盡天下人，也奪不了南楚江山。雲遲比你仁善愛民，蘇子斬比你純良多了。」

統領額頭青筋直跳，攥緊了拳頭，聲音從牙縫中擠出：「剛剛沒殺了你，現在你還想著他來救你？蘇子斬能救了你？你一再的激怒我，是真覺得我不殺你？」

花顏嗤笑一聲，嗓子很啞，聲音很輕：「你真該在皇宮見到我時，就殺了我，我也不必知道這些不想知道的事兒了。無知不知道有多幸福。」

統領忽然散了拳頭，雙手撐著床榻，俯下身，將她圈在床榻和他的雙臂間，邪魅陰狠地笑：「一個是四百年前生生世世都不想忘了的人，一個是為了救命之恩以身相許且懷了孩子的人，一個死生不惜，一個結草銜環……」

他說著，慢慢低下頭：「我倒要嘗嘗，你的滋味，橫穿了四百年，到底……憑什麼魅惑了一個又一個……」

花顏聽到了外面有人劈開這處院落大門的聲音，聽到有僕從低呼，聽到有刀劍風聲，聽到有血的味道，聽到腳步聲沉重地一下一下，力踩千鈞而來。

她猛地抬手，擋在了統領要覆在她臉上的腦袋，用力地，將他腦袋推開，看著他漆黑洶湧的眼睛，冷冷地說：「看來你埋伏的人馬不頂用，這麼短的時間，他已經進來了，你若是不想今日我們三個都死在這間屋子，你就只管讓他怒。懷玉的怒火我不曾見過，但蘇子斬的怒火，他能一人剷平黑水寨，便能一人夷平你這間屋子。你想激怒他，就拿你的命來承擔後果。你覺得，你承擔的起嗎？」

他有慾望，有野心，有謀奪天下的狠厲，但沒了命，拿什麼謀算？

花顏篤定地看著他：「你若是用我的清白來威脅蘇子斬，那就大錯特錯了。蘇子斬看不上南楚江山，他在這世間，唯一能看得上的……」她笑了一聲，冷冷獵獵，「是我的命，除非你殺了我。」

統領勾起嘴角，弧度冷如冰：「你的意思是，他還是蘇子斬？不是懷玉帝？哪怕有了記憶？依舊一如往昔對你？」說完，他驟然握住她的手拿開，附在她耳邊，低聲嗜血地說，「你說錯了，他明明已來到門外，都不敢進來，你猜，他如今心裡在想什麼？」

花顏掙了掙，沒掙開他的手，恨恨地對外面怒道：「蘇子斬，你給我滾進來！你就是這麼任由這個混帳東西欺負我的嗎？」

統領似沒料到她竟然對外怒喊，神色一動。

第一百三十六章 隱藏在眼底裡的人

蘇子斬一腳踢開了門，同時玉漱驚呼一聲，他已一陣風地進了屋，一身血腥味，伴隨著一柄寶劍，泛著寒氣和濃厚的殺氣，對著統領的後背心刺來。

統領瞬間身子一滾，將花顏與他換了個位置，花顏的後背心轉眼對準了蘇子斬的劍。

蘇子斬的劍出的快，收的也快，雖然劍收了，但他的人卻沒停手，一把撈住了花顏的腰，花顏只覺得眼前一陣天旋地轉，她人已離了床榻，被蘇子斬攬在了懷裡。

花顏眼前發黑，血腥味讓她許久不鬧騰的胃又鬧騰了起來，正難受間，只聽他冷聲說：「蘇子折，你當真以為這麼多年，我不知道我還有個同胞兄長嗎？」

花顏靠在蘇子斬的懷裡，本來胃裡翻湧，聽到這句話，難受的感覺停了停。

蘇子折目光陰沉，似沒料到他的劍收放自如，不僅沒傷到花顏，還將花顏從他手裡奪了去，他從床上慢慢地坐起身，陰狠冷厲地說：「你知道？」

蘇子斬冷笑一聲，收回視線，低頭看花顏。

他身上的血腥味太濃，花顏終於受不住，一手扶著他的手，頭往旁邊一偏，「哇」地一聲吐了起來。

蘇子斬渾身都僵了，倏地白著臉看著她，然後，劍指蘇子折，怒問：「你給她吃了什麼？」

蘇子折目光略過他的劍，見花顏死死地扶著蘇子斬的手臂，頃刻間吐的昏天暗地，他眉頭不見痕跡地皺了一下，寒聲道：「你以為我給她吃了什麼？」

蘇子斬筆直地伸著劍，寶劍的寒芒刺人眼目，他眉眼比蘇子折的還寒徹骨幾分：「說！」

蘇子折不看他的劍，陰狠地說：「我吃什麼，她就吃什麼，每日當姑奶奶侍候著，未曾吐過，我怎麼知道她現在為什麼吐？大約是看到了你。」

蘇子斬劍顫了顫，見花顏吐的停不下來，不敢挪動她，怒喝：「叫大夫來。」

他話落，外面有人探頭向裡看了一眼，但似乎懼於蘇子折沒敢應聲。

蘇子斬冷眼看著蘇子折，逼人的目光刺向他，滿帶殺氣地說：「若不想我夷平這裡，殺了你，你最好聽我的。」

蘇子折掃了一眼他渾身是血的模樣，冷冷嗤笑一聲：「你殺了我？」他像是聽到了什麼笑話，「你這副樣子，能殺了我？」

「你可以試試。」蘇子斬沉沉地看著他。

蘇子折不屑，但見花顏臉又白又灰，似吐的下一刻就要死了，他到底對外震怒地吩咐：「去叫大夫。」

有人應是，立即去了。

花顏已吐的胃空了，但血腥味入鼻，依舊讓她翻騰的不行，胃裡再吐不出什麼東西，可是她又不想放開蘇子斬，對比蘇子折，她更覺得蘇子斬讓她安心。

於是，她死死地抓著蘇子斬的手臂，對他虛弱地說：「帶我出去，出這間屋子。」

蘇子斬似乎這才想起，花顏懷孕後嬌氣的不行，一旦有異味，她便會吐個昏天暗地，在東宮時，方嬤嬤帶著人照顧的小心仔細，她自然不會聞到什麼難聞的氣味，更不會滿眼所見是血腥，聞到鼻子裡也是血腥。

他當即收了劍，抱起花顏，快步向外走去。

蘇子折寒著眸光瞅著二人踏出屋門，也隨後跟了出去。

玉漱顯然早先被蘇子斬傷的不輕，至今半躺在地上，沒起來，此時見三人出來，她掙扎著起身，跪在了地上。

出了屋門，冷風一吹，新鮮空氣入眼耳口鼻，花顏狠狠地吐了一口濁氣，才覺得活了過來，她身子無力地靠在蘇子斬懷裡，對他虛弱地說：「把你這身皮扒掉，難聞死了。」

蘇子斬當即扯了外衣，將血色的袍子瞬間遠遠地扔了出去。

花顏又呼吸了幾口新鮮空氣，這才好受了些。

外面的打殺聲依舊激烈，有幾個人影已打到了這處院落，雖院外空氣清新，但也帶著些許飄來的血氣。

花顏聞不得血氣，嫌惡地說：「讓他們都停了，別打了。」

蘇子斬當即怒喝：「都住手！」

他說完，轉頭盯著蘇子折。

蘇子折靠著門框，掃過蘇子斬和花顏，以及被蘇子斬扔去了遠處的血色袍子，他陰狠地說：「蘇子斬，你闖進了這裡，來充當大爺嗎？別以為你威脅我兩句，我便都聽了你的了。」

蘇子斬沉著目光看著他：「你想骨肉相殘，那麼我就陪著你，只不過，不知道娘在天之靈，願不願意看見？」

蘇子折目光驀地冰寒：「蘇子斬，你少跟我提她。」話落，他恨聲道，「她不願意看又如何？一個傻的連自己生了兩個孩子都不知道的女人，被一個男人糊弄了一輩子，到死都不知道死在誰手裡，也配做我娘？」

蘇子斬冷冷地看著他：「你真當她不知道？無知。」說完，他怒道，「讓人停手，否則，別以為我身上有傷，總能與你同歸於盡。」

蘇子折身子站直了，危險地看著他：「你剛剛說什麼？她知道？」

蘇子斬不再理他，回頭看著花顏。

蘇子折陰沉地看了他片刻，對外怒喝：「都停手！」

二人一前一後喊聲落，青魂喝了一聲：「公子有命，停手！」，晉安跟著喝了一聲，「主子有命，停手。」

須臾間，外面的動靜漸漸停了。

這一處院子裡的人以及蘇子斬帶來的人，都知道，兩人是兄弟，一個是大公子，一個是二公子。真這般不停手，便是骨肉相殘，誰都不願意見到，包括閆軍師。

這時，有大夫哆嗦著提著藥箱跑來。

蘇子斬抱著花顏坐在臺階上，吩咐：「給她把脈，仔細些。」

大夫看了蘇子折一眼，連忙來到蘇子斬面前。

花顏無力地伸出手遞給大夫。

大夫不敢唐突，自己拿出手帕墊在花顏手腕上，在蘇子斬寒涼的目光中，儘量不顫抖，但他生怕給花顏把出不好的脈來，細微的手指顫動還是出賣了他。

他咬牙把脈片刻，沒把出什麼不好的脈來，才鬆了一口氣，聲音也穩了：「夫人她……身體本就虛弱，再加之懷有身孕，一時情緒波動大，導致她氣血逆行，孕吐反應激烈，吃一副固本安神的藥就好，並無大礙，但切記情緒過激，否則對胎兒不利。」

蘇子斬點頭，吩咐：「既然如此，開藥方子吧！」

大夫拱手退離了蘇子斬，看了蘇子折一眼，見他沒反對，便躬身應是。

青魂這時帶著十二星魂與一批暗衛進了院子，來到了蘇子斬面前。

他們一來到，花顏聞到了血腥味，便又偏過頭。

蘇子斬沉聲道：「都退後，躲遠些。」

青魂應是，一揮手，帶著人退了數丈遠。

蘇子斬低頭看著花顏，她虛弱的很，面色蒼白的很，整個人不堪再承受半絲，他腦中閃過一幅幅畫面，閉了閉眼，強壓下，對她說：「我雖扔了外袍，身上還是有血腥味的，你……我帶你走，還是……」

「走？」蘇子折冷笑，陰狠地問，「你帶她走去哪裡？給雲遲送回去？」

蘇子斬抿唇不語，臉色晦暗。

花顏攥緊他衣袖，心中倏地又難受至極，她一下子想落淚，忍了忍，到底沒忍住，攥著蘇子斬單薄的裡衣袖口，將臉埋在他手臂處，大顆大顆的眼淚止不住，又不想讓他看見。

蘇子斬渾身僵硬，低頭看著花顏，她的淚水是熱的，滾燙的，頃刻間便打濕了他的手臂，若是以前，他會冷眼罵她，訓斥她沒出息，天下沒什麼事兒值得她傷心落淚，但此時，他只能紅著眼睛看著她，一句話也說不出來。

夜風凜冽，寒涼之氣一波一波地順著房檐溜過。

花顏的哭聲不大，但卻哭的撕心裂肺，她兩輩子，未曾這般哭過。

至少，蘇子斬沒見過。

蘇子斬不敢抱緊她，怕控制不住力道將她傷了，他只看著她，覺得身體的五臟六腑被撕裂開，撕心扯肺的疼，最終，他含在眼裡的淚同樣沒忍住，落在花顏埋在他手臂處的脖頸裡，他發出的聲音極啞：「是我的錯，你……別哭了，大夫說不能情緒激動……」

花顏身子一僵。

蘇子折嘲笑地看著他，眼底盡是濃濃諷刺：「蘇子斬，你倒是真會憐香惜玉，她肚子裡的孩子是雲遲的，不是你的，你這麼在乎，可真是笑話。」

蘇子斬勃然大怒：「蘇子折，你給我滾。」

蘇子折看著他的怒火，似十分欣賞，抖了抖衣袖：「你上輩子捨不得動她，這輩子又眼睜睜地看著她被雲遲奪去，如今她嫁給了雲遲，懷了雲遲的孩子，而你，追魂而來，千辛萬苦，也不過是落得一場空，早先還傻傻地幫著雲遲，將自己的女人拱手送人，真是夠可憐的。天下最可憐的人，莫不就是你了。」

蘇子斬薄唇抿成一線，不語，但花顏還是感受到了他身體細微的劇烈顫抖。

若蘇子斬只是蘇子斬，那麼，無論蘇子折說什麼，他都能承受。

但偏偏，蘇子斬的腦子裡塞進了懷玉的記憶，由生到死，由死到活，又生生將魂魄從身體裡扯出來，橫跨四百年，送魂術所承受的苦，常人難以想像，到如今，哪怕蘇子折的一句話，都如千刀萬劍在剜他的心。

偏偏，蘇子折就是不放過剜他心的機會。

蘇子折走下臺階，站在蘇子斬的面前，看著他顫抖的身體，他狠厲的嘲笑更甚，心毒口毒毫不掩飾：「活了兩輩子，同樣失敗的一無是處，你有什麼可在我面前張揚的？」

蘇子斬手攥緊，眸光泛出血紅，一字一句地說，「輪不到你來嘲笑我。」

蘇子折大笑，森然地看著他：「那輪到誰？雲遲？還是吐的昏天暗地如今又哭的昏天暗地的女人？你看她如今自己折磨的很，殊不知也許心理自得的很，畢竟不是哪個女人，都能讓雲遲非她不娶，也不是哪個女人能讓你蘇子斬落淚，娘死時，你可一滴淚沒落，老東西娶你的青梅竹馬時，你也一滴淚沒落。」

蘇子斬猛地劈出了一掌，十足十的掌風，怒喝：「你閉嘴！」

蘇子折瞬間躲開，沒被蘇子斬劈到，但他方才站著的地方，卻塵土齊飛，被劈出了一個大坑。塵土捲起，伴著風，十分的嗆人，花顏此時最受不了這個，被嗆的咳嗽起來。

蘇子斬驚醒，立即抱著花顏起身，快步躲開。

蘇子折被他劈了一掌，沒傷到他，也不惱，見花顏咳嗽個不停，他狠笑道：「蘇子斬，咱們倆的帳，我有的是時間跟你算。你既然來了這裡，就好好地給我在這裡待著，若是我不同意，你帶著她踏出這裡一步，就別怪我讓你們一起葬在這裡。你想死，但你懷裡的女人可不想死。」

蘇子斬冷眼看著他，沉默了許久，眸光的血氣漸漸散去，寒聲冷冽地道：「給我一處院落，既然來了，我也有帳與你清算，今日沒想走。」

蘇子折冷笑：「不止今日，沒我允許，你若是敢走，我便讓你知道後果。」話落，他目光落在花顏身上，她臉色蒼白，如今因為咳嗽，染上不正常的潮紅，看她的樣子，是禁不起折騰了，他瞇了瞇眼睛：「今日我就將話撂在這裡，你若不要她，就給我，你若是要，你既認我做哥哥，我就成全你，她就給你了。但你若是既不要，又不給我，敢將她給我送回去給雲遲，我就一日屠一城，讓南楚百姓的鮮血，來祭你心中天下大義仁善純良的魂。」

蘇子斬冰冷地看著他不語。

花顏止了咳，猛地抬起頭，看著蘇子折。

蘇子折狠狠地盯著花顏的眼睛道：「後樑的女人，生是後樑的人，死是後樑的魂。上一輩子輪不到雲舒，這一輩子也輪不到雲遲。」說完，他狠厲地喊，「閆軍師！」

閆軍師就站在門口，聽著統領這句話，倒吸了一口涼氣，立即應聲：「統領！」

「給他安排院落，帶著人給我守死了，若是他想走，你聽到我剛剛說的話了？」蘇子折吩咐。

閆軍師恭敬地道：「回統領，聽到了。」話落，又對蘇子斬拱手，「二公子，請！」

蘇子斬低頭看花顏，隔著衣裳，都能感覺她渾身發冷，勉力支撐，她穿的本就單薄，在這寒冷的夜風裡，怕是早就承受不住。他抿唇將她抱起，看了閆軍師一眼，寒聲道：「帶路。」

閆軍師應了一聲是，立即帶著蘇子斬出了院子。

青魂帶著十三星魂與暗衛跟著蘇子斬一起出了這處院子。

蘇子折在蘇子斬離開後，揮手一掌，劈向遠處一株梅樹，他掌風十足十，那株梅樹自然承受不住，轟然倒塌，砸到了地上，枝幹四分五裂，除了主幹，都成了碎屑，梅花瓣更是紛紛揚揚，散了一地。

晉安與暗衛們齊齊地垂下頭，大氣也不敢喘，更不敢看蘇子折。

玉漱此時已緩了過來，站起了身，看著那株梅樹，臉色又霎時煞白。

蘇子折回轉身，黑沉著臉看到了玉漱，眼中閃過殺氣，使得玉漱立即又「撲通」一聲，跪在了地上，他森然道，「跟去侍候！」

他沒說跟去侍候誰，但玉漱死裡逃生懂了，立即應了一聲是，追著早先離開的闫軍師出了院門。

闫軍師帶著蘇子斬出了這一處院落的院門後，帶著他沿著院門前的青石磚路，走向梅林，穿過梅林的另一端，還有一處空置的院落，他停住腳步：「二公子，就是這裡了。」

蘇子斬瞥了他一眼，沒說話，進了院子。

闫軍師跟著進了院子，吩咐院中的人：「這是二公子，仔細侍候，不得有誤。」

院中同樣是七八個侍候的僕從，齊齊垂首應是。

有人快速地打開正屋的門，先一步進裡面掌了燈，蘇子斬抱著花顏邁進門，進了正屋。

闫軍師止步，沒再跟進去。

蘇子斬將花顏放在床上，看著她蒼白的臉，清喝：「大夫開的藥方子呢？青魂，你去取來，給我過目。」

「是。」青魂立即去了。

蘇子斬見花顏臉蒼白，唇發青，在冷風中待的太久，怕是凍著了，他扯過被子給她裹在身上，又吩咐：「來人，抬一桶熱水來。」

有人應是，立即去了。

不多時，青魂拿來了藥方，遞給蘇子斬。

蘇子斬伸手接過，所謂久病成醫，無論是上輩子，還是這輩子，看一張簡單的藥方，他自然可以的。他看過後，覺得沒問題，清喊：「牧禾。」

「公子。」牧禾跟在暗衛中，此時立即進了屋。

蘇子斬將藥方遞給牧禾：「你去抓藥，親自煎了送來。」

「是。」牧禾接過藥方，立即去了。

有粗使婆子抬來一大桶溫熱水，放去了屏風後，又悄悄地退了出去。

蘇子斬抿唇，問花顏：「能自己洗嗎？」

花顏點頭：「能。」

蘇子斬將她抱起身，送去了屏風後，轉身走出屏風，終是不放心，對外喊：「來一個婢女。」

玉漱此時已進了院子，立即說：「二公子，奴婢早先便是侍候夫人的，主子吩咐奴婢繼續過來侍候。」

蘇子斬冷聲道：「你進來。」

玉漱進了屋，恭敬地給蘇子斬見禮。

蘇子斬盯著她看了看，擺手：「去吧！仔細些。」

玉漱立即進了屏風後，見花顏正一手扶著木桶支撐著虛軟的身子，一手費力地解身上的衣服，她立即動手幫忙：「夫人，奴婢幫您。」

花顏虛軟又僵硬地點點頭。

玉漱將花顏身上的衣服解了，扶著她進了木桶，溫熱的水流霎時將她包裹，她凍的僵硬的冰冷四肢此時才有所舒緩。

蘇子斬出了房門，對人吩咐：「抬一桶水，放去隔壁的房間，吩咐廚房，準備飯菜，清淡些。」

有人應是，立即去了。

蘇子斬回身看了一眼，屏風後的動靜極小，對青魂吩咐：「你守在這裡。」

青魂應是：「主子放心。」

蘇子斬進了隔壁的房間，蹙眉，又對人吩咐：「將這間房間收拾出來。」話落，想起花顏的模樣，又不放心，抿唇改口道，「不必了，抬一張床安置過去吧！」

「是。」有人立即吩咐了下去。

花顏在水中泡了一會兒，水涼了，她猶沒暖和，對玉漱吩咐：「再添些熱水來。」

玉漱應是，向外走去，走了兩步後，又試探地問：「您在冷風中待的太久，恐防染了風寒，奴婢讓廚房給您熬一碗薑湯吧！」

花顏點點頭，慢慢地說：「熬兩碗。」

玉漱應是，立即去了。

不多時，玉漱回來，提了一小桶熱水，添進了花顏的大木桶裡。

同時，外面有人往屋內抬床，刻意地將動靜放小。

玉漱來回添了三次熱水，花顏的臉色才漸漸紅潤了，她站起身，玉漱立即拿來衣物，扶著她出了木桶，給她擦淨身子，穿上了新的衣物，扶著她走出屏風後。

花顏一眼便看到，擺在屋內的兩張床，一北，一東，隔著些許距離，又不太遠，她腳步頓住，昔日，懷玉身體不好，太過孱弱，時常染風寒，不准她與他同床，怕染給她，她為了照顧他，便是這般。

她身子發顫地推開玉漱，靠在屏風上，手幾乎扶不住屏風，抖個不停。

蘇子斬沐浴後，喊來大夫包紮好傷口，收拾妥當，再聞不到一絲血腥味地進了屋，邁進門，便看到了靠著屏風渾身顫抖的花顏。

他面色一變，快步走進屋，來到她面前，當即對玉漱喝問：「怎麼回事兒？」

玉漱也不明白怎麼了，立即跪在地上，搖頭：「回二公子，夫人早先還好好的，奴婢給她添了三次熱水，夫人將身上的寒氣祛除盡了，才出來，剛一出來，看到了那兩張床，便如此了。」

她侍候花顏，自然不敢有分毫懈怠，自然時刻注意她的一舉一動。

蘇子斬聞言也看到了擺放在那裡的那張床，腦中又閃過無數畫面，身子猛地一僵。隨即，驚醒，立即怒喝：「來人，將那張床抬出去。」

外面有人應是，立即走了進來。

「住手！」花顏顫著聲音開口，目光倏地死死盯住蘇子斬，她的目光陡然間似有穿透力，看到了四百年前的那張容色，她臉越來越白，她怎麼一直就沒發現呢，怎麼就沒發現這張容色，雖與懷玉不同，但這雙眼睛，真是分毫沒有不同。

她死死地盯著，手指死死地扣緊屏風。

是了，初見他，這張臉，這雙眼睛，覆蓋的盡是冰冷，她自然看不到覆蓋在冰冷的層面下那一雙溫潤的眸子。

梅疏毓說過，蘇子斬未遭逢大變時，謙謙君子，知禮守禮，德修善養。

可惜，她沒見到。

她見到他時，便是在順方賭坊，一身紅衣，周身彌散著身體自發的寒氣，冰凍三尺，一雙眸子看人時，與他周身一樣的寒，寒徹骨，凍死人。

她怎麼會想到……

她死死地看著，眼睛看的生疼，一手扣緊屏風，一手費力地抬起，伸手指著他，指尖都是顫的，氣血翻湧，血沖大腦，心肺間湧出的是將她淹沒的洶湧奔流的情緒。

是她親眼看著他倒在御書房的地上，口吐黑血，沒了氣息，扔下她走了。

她恍然間，魂不知歸於何處，眼前漸漸發黑，卻咬著牙，一字一句地說：「蘇子斬，你……」

她要說什麼，未說出口，忽然噴出一口鮮血來，身子一軟，向地上栽去。

蘇子斬一下子心魂俱失，上前一步，一把托住了花顏的身子，驚懼恐慌六神無主地看著她，急喊：「花顏！」

花顏無聲無息地倒在他懷裡。

蘇子斬托著她的手哆嗦，駭然地喊：「來人！大夫！去喊大夫！」

青魂本就守在門口，見此也面色大變，立即應了一聲，去找早先的那名大夫。

玉漱跪在地上，此時也嚇沒了魂地看著二人。

蘇子斬喊出一聲後，腿一軟，托著花顏的身子支撐不住，單膝跪到了地上。

大夫很快就來了。

大夫提著藥箱衝進屋，見到花顏吐血倒在蘇子斬懷裡的模樣，震驚地大駭，哆嗦地問：「這……這怎麼回事兒……早先老夫把脈，夫人是無大礙的……」

蘇子斬臉上血色全無，張了張嘴，勉強吐出一句話：「快，給她把脈。」

大夫不敢耽擱，連忙給花顏把脈，這一把脈，嚇的魂都快沒了，哆嗦著說：「夫人……夫人她氣血逆行，五臟皆傷……這……在下醫術不精……」

蘇子斬死死地盯住他：「救不了他，你就死。」

大夫嚇的「撲通」一聲跪在地上，「二公子饒命，夫人她……」他見蘇子斬臉色嚇人，他亦白著臉顫聲道，「夫人的情況十分危險，老夫……老夫不敢開藥方子啊！若是……老夫下重藥，夫人興許能保住命，但夫人腹中胎兒怕是不保……」

蘇子斬面色僵住，低頭看著花顏，她臉上血色盡失，白如紙，嘴角和胸前衣物上鮮紅的血如點點紅梅，似剎那綻開，又似頃刻凋零，就如她的人，似乎他只要一鬆手，她就沒了呼吸。

他心被萬千根繩子勒住，這一刻，勒的喘不過氣來，看著她，眼前也跟著漸漸發黑，她明明很輕，輕的沒有重量，但他幾乎要托不住。

「公子！」青魂看出蘇子斬不對勁，立即大喊了一聲。

蘇子斬心神一震，張口也吐出一口血來，身子晃了晃，但依舊穩穩地托著花顏。

青魂面色大變，又喊了一聲：「公子！」

大夫驚懼地也喊了一聲：「二公子！」

玉漱見蘇子斬的鮮血噴出落在了花顏的身上，與花顏早先吐出的鮮血和於一處，同樣刺眼的鮮紅，她呼吸都停了。

「公子，您不能倒下！」青魂白著臉上前，一手按在了蘇子斬的肩膀上。

他清楚地知道這裡是什麼地方，是蘇子折的地方，若是公子倒下，他怕是再沒了與蘇子折抗衡的力氣，只能受制於人，後果不堪設想。

蘇子斬吐出一口血後，覺得五內俱焚，但這焚燒的疼痛讓他眼前卻清明了起來，他伸手穩穩地拉過花顏垂在一側的手腕，用自己兩輩子久病成醫的醫術給她把脈。

大夫睜大了眼睛，暗想著原來二公子懂醫術？

花顏體內的確是氣血翻湧，逆行奔流，心神十分混亂，這樣的脈象，對於她體弱的身子來說，最是危險。若是天不絕在這裡，想必是敢對她用藥的，但是他……

哪怕兩輩子久病成醫，也是不敢給她用藥，尤其是在這時候對她下重藥。

他知道花顏有多在乎這個孩子，哪怕如今自己昏迷，一隻手還放在小腹上。

哪怕如今她心神極亂，氣血極亂，但是小腹處卻如有一團保護罩，在護著。

他閉了閉眼睛，他該如何做才好？

STORY 102

花顏策 卷十

作者　西子情
主編　汪婷婷
編輯協力　謝翠鈺
企劃　鄭家謙
美術設計　卷里工作室　季曉彤

董事長　趙政岷
出版者　時報文化出版企業股份有限公司
108019 台北市和平西路三段二四〇號七樓
發行專線——（〇二）二三〇六六八四二
讀者服務專線——〇八〇〇二三一七〇五
（〇二）二三〇四七一〇三
讀者服務傳真——（〇二）二三〇四六八五八
郵撥——一九三四四七二四時報文化出版公司
信箱——一〇八九九 台北華江橋郵局第九九信箱

時報悅讀網　http://www.readingtimes.com.tw
法律顧問　理律法律事務所　陳長文律師、李念祖律師
印刷　勁達印刷有限公司
一版一刷　二〇二四年十二月二十日
定價　新台幣三八〇元
缺頁或破損的書，請寄回更換

時報文化出版公司成立於一九七五年，
並於一九九九年股票上櫃公開發行，於二〇〇八年脫離中時集團非屬旺中，
以「尊重智慧與創意的文化事業」為信念。

花顏策 / 西子情作 . -- 一版 . -- 臺北市 : 時報文化出版企業股份有限公司 , 2024.12-
冊； 14.8×21 公分 . -- (Story ; 102-)
ISBN 978-626-419-073-2(卷 10 : 平裝). --

857.7　　113018443

Printed in Taiwan